桃李话春风

走近罗振亚的人与诗

吴井泉　刘波　卢桢　主编

天津出版传媒集团
百花文艺出版社

图书在版编目（CIP）数据

桃李话春风：走近罗振亚的人与诗 / 吴井泉，刘波，卢桢主编. -- 天津：百花文艺出版社，2023.8
ISBN 978-7-5306-8635-5

Ⅰ.①桃… Ⅱ.①吴… ②刘… ③卢… Ⅲ.①诗歌研究-中国-当代 Ⅳ.①I207.22

中国国家版本馆 CIP 数据核字(2023)第 136168 号

桃李话春风：走近罗振亚的人与诗
TIAOLI HUA CHUNFENG：
ZOUJIN LUOZHENYA DE REN YU SHI
吴井泉 刘波 卢桢 主编

出 版 人：薛印胜
责任编辑：张 雪　　**封面设计**：末末美书
出版发行：百花文艺出版社
地址：天津市和平区西康路 35 号　**邮编**：300051
电话传真：+86-22-23332651（发行部）
+86-22-23332656（总编室）
+86-22-23332478（邮购部）
网址：http://www.baihuawenyi.com
印刷：天津鸿景印刷有限公司
开本：787 毫米×1092 毫米　1/16
字数：260 千字
印张：21.5
版次：2023 年 8 月第 1 版
印次：2023 年 8 月第 1 次印刷
定价：88.00 元

如有印装质量问题，请与天津鸿景印刷有限公司联系调换
地址：天津市武清区梅厂镇财源路 1 号
电话：(022)29300192
邮编：301701

目 录

春风化人

003 / 罗老师印象记 吴井泉

007 / 一城,两地
——振亚先生印象记 陈爱中

014 / 心中的"先生" 柴 华

016 / 老师的话 卢 桢

022 / 我的授业恩师 董秀丽

025 / 时间在一张张照片中流逝 于 倩

027 / 感恩吾师 杨 亮

030 / 春风化雨,润物无声 常金秋

032 / 一份文章修改手稿 柴高洁

036 / 老师·意象 薛媛元

040 / 从师问学散忆 周 军

042 / 厚土长麦穗 侯 平

044 / 灯塔的力量 李 洁

047 / 师恩如水,师恩如山 刘 慧

049 / Lagom 李晋白雪

052 / 苍苍横翠微 林日暖
055 / 罗振亚先生印象记 车红梅
057 / 听先生讲课 李文钢

“先锋”回响

061 / 论罗振亚的诗学研究路径 陈爱中
072 / 在史实与体验之间
——评罗振亚的现代主义诗歌研究 徐志伟
081 / 在理性幽光中探寻诗意的纯净
——论罗振亚的诗学建构与诗歌创作 王巨川
091 / 罗振亚:整体观照与多维透视的先锋诗歌批评 崔修建
097 / 充满诗意的诗歌批评
——罗振亚中国现代主义诗歌批评研究 范丽娟
109 / “先锋”的祛魅与揭蔽
——评罗振亚《中国先锋诗人论》 卢 桢
118 / 史家视野与诗性言说:
论罗振亚诗歌研究体系的建构意义 宋宝伟
131 / “中间代”诗评家研究——以罗振亚教授为中心 邵 波
141 / 当代新诗教育现状及反思
——论罗振亚的新诗教育 杨 亮
148 / 新诗研究的“在场者”
——论罗振亚的新诗研究 邱志武
161 / 当代新诗史述的新创获
——评罗振亚《1990 年代新潮诗研究》 白 杰
170 / 先锋诗歌空间的深度打开
——评罗振亚《1990 年代新诗潮研究》 白晨阳

180 / 三十年“先锋”之路,二十载诗坛“匠心”:
略论罗振亚先生的新诗研究与创作 冯跃华

诗润心田

195 / 疼痛的生命诗学
——罗振亚诗歌创作的精神样本与审美品格 吴井泉
218 / 跟学生共读罗振亚先生的诗
——献给罗振亚先生从教四十周年纪念 叶 红
229 / 天地人合一:罗振亚“故乡”诗歌的生命肌理 柴 华
243 / 诗与思的内在呼应
——论罗振亚的诗歌写作与诗学观念 刘 波
256 / 诗意空间的耕犁者 王 觅
267 / 《一株麦子的幸福》:日常诗情与哲思的发掘 崔 筱
273 / 在“照临与回望”中航行
——罗振亚新近诗作的一种读法 许仁浩
282 / “隐性诗人”罗振亚 胡清华
292 / 轻与重:引力之涌
——罗振亚先生诗文的一个印象 吴丹凤
301 / 柔软苔藓中的炽热:进入罗振亚的“诗心” 李晋白雪
313 / 皈依于“一”的歌
——读罗振亚诗集《一株麦子的幸福》 李文钢
323 / 穿过遗忘之海的奥德修斯
——罗振亚诗歌近作读札 张静轩

335 / 编后记

春风化人

秦岛游人

罗老师印象记

吴井泉

我于1988年中师毕业后被保送到哈尔滨师范大学中文系，那时对哈师大中文系景仰之至，心向往之。在中师时，我喜爱文学，热衷于创作，并在当地报纸发表过一些诗歌作品。因此我对校园诗歌创作的状况略知一二。那时我就知道哈师大中文系是全国大学生诗歌创作的中心和重镇，全国第一本大学生诗选即《大学生诗选》和第一本大学生诗刊即《大学生诗坛》就诞生于此。李琦、马合省、潘洗尘、刘海岳等知名的校园诗人就是该系毕业的优秀学子，他们的作品曾风靡一时，声名远播。尤其是潘洗尘的《六月 我们看海去》一诗更是令人热血沸腾，豪情万丈。当年9月初，入学中文系后，我就开始关注学校举办的各种讲座，尤其是当代诗歌方面的讲座。

1988年12月初的一个飘着小雪的晚上，一场诗歌讲座在文史楼中文系大教室里如火如荼地进行着，一百五十人的大教室里座无虚席，有的坐在窗台上，有的倚在过道的墙上，也有的坐在教室的台阶上。讲座者是一个个儿不怎么高，头发很长的年轻教师。只见他口若悬河、滔滔不绝，讲到会心处常常露出微笑，这时便响起了热烈的掌声。他讲座的题目是《美学的“暴乱”——第三代诗歌美学印象》。那时，他还很年轻，头发很长，很有艺术范儿，浅色镜片后那双小眼睛炯炯有神，流露出青春的光芒。讲座结束后，有同学提问，罗老师您的讲座里为什么没有提到我校诗人潘洗尘？他回答说潘洗尘不属于他所讲的后朦胧诗派，因此就不以他的诗歌为例。他说他也喜欢潘洗尘的诗，还强调说后朦胧诗美学将是中国现代新诗的美学方向，这番解说真是醍醐灌顶，让我们豁然开朗，原来中国当代诗歌已经发生了颠覆性的变革，可我们还陶醉于朦胧诗的余晖中，真是孤陋寡闻。

于是，有人告诉我，他叫罗振亚，山东师大毕业的硕士研究生，下学期由他教我们现代文学。于是，我深深地记住了这位老师。

果然，第二学期他来教我们现代文学了。

他的课讲得纵横捭阖，妙趣横生，文坛掌故，信手拈来，由鲁迅的《故乡》至戴望舒的《雨巷》，从朦胧诗的论争到现代派的先锋精神，几乎囊括了整个现当代文坛，大有重评文学史的雍容风度。

几天后，我在《文学自由谈》杂志上读到了他的一篇关于现代派诗论文章，其中有几处读不懂，我和朋友们品评了一个星期，仍不尽懂。

去他的住处，一间阴暗潮湿的小屋，这是他租住的平房，在师大东门外一片低矮的棚户区里。他一头乱蓬蓬的黑发，从凌乱的书桌上抬起头来，眼睛从镜片后闪出熠熠之光，显得很热情。他随手又抽出几本刊物，如《中国现代文学研究丛刊》《当代作家评论》，还有《黄河诗报》《山东师范大学学报》《文艺评论》《北方论丛》《诗林》等刊物上面，都有他的大作。

我边翻阅，边听他给我讲解，讲到精妙处不禁神采飞扬，偶尔还亮出虎牙冲你笑。他的笑是真诚的，我觉得。

走的时候，我把几首新作递给他，他很兴奋，约我三天后来。三天后，我如约而至。我记得其中有一首六十余行的长诗《心的河流》，他很推崇。后来收在他主编的诗集《永远的风景》中。后来他还对我的诗歌创作写了评论，发表在我读中师时的那座城市的报纸上。

再后来，我们渐渐熟悉了，我常去他的住处，可以像老朋友那样促膝长谈。于是我知道了他出身于农家,少年聪慧。1979年,十六岁的他考上了哈尔滨师范大学中文系,他是那一年级的同学里年龄最小的一个,1983年,大学毕业后即赴黑河师专支教。两年后,他考上了山东师范大学中国现当代文学专业硕士研究生,主攻新诗方向,跟随田仲济、吕家乡两位先生学习,1988年硕士毕业后,回到了母校哈尔滨师范大学任教。

1990年前后,罗老师分到了学校的住房,那是一幢六楼的单元房,一屋一厨一卫。分房的当天,我和他带着清扫工具来到了新房做清洁,当时看到有这么“大”的房子,我们都欣喜不已。我真为罗老师高兴,他终于有了安身立命之所。在他的卧室里,摆放了一床一桌一书架,满满当当的,甚是拥挤,这对他来说,早已心满意足。也就是在这间卧室里,他完成了第一部专著《中国现代主义诗歌流派史》。有幸的是,我是这本书的第一个读者,因为罗老师写好每一章节后,总是在第一时间读给我听,或由我来读,从语感中找出文章的瑕疵之处,然后他再字斟句酌地进行修改、打磨。

罗老师是勤奋的。他的写作总是在夜晚,在妻儿熟睡之际。他总是不停地写,拼命地写,书桌上那盏昏黄的台灯就是他的唯一沉默的证明。我总劝他不要把自己搞得太累,他说他是农民的儿子,相信天道酬勤,一份耕耘一分收获,如果一天不干活就会感到心里空落落的。在一次闲聊时,他说晚上对面六楼上有一盏灯光总会在夜里九时亮起,到次日凌晨两点左右熄灭,这种情况已经持续很长时间了,至少在半年以上。不知灯下坐着的是读书的学生,还是像他一样的老师。

那时罗老师的生活压力很大,他是长子,除了要照顾自己的小家之外,还要承担赡养父母的重任。他总是说:“稿费有限,总不够花。”记得有一次,他接到乡下老家的电话,说他的老父亲干农活时被马车碾压,肋骨断了两根,住进了乡里的医院。他得知后,赶紧筹措钱款,马上请假回了老家。

现实中,能够理解他并成为他知心朋友的人不多。他编著的《校园诗精选精评》几乎耗尽了他全部心血,然而投放到市场后却问津者寥寥。艺术家的悲哀往往是自己的作品不能被更多的人理解和认同,我也有过这样的体会。一年来,我的写作始终停留在原来的水平上,怎么努力也不能超越。外投的稿件总是如数退回,我不禁心灰意冷,对文学失去了勇气和信心,甚至一度搁笔。

记得有一晚,我们坐在洒满月光的学校的运动场上,聊到生活中遭遇的难事。他的眼中依然闪烁着孤独、执著的光芒。他始终在鼓励我,或许也是在鼓励他自己。临别时,他把双手重重地搭在我的肩上说:"井泉,我们不可能被打倒,因为我们是顶天立地的男子汉。"

我泪流满面,有谁比他更理解我呢? 我忽然感到了一种前所未有的力量,从他镜片后那双熠熠发潮孤独的眼睛里。

(该文部分内容曾发表在《大学生》杂志 1992 年第 11 期,原名为《我的老师》)

作者单位:苏州市职业大学学术期刊中心

一城，两地
——振亚先生印象记

陈爱中

1998年的“五一”，我从山东曲阜风尘仆仆赶赴哈尔滨，参加哈尔滨师范大学的硕士研究生面试。绿皮火车上拥挤嘈杂，从兖州出发，我站了足有二十五个小时，又饿又累，一身疲惫。现在回忆起来，那时的景况真是狼狈不堪。也许因为年轻，我并没有多在意当时的样子，面试一结束就回去忙毕业的事了。2007年，看到先生为我第一本书《中国现代新诗语言研究》写的序言，我才第一次知晓那时候的“窘态”，先生写道：“屈指算来，我和爱中的师生缘分已近十载。他是我招收研究生以来的第一个硕士，也是我的第一个博士。1998年5月，他从遥远的曲阜到哈尔滨师大参加硕士生复试。不知为什么，站在那条狭窄而略显阴暗的走廊上，他黑瘦的面颊、诚恳的目光以及窘迫的言辞，令我猛然想到了自己去济南参加研究生复试的当年，心里马上就认可了他。十年过去了，事实证明我的选择是正确的。他已经由一个热情急躁的小伙子，成长为深沉稳重的青年学者。而此间的无数记忆早已刻在我心灵的底片上，想起来就让人感到温暖。”不知道是否曾经和先生聊起过，因为穷困，那时我的裤子、上衣、背包并不合身，连旅费都是借同学的。十几天只有一双袜子、一双鞋子，自是臭烘烘的，我至今仍记得第一次去先生家拜访时不好意思脱鞋子进屋的尴尬。但从先生的叙述看,他也曾有过差不多贫窘的青年时代,因而对我十分宽容。先生和师母的热情接待,让我感恩之余对即将开始的读书生涯有了诸多期许。入学伊始,交完学费,我身上连购买牙膏的钱都没有了,第一次正式到先生家拜访,就是要借钱,我心中忐忑万分,但先生毫不犹豫地双倍予我,想来至今温暖。我的先生就是这样以学问的认真、踏实而非出身论人生长短,并以宽容和仁慈的心态面对世界。

先生很重师生情谊。20世纪80年代,他从边陲小城黑河远赴山东读硕士,在山东师大跟随吕家乡老师做新诗研究,两人情同父子。他经常对我讲家乡老师培育他成长的故事,并引以为傲,比如推荐发表第一篇学术论文,比如千佛山医院的手术,比如各种各样的家长里短。关于吕家乡老师,除了学术论文,我还曾读过他的散文集《温暖与悲凉》,这是一位有着崇高人格、阔达人文情怀的学者,一生坎坷,但依旧温良敦厚。山东人重乡情,有孝悌尊长、精心培育后学的厚德。孔子述而不作,但有弟子记述之,口口相传,代代注疏。

我感恩这个学术血统的延续。

既然谈及学术,作为较为熟悉其学术肌理的学生来说,自然是首义,并至今受之恩惠。振亚师是新时期以来汉语文学的同路人和建设者,文学的冰封、解冻和春天之繁华,他以冷静洞察者的身份成为局中人。

一般来说,汉语文学的现代化肇始于新诗,并辐射开去,标明文学甚至是汉语文化的新身份,其重要性在"五四"那代学人中,胡适知道,钱玄同知道,傅斯年也知道,所以不遗余力,不惜矫枉过正。新时期的汉语文学再出发同样肇始于新诗,北岛的《回答》、舒婷的《致橡树》,甚至是虽然早就写成但影响始于新时期的食指的《相信未来》,都透露着二十世纪八十年代文学"春天"的信息。百年现代汉语文学的每一个关键节点,都会有新诗或嘹亮或沉郁的声响。时过经年,对于并不成熟的汉语现代文学而言,能够获得世界性意义并彰显汉语现代化成绩和可能性的,大概只有新诗。只是新诗自身完成性的焦虑与对话的缺失,需要身处其中的诗人与诗评者付出更多的耐心和呵护。由之,我们有理由敬佩那些一直关注并养护新诗成长的批评者，总结并梳理如谢冕、吴思敬、吕周聚、方长安等教授们的研究对新诗的意义，实有必要。在这个为数不多的名单里，振亚师不仅是全身心投入者，几十年如一日，而且影响了一批新诗研究者。我一直觉得，新诗究竟以什么样子为读者所接受，其经典化或者是历史地位的界定，批评是关键性的成就者，如没有宋人对杜甫的阐释、批评，杜甫及其诗作可能会隐逸在“安史之乱”的狼烟里。自然来说，新诗批评者“见证”并应该参与到新诗的成长过程。振亚师恰恰是这样一位忠于职守的见证者与参与者。

历史意识下为现代主义新诗的正名。振亚师的研究之路最早开始于跟随吕家乡老师读研究生时期，硕士论文做的是九叶诗派研究。其时，20 世纪 40 年代的九叶诗人作为一个群体被人们重新认知也才几年，时代的局限让九叶诗派所代表的诗歌潮流几成历史尘埃，振亚师的研究颇有重新“发现”的历史功绩。从 1993 年的《中国现代主义诗歌流派史》至 2002 年《中国现代主义诗歌史论》，振亚师十余年的时光都着力于对中国现代主义新诗的发掘、整理与重新阐释，其中既有初期象征诗、20 世纪 30 年代“现代派”、20 世纪 40 年代九叶诗派等诗歌思潮的研究，亦有李金发、何其芳、卞之琳、废名、金克木等代表性诗人的专论，并将中国台湾现代主义诗歌的情况做了细致描述，对郑愁予、余光中等诗人做了重点透析，从而在大陆学者的视域内接续了被中断的现代主义新诗的命脉。出版于 2005 年的《朦胧诗后先锋诗歌研究》则是他跟随龙泉明教授攻读博士的成果，他将对现代主义新诗的研究延伸到新时期，更是在新的学术发现的基础上，对朦胧诗后的先锋诗歌做整体鸟瞰，是“一个极具学术价值和现实意义的题目，实际上完成了一部断代诗歌史写作”（刘纳语）。从萌生期到当下，现代主义新诗的美学观、语言质感和意象表述方式，能够从最初令读者“惊诧莫名”到现在新诗写作的应有之义，可以说，振亚师功不可没，他学术选题的敏锐性、学术视野的开阔性以及笔耕不辍的韧性，让中国的现代主义新诗脱去“妖魅”的边缘化外衣，恢复其历史和现实的真实景象。我跟随振亚师做新诗研究多年,常常会羡慕他那个时代的“拓荒者”角色,前人研究的相对薄弱,貌似让那一代学人的学术研究较少有“影响的焦虑”,创新与出彩较为容易,但我恰恰忽略了他们那一代学人所面对的从文献的匮乏、研究方法的局限到基本理论的失范所带来的茫然无措,需要付诸更多的努力和天分才能硕果累累,于历史遗忘的荒漠处开出灿然的花朵,其难度可想而知。

深入现场与理性洞察。从宏观格局上说,百年汉语新诗的研究属于共时性研究，其必要的历史间离感尚未形成，尤其对新时期以后的新诗来说,诗人、文本和批评者都可以实现即时的对话,微信朋友圈、公众号、各种新诗民刊,以及蜂拥而起的新诗杂志的出现,都让新诗的生成减少难度和缺少共识,在数量上和质量上,为研究者设置障碍,在研究对象的甄别上,亦增加了大量无效时间。即便如此,振亚师的学术研究依然醉心于新时期以来的汉语新诗,在纷纭复杂的新诗现场里披沙拣金。振亚师将“个人化写作”的这种时代大格局下的诗学倾向细化为各个思潮分支和具体诗人的专论,具体而微地剖析二十世纪九十年代的新诗美学,诸如消费语境下的新诗边缘化状态,及物性写作的时代性意义,“知识分子写作”和“民间写作”所表征的不同诗学选择,等等。从接受的层面,阐述“个人化写作”的非积极因素,“诗歌从流派写作、群体写作走向个人写作,本是回归原初的好事,但焦点主题和整体艺术倾向的瓦解丧失,差异性的极度高扬,也使诗坛在读者关注热情消减的无奈中,失去了轰动效应和集体兴奋,边缘化程度越来越深”,这是对新诗创作的中肯提醒,也是振亚师居于其中而又出乎其外的理性体认。

干预与介入的研究。进入新世纪,汉语新诗批评一个最为明显的变化,就是学院批评日益占据主流,高等科研院所的职业批评家们开始谋篇布局于新诗的整体景象,体系化的学术论文代替“创作谈”式的随笔,新诗的那种江湖气息和过于散淡的文风渐趋边缘化。在项目化的生存境遇中,学术体制所建构的新诗阐释体系必然会疏离于大多数新诗创作的现实,批评虽然自成一格但大多必然是无效的，无法反馈于新诗的整体生成格局。鉴于此，振亚师并未放弃汉语新诗“干预与介入”的批评传统，近几年来，在广博影响的报刊上发表了数量不菲的诗学文章，对21世纪诗坛的整体状况做梳理与点评，比如《文艺报》刊发的《二十一世纪“及物”诗歌的突破与局限》，就对当前诗人创作与现实的关系进行了方向性的点评，“‘及物’的对象选择宜恰适、合理，‘及物’的同时不能放弃精神的提升，最好能够提供出一定的新的精神向度”，在“及物”与“不及物”之间寻找必要的平衡，才是“诗歌立身的长久之计”。他以通俗易懂的笔法，对汉语新诗新语境下的创作状态做深入浅出的叙述，以问题为导向，代表性作品为支撑，为新诗创作的走向把脉。这种及时而又有的放矢的诗学见解，理论的高屋建瓴而又运用于新诗实际，是学院的学理性批评与新诗现实相沟通的良性循环。

信笔至此，我不由想起在哈尔滨师范大学读硕士时期的点滴。记得一次到师大家属区26栋找他聊天，他的双眼是红的，那种布满血丝的样子让我很惊讶，他说，这几天熬夜写文章，没办法。一分耕耘一分收获，这是振亚师给我的又一个教益，至今想来为自己的偷懒而惭愧。

在高校教书，节奏往往是单一的，一茬又一茬，永远青春的学子，经久不变的教学楼，春华秋实，但日积月累，在不变的格局中，却也映现出常变的人事景致。记得先生曾数次和我聊起培养学生的宏大计划，要指导学生把百年汉语新诗的整个脉络做系统地研究，现在看来不但已经实现，而且远远超出预期，对此我曾在《论罗振亚的诗学研究路径》一文里做过详谈。我很理解相对于小说研究，汉语新诗作为“小文体”所面临的窘境，但这也是振亚先生和国内汉语新诗领域的专家学者们勉力而为的学术韧性所在。从第一本诗学专著《中国现代主义诗歌流派史》开始，先生已经出版诗学专著九种，发表诗学论文三百余篇，兼任好几家国家级学会的会长、副会长职务。迄今为止，并不长的学术时光里，他带领弟子们已经并且继续在汉语新诗的园地里深入开掘，细心爬梳，踔厉奋发，专心致志，取得了不菲的成绩。

学术之外的烟火气息已经成为先生培育师生关系的一个传统。我至今还记得,每到周末去先生家“打牙祭”的场景。师母做鱼很有一手,但我比较怕吃鱼,因为此前没怎么吃过,不会挑刺,觉得麻烦得很,至今吃鱼仍是我的“噩梦”。许多年后,和师母聊起当年的场景,还每每提起鱼肉和鱼刺分不开,干脆一起弃之的狼狈,那是远在塞外的家的温暖。现在先生惯常的发型是短发,沉稳而利索,其实他年轻的时候也是长发飘逸,很是潇洒。记不得什么节日了,和师妹亓丽相约到先生家吃饺子,因为有期待,按捺不住激动,我去得稍早,敲门后,出来一位白头发的人,吓我一跳,以为走错了门,仔细看,原来先生自己在手忙脚乱地包饺子,长头发有点碍眼,往上撩的时候,手上的面粉涂了一头。等到师母从学校接罗麒放学回来,看到此景不禁哈哈大笑。后来每次路过天津,先生和师母都一定要求我住在家里。师母是理家的好手,先生能安心做学问,成果纷至沓来,师母精湛的厨艺和悉心的照料居功至伟,从遥远的黑河到哈尔滨,再入关到天津,一路跟随,一路扶持,琴瑟和谐之处,岁月见证一切。

振亚师早年写诗,曾有诗集《挥手浪漫》出版,后来受研究和创作相区分的现代学术思维的影响,遂长期搁笔。从2016年开始,长久不写诗、已经“挥手浪漫”的先生,受亲情的催动,写出系列书写亲情和土地的诗。振亚师新近出版诗集《一株麦子的幸福》,情感充沛流溢,文笔简朴凝重,既有青春写作的痕迹,又具人到中年的睿智与豁达。振亚师对去世的父亲,对远方的母亲,对身边朝夕相处的妻子,时时处处,点点滴滴,皆有关心呵护。

我常想,一个从事文学研究而不进行创作的人,是不完善的。理性的思辨与感性的现实兼具,才能使文章“万丈长”。我们用文字构筑的应该不只是“论文”,而是富有各种生命底色的“文章”,文学早已经和我们的生命、生活交融在一起,不分彼此了。

年轻的时候觉得岁月很长,前景可期,人到中年,就觉得岁月虽然很短,但能有如此回忆的灯火,也就不觉得孤独。2006年,先生离开哈尔滨到天津,

2019 年，我离开哈尔滨到岭南，都是 43 岁，是巧合也不是巧合，总是有一种生命的律动让我们有师生的缘分。

我们至今想念那座城市，我们同样也安然于当前的居所。

作者单位：广西民族大学文学院

心中的“先生”

柴 华

2009年盛夏,依依不舍,告别南开,回到北方小城,继续在黑河学院工作。回想毕业前夕,曾和导师罗振亚先生谈及工作去向,坦率直言,不想辜负多年支持自己在职学习的单位和领导,先生并未多问多说,只是轻轻点头:“先做人,再做学问。”津门一别,十四年光景倏然而过,其间再与先生面对面,也只有四次,想想对先生的何种声音记忆深刻并将之写在纸上,还是毕业前的这句话语,简洁凝重、意味深长,字字驻心、启慧一生。现已不在先生身边多年,经世沧桑,更觉得这句话是先生为人、为师、为学的生命坐标。

先生是先教做人、再教学问的“先生”。初入南开,我已是三十有余的“大龄”学生,因为是“半路出家”,专业基础与学术见识都极为有限。在一次博士生和老师的聚会交流中,或许是想掩饰一下短板,为自己的“普通”找点客观原因,说起先前求学时,老师们并未拿出太多精力指点学业。先生对此极不认同,表情瞬间严厉起来:“怎么可以把自己的不努力无原则地归咎于老师?”话音刚落,没有心理准备的我,先是紧张,再是顿悟,紧接着低下头,惭愧地流下了眼泪。那是我第一次见识先生的严肃,他对培养学生人品和学品负有的双重责任感,让当时已有多年工作经验的我感慨万分、敬佩不已。或许是体察到我对博士学业的焦虑，从学习、写作到心理，先生始终耐心指点，不给压力，还时时叮嘱，要保持一股韧劲。承蒙先生的宽厚之情和授业之恩，津门读博三载，我虽未有惊人表现，但也收获了最受用的学业长进，领略了最美丽的学术风景。

先生是性情通透、亦师亦友的“先生”。那时的先生，正处不惑之年，刚刚在南开大学落定。在从哈尔滨搬迁赴津安顿的日子里，在“阳光100”新居所，有机会结识师门最受尊敬的两位师兄——吴井泉和崔修建，他们和先生年龄相差无几，既是先生的博士，也是先生原来在哈工作多年的同事、好友。津门短短相聚，先生和两位师兄忆往昔、聊趣事，谈学术、鼓士气，茶香缭绕之间，才学、幽默、畅达尽显不藏，让在一旁端茶倒水、插不上话的我，好生羡慕，也第一次领略了先生“北国之春”的唱功。质朴通透的性情，诚挚厚重的师友情，使那时的我已经感受先生“先做人，再做学问”的生活维度。

先生是尊重差异、终生为师的“先生”。年近耳顺之年，先生培养毕业的博士数量已近四十，60后、70后、80后、90后，很多人已在学界崭露头角，获得赞誉。他的博士们大多遍布各地高校，多年过去，尽管岗位有别，不能与先生常见面，却从未离开过先生的视野。他关注学生的发展，不断为学生指点迷津，推介成绩，鼓励向上。像学生的国家社科中标、学术专著出版、文章权威转载、新锐学界获奖、事业晋职提级这类消息，往往都是由先生首先发进师生交流群。即便是学生们对先生的学术成果进行学习转发，每一次在朋友圈里交流，必会收到先生回复的谢意和鲜花，让我们感受到尊重与爱的同时到达。

“高山仰止，景行行止。”有先生终生为师，可谓我的一生幸事，也让偏居边陲小城的我，人生过半，心中依然有一束光，明亮、温暖、向上。

作者单位：黑河学院人事处

老师的话

卢　桢

2006 年 9 月,我成为罗振亚老师在南开招收的第一届博士生。2009 年毕业后,我留校任教,至今已逾十八年。能够在老师的身边学习、工作,我受教良多。

跟随老师读书,自然要学习他的文章,研读他的话语。虽说是学术论文,老师却无意展示理论热词,也少有艰涩的逻辑推理。他崇尚文气,哪怕是一个"了""着""过",都会再三思度,谨慎下笔。他更企慕诗性,希冀为研究型文章注入抒情的气质。透过那些时而自然如说话、时而灵动如舞蹈般的文字,我邂逅了冯至的"我的寂寞是一条长蛇",观瞧过海子笔下那"屈原遗落在沙滩上的白鞋子",体悟到卞之琳诗学中的"淘气"趣味,也真切地感悟着老师的艰辛与欢乐、谦逊与真诚、执着与坚守。

在文章中,老师经常提到"主题语象",意指那些在诗中反复出现的、象征意味浓郁的意象。很多同门在书写感念师恩的文字时,大都会聚焦于老师的目光、汗水、步伐、声音,形成了学生眼中指涉老师的"主题语象"。对我而言,老师在生活中给予我们的话语,为我的生命之树刻下了一道道成长的年轮。这些话语汇合在一处,所形成的,正是属于我的关于老师的主题语象。

还是 2005 年的时候，老师来南开办理调转手续，我到机场接站，由此第一次见到老师。简单寒暄之后，大概和老师还没说上三两句话，他便用一种快速而坚定的语气，看着我说："既然你硕士跟乔以钢教授做性别研究，那么博士正可以做一做新时期以来的女性诗歌。"很多博士生梦寐以求的论文题目，已经被老师送到了我的面前，可当时的我对新诗研究知之甚少，却还是固执地由着性子，认为自己对女性诗文本兴趣有限，而写论文又如择偶，要跟这个题目过一辈子，于是便愣头愣脑地跟老师说，自己不太想研究这个话题。老师"唔"了一声，就言转其他。现在想来，尚未相见，老师就已经开始筹划对我的培养，甚至结合我的教育背景，设计好了论文方向，但我还是少不更事，或者说就是太不懂事，没有第一时间感受到老师的苦心。

正式入职南开后，老师的新房尚未交付，只得暂居校园内的北村宿舍楼。彼时师母杨丽霞老师还在哈尔滨，一方面要处理来津相关手续，另一方面又要陪伴孩子准备高考，因此老师只能一人在津，自有颇多不便。每当我问起老师的生活时，他总是说一句话："没事，卢桢，你不用过来。"在与老师相处的十几年中，这句话的输出频率相当之高。老师习惯于站在别人的角度思考问题，觉得既然自己能应付，便不愿占据学生的时间，分散学生的精力。可这样一来，他便要一个人独自面对艰辛，面对和家人的分离，面对"南下"挟裹而来的诸多水土乃至心理上的不适。老师曾在其学术著作《与先锋对话》的后记中，袒露过初涉新境时的孤独与苦闷，然而我几乎没有为老师做过任何事情，故而时常为此惭愧后悔。

可老师和师母就是这样的人，他们会静静地听你诉说，为你排遣烦忧，却把自己的负向情绪尽力地压抑起来，不愿学生为之劳心，还经常会把你引入他们的生活里，让你感受到亲人般的温暖。有一天晚上，老师特意叫我去他家，说是让我尝尝东北的大碴粥。当老师得知我从没喝过这种粥时，便加重了语气，用一种一旦错过便不再有的口吻，嘱我一定要多食几碗。以至于我兴奋地说，自己活了二十七年，终于品尝到传说中的东北大碴粥了，引得老师师母为之一笑。老师就常以此事作为谈资,给学弟学妹们普及我"二十七岁第一次喝大碴粥"的小段子。

逢着重要的节日,老师生怕学生孤独思乡,就会把我们叫到他家里小聚,或是在学校附近的饭馆畅聊。老师是亲切的,每次相聚时,看到我们学生之间谈的天南海北,互诉衷肠,老师就会眉眼弯弯,开怀大笑,或是唱起东北小调,或是用东北方言朗诵徐志摩的《再别康桥》,令我们现场捕捉到东北人的幽默感,以及老师那信手拈来的编排段子的天赋。更多时候,跟随老师读书,从他那里感受到的,还是一种内在而持久的严肃感。这并非说他对我们的要求多么严苛,而是老师自身的学术声望和地位,以及诗歌本身所具有的神圣光环,使我们产生了足够的敬畏之心。老师曾说,新诗自身的先锋性特质和实验性的语体特征,增加了解析它的难度,甚至会令人望而却步,而新诗研究的魅力也基于此。为了带领我们破译新诗的密码,他从早年间撰写新诗经典解读著作的经历出发,鼓励我们从一首首诗的细读工作干起,逐渐积累解诗的经验和能力。正如他所说,做学术要甘愿深挖一口井,辅以足够的时间,一定会有所成就。相应地,他还说做学术又不能一辈子只挖一口井,当井水打得差不多时,就应该毅然决然地开辟新的战场。此番言语质朴而辩证,对照解读,潜心践行,自然会令我们获得境界的提升。

想到老师给我上过的课,最为难忘的是第一次博士生课程。那是在老师的办公室里,他给我和柴华师姐讲授入学的第一堂课。本以为老师会从最基本的新诗理论说起,不料他却合上了讲义,语气严肃地对我们俩说,这堂课不谈理论,要谈的是现当代诗歌的研究版图和学术传承,从今天起,你们俩要以研究者的学术身份和理论视野看待学术问题了。他从谢冕先生写《新世纪的太阳》谈到吴思敬先生编辑《诗探索》,从龙泉明的新诗现代性分析谈到姜涛等年轻一代学者用"摄影主义"研究诗歌的新路径。他尤其强调了从刘绶松到陆耀东,再到他的导师龙泉明这一条新诗研究的文脉,谈到了龙老师因病去世,他为自己的导师抬棺时所感受到的巨大的沉重与哀痛,谈到了他至今不愿让自己再次看到武大的珞珈山和东湖，因为满眼望去，眼中浮现的都是导师的身影。那一次课程，老师用了三个小时，他谈了很多，我和师姐也记了很多。最后他说希望我们学有所成，也要我们切记，研究者拼的是生命的长度，而非生命的强度。

如今，我也为师多年，开始带自己的学生，指导他们写论文了。老师时常叮嘱我说，对学生一定要包容，不要说狠话，要以激励为主。他告诉我，导师的作用不是否定一个人，而是立起一个人，这需要沉静和耐心，与写论文一样需要定力。不过，面对日渐增长的教学和科研任务，我也感受到相应的压力与阻力。幸而就在老师身边，可以随时向其请教，他的点拨与鼓励，为我时时注入精神的补剂。有一件事正令我刻骨铭心，那是 2015 年秋天，我陪同罗老师外出开会，本已在航班就座，却遇机场管制，迟迟无法起飞。彼时我欲申报社科基金，便利用这难得的机会，向老师咨询选题之道，看看是否有可能依照自己的兴趣，将旅行视角和早期新诗结合起来。老师沉思良久，点头明确跟我说，这个题目可以做。随即他又提醒我，不要孤立地看待问题，应有"再阐释"文学史的勇气。后来学院组织学术年会，我作主题发言，第一次宣讲行旅写作与新诗生成的关系等问题。在讲述的过程中，我不时留意着老师的表情，他始终专注于倾听和思考，直到汇报结束，还保持着如此姿态。会后，他特意跟我说：这个题目确实可做！也值得做大。这番话于我而言，可谓坚实的后盾。2017 年夏天，我在英国访学，其间把围绕这一论题写下的一篇长文章发给老师。老师在 7 月 29 日给我回复了几段长语音，肯定了文章的研究思路。这些声音始终保留在我的微信"收藏"中，每当遇到挫折或是心情晦暗的时候，我便会点开它们，让老师的声音回响在耳边。尤其是那些肯定的话语，不啻为生命的强心针。他说："卢桢呐，文章我仔细读了两遍，写的还真是相当不错，特别是整个架势拉开了，然后第二部分和第三部分我觉得写得特别棒，把旅行与新诗的关系，这种关系造成的征象、表现写出来了，有一些新意。优点就不说了，有一些问题你还可以琢磨琢磨……"当然，老师提出的需要"琢磨琢磨"的问题，显然才是更为重要的,但我每每重复收听的,还是那些来自父辈的充满鼓励的言语。因为老师的肯定,会让我体会到孩童般的幸福和满足。

在老师身边工作,与他聊天的机会不少,老师经常会表现出更为本色的一面。比如,给学生的毕业论文敲定好框架了,他会由衷地舒一口气,说"你师弟(或师妹)的框架我给定好了"。轻松的话语间,透射出一位导师将学生顺利引入学术路径后的喜悦自得。再比如,老师主做诗评,也评论散文和小说。他不止一次地表达,说做过新诗研究的人再看小说,写出来的文章会和专事小说的人不同。那么,这种"为诗者再为文"的感受究竟是什么呢?我追问道。老师笑吟吟地看着我,目光却穿透了我和我身后的墙,"跟玩儿一样",他如是说。

和老师的交流中,也遇到过几次"此时无声胜有声"的场景。大概是 2013 年的 6 月,老师的孩子(也是我的师弟)罗麒确定了论文选题。此前,老师并未过多指导和干预罗麒的学术方向,而是希望他能够从兴趣出发,摸索出自己真正喜欢的角度。但当老师知晓了罗麒要在乔以钢教授的指导下做新世纪诗歌研究时,那种来自父亲的喜悦感和学者的传承感令他难以自制。大概是在他家楼下的一家鱼火锅店里,老师几乎是一个字一个字地把话送出来,告诉我罗麒"也要做诗歌"了。随后的十几秒钟,他看着我,抿着嘴,不发一言,应该是想笑,但还是控制住了。那一刻,我由衷地为他高兴,但尚未为人父,这种高兴恐怕还是浅薄的。直到我也有了下一代,而罗麒也已博士毕业、获得高校教职的时候,我陪同老师师母在校外的一家饭店吃鲅鱼馅锅贴,还没有上菜时,老师谈到了我刚出生的孩子,我也由衷地表达了对老师的祝福,说"虽然孩子不一定要走父辈安排的道路,但作为父亲,真的看到孩子最终走上了自己期望的理想道路,这种幸福的概率真是太低太低了,所以祝福老师和师母"。我说完这些话,老师沉默不语,锅贴端上来的那一刻,我注意到他挪移好盘子的位置后,用手指悄悄擦拭着湿润的眼角。很多时候,父亲为孩子付出了爱,却没法也不愿告诉孩子他所受到的苦。

当我理解这句话的时候，我的孩子已经三岁了，那时孩子的身体出了些状况，甚至会影响终身。我拿着医院的检查结果，来到老师的办公室，把孩子的情况在第一时间说给他听。想到陡然而增的压力和看不到希望的未来，我说着说着就伤心地痛哭起来，甚至也许说了一些厌世的悲观想法。说完了，我陷入沉默，老师也保持着沉默。许久，他摘下眼镜，眉毛皱到了一起，眼泪流了下来。那一刻，办公室里的时间仿佛凝滞了一般，什么都听不到。老师肯定说了很多安慰、鼓励我的话，但当时的我头脑混沌，记得没有那么真切了。唯一刻在我记忆中的，便是我像孩子一样的情绪释放，以及老师为我流的泪。那是亲人的眼泪，泪里有血，泪里也有光，他想用自己的光，为我驱散黑暗。几年过去了，我依然记得这个静谧的上午，从老师眼中流出的光芒，它令我自责，也让我意识到一个父亲应该有的责任与担当。困难会与我们终身相伴，如影随形，但我们不能倒下。写到这里，我突然想起老师当年激励我的话语了，他分明说过，不能走极端，更不能倒下，活下去，已不再是为自己而活……

是的，一个人的价值在于他的学术成就，在于知识分子高远的精神境界，更在于他对生活的理解。从诗歌课到人生课，点点滴滴的"话语"，浸润了老师对我们长久以来的关怀。话语的涓涓溪流，早就汇成江海，情感的点点微光，已然成就星河。感恩老师的每一刻，都会想起老师曾说过的，他第一次讲授现代文学课的经历。结课后，北国的教室里响起热烈的掌声，直到老师走出教室，转入走廊，即将离开教学楼，那片掌声仍未止息，反而愈发强烈。是的，那片掌声始终在响，在龙江的大地回响，在南开的校园回响，在我们的心中回响，并将由我们把这美丽的声音传播开来，传递下去。

作者单位：南开大学文学院

我的授业恩师

董秀丽

转眼博士毕业已经 13 年了,在慨叹时光易逝的同时,也勾起我对我博士导师罗振亚先生的无尽感激之情。说起我与罗老师的师生缘分,要追溯到上个世纪的九十年代。那时的我还是哈尔滨师范大学大三的一个本科生,罗老师在当时是中文系男神级别的人物,备受同学们的认可与尊敬。罗老师的课堂上,不仅挤满了中文系的学生,更有很多慕名而来的其他院系同学,他们都是被罗老师充满激情的授课风格所吸引,跑到罗老师的课堂来蹭课的。每当下课时,同学们都还意犹未尽,此时教室里通常会响起经久不息的掌声。

就是在那个时候,我的心里萌生了追随罗老师读书的想法,决定要报考罗老师的研究生。那时的想法很简单,从没有想过今后自己要从事什么行业,更没有想到后来能够到南开大学去读罗老师的博士研究生。所以从某种意义上来说,罗老师就是点燃我学术梦想的人,是引领我走上大学讲台的授业恩师。

我在 1998 年报考了罗老师的硕士研究生,但遗憾的是首次考研失利。备受打击的我,于 1998 年 7 月到哈尔滨师范大学宣传部报到,成为了一名宣传干事。此时的我还是不愿放弃,依然惦记着读罗老师研究生的事情,但是看到

1999 年的研究生招生简章中，罗老师没有招生，问过后才知道罗老师是隔年招生。我的内心虽然很失落，但也燃起了新的希望，所以就一边工作，一边着手准备参加 2000 年的研究生考试。很幸运的是，我终于如愿以偿，在千禧之年实现了成为罗老师硕士研究生的人生理想。

读研的过程中，我遇到了优秀的同门，每次讨论时，听他们侃侃而谈，我都会觉得自愧不如。我意识到研究生的学习模式与本科生完全不同，可是又不知道如何能够实现快速的切换与转型，产生了严重的心理落差。极度缺乏学术自信的我，是非常害怕与罗老师接触与谈论学术问题的，看到罗老师的第一想法就是想逃跑。细心的罗老师体察到这一切，让我写一篇书评，我写得很一般，罗老师在指出问题的同时，给予我极大的鼓励与肯定。经过罗老师多次指导和修改后的书评，后来在杂志上得以发表，我似乎才完成了从本科生到研究生的心理转型。在硕士研究生毕业论文开题时，罗老师在开题现场给予我极高的认可与评价，他肯定我突破了自己的固有思维，并认为我的论文观点及架构很有创见和新意。在那一刻，我内心充满感激与感动，我深深体会到了老师的良苦用心。在我读研的三年时间里，恩师慢慢地引导我，逐步地树立我的学术自信，引领我走上学术研究的道路。

硕士毕业后，在罗老师的帮助下，我到中文系任教。期间我发表了一些学术论文，这些学术论文先后被《中国教育报》及人大报刊复印资料文摘卡所转载，还有其他一些杂志的引用。而这些转载和引用，我自己并没有关注到，都是罗老师第一时间看到，并马上打电话告知我。我能从老师的语气中感受到欣喜，更有激励。正在我踌躇满志之时，我却意外怀孕并有先兆流产的迹象。此时的我刚刚到中文系任教两个月，如果保胎的话，我需要请假，我教授的课程也需要由其他老师接任。正在我为难之际，罗老师及师母带着老母鸡等补品到我家里来看望我，安慰并嘱咐我一定好好休息，不必挂念工作。罗老师说他已经安排好一切，我只管安心保胎。在罗老师及师母的关心及爱护下，我健康活泼的女儿于 2004 年顺利出生。

2007 年，我又随罗老师到南开大学攻读博士学位。永远记得在收到南开大学录取通知那一刻的激动心情，而在读博期间老师、师母给予我的关爱与照顾更是历历在目。在 2009 年，我先后经历了爱人面瘫、女儿生病及自己眼肌瘫痪的打击与困扰，当时不堪压力的我甚至产生了延期一年毕业的想法。罗老师语重心长地对我说："我清楚你的能量和潜力，你的毕业论文写作动手很早，用力很深，如果你咬牙坚持一下，一定能够如期完成论文写作。何况 2010 年你的女儿就要上小学了，你要按时毕业，把孩子从老家接回来上学。"老师的一席话给我很深的触动，让我重整旗鼓，并于 2010 年如期毕业。

今天的我，能够成为一名合格的高校教师，都是源于恩师给予我的精心指导及系统深入的学术训练，使我在学术视野、思维等方面均获得了较大幅度的提升。特别感恩自己今生能够成为罗老师的学生，我深知不是每个人的一生都这么幸运，能够遇到一位好的老师，而我能做的，就是也要努力成为一名优秀的教师，把这份幸运传递下去。

作者单位：哈尔滨师范大学文学院

时间在一张张照片中流逝

于　倩

时间在一张张照片中流逝，不知不觉，与老师和师母的相识，已经十余年了。这些年，每每想起老师和师母，我的心里总是充满着无限温暖。

在时间面前，我始终感恩老师曾为我提供了如此优秀的学习平台，让我有幸能够和这么多优秀的人一起学习，一起成长。

三年的学习生活中，老师将其全面系统的专业知识毫无保留地倾囊相授，细致到每一篇论文、每句话、每个词、每个字，都给予我非常精准、有效的指导。老师对于学术的那种精益求精的态度和精神，深深地影响着我，并给予我从事未来工作的勇气和启迪。老师为人周而不比、矜而不争，他的谦谦君子之风，也早已成为我涉世为人的典范。我一直相信，人生与选择有关，经常庆幸自己能够成为老师的学生。未来，这一份师生情谊，我会用更长久的情感来珍惜。

离开校园的这些年，身陷繁忙的生活，为了尽力把自己的生活过得幸福，我多以读书的方式追求内心的安宁。那些文字，绝大多数都是老师的诗。

对我来说，老师的诗，是进入生活的诗，他文字的稠密和稀薄，浅唱与深情，都让生活的意义变得绵长。他的诗充满了宁静感，就仿佛一个人不管在哪里漫游，总会有一个特定的地方、一些特定的人停留在诗里，把力量带给远方的漫游者。不需要更大更多的东西，他们的存在，他们对生活的态度，对我来说就是很好的事情。老师诗歌里的种种情绪，让人重新变得自由与安静了。

他在诗中诉说着故乡、归途，表达着对亲人的思念，描摹了对世界的观察。“沿途的所有路口/都将亮起一支红蜡烛/雪夜里咱家院里那盏经年的风灯/一眼就会认出您。”这真是能够让人感受到温暖的文字，字里行间的至亲至爱、田间村头、小物小件，其实都是我们在人生中的不同阶段需要承担、承受，需要浅尝、深悟的形形色色的生命体验，是我们最终都要去经历和面对的事物。这不仅仅是老师一个人的所见，更不仅仅是他一个人的感受，在静静的观察与诉说里，他总是能清亮亮地照出每一个人的情绪。

我在老师的诗中，看到了远方广阔的事物，看到了近处可触可感的事物，看到了抽象、宏大的事物，也看到了具象、细小的事物。他的诗在安静中绽放，其间蕴含着一种力，使我们在面对生活的忙碌与烦扰时，可以借助这样一种力量去穿透表象，回归心灵。他的诗让我知道，我不是被生活所禁锢的，我在生活里面活着，面对日常的烟火气，但心里却总是有着一个更为广大的世界。在这世界中，容纳着老师的人格以及他的文字带给我的所有真正的美好。

我愿带着这些诗里的故事，在生活里，持续地把每一天用在自己热爱的事情上，继续探索世界。也希望自己能像老师诗中的候鸟一样，在需要飞回的季节，义无反顾地回到故乡。

作者单位：北京学而思教育科技有限公司

感恩吾师

杨　亮

“罗，罗老师”“罗老，老师”……，读博三年最大的遗憾就是在老师面前说话总是紧张，到了博士毕业论文答辩结束之后，这个情况才算有所改观，哎……

一晃毕业已十年有余，即将迎来老师六十岁生日，人生有太多个“一晃而过的十年”，但非常珍惜能有这样一个契机，能在如水般流淌的日子里驻足停下，静静地回忆在老师的指导与挂念下，学习和生活的三年时光。

“你知道吗？老师其实可严厉了，一丝不苟，做人做事都能一针见血地指出学生的缺点和毛病……”，“我怎么没觉得，我觉得老师很有耐心啊！”这是我在南开和同门真实的对话与内心对白，现在我才明白，老师待我是温和的，他念在我以前并没有研究诗歌，总是给予我更多的耐心，等待我能找到门路和感觉，而没有一味的指出我的短板，而让我畏惧诗歌和最后的毕业论文。以老师治学严谨的态度，在文章中随处飘洒的诗才，老师当时是忍住了多少要批评我的话语啊！不仅没批评，反而是更耐心地指导，把我叫到面前给我补课，吃小灶，在老师办公室，给我足足补了一个下午的课，告诉我，你要想研究哪个时代，哪个方面的问题，应该看谁的文章，谁的作品。老师讲啊讲，我飞快地记啊记，时不时不懂装懂地点点头，回忆起来真是惭愧。老师实际上是给了我一张大网，帮助我梳理脉络，找到门道和捷径，他担心我迷路还不吱声，现在想想真的是枉费了老师一片苦心。如果时间还能倒回，再回到那个下午，我一定收起我不懂装懂的小脑袋，更真诚、更虔诚地面对知识，面对老师的指导，也实事求是地面对自己的学术起点，确实在诗歌研究上不懂的地方有很多，我需要老师的指导，需要多和您交流，多向您请教，而不是远远的看见老师只会“傻笑”。

能成为老师的学生是幸福的，毕业后到今天一直感恩着老师，也一直被老师挂念着，无疑更是幸福的。老师给予学生的除了知识上的积累、从业能力的提高，更多的是人格上的提升。老师爽朗的笑声极富感染力，他乐观向上，意志坚定，遇事从容不迫，是能与文学之冠诗歌结为终身的良师益友，但在内心深处，对故土家乡的怀念，对亲人的追忆，又深深浸润着黑土地质朴、广博、吞纳一切的精神因子。在老师的身上几乎感觉不到浮躁之气，更多的是脚踏实地，他从容而自信、稳妥而坚毅地走出了自己的一片天地。这一切幻化成一股强烈的力量，深深地激励和影响着我们。

影响着我们的还有老师和师母的爱情。从老师为师母写的诗中，能感受到理想的爱情与婚姻的状态。互相付出、牺牲，又互相成就、体谅，双向奔赴和共同成长，最后相互搀扶走完这一生，看似平平淡淡，但能坚守下来靠的是彼此之间的信任与理解。老师和师母的婚姻与爱情，就像一面镜子一样，示范着平凡而幸福的人生应该是怎样的。老师和师母在我的心中，就像我的父亲和母亲一样，令我可以卸下内心的防备，轻松地和他们在一起聊聊天，分享人生的一些“大事儿”，也可以分享生活中的“小事儿”，这是我心中的另一个“家”。作为老师、师母的“孩子”，我们真的是幸福的，老师和师母为我们敞开了爱的大门，让我们每一个人除了拥有属于自己的小家以外，又组成了一个相亲相爱的大家庭。也许平时大家都很忙，也分散在国内各个不同的地方，各有各的快乐与烦恼，但聚在一起，永远是那么亲切。我相信，这是老师和师母给予这个家庭的能量,宛若定海神针,深深地扎在我们每一个人的心里。

从胆怯到敢于面对自己的胆怯,自己渐渐变得勇敢,但离真正内心的强大还是有距离的。这是我对自己毕业十年来心路变化的总结,这些改变是生活给予我的,它伴随着喜悦与眼泪,我在好好地拥抱它,内心充满能量地感受着生活落在肩上的重量。感恩成长之路一直有老师的提携和庇护,期待能与您常相聚在天津!

作者单位:大连理工大学国际教育学院

春风化雨,润物无声

常金秋

最初认识老师是从一通电话开始的。当时我毕业不久,与罗老师素昧平生。周围的老师和朋友都告诉我,老师学问做得好,我就鼓起勇气给老师打了电话。老师在电话里问了我的学习情况,鼓励我多读书。先生的声音轻快、温暖,和我聊了好一会儿。当时我刚到新单位不久,不仅是个“新人”,还是本地人常说的“外县人”,周围人对我大多都是客客气气的,但也都比较疏离。老师对一个未曾见过面也不相识的学生,给予的善意与耐心,让我至今难忘。

在南开的学习生活中,让我记忆较深的还有一幕。有次下课后,罗老师带我们到范孙楼后面的穆旦花园,畅聊穆旦诗歌以及他在南开的岁月,最后大家一起在穆旦塑像下合影。后来又有一次,老师和师母在午休时带着我往老图书馆散步,去看穆旦工作过的地方。我为自己能在穆旦生活、工作过的地方学习,感到幸运!也正是老师的“牵引”触发了我对穆旦研究的兴趣,我开始更多地了解穆旦。后来,我看到穆旦从20世纪50年代开始翻译了不少俄苏作品,也包括当时最受读者喜爱的诗人普希金,就打算挖掘一下。开始的时候,我查阅了一些有关穆旦译介的研究资料,但是收获不多,尤其对于穆旦翻译行为背后的动因,始终比较模糊。后来我又从穆旦诗歌研究资料入手,最终是老师评论穆旦的文章让我豁然开朗。老师认为穆旦的“超人”之处就在于“执著于时代、现实但却不过分依附于时代、现实,就事论事。”正是这句话让我理解到穆旦的译诗行为不仅是参与当时文学建设的权宜之计,而是其文学行动精神的真诚归趋。老师的论断,是用“心”观照研究对象得出的结果,所以能够直击穆旦文学行动的实质。老师带我走进了南开大学,也在有形无形间,引导我再次认识了这位诗人及其诗歌。

在博士一年级下学期,我跟老师谈起毕业论文选题,表示自己对俄国白银时代一些诗人比较喜欢,想把这时期诗歌与中国当代诗歌关联起来。老师认可了我的研究方向,但是建议我从“普希金与中国新诗”切入。先生认为虽然国内对普希金的研究不少,但是与中国新诗的关系发掘仍不够,鼓励我以此为起点。后来随着研究的深入,我才发现普希金原来是这些白银时代诗人的精神导师,也明白了老师的苦心——做学问要从“根”做起。老师希望我们在学术上能够挖一口深井,扎实做好。多年来,我愈发感受到“源头”“活水”的好处。博士论文预答辩的时候,先生把其他老师对我论文提出的意见一一记好并嘱咐我:“文章是改出来的,如果改不动了,放几天再接着改,只有不断打磨修改,才会越来越好。”时至今日,老师这种潜移默化的影响,仍让我持续受益。

在南开大学读博士的几年,是充满着忙碌与紧张的几年。因为还要工作和照顾小孩,常会感到疲惫,但是只要回到南开的校园和老师聊聊天,好像就充满了电。虽然毕业多年,远隔千里,这种温暖的感觉仍在。多年来,老师和师母对我各方面的关爱太多了,每当我要表示感谢的时候,仍会觉得不好意思,因为那就像对自己父母说“谢谢”,这个词,太轻了!

作者单位:贵州财经大学文学院

一份文章修改手稿

柴高洁

手头一直存放着一份用遮光塑料袋保存，距今已有十多年发旧发黄的文章修改手稿。这是一份关于20世纪70年代中国台湾现代诗诗潮精神走向的文章，探讨了现代诗在20世纪五六十年代嫁接西方“恶之花”后，如何融会了现代与传统以及西方与本土的诗歌理念，扭转现代诗晦涩冷僻的诗风，实现对传统的重铸与再造。也不知道为什么，每隔一段时间，我总会把这份手稿拿出来看看，好像看看它就能让我平复烦躁，厘清思路，就能让我有继续读书爬格子的动力。

打开塑料袋，看着手稿上密密麻麻的黑色水笔字迹和各种划线、指示箭头，思绪一下子就被拉到2012年的春夏之交，脑海里立马浮现出导师罗振亚先生帮我修改文稿的画面。这篇关于现代诗的文章，我写了有一两个月之久，一万两千多字，写完后，也一改此前写完文章不爱修改的坏毛病，反复看了几遍，觉得可以了，才拿给先生去看。之所以这么大费周章，是因为此前写的几篇文章，投稿后才告诉先生，先生查阅文章后“狠狠”地批评了我，说：“好文章都是打磨出来的，再写一篇，拿来我帮你看看。”说心里话，我是有点怕先生的，并不是因为先生严厉，恰恰相反，是先生带给我的温暖和激励，让我总有怕辜负先生期望的胆战。

那天下午到范孙楼先生办公室，不知道是初夏的阳光太暖，还是心理上的紧张，手心微微出汗。先生办公室的布局很简单，一面墙是书柜和满满当当溢出来的书，靠近门口一个浅橙色布艺沙发，靠近窗子一张书桌，几把椅子，桌子上透明玻璃杯里一如既往的满满茶叶。先生放下手头工作，拿起我的文稿，开始翻看。我坐在一旁，就像做错事的小学生，无所适从。看了一会儿，先生让我靠近些，开始批改文稿。从文章段落间的逻辑调整到遣词造句，从话题如何引入铺展到每个部分如何主题突出，从题目的字斟句酌到摘要的观点表达，一万两千多字的文稿，被先生改得“面目全非”，仅删去的内容大概就有三四千字。不觉将近两个小时过去，天色渐晚，文章还没改完。先生起身，说：“走，你们师母去招生宣传不在家，今天咱们俩一起去吃饭，饭后到家里继续看。”印象是在华苑新城北门口斜对面的一家餐馆，我并不确定那个是不是应该叫北门，我一向路感很好，但到天津以后也入乡随俗，分左右而不分东西。

饭后，随先生一起到阳光100家里。先生的书房，窗子后面一张大书桌，书桌上放着几本翻开的书，四周都是书柜，以及仍是满满当当溢出来的书。先生沏好茶水，我们师徒二人坐定，他伏案继续修改文章。可能是刚吃完饭，也可能是回家的路上走得有些急，我坐在书桌的侧后，看到先生参差的白发和脸颊渗着汗珠。这一幕画面，一直定格在我脑海，一直在鞭策我不断努力以报答师恩。后来，文章又经反复修改打磨，投稿出去，很快就发表见刊。这份修改的手稿，我一直保存至今。

这并不是我第一次到先生家里来，先生和师母经常会邀请门里的弟子到家里吃饭聊天。尤其是过节的时候，怕在外求学的弟子因为节日而想家孤单，先生和师母都会准备一桌子好吃的。多年过去，每当跟门里兄弟姐妹聊天，弟子们念念不忘的大碴子粥和豆包，总是能带给我们难忘的温馨记忆。我家客厅照片墙上，也一直挂着一张照片，门里前后几届的师兄弟师姐妹十六七人在老师家客厅的合影，大家以沙发为中心，有的坐在沙发靠背上，有的坐在沙发扶手上,有的靠着沙发坐在地上,师母坐在中间,我们挥舞着双手,脸上洋溢着发自心底的笑容。

南开追随先生求学的三年,时光短暂,但又足以改变我的命运,不仅在学术上,更在待人接物为人处世上影响我的一生。先生治学严谨,常年笔耕不辍,弟子们不好经常去打扰,但又舍不得每次跟先生聊天都能获得灵感以及解决思路难题的诱惑。只好硬着头皮,趁先生饭后散步的时间,制造了好多场"偶遇"。先生不但没有责怪,反而成为多年的谈资。先生对待弟子一向宽容大度,总能发现弟子们身上的闪光点,并合理引导。毕业后,寒暑假要回天津探亲,我总是会去叨扰先生,先生不管多忙,都会留出时间相见。在先生面前,我始终会觉得紧张而不善言谈,但先生又总能从我稍微流露出的困惑里,解决我在工作和学术上的问题,从如何站好讲台,如何与学生相处,到如何带自己的研究生,如何规划自己的学术道路等等。先生偶尔来郑州参加学术活动,也会极力提携弟子,帮助我成长。还记得 2016 年先生去巩义参加"杜甫诗歌节"路过郑州,我与他相聚,向他谈起很多师兄弟都拿到了国家课题,自己觉得压力很大。先生立马问起我的准备情况,提了很多建议,并告诉我可以试着去申报后期资助项目。先生鼓励的话,给了我很大信心,后来课题果然顺利立项。2019 年初夏,先生不辞辛劳,在我工作的学校做了一场非常精彩的学术报告。再一次听到先生在台上讲课，那种在我的学生面前又当回学生的幸福感觉，无比美妙。报告结束后,我代表学院送给先生一块木质讲座纪念证书,看得出来先生也是幸福开心的。

往事总总,不管是在天津,还是郑州,或是哈尔滨,和先生在一起,和同门兄弟姐妹在一起,总是温馨愉快的。先生指导博士生和硕士生多年,时间跨度非常大,指导的弟子又多,但先生每次聊起,总能如数家珍,谁谁评上教授了,谁谁当上博导了,谁谁又拿了国家项目了,那份欣慰,那份为弟子们能取得好成绩的愉悦,一直感染着我们。说来也奇怪,先生名下弟子,仅博士就有几十个,入学早的跟入学晚的年龄相差也会较大,但大家在心理上没有一点隔阂感，没有一点陌生感，彼此都非常亲密，一家人的感觉真好。这些无不是先生为人处事点点滴滴润物无声的结果。

不觉间，南开毕业已有近十年，但十年里，一直都感受着先生、师母和同门兄弟姐妹的关爱，这份爱和温暖，一直陪伴并鞭策着我前行。我非常喜欢先生的一句话："与诗结缘，是我的痛苦也是我的幸运。它让我不谙世故，难以企及八面玲珑的成熟；让我的心灵单纯年轻，不被尘俗的喧嚣烦恼所扰。它教我学会了感谢，它教我在人生路上走得淡泊自然，走得快乐永远。"[①]感恩先生，感恩这份师徒缘分。

作者单位：中原工学院外国语学院

① 罗振亚：《中国现代主义诗歌史论》，社会科学文献出版社 2002 年版，第 441 页。

老师·意象

薛媛元

直到师兄们提起,我才恍然震惊于时间的流逝:原来在我心里永远盛年的老师,如今也到了花甲之龄。然而捕捉脑海里片片闪光的镜头、镜头里定格的总是年轻的老师,让我还有种不可思议的恍惚感。但日历摆在面前,上面的数字已经确乎是2023,连我这总觉得自己好像昨天才刚毕业的中年"少"女,都已经四十了(而且不是奔四,是整四)——和老师从教的时间一样长,想想还有些与有荣焉。虽然我掺和进老师的教学生涯中时,已经是这四十年中偏后的时段了。

我对人的记忆往往不是一段段完整的影像,而是若干极鲜明的、照片一般的意象,而后由这意象向前向后延伸,从脑海中才能将那些事件慢慢打捞出来。在这浩瀚而混乱的脑海中,与老师有关的意象自然不少,而今且捞起几张最可珍惜的来分享。像我这种思维飘忽、感性主导的文学青年,独独钟情的这几个意象在宏大叙事的视野之下实在是不值一提,然而它们记载的是我心目中亲切真实的、富有人情味的老师。

老师确实是个实在人,做学问、做人、带学生都很实在,绝不藏私。因为实在,老师凡事无不可对人言,有些其他老师可能不敢说的话或觉得不好对学生启齿的话，他都会直说，甚至对颇有地位的诗歌大家，看到其为文的疏漏处也会直言不讳也加以指出。同时，他也很有分寸感，不会把学生带到愤世嫉俗的偏激方向，整体上还是注重正能量的引导。

有回他与学生们闲聊，聊到以前的某位已经工作的师兄，某次学术会议后来探望老师，期间谈到会上的一位专家傲气十足，不爱理人。老师当时就很不客气地教导师兄："人家都不知道你是谁，凭什么要理你？"他接下来又解释说，学术会议上真正的大家，每个人都想过来和他说说话、合个影，这种时候肯定无法人人顾及，遇到听说过的人、或某篇看过的文章的作者可能会聊两句，但如果你就是个毫无亮点的无名小卒，他能与你聊些什么呢？总得自己先足够优秀，做出像样的学问来，让专家对你有印象，你们才有交流的空间。

经常说大实话的老师是非常典型的东北人（虽非身材魁梧的东北大汉），东北口音，东北式爽朗，还很有东北气场。我心里所谓的东北气场，是东北人（尤其是东北男人）身上所具有的一种集霸气、沧桑、担当等诸多元素在一起的复杂感觉，非常地……诗和远方！总之跟老师的专业很搭。虽然多年的学术浸淫赋予了老师浓厚的知识分子书卷气，会在一定程度上掩饰这种气质，然而刻在骨子里的东北气场，依然会不定时、不经意地流露出来。我脑海中存了若干张师娘在学生群里秀过的老师生活照，或是刚下汽车，或是身着黑T恤，或是戴着口罩拎着菜，甚或骑着骡子戴着大红花，说不定哪一个举首投足间，那眉宇间睥睨天下的东北气场就会突然展露。

同样，老师也带有东北男人侠骨柔情的一面。他与师娘多年琴瑟合鸣，家庭气氛融洽得让人十分羡慕。而且特别难得的是，老师没有大男子气，非常尊重师娘，甚至尊重到外地人觉得有点不好理解的程度。我曾听有人提起，老师在调工作到南开期间，大事小事都要征求师娘的意见之后再做决定，以至于都有人产生了疑惑：罗老师家里大事是妻子做主吗？后来相处久了才解除了这个误会。同样，对于学生，老师也有着不同寻常的细心、耐心和宽容之心，不止在学术上，也包括在生活上。我脑海中另一个极其鲜明的意象，也与这一点有关。

读博后的第二个中秋节，我们留校的所有弟子受邀去老师家里聚餐赏月。那段时间我因为从毕业生的书摊上买了一本关于鸡尾酒的书，正热衷于把各种饮料进行混合，美其名曰调酒，就带了一兜五颜六色的果汁饮料准备露一手。老师和师娘十分支持，特意找出来一套精美的刻花玻璃高脚杯。结果我一上手就闯祸了，洗杯子时不知怎么一个寸劲，愣是在高度差不到一尺的水池里给弄碎了一只。那杯子雕花精致，一看就价值不菲。当时我耳朵轰一声，瞬间陷入自我厌弃：大家都在帮忙，只有我在添乱！不过老师半句也没责备我，只关心我的手有没有事，怕我划伤，还亲自抢着把碎玻璃拾走了。后来我都有点不太敢用那杯子调酒了，不过老师表示没关系，尽管用。

吃饭时，我跟师娘问起了刚才打碎的杯子，想看看能不能再买到只一样的配上。那时我才知道，这套杯子是老师的一个朋友从俄罗斯带回来送给他的，是当地的特色工艺品，国内根本买不到。老师很珍惜，平时是不拿出来用的。我益发不安：这样一份朋友不远万里带回来的心意、对老师有着特殊意义的礼物，就被我一个不小心打碎了……这让我又陷入了自责。师娘安慰我说，一套杯子少了一个是有点可惜，但碎碎平安呐，不用往心里去，可我心里还是很纠结。

我后来在网上寻找过各种刻花玻璃杯，真的一直没有找到同款，甚至相似款也只有一只，但四位数的价格让当时囊中羞涩的学生党只能望“杯”兴叹。老师和师娘过后都从没再提起过这件事——他们这样一对旷达大度的模范伉俪当然不会计较一只杯子，或许早就丢到脑后了。但莫名其妙地，我心里却总是过不去这个坎，老师那只抢着把碎片拾走的手，成了我头脑中执念般的意象，甚至之后再发生的很多事情都无法淡化它的影响。师娘曾经说我心思重，可能确实是有些吧。

总之，脱去重重耀眼的学术光环，老师就是这样一个豪放又细致、坦诚又有度、大气又温和、耐心又包容的既典型又非典型的永远年轻永远朝气十足的东北人。同为东北人(虽然是完全不像的非典型东北人),当我提到老师时,胸中全是与有荣焉的自豪;而作为学生,当我提到老师,更时刻充满着十足的底气。能够成为罗门的一员是我一生的幸运,也但愿将来有一天,老师想起我时,脑中浮现的可以不再是那个最不省心的孩子,而是多少能有一点欣慰和愉悦吧!

作者单位:大连外国语大学汉学院

从师问学散忆

周　军

导师罗振亚先生不仅是我的授业恩师，更是将我从困顿平庸的生活里拯救出来并引向学术之路的贵人。犹记2011年以前在齐齐哈尔大学工作时的无望感：工资收入低，助学贷款尚未还清，买房更是遥遥无期，异乡人的漂泊感时刻折磨着我，工作上虽有领导同事的精心扶助，但生性愚讷的我畏惧仕途。在好友常乐博士的鼓励下，跨专业报考并极度缺乏信心的我鼓足勇气给素未谋面的罗老师寄去了一封自荐书信，没想到罗老师给我回了一封温暖的信函。金秋九月，我如愿考进了南开园，幸运地成为了罗老师的学生，并在老师的帮助下改写了自己的命运。

罗老师在学术研究上严谨自律，注重润物细无声的言传身教。犹记得刚入校的一天清晨，我陪着罗老师去他的办公室，一路上老师语重心长地叮嘱我：在南开，要坐得住冷板凳，没有谁能以南郭之才侧身于此；要珍惜学习机会踏踏实实读书、多练笔多投稿，要有好几篇稿子同时在“天上飞”……我时刻谨记老师的教诲，但奈何自己资质愚钝。一次，我有篇小论文发不出来，非常苦闷，怀着忐忑的心情去请求老师指点，老师二话不说就放下手头繁重的工作，一字一句地指导我修改。时值盛夏时节，老师脑门上豆大的汗珠流淌下来都无暇顾及。经过老师斧正的论文投出去后，很快就有了反响。现在回想起来，老师的教诲叮嘱仍然清晰如昨。老师亲手密密麻麻修改过的稿纸，我一直带在身边，每每翻阅，心里都充满了感激之情。

生活中，罗老师又是给予弟子温暖亲情的“父亲”。身为他的弟子，是幸运的，更是幸福的。每年新弟子考入南开时，老师都会张罗聚会，大家围坐在一起吃饭喝茶，老师和师母跟大家拉家常谈理想，帮助大家更快适应学校的学习和生活。每年中秋节，老师和师母更会亲手烹煮美味的菜肴，温暖没有回家的学生，那种师门如家的感觉让我至今难忘。为了扶助我这个专业基础薄弱的大龄学生，罗老师还特意安排当时也面临读博压力的罗麒弟弟帮助我，让我感动不已也羞愧难当。毕业后，因为更换工作单位，安身之所未定，我只好让母亲继续暂居南开北村。在那样的艰难时刻，依然是老师和师母伸出援手，时常去探望我的母亲。时至今日，老师和师母还一直都惦记和关心着我。扪心自问，谈起为师门增添荣光，我可能是最拖后腿的，但若论在得到老师的帮助方面，我应该算最靠前的了。

忆往昔，点滴皆是难忘的师恩。篇幅有限，只能聊聊数语寄托感谢与想念。值此恩师六十大寿与从教四十周年双喜并至的时刻，惟愿老师师母福寿绵长、喜乐安康！

作者单位：闽南师范大学文学院

厚土长麦穗

侯 平

罗振亚先生给我的印象,就像老师家乡的黑土地,厚厚的沃土,上面长满了饱满的麦子。我们像麦穗发芽,吸着营养,努力长得更高。老师严格又宽厚,我敬爱老师,尊敬老师的学识和为人,热爱老师指引的诗歌之道,虽有时会担心自己在学术上做得不够好,但仍然会不断努力,向阳生长。

作为中国新诗研究的专家,老师被引进到南开的时候,我就读研三,正在天津外国语大学实习,代中国当代文学课程。罗老师恰好为南开本科生开授这门课程,征得他的同意,我旁听了老师精彩的授课。记得有次老师课上唱了《被爱情遗忘的角落》小说改编电影的主题曲,那歌声浑厚优美,在场同学报以热烈的掌声。老师的授课知识和情感交融,让人难忘。我现在给研究生讲诗歌,更是直接受益于老师。老师渊博的学识、挥洒自如的风采以及将自己的研究代入课堂的授课风格都给予我启迪,成为我授课的基石和源泉。

在博士备考和求学过程中,诗歌的面貌于我渐变清晰,不过我资质鲁钝,研究新诗还是有些吃力,在老师的建议下,我选择了歌词研究。歌词与新诗相比,更"浅"一些,但它影响面大。关注大众口耳相传之歌、让更多的人爱上"诗歌"是我所愿。建议我做此选题,也能看到老师巨大的包容性,他因材施教,根据我们的特长,帮助我们规划学术研究之路。我有影视文学的背景,歌词中有很大部分是影视歌词，这能发挥我所长。我最终选择了 20 世纪 80 年代歌词为研究对象，我会记住老师对我要将“段”拓展到“面”的期许，继续推进研究。

做博士毕业论文时，我在资料整理和细节上花了不少时间，给老师看一稿时论文还是乱的，老师指出了我的问题，我赶紧理清眉目，调整格式，得到了老师的肯定，我才放下悬着的心。在章节的取名上，我原有标题比较“楞”，老师帮我做了修改，注入了诗性的因子，如“大众传媒的‘助力’”“在声波中传扬”“在影视画面伴生中生长”，一下让论文框架面目变得生动起来。老师常年研究诗歌，一本本著作厚重，一篇篇论文严谨，论证语言更散发着诗的光芒，有种“气”在流动，达到了学者严谨和诗人才情的统一，让我们弟子心生崇敬。

在同门这一大家庭里，不时有欢乐的聚会，像九月迎新、中秋过节、毕业送别。聚会上诗情浓郁，师兄师姐们有时会在聚会上朗诵自己的新作或喜爱的诗歌，我当众唱过《橄榄树》，老师和师母微笑倾听。在小聚会之外还有大聚会，南开大学有“穆旦诗歌研究中心”，定期召开诗歌研讨会，邀请学界知名学者、诗歌研究专家参会发言。作为会议主办方的博士生，我们能了解到学界前沿信息，也需要尽地主之谊，老师在礼仪细节上也予以我提醒。我性格有些浮躁，写论文又磨叽，这些老师也提点我，促使我向更好的自己走去。跟着老师，不仅是学做学问，更是学做人。老师写诗，诗如其人，2018 年，他推出诗集《一株麦子的幸福》。麦子的意象鲜活，诗风真诚质朴，写出了对亲人、师长和友人深切的爱以及对周边事物的敏感和关注。这种温润的诗的光芒照耀着我，使我感受到诗歌的魅力，我也把这种感受随时传递给我的学生。我家孩子叫老师和师母“师爷爷”“师奶奶”，小时候她常问我说，诗爷爷、诗奶奶是诗的爷爷奶奶吗？虽然是谐音之问，但也是“美丽的错误”。老师和师母给予我们诗的滋养，他们在学术和生活上给予我们熏陶和关怀。我们沐浴着光生长，也要把感受到的诗歌光芒折射出去，像黑土地上金色的麦子蓬勃生长，生生不息。

作者单位：天津外国语大学国际传媒学院

灯塔的力量

李　洁

转眼毕业已经六年有余,在这六年多的时间里,工作、家庭中的各种琐事纷杂,每次忙碌之余,总是忍不住怀念在南开读博,可以时常聆听罗老师教诲的日子。我是本硕博连续读下来的,虽然硕士毕业后为了考博准备了两年,却从未走上过工作岗位,所以这六年多的工作经历对我来说,就像是孩子离开父母的庇佑独自生活,而离开罗老师、离开南开的意义又不仅于此。在南开求学三年,跟随老师读诗、评诗、写文章,所有的经历早已细化为一股力量渗透在教学、科研的每一处细节当中,稍稍回味即可唤醒在读博时期的记忆。读博三年留给我的不仅仅在日常的教学和科研中安身立命、用于处理各种工作的专业知识,还有更多关于生活本身的感动与温暖。

记得刚读博一时,繁重的课业任务以及随之而来的论文压力让我的焦虑情绪日益严重,每天埋头于各种文献,但还是感觉自己与周围的同学差距甚远,我的阅读速度总是赶不上专业课上老师们提出的要求,这让我一度陷入了深深的自我怀疑。而罗老师在每次询问我学业情况的时候,都是在鼓励和安慰,在我汇报时,罗老师总是能够不经意地指出我的优点,这让从小经受挫折教育长大的我受惠至今,也让我逐渐开始对自己有了信心。不管遇到什么困难,都能想起罗老师那句带有东北特色的激励:“罗门没有一个瘪子。”在他眼里,学生就像是自己的孩子,每一个学生都是优秀的,都有自己的优点,而我能忝列其中,唯有不断地努力才能不辜负老师的期待。性格内向敏感的我能够在三年内顺利完成学业,这与罗老师的鼓励式教育密不可分。

当然,除了鼓励,罗老师对论文的要求从来都是认真且严谨的。博一第二学期,我开始着手准备第一篇正式的学术论文,完成初稿之后交给罗老师请他提意见,等待的那几天真是忐忑又焦虑,两天之后罗老师打电话让我去他办公室。到了办公室看到老师电脑上我的论文早已“面目全非”,每一个句子甚至用词都仔细做了修改和批注,我顿时羞愧难当,满脸通红。而老师却很轻松地说:“每一个学生都是这么走过来的,别担心。”他为我仔细讲解和分析了每一处修改的地方,以及为什么要这么改,修改之后和之前有什么区别等等。这一幕场景真是终生难忘,老师给我改过的论文,我一直都存在电脑显眼的位置,以此来提醒自己,做学问一点马虎不得。

除了在学业上对学生严格要求之外,罗老师和师母在生活上对学生的关心和爱护更是让我感动不已。以前读书都是在省内,每到节假日我是第一个要冲回家的,但读博之后,路途远学业重,回家慢慢变成了一个念想,罗老师和师母的关心和照顾让我逐渐地适应了读博的生活。在南开的时候,每到节假日,罗老师和师母都会精心准备一大桌饭菜邀请学生去家里小聚,中秋节带我们爬山赏月,新年则会带着学生一起吃饭聊天,学业生活中很多平时遇到的困惑经过老师云淡风轻地点拨,慢慢就解开了。而对我这个从西北偏远小城来的学生,罗老师和师母更是格外关照。记得读博一时,一次偶然聊天中师母得知我在西北很少吃螃蟹,第二天中午便做好了给我送到宿舍楼下。毕业前一年的春节因为论文压力,再加上春运车票不便,我就决定不回家了。得知消息后,师母早早就邀请我去家里过节,除夕当天除了一大桌丰富的美食之外,老师师母还特别给我准备了写了祝福语的红包,这让第一次不在父母身边过春节的我也感受到了家的温暖。现在回想起来,这样的细节太多太多。

在南开,跟随罗老师学习是我的人生经历中成长最快,变化最大的三年,而这样的蜕变更是影响到了我毕业之后的工作、生活,甚至改变了我的性格,让我从内向敏感逐渐变得开朗勇敢,这是一生的财富。

毕业几年来,想说的话很多很多,付诸笔端,总是显得苍白单薄。但罗老师的学养和人格魅力一直都是我人生前行路上的灯塔,为学、为人永远的楷模!

作者单位:西安财经大学文学院

师恩如水,师恩如山

刘 慧

能与美丽的南开结缘,我要感谢恩师罗振亚先生。在南开园,不仅实现了我儿时的梦想——来到周恩来总理学习过的地方,更让我眼见为实了曾经的"学府北辰"所始终承继着"允公允能"的担当和不唯大楼林立、而唯大师育人的风范。

在攻读博士研究生时,我的身份是一名大龄考生,也因此内心常怀自卑,但恩师待我这个"老学生"从来没有丝毫的嫌弃,始终都是亲切和包容,给予我以更多的理解和关爱,使我得到了鼓励,增强了信心。永生难忘恩师指导我修改第一篇论文时的情景,恩师在电脑前边耐心细致地给我讲解,边逐字逐句逐标点地修改,三四个小时的时间里,我看着恩师已经斑白的两鬓,因说话过多发紫的嘴唇,已经湿透的衬衫,内心真是又汗颜自责,又被恩师尽职尽责、诲人不倦的育人精神和精益求精的严谨治学态度深深感动,因而湿了眼眶。恩师二十岁即走上讲台,四十载以学生为本位,倾尽心力为每一位学子的学术发展谋长远规划,这促使每一位弟子都深耕一方诗学沃土并受益终身。

对师母杨丽霞女士,我也要表达祝福和感恩。作为省级教学名师并且管理才干出众的师母,为了支持恩师的学术理想而默默地付出了很多。恩师和师母的互敬互爱伉俪情深，更是为我们所有已经建立家庭的弟子树立了榜样。师母是恩师生活中和工作上最坚强的后盾，同时师母也是师门每一个弟子的贴心人，她在生活上时刻关爱呵护着我们。毕业多年后，仍时常想起我和恩师师母在四季轮回中的南开园里开心散步聊天的情景。难以忘记，在我起早贪黑撰写博士毕业论文的过程中，师母起早包饺子给我带到学校做早餐；不能忘记，师母和恩师顶着正午的酷日，不顾膝盖和颈椎、腰椎的疼痛，在春日的菜园里弯腰四处寻觅和挖掘婆婆丁的忙碌身影，只因得知我身体抱恙想要给我祛祛火。当我从李洁师姐手中接过满满一大袋子的婆婆丁时，早已感动得泪流满面……

恩师罗振亚先生用他的爱，默然而又悉心地爱护和培养着每一名学生，以身为范地使我们耳濡目染"为师"之道。他以澄明的人生境界和孜孜以求的诗学精神引领和感召着我们，激励我们在诗学研究的道路上不畏艰难、砥砺前行。师恩如水，必将一生滋养我的心田；师恩如山，在我心中必将终生岿然不动。

作者单位：贵州财经大学文学院

Lagom

李晋白雪

刻板印象,似乎已经成为了在快节奏的现代社会里,大家企图快速划分彼此标签属性的顽疾。针对教授学者,这个制式标签大多与“严肃”“严谨”“深沉”有关。尽管粗略列举的这些词语隐隐带着憧憬和敬意的褒义,但也同时塑造了极强的职业距离感,变得稳健而无趣。身为一个极其看重趣味在生活里所占比重的家伙,与老师的故事我想以“罗老师最棒的个人特质”这一纯粹的主观榜单来引入。

这个榜单的TOP1,是自趣。

瑞典语中有一个单词“Lagom”,大意是“不多不少”,用来形容恰到好处的合适与从容。Lagom与其说是形容,不如说是对于平衡的自然阐释。从生存哲理延伸到人格魅力,大约就触及了中文语境中的“自洽”——从外部平衡过渡到精神平衡,最终孵化出“自趣”的日常呈现,形成清晰视觉化的个体。

学业之余看老师的朋友圈是一件很有意思的事儿。诗歌创作、琐碎日常、观点输出,个人和家庭,学术与生活,四个剖面维度,每一个都可以成为窥见老师性格的切口。探入其中我所感受到的,正是“Lagom”一样的状态。焦虑被有条不紊替代,朝九晚五中仍然会有和孙女的温情互动,冷不丁出现的幽默大概是东北人刻进 DNA 的魔性。平面化的信息不仅仅是观察老师的窗口,同时更向身为学生的我传递着某种治愈的力量。这种治愈是贯穿性的,自始至终依托于罗老师的诗歌作品与生活细节中的“自趣”。

身处互联网崛起大潮所掀起的爆炸信息流的冲击,我们年轻一代越来越执着于某种“究极的成功”,意味着没有弯路,没有抉择,可以一路沿着明确的终点狂奔向前。快乐开始需要成就感的托底,交付到手上的时候与其说是快乐,不如说是“满意”——“啊,总算完成了前一阶段的 KPI。”求学多年,从南到北,有时候读一读老师的诗,身为南方人的我也开始向往东北的雪,去感受干净苍茫间天地“神性”的宽怀。甚至一向对肉类不感兴趣的我在师门聚餐的饭桌上尝试了哈尔滨红肠后,回去默默把它加进了购物车。

偶尔我会将老师写下的与师母相关的诗读给父母听,三个人盘坐在沙发上笑眯眯琢磨文人的浪漫。是文人的,也是东北的浪漫。东北的文艺,像靛蓝色的火焰。

我欣赏老师的这种浪漫。它没有造作的形式,以柔和的光晕笼罩着自己和他人。既稳定也真挚,是历经风景的游刃有余,是走过岁月平稳浩荡的真心。它微笑抚平了年轻的躁动,相遇时将一切往事摊开,捻出年长者思考的绳交予你的手心,令你和人生过往的所有笑与泪握手言和。

> 是的 我们都曾经迷过路
> 是的 我们都叹过气
> 在岁月的膝下
> 我们都是未长大的孩子
> 走吧 向着太阳花[①]

---

① 摘选自罗振亚诗歌《夜语——致友人》,见罗振亚:《一株麦子的幸福》,中国青年出版社 2018 年版,第 144—146 页。

行至此处,草蛇灰线的伏笔里总有锦囊帮助你破译人生的剧本。Lagom,一切刚好。

作者单位:南开大学文学院

苍苍横翠微

林日暖

第一次走进南开园是在2015年,我成为了一名大一新生。这是我第一次来到天津。大四时,老师指导我完成了本科毕业论文的写作,题目是九叶诗派。此前,我就看过老师的著作,学理性强而又文采斐然。论文写作期间,老师推荐了很多相关的书目。老师是我走向学术道路的启蒙者,是我前行时望向的灯塔。

在计划读硕士、读博士时,我都想过不留在天津,换个城市生活。可是我真的很想跟随老师继续学习。我期待,每一次成绩公示的时候,在众多老师和学生的排列组合中,我的名字可以和老师的名字写在同一行。我希望,老师的名字不仅出现在我的本科毕业论文"致谢"里,也出现在我的硕士论文和博士论文的致谢里。

2019年,我真正成为了南开的硕士生。初来时我是最小的师妹,后来我变成了中间的,从师妹变成了师姐。2022年,我成了博士生。上学这么多年,我总是有一点怕老师。得益于永远是老师请客的日常聚餐,我越来越感受到老师和师母的亲切、随和。聚餐的准备阶段,最重要的就是帮老师选一款无糖酸奶。饭桌上,老师讲最近发生的事,也讲以前发生的事,讲那些我们未曾谋面的师兄师姐的故事。师门的氛围一定和老师有莫大的关系，老师就是我们的领队，是那个坚实的核心，把天南海北的我们紧密地联系在一起。

我最喜欢的学习场所不在教室，在老师的办公室。和老师接触得多了，再去办公室找老师，我就不那么紧张了。老师往往发一条简单的语音：周几的几点有时间吗？有时间的话来我办公室。办公室里有水果的时候，老师总是热情地让我拿几个吃。有一次，老师同时叫我和跃华师兄去办公室。先聊完了我的，我问老师，我可以在这里听吗？老师笑眯眯地说，听吧。于是，老师和师兄在那里聊，我就安静地坐在旁边吃水果。老师讲话总是很有条理，干脆利落。有许多不是罗门弟子的同学看过老师的书、听过老师的讲座、上过老师的课，都说老师写得好、讲得好。

从草拟提纲到修改论文，老师总是耐心而细致地帮我进行梳理。从大纲的写作、逻辑的架构，到详略的安排、字句的打磨，老师的建议总能让我豁然开朗。原来我需要苦思冥想好几天的问题，老师只需要一两句话就能点透我。我总是偷偷地感慨老师的智慧和才华。有老师把关，就很有安全感。有一次，我拿着开题报告去老师办公室，老师逐字审阅，还帮我改了几个词。老师总是先说优点，给我一颗定心丸，再讲可以改进和提升的空间，就像是教我如何把打乱顺序的拼图严整地拼合在一起。好多次，老师四两拨千斤的指点都帮我解决了大问题。

同门在朋友圈转发老师的诗和论文，老师都会在评论里给大家留下几朵玫瑰花。我们发表成果时，老师也会转发到他的朋友圈，有时甚至比我们自己发现得更早。老师喜欢发玫瑰花和咖啡的表情，我也开始喜欢和朋友这样发。我和老师都是黑龙江人，这也让我感到很亲切。

硕士开题答辩时，有一位其他老师指导的同学的选题受到了一些老师的质疑，轮到罗老师时，他先是说了一句“可以做”，再谈需要注意的问题。那个有些不知所措的同学立刻就放松了许多，开始认真地记笔记。

在老师的鼓励下，我发表过评论、散文，出版过儿童文学作品，也拿过国家奖学金。发表了小说领域的论文,老师也为我高兴。是老师教会我脚踏实地,拨云见日。

硕士毕业的那年夏天,我专门请了一位专业摄影师来帮我和老师拍照。我们拍了好多张,有老师帮我的硕士帽拨穗的,有老师抱着花和我一起面对镜头微笑的。我最喜欢的一张合影是我们背对着镜头朝前走,老师在前面,我稍稍落后一步,周围的树木郁郁葱葱。老师总是这样,走在前面带领着我们,为我们指点迷津,而我们只想赶紧追上他的步伐。老师就像是地图上一个稳稳的箭头,有了老师的指引,我们就有了前行的勇气和动力。

作者单位:南开大学文学院

罗振亚先生印象记

车红梅

虽然出生在黑龙江，也曾在此工作，但我与在哈尔滨师范大学工作的先生起初并不熟悉，只是仰慕。

2010年，我有幸成为先生的第一个博士后，但单位只同意我在职进站。第一次见先生，一种久违的亲切感就扑面而来。我和先生聊了很多，后来落到我在做的项目《北大荒文学研究》上，此前先生和冯毓云先生主编的《龙江当代文学大系》为我提供了重要的文献，减少了我的爬梳之劳。先生不仅对诗歌有着精深的研究，还对省内作家如数家珍，在谈及我的研究问题时，先生不仅一语中的指出北大荒文学与龙江文学的界定，还能非常精准地提供一些重要的文献。先生的指导不局限在项目研究方面，还涉及了如何培养研究生等，这坚定了我带着研究生继续地域文学研究的想法。

此后再见先生不是在南开大学，就是趁先生寒暑假回哈尔滨，更多的是电话、邮件、微信的求教或交流。先生总是恰到好处地给我学术引领，哪怕是一个存目都包含着他的辛劳，其间耗费的心血只有经历过的我才能体会得到。

博士后出站后，我与先生和师母更加亲近。2019年6月，我去天津，恰逢先生忙于组织紧张的阅卷工作。我们早晨在校门口见面,先生和师母迎着朝阳的笑容格外动人。在学校餐厅,我望着先生忙碌地买早餐的身影,浓浓的温情满溢心间。分别时,先生给我打车又坚持送到校门口。就像每次离家父母送我上车时一样,望着先生挥着手渐渐消失在阳光下,我心中充盈了满满的幸福与不舍。

在我求学的过程中,张福贵先生、刘中树先生、罗振亚先生,渐渐从授业之师、人生之师又叠加为我的至亲长辈。正如罗先生所言,我们"是亲人型的师生关系,在学问之外还渗透着许多情感的因子,其联系可以保持一生,感情会越来越密切与醇厚"。在十多年的交往中,先生已经成为我的亲人,虽然疫情三年减少了见面的次数,牵挂与问候却因此而倍增。

成为诗人、评论家需要内在的情感和智慧;成为导师需要给弟子理性和精神的启悟;成为亲人是被先生内心的真诚和柔软打动。先生写亲情、友情和爱情的诗歌给人心灵的滋养,写弟子的文章饱含舔犊之情。我相信,在先生的诗歌中,师生情将是感人至深的一章。

与先生交往的越久,我笔下的情愫越多。先生曾说:"诗,我永远的亲人",我早把先生当作永远的亲人。

作者单位:鲁东大学文学院

听先生讲课

李文钢

第一次见到罗振亚先生，也是第一次听罗先生讲课，是 2007 年 6 月 2 日。那时，我正在首都师范大学文学院读研究生，我当时的硕导、后来的博导王光明先生邀请罗先生来做了一场讲座。那次讲座令人印象深刻，因为罗先生的讲法很特别，他把几位“高高在上”的先锋诗人还原为了真实生活困境中的普通人，并提醒我们说：诗人不能等于诗，事件大于文本的现象让人感到悲哀。这对于刚刚走上诗歌研究道路，正对很多“诗歌明星”崇拜不已的我来说，无疑是一种有益的提醒。罗先生的个子本来不高，在我心中的形象却从此高大起来。

2017 年 1 月，我有幸进入南开大学文学院中国语言文学博士后流动工作站，在罗振亚先生的指导下开展科研工作。在站期间，我跟随南开大学文学院的博士生、硕士生一起，旁听了恩师讲授的课程，不仅收获了通往更开阔的学术道路的方法和路径，更在耳濡目染间浸润于罗先生的精神气度，学到了很多做人做事的道理，可谓受益匪浅。罗先生的课如同他的文章和诗作一样，从不摆弄花哨、新潮的所谓方法，教风朴实端正却总能启人深思。每次三个多小时的课程，他都是从头至尾侃侃而谈毫不敷衍，分秒必争地卖力宣讲，真的是把课堂当成了舌耕的果蔬园。渐渐沙哑的嗓音在提醒着他的疲累，可是他的音量却始终保持着高亢，令人十分感动。

在为博士生开设的《现代文学的精神与研究方法》这门课上，罗先生每次的讲授都能结合自己的研究心得，为学生详细介绍他在国内学术界极具影响的研究成果的诞生过程。从灵感的萌芽、反复的修改，到成果的发表经历，他都毫无保留地和盘托出，令我真切地感受到了一篇文章背后的甘苦，更对我如何展开自己的学术研究提供了很多有益的启示。尤其是罗先生曾多次强调：在科学研究中要坚持自己的学术发现，以自己的思考为圆心，吸收别人的成果来为自己服务，这一治学理念使我颇有振聋发聩之感。因为在以往的研究中，每当遇到问题和困难时，我恰恰总是想要去寻找权威的论述并加以引用，而在既有成果面前放弃了自己的发现，罗先生则用他的研究心得为我点明了通往更开阔的学术道路的路径。

最近一次听罗先生讲课，是 2023 年 1 月 16 日。我的工作单位——河北科技师范学院文法学院，邀请罗先生为我们做了一次线上讲座。讲座从早上九点半开始，一直延续到中午十二点多，中间没有休息。罗先生隔一会儿就会咳嗽一两声，却又总是隐忍着，尽力不让咳嗽打断思路。讲座的后半段，他的嗓音又一次明显地沙哑起来了。我清楚地知道，他拖着病体不辞辛苦地做这次讲座，心里想着的是对我的工作的支持。罗先生在讲座中留给我的，不仅有对学术研究的新启发，更有深深的感动。

作者单位：河北科技师范学院文法学院

『先锋』回响

论罗振亚的诗学研究路径

陈爱中

从1987年发表第一篇真正意义上的学术论文《北大荒诗与西部诗的美学差异》开始，30年来，罗振亚在汉语新诗研究领域辛勤耕耘，取得了不菲的成就。共出版诗学专著9部，在《中国社会科学》《文学评论》《文艺研究》《中国现代文学研究丛刊》等学术核心刊物发表三百多篇论文，主编“龙江文学大系”“太阳岛论丛”“北国文论书系”等系列丛书，研究成果产生了广泛的影响，建构出了独具特色的研究格局。尤其是在现代主义新诗的研究上，诸多历史盲点正是从他的学术洞见出发，走向今天的共识。

基于史学意识的批评格局

对于曾长期被视为洪水猛兽的现代主义新诗来说，新世纪以来的研究，对其价值的正面评价已经少有分歧，但这无法掩盖它在汉语新诗的研究历史中，曾有的命途多舛的生命历程。相对于坚持生活反映论的现实主义诗歌和有着厚重汉语传统的浪漫主义诗歌来说，现代主义新诗作为“在场者”，显然能够更加贴切地张扬现代社会文化的诗歌样式，触摸到汉语新诗写作的最为精粹的肌理,但孕育土壤的贫瘠又让它的每一次萌发与勃兴,都面临着非议的尴尬格局。几乎所有的现代主义诗歌及其诗人都在不同的时期遭受到众口一辞的“讨伐”。如20世纪30年代李金发象征诗的遭际,40年代何其芳的“丢盔弃甲”,50—60年代穆旦在翻译世界里的沉寂,80年代朦胧诗人曾有的落荒而逃,等等。

造成这种尴尬的,应该是现代主义新诗技艺和理念上的超前性,社会文化的发展并没有孕育出足够深厚的创作人群和成熟的阅读接受人群。时间是公正的,随着汉语文化的现代化特质逐渐成熟,历史得以重新洗牌,大浪淘洗之后,现代主义诗人及其诗作愈益彰显其优卓的诗学身份。戴望舒与《雨巷》、卞之琳与《圆宝盒》、舒婷与《致橡树》都堪称代表一个时代诗歌思潮的领军人物和作品典范。“象征”“反讽”“荒诞”“蒙太奇”,这些技法与词汇已经融入汉语新诗的血液中,成为难以更替的肌理。虽然说特殊的萌发机制和审美品格决定了现代主义诗歌在融入中国读者阅读视野的过程中,必然会带来迥异甚至互相矛盾的阅读效果,但能够从更为宽容和客观的角度来看待现代主义新诗的,注定是一段并不顺利的过程。从初涉诗学研究开始,罗振亚便以其敏锐的学术眼光,试图夯实和重塑被遗忘的汉语新诗历史遗迹。从20世纪90年代出版《中国现代主义诗歌流派史》起,他就致力于现代主义新诗的研究,袁可嘉先生认为此著对于现代主义诗歌研究的历史意义做了充分的说明:“罗振亚所撰《中国现代主义诗歌流派史》(北方文艺出版社,1993年)是我读到的有关这个问题的第一部专著。它从五四时期西方现代主义诗对新诗先驱者的影响——例如意象主义对胡适,表现主义对郭沫若,象征主义对鲁迅——20年代以李金发、穆木天等为代表的象征派,30年代以戴望舒、卞之琳等为代表的现代派,40年代冯至和九叶诗派,60年代的中国台湾现代诗派, 七八十年代的朦胧诗派一直追溯到86年以后的新生代诗,分别从时代背景、思想根源、内容和艺术特色、其间的继承与发展做了细致的分析。这部书除了资料丰富、剖析细致、涵盖面广这些特点以外,还对各个现代主义诗歌流派做出了一分为二的比较恰当的评价”①。作为现代主义新诗代表性诗潮的九叶诗派的诗人之一,袁可嘉自然有感同身受和得到认同的幸福感，言辞之间自有其并不那么妥帖之处,但精深的西方诗学造诣,使他对每一项现代主义新诗的研究成果都知晓其分量，因而他对罗振亚20世纪90年代初的现代主义新诗的研究特点和历史贡献的评述还是恰当的。

即便如此,新世纪之初,罗振亚对现代主义新诗研究现状的论述,依然是谨慎乐观的,“无论怎么说,20世纪的中国文学史上尤其是诗歌中，存在着一股现代主义潮流,是谁也否认不了的客观存在。尽管在七十余年漫长的历史跋涉中,它断断续续,时沉时浮,尽管在新诗运动的繁富格局里,它既不能与波澜壮阔的现实主义大潮比肩，也难以同常动不息的浪漫主义大潮抗衡;但它却以不绝如缕的顽韧风采,构成了现代诗潮之中意义特殊的一道艺术风景”②。如果考虑到新时期以来,现代主义新诗研究曾经面临的复杂格局,就不难理解,这种谨慎是符合他一贯坚持的基于历史意识的学术研究态度。从汉语新诗的整体格局中看待现代主义新诗的历史影像,而不是以对立的方式做非此即彼的论断,或者回避历史场景,从比较的视野中寻找现代主义新诗卓异的诗学质地。他不做突兀的断片式孤论,比如关于翟永明诗歌的论述,是最为恰当的例子。翟永明是一位尚在创作状态的当下诗人,但宏观来看,从诗歌史的角度说,她的诗歌文本已达巅峰,很难再有超越性的写作,即便如此,对之下结论性的学术研究还是需要大胆假设,小心求证的。罗振亚在系统考察翟永明的诗学创作历程和做充分的文本分析之后，从女性诗歌的历史脉络中厘定翟永明诗歌的位置,认为“翟永明的组诗《女人》及其与

---

① 《百年新诗批评与罗振亚诗学思想学术研讨会论文集》,哈尔滨师范大学,2017年8月。

② 罗振亚:《20世纪中国现代主义思潮概观》,《福建师范大学学报（哲学社会科学版)》2005年第2期。

之相得益彰、稍后发表的序言《黑夜的意识》，则是改写女性写作历史轨迹的界碑，可视为女性主义诗歌诞生的标志和宣言”[①]。这是建立在一系列带有考证性研究的基础上的客观论断，为新时期以来女性诗歌的写作提供了标志性的坐标，并在历史的痕迹里厘定出翟永明诗歌的诗歌史意义，这是令人信服的。

诗歌的创作是必须是个性化而陌生化的，这不免让汉语新诗的批评也沾染上这种“坏习惯”，在理性思辨、逻辑推演、证明与自证中过度依靠推想的自述，虽然后者也是任何学术研究必须依赖的重要元素，但往往会削弱学术研究的思辨性力量，在自圆其说的学术惯性中迷失目标。因此说，如何尽量摆脱主观臆断，坚持尽可能客观、公允的标准，这自然源于罗振亚深厚的学术积淀。在早期的新诗研究中，他就有意识地立足于汉语新诗史的重点节点的研究，已经遍梳百年汉语新诗的各种脉络和潮流，条分缕析地总结各种新诗思潮的美学形态，并在复杂的行走乱象中，捕捉到最为核心的诗学意味，这才为现代主义新诗能够获得文学史的确证性描述做出富有启发性的研究。在《中国现代主义诗歌流派史》的基础上，他不断精耕细作，以翔实的资料为基础，在代表性作品《中国现代主义诗歌史论》中，进一步深化，将现代主义新诗的史学轨迹划分为六个部分，将获得独立认同的现代主义新诗的出发点，标志为 20 世纪 20 年代的李金发《微雨》的出版，然后按照时间线索，依次是九叶诗派、中国台湾现代主义诗歌、朦胧诗和后朦胧诗，在论述中尤为强调诗歌的美学征象，以文本说话而不是以理论为先，这种划分显然是尊重历史现实的。特别是将中国台湾现代主义诗歌纳入到宏观的现代主义诗歌潮流中，历史地看，这是罗振亚新诗研究的重要贡献之一。他用较长的篇幅、细腻的笔致，系统而富于真知灼见地叙述了现代派诗的来源、表现特质、运行轨迹，在道出现代派诗的历史文化依托的同时，整体恢复、回放了现

---

① 罗振亚：《翟永明的位置》，《当代作家评论》2010 年第 6 期。

代主义新诗那段被遗忘的历史，显示出阔达的学术视野和诗歌史学家的学术洞见，补足了现代主义新诗研究在重要历史节点上的缺失。

作为现代文化整体西学东渐的产物，西方现代主义话语和中国现代主义诗歌之间必然也呈现为时间上的承续关系，现代主义新诗不可避免地呈现出强力诗歌影响下的独特文化形态，但诗歌固有的语言表述经验的独立性，又让汉语领域的现代主义新诗呈现出独有的表述格局，甚至可以和西方现代主义诗歌产生对话，这也是汉语新诗能够超越于小说、话剧，获得国际性声誉的地方。那么，如何将这种复杂关系在诗歌史的写作中表述出来？如果从翻译的视野看，直接拿来，运用原汁的西方现代主义的概念和修辞，然后在汉语新诗中寻找对应的文本表现，这种模板式的研究显然省时省力，但这是以忽视诗歌经验的复杂性以及不同语体之间诗歌层面的不可译性为前提的。显然，这种叙述是脱离了汉语语境的，不但难以展现现代主义新诗的真实状态，而且难以照顾到相对滞后的阅读群体的接受能力，难以在更广泛的意义上实现批评的价值。另外一种表述方式，则是立足于汉语语境，将西方现代主义相关理念进行在地化转换。“在现代汉语的语言系统尚未成熟的状态下，这种寻找是艰难的，但也是很有必要的，这种表述无论是在传导西方现代主义诗歌的原初话语方面，还是在适应本土读者上，都优于第一种语言叙述方式。罗振亚的学术研究采取的是后一种方式。将西方现代主义的诗歌理论如春风化雨般融入对中国现代主义诗歌的分析，不露痕迹。”①如在《新诗解读方法说略》一文中，他对新批评“细读”理论的运用，将纯理论化的思维方法融入到对具体分析对象的“通俗”描述中，这样既把握住了诗的内质，又从根本上改变了批评语言的“艰涩”。在对李金发、戴望舒等熟稔现代表现艺术的诗人诗作的分析中，可以看出作者对法国象征主义哲学的无痕

① 陈爱中：《轻盈而深邃的史学叙述——读罗振亚的〈中国现代主义诗歌史论〉》，《当代作家评论》2005年第4期。

使用，以及对新批评的细读理论、符号学理论的彰显。他的博士论文《朦胧诗后先锋诗歌研究》也是比较早地从宏观的史学主题和个案析理相结合的写作思路出发，对先锋诗歌最为切近的研究，彰显出了诗歌史写作的"在场"意识。

也正是在丰沛的研究经验积累的基础上，罗振亚提出了建构新诗史的主张："我以为一个真正的研究者，对逝去的当代诗歌历史责无旁贷的任务就是描述其过程，评判其得失，指明其方向，以利于广大受众深入了解其复杂的情形，否则无异于一种失职。并且一部成熟的当代诗歌史的最终问世，必须经过几代人一点一滴的逐步积累，如果谁也不去及时地书写，当代诗歌历史的现场感就会日渐模糊，鲜活、珍贵的史料就会不断散失，所以即便是出于为将来编撰优质当代新诗史做必要的学术准备，为当下诗歌创作繁荣提供有益参照的考虑，当代诗歌史撰写的意义也不容轻估。"[①]在当代文学不宜写史的说法中，这种对诗歌历史现场负责任的态度，自有其启发意义，是一种新的史学观念。

综合性的研究格局

如果说现代主义新诗的史学论述属于"语言规则"的话，那么，每个诗人的创作则是新诗"话语"层面的鲜活展现，从点到面，相辅相成，共同构成现代主义新诗的庞杂世界。在讲求从概念到概念的理论建构的同时，如何能够尽可能将抽象的概念与富有悦动和生命活力的具体诗人的诗作相结合，成就诗学生命的最为恰当和丰富的支撑，则是新诗学建构者必然完成的任务。除了上述对新诗史学意识的坚持，细心梳理，不难发现，罗振亚几乎对百年汉语新诗史上重要节点的诗人诗作，都有专门的论述，比如20世纪20年代的李金

① 罗振亚：《超越羁绊的艰难突围——中国当代诗歌史撰写述评》，《当代文坛》2008年第4期。

发，30年代的卞之琳、金克木、戴望舒，40年代的何其芳、穆旦，新时期的舒婷、潇潇、李琦、于坚、曾卓、王小妮、海子，20世纪90年代的西川、伊沙、张曙光，新世纪以来的胡弦、陈涉云、梁平、李少君、李轻松等等。这犹如描画诗歌地图，首先将每个制高点的森林大川做详细的考察，了然于胸，有的放矢，然后才能勾画出整体格局来。正如上述对翟永明的研究方式一样，在对众多诗歌诗作的文本分析中，审慎而持中的研究态度贯穿始终，不妄言，不虚饰。比如在《要与别人不同——西川诗歌论》中，他如此定位西川的诗：“他能一次次从20世纪80年代中期的《在哈尔盖仰望星空》《母亲时代的洪水》《把羊群赶下大海》等高洁、优雅、精致的‘纯诗’经典，从90年代的《致敬》《近景与远景》《厄运》《鹰的话语》等即兴、松散而又神秘的‘杂诗’代表作再出发，直至新千年后仍在‘大诗’路上长驱直入、锐气逼人，既有高起点，又持续不懈，一直雄踞前沿位置，以超常的再生力，不断带给读者新的惊喜、冲击、震撼和启迪。尤其是90年代及其以后对新诗可能性的探寻，已然晋升为知识分子写作乃至当代诗歌史上具有独特价值的重要学术话题。”①此般论述触摸到了西川诗歌创作目前为止最为质感的文本，并用较为准确的词汇进行总结。胡弦是新世纪以来创作比较勤奋的诗人，兼顾散文写作，在相对缺乏时间间距的状态下，谈论一个具有各种写作可能性的诗人的作品，是危险的，在与其他评论家的对话中，对创作日益成熟和完善的胡弦，罗振亚有着这样的评价：“在艺术上善于控制、收放有度，一直有明确而成熟的方向感，有人性的温暖之根，与对现实、宿命、时间的深刻体验和复杂感受遇合，赋予了他的诗歌一种疼痛和悲悯。他的内敛、他的知性、他的深邃、他的精巧，诗界有口皆碑”，“作为一个静观默察型的诗人，他多以‘反’传统的方式建构精致之诗”。②罗振亚以开放性的语词来评述胡弦的诗，有一种洞察内在堂奥的锐利，也很好地避免了结论

① 罗振亚：《要与别人不同——西川诗歌论》，《中国文学批评》2005年第3期。

② 罗振亚：《谈胡弦》，《名作欣赏》2015年第28期。

性观点潜藏的风险。

百年新诗的成长历史阐述了一个屡遭怀疑但又不得不承认的事实,新诗批评在建构汉语新诗认知体系中的重要意义,尤其是在理论先行、创作后进的整体文学格局中,来自批评的理性力量一直在阐释和点拨着汉语新诗行进的方向。因此,作为一个命运共同体,所有从事汉语新诗批评的研究者,都是在同其他评论家的互文中,建构学术的逻辑起点并最终形成独立的评论格调的。尽管“文人相轻,自古已然”,很多学者并不太愿意引用当代学者的观点,这也可以理解。但基于批评意识的现场感,罗振亚还是彰显出阔达的学术胸襟和谦逊的学术态度。他对汉语新诗批评领域众多方家代表性著作的重新阐释,深得理论界的赞同。比如他在谈论诗歌史家吴思敬先生的诗歌史思想时,这么评价思敬先生的优卓之处,认为思敬先生主编的《中国诗歌通史·当代卷》“建构起了以思潮为经,以诗歌发展阶段为纬的架构格局和述史模式。这种结构形式统摄了诗歌史中的思潮、流派、运动、社团、期刊、诗人、文本等各个方面,抓住了诗歌史的症结和关键,在基本框架、总体风貌上达到了回归历史本真的述史要求。并且,在纵式结构的每一个板块里,又都不是一般性地循序描述,而是把诗歌置于文学、文化、历史、政治等多维关系和背景中,恢复那一时段或那一股诗潮发生、发展的具体历史情境”,“强化了文学刊物、出版对文学生成的控制的研究,这样就在某种程度上把全书纵向的时序坐标转换成了一种空间上的研讨,达成了历时性观照和共时性考察的统一。这种历史‘还原式’批评结构,纵横交错,点面结合,主次分明,重点突出,路向清晰,确实堪称全景式的诗歌通史”[①]。在评价吕周聚先生的《中国新诗审美范式的历史转型》时,认为“著者以丰富的文本阐释和多层次的理论辨析,于同中求异、异中求通,努力在客观真实的历史语境下,对具有不同圆心的审美范式作出合乎

① 罗振亚:《成功的“突破”:评吴思敬主编〈中国诗歌通史·当代卷〉》,《吴思敬诗学思想研讨会论文集(增补部分)》,2012年11月。

情理的复原、比照与链接，准确把握了新诗审美的演进逻辑”①，这都是切中论题的持衡之语。另外，对霍俊明、谭桂林、谭五昌、程光炜、张林杰、刘保昌，甚至是导师龙泉明先生的诗学理论，他都写有专论，并将这些批评家的学术成果很好地化融到自己的学术研究中，相互映照，共同促进了汉语新诗学术研究的良性发展。

诗学传承的学术谋略

大学毕业之后，罗振亚就在高校教书，从最早的黑河师专，到哈尔滨师范大学，再到今天的南开大学，几经变迁，在教书育人的格局上也不断追求更高的境界，收获日益丰硕的成果。难以避免的，在高校教书，节奏往往是单一的，一茬又一茬，永远青春的学子，经久不变的教学楼，但日积月累，在不变的格局中，却也映现出常变的人事景致。教师和任何职业不同的地方是孕育出一大批学生，并做一些对社会有积极建构意义的事情，无关多少利益和得失。一杯茶、一壶酒、一段经典作品的赏读，甚至是偶尔一两句的灌顶之辞，都足以让懵懂中的年轻人触摸到学术研究的方法，找到生活的方向和意义。

20年的时光，罗振亚培养出的博、硕士研究生近七十位，先后在东北师范大学、哈尔滨师范大学和南开大学招收研究生，桃李无言，一个又一个的青年才俊经受他的点拨，茁壮成长。毕业后散布在各大高校、科研院所和管理机关，各个发挥专长，有的在学术上已经取得不菲的成绩，如刘波、卢桢、叶红、邵波、周军、薛媛元、柴高洁、宋宝伟、白杰等，有的是带艺入门，并有质的飞跃，如吴井泉教授、范丽娟教授、崔修建博士等。他指导学生把百年汉语新诗的整个脉络作系统的研究。有侧重于早期汉语新诗的语言发生机制的研究

① 罗振亚：《评吕周聚〈中国新诗审美范式的历史转型〉》，《中国现代文学研究丛刊》2015年第8期。

（陈爱中《中国现代新诗语言研究》），有重点用功于20世纪30年代的“中国象征主义诗学研究”（柴华《中国现代象征主义诗学研究》），还有叶红对新月诗派的研究，吴井泉对20世纪40年代的“现代主义、现实主义和浪漫主义”新诗主潮的研究（吴井泉《20世纪40年代中国现代三大诗学研究》），于倩对当代文学初期《诗刊》杂志的研究，范丽娟的比较诗学研究，董秀丽对20世纪90年代女性诗歌的研究，卢桢对现代中国诗歌的城市抒写的着力，刘波对“第三代诗歌”的综合论述，柴高洁对20世纪50—70年代中国台湾现代诗潮转向的研究，杨亮对新时期先锋诗歌的“叙事性”的关注，邵波对“中间代”诗歌的用功，等等。无论是从纵向的时间划分上，还是主题思潮的评说上，这都是一个有长远规划和颇有雄心的学术研究工程，如此硕果累累，着实值得庆贺。罗振亚的新诗教育思想对于汉语新诗研究之功，已经并继续推动着这个曾经是边缘学科的进一步繁华，为学界所记取。记得去年在南开大学召开的“穆旦与百年中国新诗”的研讨会上，陕西师范大学的程国君先生谈及学生不愿意做汉语新诗研究的论文，大多去做小说研究了，并因之而感到遗憾。一般来说，相对于小说研究，汉语新诗作为“小文体”，曾经和目前都面临研究的窘境，但这也是罗振亚和国内汉语新诗领域的专家学者们勉力而为的学术韧性所在。

至今为止，并不长的学术时光里，他带领弟子们已经并且继续在汉语新诗的园地里深入开掘，细心爬梳，勠力同心，专心致志，取得了不菲的成绩。在中国社会科学出版社、人民出版社、高等教育出版社出版十几部专著，国家科研项目也拿了近十项，省部级的相关奖励也是几十次，涌现出了国内外人文学科领域里都算年轻的博士生导师、硕士生导师，发表论文数百篇，已经在国内外的汉语新诗研究领域卓有成绩。2016年11月份在东南大学人文学院举办的“中国现代汉诗研讨会”上，首都师范大学的吴思敬教授在总结当前汉语新诗的研究现状并给予前景展望的时候，对于振亚先生及其学生的汉语新诗研究给予肯定，并对年青一代的学人寄托厚望。

一个人学术成绩卓越，是为专家学者，一群人学术成就令人仰慕，则是育人有方。在现代主义新诗研究领域，甚至是整个汉语新诗研究格局中，罗振亚的新诗研究已然成为学术重镇，并在以后的研究中，愈益凸显这种研究格局的重要意义。

（原载《文艺评论》2017年第9期）

作者单位：广西民族大学文学院

在史实与体验之间
——评罗振亚的现代主义诗歌研究

徐志伟

在新时期青年诗评家群体中,罗振亚是比较注重理论探讨和生命质感的一位。他的批评文章给人的最深刻印象是一种强烈的本体关怀和探索精神。20 世纪 80 年代中期, 诗歌批评变革发轫的契机是对于现代主义诗歌价值的重估。虽然早在 20 世纪 20 年代,中国学者就已经开始介绍和研究现代主义诗歌,但是现代主义诗歌真正形成普遍影响,不但进入诗人的写作实践,而且也进入诗人的思维构成, 成为中国文学现代化历史进程的一个有机组成部分,那还是 20 世纪 80 年代以后的事情。对这一时期诗歌的重估主要集中于两个方面:一方面将现代主义诗歌作为现代中国文学现代性焦虑的表征之一来加以考察,另一方面则要回到其赖以生成的本土语境,探寻它逐渐获得相容的过程及特征。在这场重估新诗“现代性”的热潮中,一批青年诗评家脱颖而出,以新的理论视点、新的理论内容和新的思维方法为诗歌批评带来了新气象、新面貌,同时也形成了一股热衷于理论反思和体系建构的批评热潮。当然在这之中既有踏实的理论引进和探讨,也有盲目生硬甚至粗糙肤浅的理论照搬与模仿,因此这些青年诗评家在实践上的成就也就参差不齐。经过时间的淘洗,今天我们反观这场重估热潮的实践成就,罗振亚的成果是比较引人注目的。

罗振亚是一位比较多产的诗评家，从 20 世纪 80 年代中期开始从事诗歌批评以来，他几乎每年都有很多高质量的批评文章问世。当然，数量上的多寡并不足以标示出一个批评家在诗歌批评版图上的重要位置，罗振亚的真正独异之处还在于他能够始终将自己的想象力及思想探索介入当代诗歌的创造进程之中，并在其具有艺术性的批评文本中形成了自己的个性。罗振亚的诗歌批评总体看来是一种“历史—美学”批评，注重从诗歌创作历史生成的基点上去认识诗人、文本，不是简单地把诗歌创作现象看作是历史运动和文化传统及其流变在人们心理世界的投照，而是将其纳入到诗人内心的审美结构与社会历史结构的互动中来加以认识。尽管历史上的不同的批评流派对批评功能的认识都有自己不同的出发点和理解，但是在有一点上它们却是共同的，即批评研究的对象是以美感形式创造性地艺术化地把握世界的精神产品，批评的基础是审美，批评的最基本目的是对于文学的审美价值的追求。也只有在这个基础上，诗歌批评才有发挥社会批评、思想批评、人生批评、形式批评等其他功能的可能。马克思和恩格斯所一再强调的“美学的和历史的”批评，其基本立足点就是根据历史唯物主义的美学观，通过从审美的角度进行的艺术分析，评价文学作品的艺术成就和审美效果，批判错误的审美原则，阐释正确的审美理想，在此基础上进入到历史批评。但在中国当代社会和文化的特定历史背景下，中国当代诗歌批评从一开始形成，就不是作为一种纯粹意义上的审美批评而出现的，它肩负了太多超出诗歌本体意义的社会功能，有时甚至直接成了意识形态的传导者或反映者。80 年代中后期，随着改革开放和思想解放历史潮流的发展，新时期诗歌出现了诗歌观念和批评意识的新觉醒。诗歌批评的独特意义和价值开始为人们所重视，这种独特意义与价值就在于诗歌批评首先是“诗歌”意义上的批评，他的价值追求是审美，功能实现方式也是审美。离开了这个基本点，诗歌批评就会发生质的蜕变，不再具有自己的本体特征和功能。

罗振亚从走上批评的道路开始就没有停止对诗歌和批评审美特性的思考。在他看来,坚持以审美的观点看待世界是诗歌的重要天性,人们没有必要将诗歌的审美解释得过于狭隘,诗歌并非如同音乐一样提供较为纯粹的形式美感;诗歌还同时包括了对于世界现状的强烈关注,对于人的生存景况的种种思想,同时诗歌的语言形式也不可能彻底斩断与意识形态的联系。诗歌的审美天性更多地是相对于诸如哲学、经济学、历史学、法学以及自然科学这样一些文化门类而言,比较起来,诗歌显然更为重视人性的深度,重视人的情感经验,重视人的感性、欲望、激情、命运、精神自由。一个诗人的使命就是反复用自己的声调发出审美的召唤。无论是对于人们的精神结构还是对于社会文化的总体图景,审美的存在都是一个极其重要的平衡。罗振亚在他的很多文章中都反复强调"实情"与"诗情"、"主情"与"主知"的关系问题。他一直对只注重以一定的政治观念或道德观念评判诗歌的"社会学批评模式"保持着警惕,同时也对新方法热中兴起的仅仅僵硬地以其他学科的理论框架梳理诗歌现象的"新概念化"倾向表示了自己的质疑。他的研究方法和研究目标都是以对诗歌本身的审美价值的探讨为基本出发点,不是把研究重心仅仅放在诗歌过程中将呈现哪方面的意蕴上, 而是放在这些意蕴将在美学价值的产生、贮存和实现中发生什么效用上。他特别重视对诗人审美经验的研究和对文本由艺术形式而呈现的审美素质的研究。尽管他的诗歌批评有时也可能借助于哲学、社会学、心理学、语言学、文化学以及各种自然科学,但他却没有因之而忘了借用它们的企图是为了更深刻地谈论诗歌。他对任何模式和尺度的运用,都是建立在审美反应的基础之上,从而达到对诗歌特质的真正理解。在主体方面,他重视对审美过程中的感觉、情绪等非理性现象加以理性考察;在客体方面,他则重视对文本本身所呈现的审美因素(包括艺术形式)及这诸多因素运动的探讨。尽管罗振亚从未明确表示过自己有一种建立一个独立的批评体系的追求,但从上述的具体批评走向中可以看出,他对批评有着自己深入而完整的思考。正是这种思考,推动罗振亚在批评实践中不断显示出自己的思想深度和力度,也确立了罗振亚在新时期批评家群体中的独特地位。

从审美和艺术形式的角度出发,罗振亚走进了一个深远而广阔的批评世界。在这个世界中,无论是对具体诗歌文本的评论还是对诗学理论问题的探讨,罗振亚都具有自己不同凡响的发现,显示着他不媚俗、不趋时、不务虚的批评个性。比如他的《中国现代主义诗歌史论》,不仅有完备严谨的理论架构,更有精彩的个案分析。在对戴望舒、卞之琳、废名等人的解读过程中,罗振亚充分发挥了自己审美批评的优势,从分析诗人文本的形式特征入手,提炼出文本所包含的内在意蕴以及诗人创作的精神轨迹。罗振亚用自己的生活视角打量着这些诗人,体察他们细微的个性气质的差异,思想细节的轻微变化,他善于将来自对诗人的直觉印象升华为逻辑层面的思辩,把形象的内心体验、抽象的学理探求融为一体,从而达到了一种阐释主体与对象之间的相互渗透、重新组合。无论是肯定、反思,还是有力度的解剖、批评,都是建立在学术运思和学术发现的基础上。他常常是寥寥数语,就把一个诗人的精神实质形象地勾画出来,简洁而又不失准确。如他把戴望舒的诗概括为“真实与想象遇合的诗情”“表现自己与隐藏自己之间”“从音乐性到散文美”;把卞之琳的诗概括为“知性的探险”“冷隽的非个人化抒情”“淘气的智慧”;而把废名的诗则概括为“盎然的禅趣”与“美涩之间”。在这些文章中,罗振亚注重批评的直觉性与个人经验性,力求把对作品题旨富有形象感的描述与对批评家主体的人生体验的阐发结合起来。在批评的心理空间上他也不强调主体与对象的距离感,讲究个人心灵、感情对于批评对象的直接介入,从而形成一种具有对话色彩的批评情境。他对作品的分析常常是细致而又深入的,这种细致和深入表现了他在艺术感受方面的才华和人生体验的独到。他既能够尊重每一个诗人的个体存在,也能够自信地、有计划地展开自己的批评活动。正是因为他善于以审美的眼光介入,才使他真正地走入诗人生命的深处,有效地探究到了诗歌的本相。

罗振亚在注重审美感悟与自我人生体验的同时,也注重文章的理论维度，并且能够使二者很好地整合在了一起。事实上，批评作为一种理性地把握诗歌和世界的方式，不可能没有理论基础，也不可能不把批评的落点放在最终的理性判断上。但对于罗振亚来说，理论的依据和理性的判断都不过是他走入批评的对象世界的入口和出口，他更关心的不是依据和判断，而是自己在对象世界中所获得的情感体验和人生体验，是自我内心同这个世界融为一体时的精神张扬，是灵魂在作品中的冒险经历。这就使罗振亚的诗歌批评具有一种强烈的感情化、个体化特点。他的批评不仅仅为读者提供诸如文本的思想价值、技巧价值、模式价值、史学价值等方面的判断，而且能以深切的感悟和生动的阐释显示着他批评的自身价值。

罗振亚在长期的批评实践中也表现出对诗歌史的理论、观念、方法以及诗歌史的叙述体例和叙述形式的自觉探索。应该说，时至今日中国现当代诗歌应该如何写史仍然是一个充满歧义的问题。众所周知，以往现当代诗歌史的研究者常常用一元的视角切入诗歌史，即根据当时的国家意志下的时代共名来规范诗歌。传统的现当代诗歌史在叙述“左翼诗歌”及“十七年诗歌”时，不管其艺术感知力的高低，都一律以当时占主导地位的诗歌文本作为其时代的代表作，而当时被忽略或者被否定、甚至是没有发表的作品，一概进不了诗歌史。但如果我们深入地去看诗歌史，就会发现情况远非如此。在每个时代里，其实都有诗人们严肃的写作和思考。而这些被时代的喧嚣所淹没的声音，恰恰充满了个人性和独创性，这同样是时代的声音，而且更本质地反映了时代与诗歌的关系。于是进入 80 年代后，很多敏感的研究者开始不满于这种“一元诗歌史”的武断与粗暴，“重估新诗”几乎成为了诗歌史研究者的共同追求。80 年代的诗歌史叙述方式以一种著名的“断裂论”结构中国现当代诗歌史，即所谓“左翼”开创、到 20 世纪 70 年代发展到顶峰的“政治化诗歌”中断了“‘五四’新诗”的“纯诗”传统，新时期之初的“朦胧诗”接续了“‘五四’新诗”，使诗歌回到了“诗歌”自身。这一模式在“现代诗歌”中的实现，是“现代主义诗歌”主体地位的重新确立以及“现实主义诗歌”“普罗诗歌”的边缘化，表现在“当代诗歌”中，则是“朦胧诗”的主体地位的确立以及“十七年诗歌”的边缘化。“十七年诗歌”被逐步排除在“现代诗歌”之外，甚至在一些更为激烈的“断裂论”中被置入“诗歌/非诗歌”“启蒙/救亡”乃至“现代/传统”等等类型化的二元对立格局中加以确认。“断裂论”在挖掘现代诗歌的潜在叙事方面取得的成绩当然是不容否定的，但它在打开新的视域的同时也带来了新的封闭。尤其是与“重写文学史”相呼应的“重估新诗”观念，已经固化为缺乏自我反思能力的新教条，沦为新的僵化思维。“重估新诗”逐渐生成了“纯诗”的意识形态和体制。同时构成悖论的是，一方面，“重估新诗”以“纯诗”作为旗帜；然而，另一方面，最终却同样以政治正确性作为单纯的评价标准，以对“政治”距离的测量来确定诗歌史地位的高低，并且同样以政治性的评价代替了诗性的评价。现代主义诗人由于“远离政治”而得到高度的评价，现实主义诗人因为政治而被取消了“艺术价值”。“现代主义诗歌”逐渐凸显成为了诗歌史的“中心”和“主流”，而现实主义诗歌则不断受到贬低和排斥，并且大有被放逐于现代诗歌史之外之势。“重估新诗”是以对那种“歌功颂德”和“历史空白论”的左倾文艺路线的否定和批判开始，但“重估新诗”的结果却是同样形成了新的“空白论”。“重估新诗”的“洞见”最终变成了诗歌史的盲视。这种“盲视”不仅体现在一些墨守成规的僵化头脑里，也同样隐含在新时期最优秀和杰出的学者这里。例如1994年出版的洪子诚与刘登翰编写的《中国当代新诗史》，同样反映了“重估新诗”的“洞见”和“盲视”。洪子诚与刘登翰都试图将“审美主义”和“纯诗”固定为诗歌的本质。他们都不约而同地将“十七年诗歌”和“文革诗歌”视为“一体化”的和反“诗歌”的。这样一种看法体现在其“二元对立”的诗歌史叙述结构上。尽管洪子诚与刘登翰强调以“审美性”和“诗性”作为评价的标准，但是，实际上他们所编写的诗歌史并没有真正贯彻诗性和审美性的叙述原则。他们对于诗歌史的整理并不是真正从“审美性”和“诗性”出发的。

如果从大的方面来说，罗振亚似乎并未超出这种“断裂论”诗歌史理论的框架。但在具体的批评实践中，他却给我们提供了一种诗歌史叙述的新的可能。以他早年饮誉同行的《中国现代主义诗歌流派史》为例，在这本被袁可嘉先生评价为“关于现代主义诗歌研究的第一本专著”中，罗振亚为我们提供了一种可资借鉴的叙述视角。全书在整体上形成了一个从诗歌理论探讨到文本创作研究，从微观剖析到宏观整体审视，从诗人定位评价到诗潮流变动向考察相互关联，又多向展开的研究体系，既相对完备严谨，又具有开发性特征。但他的这种“完备严谨”并不是仅仅体现理论构架意义上的。作为理论专著，如何既有自成逻辑的理论构架，又有精到的对作者和文本的分析，是一个不成问题的问题。所谓“重理论轻分析”或“理论胜于分析”并不是论两者在字数、篇幅上的差异，而是说作者预设的理论构架直接影响到在繁多的作者中他选择了哪一些，在作者的大量作品中他又挑出了哪几章。文本的分析不是在理论“笼罩”之下的注脚，它们直接考验着此种理论的有效性和独创性。罗振亚在此书中突破了以往一些理论专著只有理论或单有文本分析的局限，而将个案研究纳入整体理论环环紧扣的逻辑链条(微观理论→个案研究→宏观理论)。我认为，当代很多诗歌史家所欠缺的并不是所谓理论的深刻性与创新性，而是对诗歌本身没有超常的感受力和领悟力，他们的诗歌观念常常不是隐匿的、渗透在描述和讨论中的，而是含混不清的。他们的理论功力更多地体现在对材料的充分占有、对新诗现代化的清醒认识和某一阶段理论承继变迁的把握上，而让人无法从中辨认或引申出他们对现代诗的终极认识和看法。他们对于理论可以讲得很清晰，但一触及到具体的诗或诗中具体的句子、词语就只有人云亦云，露出怯意。当代诗歌中批评家的缺席和无能与此有关，用貌似庞大深刻的理论掩盖对诗歌文本的隔膜，理论只会成为自家生养的宝贝。而罗振亚正是在这个意义上显示出了自己的价值。

在罗振亚的视野里，围绕着诗歌文本的社会历史文化语境和个人经验也是以文本的形态出现的，三者的关系相互交织在一起。所以诗歌文本与社会生活及诗人的个人经验之间并不是单一的解释与被解释、决定与被决定的关系，而是一种多重的复杂的互文关系。对罗振亚真正具有挑战意义的已经不是简单地阐释一个已经存在的文本，而是如何辨析由多个文本构成的关系网络。这个辨析过程即“读出文本”与“读人文本”。所谓的“读出文本”就是对诗歌文本的解释不是封闭在文本内部，而是把它放置在一个更加开阔的社会历史文化语境中予以理解。但仅有这一步是不够的，所谓的社会历史文化语境并不是一个预设的解释框架，而是一种需要在文本中加以检验的话语实践，这样就要求把社会历史文化因素“读人”诗歌文本，仔细观察它在文本中留下了怎样的痕迹，以及文本对其产生了什么影响，又发挥了何种作用。即它在多大程度上被纳入诗人的个人经验，并通过修改、整和达到一种创作意义上的平衡，在“修改”过程中究竟体现了诗人怎么样的坚持或妥协的姿态，而这些姿态又怎么样通过各种途径重新加入社会新的意识形态的建构，以此就可以回答诸如为什么一些诗人在同样的社会条件下创作出了优秀作品，而另一些诗人却很平庸等问题。由于文本特有的复杂性，在这种循环往复的解读过程中，它的生产性或创造性被充分地挖掘出来，不仅不会沦为某种即定理论、学说、知识的注脚，反而能够以具体可感的图景反省、质疑乃至抵抗既定的理论、学说、知识。正是这种批评方法的自觉运用，使罗振亚没有成为一个对别人的诗学理念和追求侃侃而谈却没有自己诗歌见解的诗评家。

总的来说，罗振亚是一位有着强烈内省精神和严谨学风的诗评家，尽管他也有自己的才气、自己的灵秀，但他却不愿意仅凭才气去从事诗歌批评，他尤其不愿意成为那种人们司空见惯的、缺乏深厚的理论素养和扎实的学术功底，只靠一点灵气、一丝悟性甚至一套人云亦云的概念就来从事诗歌批评的批评家。他对诗歌批评有着自己的独特理解和刻意追求。他的评论给人一种相当认真负责的感觉，不是那种随意的信口开河的人。他的严谨常让人感觉到他内心对于诗歌的虔诚。读他的文章，会让人产生一种珠玑满目的印象，这既得力于他细致入微的感悟力和洞察力，又得力于他冷静深刻的理性思考和不盲从诗人、独抒己见的勇气；既得力于他对批评理论和方法的悉心追求，又得力于他逻辑严明、风格朴实的文风。虽然他的文章里有时看不到那种激动人心的华章,缺少一下子吸引人的文字,或许缺乏爆发力,但是这恰好也是他的优势。这使他能够同自己的批评对象拉开适当的心理距离,从而从容地锤炼自己的理性思维,而不是像一些诗评家那样情绪化、感觉化地跟在作家后面奔跑。这正是一种"宁静致远"的风格,这种风格对于那些曾经大量充斥于我们的批评领域、已为人们所厌倦的浮躁风气,无疑是一个有力的矫正。

(原载《诗探索》2004 年第 1 辑)

作者单位:哈尔滨师范大学文学院

在理性幽光中探寻诗意的纯净
——论罗振亚的诗学建构与诗歌创作

王巨川

在当代新诗研究领域,以孙玉石、谢冕等先生为代表的前辈学者开辟并建构起新时期以来的批评话语体系。之后,作为第三代诗歌研究者的罗振亚先生,他以独特的诗学理论建构及其对当代诗潮与诗人的批评话语无疑构成当代新诗研究的一座重镇。在其四十余年的诗学批评与创作中,"通感理性"与"纯净诗意"是振亚先生最为显性的特质。早在北方文艺出版社 1993 年出版的《中国现代主义诗歌流派史》一书的序言中,吕家乡先生就以"理性的闪光,感情的激荡"[①]赞誉振亚先生在诗歌研究领域的独特风格,认为罗振亚"带领读者进入现代派诗歌的本体世界去作精神遨游,再加上他的意兴酣畅、文采斐然的表述,使他的论著氤氲着沁人心脾的诗意"[②]。

---

① 吕家乡:《中国现代主义诗歌流派史·序》,北方文艺出版社 1993 年版,第 1 页。

② 吕家乡:《进入现代派诗歌的本体世界——读〈中国 30 年代现代派诗歌研究〉》,《诗探索》1998 年第 3 辑。

一、以“通感理性”为基石的诗学理论批评

振亚先生三十年前少年出道,便在诗歌创作与研究中成为令学界瞩目的双栖型学者。不张狂的性情与耐得住冷板凳的沉稳,使他在诗学探索之路中著述颇丰。比如《中国现代主义诗歌流派史》(1993 年)、《中国三十年代现代派诗歌研究》(1997 年)、《中国现代主义诗歌史论》(2002 年)、《中国新诗的文化与历史透视》(2002 年)、《朦胧诗后先锋诗歌研究》(2005 年)等,每一部著作出版后都能在学界引起强烈反响,成为引领当代学界研究新诗的重要标度和基石。在这些著述中,我们看到蕴含其中的一个重要特征就是他对于“感悟理性”的思考与运用。

应该说,理性是每一个从事学术研究者的基本素养,但对于诗歌的研究与创作而言,真正的“绝对理性”(Absolute Reason)似乎并不适用。我们知道,感悟思维历来是中国传统文化中最为重要的特征之一,而作为中国的诗歌来说最不可能的就是以“理性”的思维来创作(虽然有哲理诗,但诗歌的生成依然存在于感悟思维之中),特别是中国传统诗学的生成更是以特有的感悟思维作为存在基石。虽然现代诗歌是在西方诗学观照下成长起来的,但其在中国固有的语言形态、思维模式影响下,依然无法完全摒弃感悟思维的传统。同时,如果从诗歌研究角度来看,完全承袭和运用感悟思维进行学术研究,似乎又无法完成现代学术的转换。这里似乎产生了一个矛盾现象:研究者既不能以感悟的思维去研究现代诗歌的思潮、流派,又无法完全以理性思维观照、阐释诗歌文本中鲜活的、敏感的生命形态。

从振亚先生的多部著述中,我们看到他对于这个矛盾有了很好的调和,那就是“知觉通感理性”的运用。诗学的研究必然要与其他文体研究采取不同的研究范式,要想在浩瀚的历史长河中辨析斑驳交杂的诗歌思潮流派、审美特征及诗人风格,则要求研究者既具有理论视野高度、理性知识体系,更应具备知觉通感的思维深度与体悟。也就是说,作为主体生命存在的研究者,首先

应该是有感知的直觉存在,才能让身为个体感悟的自己直面现实。莫里斯·梅洛—庞蒂曾说:“处境从不对我隐瞒,它不是作为一种外在的必然性在我的周围,事实上,我不是像盒子里的一个物体那样被关在处境中。我的自由,我作为我的所有体验的主体具有的基本能力,就正是我在世界中的介入。”[①]他认为,正是因为生命存在的“我”本身无需反思追问,而是要直接面对世间的通感,并投射于现实世界之中,同时,有物质生命的“我”在面对诗性的文本时,才能更有效地去理解其呈现出来的意义。归根结底,“我”并不是这个世界理性的客观观察者,而是前反思地链接于现实世界的实存的生命体。基于这样的理解,我们看到了振亚先生的诗学研究在这方面所做出的努力,他把诗歌研究的学术理性提升到了介于感性与理性之间,是感性与理性的中介,同时也是二者的混合体和桥梁,进入了感悟理性的层面。杨义先生曾对知觉感悟有过精辟的阐释,同时他也一针见血地指出东西方学术沟通的路径:“走向现代形态的感悟汲取了新的时代智慧,在纵横的时空坐标上疏通古今脉络,沟通中西学术。它似乎不再到处卖弄自己的招牌,而是潜入历史的深层,埋头苦干,不动声色而又无处不在地醇化着和升华着新的审美创造和知识体系。它大体舒展着两条基本思路,一是对传统的诗学经验、术语、文献资源和学理构成,进行现代性的反思、阐释、转化和重构;二是对外来的诗性智慧和学术观念,进行中国化接纳、理解、扬弃和融合。”[②]这段论述的关节点似乎也是对中国传统诗学的凝练与西方诗学的融合,对于当代学者更多的是深层感悟传统诗学的精髓与体悟西方诗学的智慧。而知觉通感与理性并不是绝对对立的,因为一切具有理性的意识都会是早于其个体本身亲临感知的知觉世界,知觉本身就构成了理性思维的背景基石。

谈到振亚先生的理性,吕周聚的评述可以说十分到位:“罗振亚具有诗人

---

① Merleau-Ponty, Phenomenolog yof Perception, Routledge, 2002, p.419, p.63.

② 杨义:《现代中国学术方法通论》,山东教育出版社 2009 年版,第 197 页。

的气质和学者的风范,这对其诗歌研究具有重要的意义。作为诗人,他对诗歌创作本身有着深切的体会,诗人的敏感与激情使其研究充满了诗情诗意;作为博士、教授,他接受了正统的学术训练,学者的冷静与理性使其研究具有理性的穿透力。感性体验与理性评判的合一,形成了其鲜明的研究风格。"[①]这是鲜明的带有生命意识的知觉通感。因此,从这个角度去理解振亚先生的诗歌理论研究,就会发现他具有温润而绵长的生命力与创造力,不论对 20 世纪 90 年代先锋诗歌的理性判断,还是对现代诗派诗学思想的审视与重构,振亚先生的诗学研究都深深地植根于泥土里,具有鲜活的生命存在意识和感悟体验。

二、以"通感理性"为目标的诗歌批评范式

对于诗歌研究来说,完全以科学理性所建构的方法论来解读诗学世界,很容易被事先预设的理想秩序所规约,进而导致"祛魅"与非神秘化。这样一来,诗学系统也必然丧失其本真的生命价值与绚丽的丰富性,"正是因为知觉在其生命含义中和在一切理论思维之前,表现为一个存在的知觉,所以反省以为不需要研究存在的系谱,只局限于研究使存在成为可能的条件"[②]。在这个基础上理解振亚先生的诗学研究范式,无疑契合了"知觉通感理性"的所有要素。同时,他的"通感理性"也暗合着杨义先生所讨论的——中国传统的"感悟"与外来的诗性智慧相结合的这一思路,并通过对现代诗歌历史流脉的切实把握与感悟,经过大量历史文献资料的验证和理论推衍,在条理清楚地分析中逐渐形成自己创造性的、理性与感性合二为一的知觉批评体系。

① 吕周聚:《感性体验与理性评判的合一——谈罗振亚的诗歌研究》,《渤海大学学报(哲学社会科学版)》2009 年第 6 期。

② Merleau-Ponty, Phenomenolog yof Perception, Routledge, 2002, p.419, p.63.

振亚先生对诗歌理论体系建构的知觉活动，是一种实存的主体生命存在活动，同时他把作为鲜活的自我主体意识感悟转变为心灵感知的行为，因而当他直面诗歌现场时，便会迸发出激昂的情感体悟。

这里我们仅以罗振亚早期《中国现代主义诗歌流派史》为例。该书的出版为中国现代主义诗歌研究范式提供了一个新的视野。在这本内容贯穿半个多世纪的历史著述中，我们看到了理论的深度和视野的广度，虽历经二十余年，仍是学者们研究中国现代主义诗歌流派不可绕过的重要参照著作。《中国现代主义诗歌流派史》有着丰厚翔实的历史资料支撑，结合论者的“审美感悟与理论标注的准确性”，使之成为振亚先生在诗歌研究领域地位奠基的重要著述之一。“从20年代李金发为代表的‘象征派’的初创，到30年代‘现代派’的成熟与分化，再到40年代‘九叶诗派’的进一步深化与发展，再到五六十年代旁枝逸出、异彩竞现的台湾现代诗，再到70年代末、80年代初中国大陆的‘朦胧诗’，80年代后期‘新生代’的相继崛起，《流派史》完整而全面地勾画出了中国现代主义诗歌发展流变的全过程，展示出中国新诗发展的一个历史性走向。”[①]这本著作对于现代诗歌研究而言，其意义并不仅仅是一部明确现代诗歌解读方法与阐释路径的研究著作，同时也是以“现代主义”为核心符码、以知觉通感为学理基石来完成中国现代诗歌的完整叙事解码活动，它使当代学人能够更为清晰直观地面对中国现代主义诗潮的发生、发展。吴井泉曾较为全面和客观地对《中国现代主义诗歌流派史》作出评价：“罗振亚善于用在不同的文化环境和政治背景下所产生的审美心态和创作态度互异的诗歌流派和诗人群落，来梳理中国现代主义诗歌流派发展的历史轨迹，将色彩纷呈的诗歌现象和个性复杂的诗歌作品置于广泛的文化场中，作深度透视和历史考察。”[②]

---

① 华清：《“理性的闪光，感情的激荡”——评罗振亚著〈中国现代主义诗歌流派史〉》，《山东师范大学学报（社会科学版）》1995年第4期。

② 吴井泉：《理性与情感交织的艺术世界——评罗振亚著〈中国现代主义诗歌流派史〉》，《佳木斯师专学报》1996年第2期。

关于振亚先生的批评范式与风格，当代许多学者都对此进行过严谨的分析与判断。比如徐志伟认为："罗振亚的诗歌批评总体看来是一种'历史—美学'批评，注重从诗歌创作生成历史的基点上去认识诗人、文本，不是简单地把诗歌创作现象看作是历史运动和文化传统及其流变在人们心理世界的投照，而是将其纳入到诗人内心的审美结构与社会历史结构的互动中加以认识。"[①]确实，振亚先生的诗歌批评是在秉承中国传统意象（感悟）的同时，与西方理性分析相融合，这种诗学研究理念使他形成了自己独有的、且是开创性的诗歌批评范式，我将其称之为"知觉通感的理性与感性相融合的批评范式"。作为一种高度凝练的文学体式，诗歌对它的评判主要体现在语言内涵的理解与体悟，正如语言学家奥斯汀等人所说："什么时候我们会说什么，在什么情况下我们会用什么词，需要考察的不仅仅是词，而且还有在现实中我们使用这些语词所谈论的东西：我们是通过正在使用的对语词的敏锐意识来使我们有关现象的知觉更加敏锐。"[②]对诗歌研究和批评亦应如此，我们不应只是理性地考察诗歌的词汇，而是应该将更多的精神观照投入到诗歌本身，从而捕捉到蕴藏在诗歌之中反映现实世界的潜在的思想表述。语言的作用不仅仅是描述和评定现实世界，也不是运用技巧卖弄词藻，而是参与和建构人们生活世界的情感表征。在这方面，振亚先生也同样给我们做了很好的表率，就像刘波在其文章中说过振亚先生的诗歌批评是"'对话与沟通'的'文学创造'，其批评有强烈的抒情气质与理性精神，他常常能以朴实的短章，充分捕捉到诗歌本身所潜藏的内蕴与独特的艺术价值"[③]。这些判断基本指出了振亚先生诗歌研究与批评范式的感悟理性特征，他的诗歌批评更加观照与挖掘那些体现民族语言感悟的群体与时代特质。因为每一个民族的语言都是世代凝结的结果，会呈现出自身独有的特性，作为有着千年历史的汉语言发展至今，

---

① 徐志伟：《在史实与体验之间——评罗振亚的现代主义诗歌研究》，《诗探索》2004 年第 1 辑。

② J.O.Urmson and G.J.Waronck:Philosophical Papers,Third Edition,Oxford University Press,1979,p182.

③ 刘波：《新诗研究及其批评的伦理——论罗振亚新诗批评与研究》，《诗探索》2013 年第 4 辑。

更体现出世代生活在这片土地上的民众智慧的结晶,"我们所拥有共同的语词集中体现了许多世代的生存中人们所发现的值得划分的一切区别以及值得标示的联系,他们是人类在许多年的生活中积累起来的,要比你我坐在安乐椅上冥思苦想出来的东西要更加的微妙、正确,因为它经受了人类世代生存的检验"[1]。振亚先生在诗歌研究中的语言表述,更多地着眼于对汉语言的体悟与历史文脉的探究,宋宝伟这样评述说:"罗振亚先生多年致力于中国现代主义诗歌的研究与批评,对西方现代主义诗学理论有着深刻的领悟,但在他的诗歌批评中,却看不到西方理论的枯燥乏味的引用、论述,而是始终把西学理论的'中国化'、'本土化'放在首位。"[2]可以说,他充分以感悟的方式探寻历史脉络中的纷繁现象,进而在感悟、体验的基础上建构了自己的理性批评范式。

三、以"纯净诗意"为核心的诗歌创作内核

如果说通感理性建构了振亚先生诗学研究的重要知识体系,那么在这一体系的内核中,"纯净诗意"则是必不可少的精神指向。

众所周知,中国现代诗歌发展路途并非一帆风顺,诗坛的江湖纷争与诗歌的研究乱象,一直都是一些理性学者所忧虑的问题。然而,不论是诗歌遇冷年代还是喧嚣时代,振亚先生面对诗歌时都有着一颗虔诚之心和敬畏态度,表现在诗学研究中便是一种"纯净"的本真,包括熔铸的情感、书写的语言等,也可以说他是在感悟的理性知识体系中用诚恳而踏实的语言文字探寻纯净的诗意,就像张学昕所说:"他始终在诗歌的森林里追逐、触摸和阐发诗学的意义和价值,本质地去发现和拓展诗歌感受和艺术思维的可能性领域。在这个过程中,他谦虚、谨慎,不貌似'深邃',却保持着特有的冷静和内敛的激情。

---

① J.O.Urmsonand G.J.W aronck: Philosophical Papers,Third Edition,Oxford University Press,1979,p181–182.

② 宋宝伟:《孤寂坚守中的思想探险——评罗振亚的〈与先锋对话〉》,《诗探索》2010 年第 1 辑。

他在诗歌固有的内在张力中,捕捉语言所建立起来的诗意空间。”[①]这样的精神内核使振亚先生的诗歌研究与批评自然而然地产生出一股强大的道德力量,诚如他自己剖析的那样:“与诗结缘,是我的痛苦也是我的幸运。她让我不谙世故,难以企及八面玲珑的成熟,更让我的心灵单纯年轻,不被尘俗的喧嚣所扰;她教我学会了感谢,感谢上苍,感谢生活,感谢那片生我养我的土地。未来的岁月虽然还十分漫长,但有缪斯在前方不停地呼唤,我会走得淡泊自然,走得快乐永远。”[②]面对诗歌能有如此淡泊而自然的纯净态度已是难能可贵,更为可贵的是他能够把这种态度置于喧嚣嘈杂的情境中进行打磨,最终能够不被各路神怪所裹挟而坚持一路走下来。

在我看来,振亚先生的生命已与诗歌融为一体,其生命存在基于对诗歌的热爱与执着,进而形成了一种在现实中纯净的存在状态。我们知道,一个人要想得到真正的本真存在,并不是说要脱离现实的生活,而是应该更深刻地感悟人世间生存的真理和真谛,即人的生存感知既要能够融入纷繁忙碌的现实世界之中,同时又能有别于常人而清醒地认知这个现实世界,从沉沦与迷茫的状态中走出来,再以本真的、纯粹的方式守候诗与诗意的存在,任凭心底自然的呼唤,“为自己的存在操心、思虑、奔忙,对自己的存在有所领悟、有所作为”[③]。可以看到,在振亚先生的诗学研究中处处都有着纯净的、本真的痕印,比如他对朦胧诗人的深度理解、对先锋诗歌的准确定位等等,都显示出他在历史的、现场的体验感悟之后由心而生的理性判断。再比如,振亚先生认为20世纪90年代先锋诗歌应该“是那些具有超前意识和革新精神的实验性探索性诗歌的统称,它至少具备反叛性、实验性和边缘性三点特征”[④],充分显现

---

① 张学昕:《虔诚地站在诗意这边——关于罗振亚及其诗学理论与批评》,《渤海大学学报(哲学社会科学版)》2009年第2期。

② 罗振亚:《中国现代主义诗歌史论·后记》,社会科学文献出版社2001年版,第441页。

③ 刘小枫:《诗化哲学》,华东师范大学出版2007年版,第289页。

④ 罗振亚:《1990年代新潮诗研究》,河北大学出版社2014年版,第1页。

出作为诗歌研究者"以诗为本"的纯净态度。

值得一提的是,振亚先生的纯净精神内核除了在现代诗学研究中独树一帜外,在他的诗歌创作中也同样保持着,这也使得他的诗歌在立意与抒情、语言与意象上都流淌着醇厚的亲情、乡情与真情,能让我们感受到一个个生命律动的跃动。在诗学研究及其诗歌创作中,振亚先生能够观照到不易被察觉的那种内心切己的渴望,即人的本真的存在,能真实自然地热爱现实的生活,这也是纯净灵魂的感知基础。詹姆斯·尼古拉斯曾说:"对于我们的福祉而言,最重要的东西是我们的灵魂的健康,否则,一切外在的东西都是玷污人的,都是没有价值的。"①在那本《挥手浪漫》中,振亚先生以诗人的敏感和学者的理性,把那些生命过程中流光碎影的感动化为一首首诗歌,带着我们走进过往生命的风景之中。他的《父亲的季节》《乡路》《山中札记》《读恩师吕家乡来信》等诗作,诗中升腾着的醇厚亲情、乡情和不断跳跃而出的哲理性语言,都在读者心中自然散发出纯净而自然的真情真意,让人久久不能忘怀。

比如写乡村:"像炫耀秋天似的/家家屋檐下/都挂起串串燃烧的红辣椒//一阵轻风吹来/于是,山村/开始又酥又香了";"一条七色的彩虹/从山村里飘出/伸向绿莹莹的憧憬";"山谷传送清幽的鸡鸣/偷懒的太阳还没睡醒……/一缕呼唤的炊烟/牵出了秋意浓浓的黎明"。这些熟悉的乡村景致,在作者看似不经意的语言描述中境界全开,显露出一股质朴的真情与纯净的诗意。再如写自己的父亲:"烟锅一闪一闪/几十年的岁月被依次照亮/倾听玉米拔节的梦/一任金黄色的风/醉醺醺地漫向远方",形象而生动地把"父亲"这一平常形象刻画出来,并且在充满诗意的情境中展开岁月的追溯。读者可以感受到诗人对自然与亲情的深情感悟,还能更深层地感悟到振亚先生对"父亲"形象的担当与责任感的言说:"父亲"更多的是肩上既要扛自己的生存责任,又要清醒地引领下一代走向明晰的远方;当"父亲"把遮蔽着光明的乌云拨开之时,后

① [意]詹姆斯·尼古拉斯:《伊壁鸠鲁主义的政治哲学》,溥林译,华夏出版社2004年版,第136页。

人才能更加明确路径的选择,也就会更好地通达真实之境。

振亚先生正是在他的研究与创作中保持了"纯净"的精神,才使得研究与创作能够在和谐中交相呼应,并同时与他的感悟理性形成具有特质的诗学思维和语言风格。对振亚先生三十余年的诗学研究与诗歌创作,我们现在并不能够一锤定音地予以总结,因为他的学术之路还有漫长时日,他一定还会创造更多的学术高峰等待我们去探究。但有一点是显而易见的,那就是"理性"与"纯净"早已蕴含在他对现象的准确把握、对诗意真切的抒情之中,他的"理性内涵是被一种不经意而为之的抒情之水溶解的,似有若无,没有生硬的表达'思想'之感"[①]。我们相信,未来他仍然会在感悟理性的思辨中、在本真纯净的存在中做"一位执著的缪斯追求者"!

作者单位:北京体育大学人文学院

① 邢海珍:《岁月深处的诗情——读罗振亚的诗》,《文艺评论》2002年第2期。

罗振亚：整体观照与多维透视的先锋诗歌批评

崔修建

著名诗歌批评家罗振亚先生迄今已在《中国社会科学》《文学评论》《文艺研究》等刊物发表学术文章二百余篇，其代表性专著《中国现代主义诗歌流派史》《中国三十年代现代派诗歌研究》《中国现代主义诗歌史论》《中国新诗的文化与历史透视》《朦胧诗后先锋诗歌研究》《20世纪中国先锋诗潮》等，均以开阔的学术视野、深邃的诗学思想、独特的言说风格，在学界内外产生了很大影响。尤为引人瞩目和赞叹的是，罗振亚始终站在先锋诗歌批评的前沿，将先锋诗歌流变置于现代历史文化演进过程中进行整体观照与多维透视，从先锋诗歌外在和内质俱存的巨大困境中寻找突破口，以个人独到的体悟和严谨的诗学理论，对先锋诗歌展开高屋建瓴的诗学批评。他以一个独立的批评家身份谦恭而自信地发言，在稳健的独白与温和的对话中，彰显出一位优秀批评家非凡的学术眼光和优卓、翩然的批评风度。

一

深入先锋诗歌创作语境，自觉地摒弃庸俗的捧场和简单的否定，进行有温度、有深度的“在场”批评，是罗振亚始终坚持的批评立场。他以强烈的问题意识、敏锐的学术感悟力，致力于深层问题的探掘，以富有创新性的个人化言说，源源不断地为当代诗学批评提供自己的真知灼见。他深知“先锋诗歌”命名和本质与现代文化语境存在着极其复杂的联系。所以，他站在更高的视点上进行整体观照，对各类先锋诗歌创作和批评资源兼容并蓄，积极质疑、析疑和解疑，穿过纷繁、无序、杂糅的现象达到本质的揭橥，从而抵达对一些重大诗学命题探究的深度，实现真正有力度的批评。

先锋诗人自觉的先锋追求，推动先锋诗歌写作意识、话语资源、言说方式等均呈现出前所未有的复杂变化，其在传统新诗的颠覆、解构和现代建构等方面呈现出探索性、多元性和丰富性，诗歌文本的多义性、歧义性、伸缩性等，都为批评家深入解读制造了许多困难。如何对潮起潮落的先锋诗歌进行恰切的历史定位，如何从时代、文化、诗人及诗歌发展等向度，挖掘被遮蔽、排斥、误读的先锋诗歌的价值和意义，是罗振亚展开批评的一个重要出发点。他以开放性思维、深入的体验和多维度的智性引领，在举重若轻的感性与智性双翼灵动的滑翔中，获得了一种与诗歌写作同样富有创造性的探索。无论是关于诗潮现象、诗歌流派、个体诗人，还是诗歌理论、诗歌文本等诸方面，他均将其置于特定的时代文化语境中加以考察，通过对诗人所处时代境遇及其变动的追踪，发现作为个体的诗人与社会历史深层的联系，并以其特有的穿透力跳过、超越那些繁琐的现象描述和粗陋的理论框定，从多重困境中寻找到批评突围的路径。他努力建立一种与先锋诗歌平等、和谐、深入对话的理想批评状态，如他对“非非主义”的批评，就是建立在对一些代表性文本的细致解读的基础上，联系诗人创作的文化背景与其文化诉求，对其反文化、反意象、反抒情等理论主张进行了深入考察和富有学理性的论证，雄辩地揭示出“非非主义”特有的诗学内涵和价值所在。

特别为学界与诗人们普遍赞赏的，是罗振亚在展开先锋诗歌批评时，既有宏阔的“史”的整体观照，又有深邃的“论”的多维透视。他对先锋诗歌生成、发展、裂变历史过程进行了较为清晰的梳理，对批评对象冷静地谛听、审视、扣问和探寻，以客观、厚重、绵延的“史”作为“论”展开的线索和依据，而“论”的展开与深入，又基于对“史”的分析、归纳和概括，并由此进行大胆的“命名”和严密的求证，这就需要细心、慧心、耐心和恒心的支撑，更需要广博的知识储备和综合能力的发挥。罗振亚多年来扎实推进的批评实践，完成了一系列“史”与“论”的自然融合与创造，提出了很多富有创见性、启发性的观点。如他对“个人化写作”的批评中，从20世纪90年代以前诗歌“意识形态写作”特点的指认，到辨析“集权主义的政治意识形态”与“个人化写作”的本质区别，从90年代的社会文化语境下对“现实”“现事”“叙事话语”重视的分析，到“自我表现”“私人化写作”与“个人化写作”差异性的考察，他指认了“个人化写作”的本质、意义及被误读所产生的种种问题……所有这一切，都展现出罗振亚在先锋诗歌批评领域开拓性的贡献。

二

为当下的先锋写作提供必要的理论启发，实现批评对当下诗歌写作的“深度介入”，是罗振亚展开先锋诗歌批评的又一重要出发点。他喜欢从诗学本体研究入手，以诗人的情怀切入诗人心灵和文本内部，喜欢徜徉于涌动不息的诗潮当中，与先锋诗歌一道保持心灵的律动，一步步走向先锋诗歌幽秘的深处。他以敏感的天赋透彻地把握文本，辨析不同诗人的个性气质，归纳出某些凸显流派倾向的特质，并借助哲学、社会学、心理学、语言学、文化学等方法，保证个人批评的鲜明性。为此，他一方面与诗人保持灵性的沟通，一方面加以理性的烛照，将理论把握与文本细读融为一体，通过追踪、清理和挖掘，对现象、文本、运动、流派等进行拓荒性探索。他在先锋诗歌的价值估衡、意义指正和对诗坛流弊大力纠正的同时，又积极为诗人提供理论支撑，为其他研究者提供学术参考。譬如，他对先锋诗歌演变流程的现代审视，努力还原其变动不居的本真状态并对其发生的动因、根源和特征进行归结,发现了处于“影响的焦虑”中的先锋诗歌一贯的“反叛”取向,通过对“朦胧诗”——“第三代”诗——90年代的“个人化写作”——“70后诗人”这一“反叛”链条的考察,令人信服地断言:每一阶段先锋诗潮都伴随着对前一阶段诗潮的解构而崛起,这其中存在着明显的“断裂”与“承继”,从而看到先锋诗歌流变中的深刻接续。这一重要发现,无疑对先锋诗歌写作和批评都具有多重的启示意义。

真正的批评家敢于直面问题,勇于负起现实与历史的批评担当。罗振亚不归属任何批评派系或学术圈子,他一贯坚持自己独立的批评立场,不做夸大其词的偏执判断,不自视甚高地盲目排斥他见,他服膺于对事实精微的考察、评析、钩沉得出的深刻发现,服膺于张扬感性色彩又具有学理性探究的真知灼见。他诚实、坚韧地执著于对现象背后本质的探掘,从不迁就或附庸某种流派而故意拔高或贬抑。身处众声喧哗的批评之境,他仍时刻保持一份冷静、从容,但在直斥诗坛的某些流弊时,他犀利的笔锋毫不迟钝,如对“知识分子写作”与“民间写作”那场充满意气用事的话语权争夺,他在认真考察、分析双方的主张和依据后,充分肯定了论争的价值,直陈自己的不满和遗憾:“这场世纪末的诗学论争非但没有提供出有价值的思想或美学向度,反倒掩盖歪曲了一些有意义的诗学问题,使本来就十分模糊的汉语诗学问题愈加混乱。为服从论争需要,他们将民间与知识分子、南与北、软与硬、普通话与口语、本土与西方等范畴的对立性故意夸大,把复杂问题简单化或把简单问题复杂化,有的大而无当,有的干脆就不存在,这无疑混淆了读者的视听”,“在某种意义上说,是以美学为幌子的争名逐利的商业炒作”。[①]他这类带有警示性的直率发言,缘于他真诚的批评态度,缘于他始终致力于揭示“先锋”对于当下及未来诗歌发展的潜在意义。

罗振亚长期从事中国新诗研究工作,对中国百年新诗发展进程及各个阶

① 罗振亚:《朦胧诗后先锋诗歌研究》,中国社会科学出版社2005年版,第235页。

段诗歌美学特征，有全面的了解和较为深刻的认识，对"正在进行时"的先锋诗歌展开批评时，他善于选取合适的视角，拨开庞杂的诗歌现象的遮掩，摆脱芜杂、错乱、扭结的诸多问题的缠绕，准确地择取关键性的散点、碎片进行多维解读，找到破解某些重要诗学命题的通道。比如，他从语言学角度对"第三代"诗艺术特征所做的精辟阐释，便抓住了"第三代"诗反叛"朦胧诗"的路径和命脉；他从"肉体乌托邦建构"出发，对70后"下半身"写作生成的原因、意义和明显缺陷的剖析，便走出了道德批评的旧路，揭示其"反叛"的先锋姿态和可贵的艺术探索；他对海子诗歌的浪漫主义特征的审视，看到海子诗歌的意义在于"他已成为逝去历史的象征符号、中国先锋诗歌死亡或再生的临界点"，宣告那种激情的青春写作的结束和失效，而更趋成熟的"个人化写作"开始来临。可见，"他把海子个体诗人的风格特性与诗歌发展潮流及整体先锋诗歌语境联系起来，表现出对一个重要诗人的深刻理解和对时代诗歌走向的本质性洞见。"①

三

优秀的诗歌批评家，往往兼具诗人气质和诗人的创作才华。有着丰富的诗歌写作经验的罗振亚，曾出版诗集《挥手浪漫》。近年来，他在勤奋、谨严的诗学批评之余，仍不时饶有兴致地进行诗歌创作，近期出版的诗集《一株麦子的幸福》，更是以"洗尽铅尘见真醇"的素朴风格，让众多诗人和诗歌爱好者，欣喜地领略了一位著名诗歌批评家的创作风采。

阅读罗振亚的先锋诗歌批评文本，常常令读者有一种茅塞顿开的惊喜，甚至会产生如沐春风的审美愉悦，这缘于他娴熟地运用自成风格的诗性理论话语，将深刻的诗学观念和理论，自然地转化为诗意的言说。他那充溢着机敏

① 邢海珍：《阐释与评说：深入解读中的历史性清理和总结》，《文艺评论》2006年第1期。

的发现、灵动的诗性感悟、鲜明的艺术气质的批评,有别于常见的学院批评文本的概念堆砌、术语铺陈和范式化书写,他在追求准确表述的同时,注重言说方式的“美化”,他的文章中常见诸如“诗坛灵魂的裂变”“内在生命的孱弱”“无根的漂泊”“历史中断后的精神逃亡”“通往成熟途中的智性写作”“在场的叙述”“病态的诗化青春”“活力的象征与先锋姿态的停滞”这些张扬着生命自由与活力的标题或关键语句,恰如其分地标识出走出抽象批评的生动感,增加了批评文本的弹性与伸缩余地。

无疑,罗振亚在先锋诗歌的批评之旅中,已构建起自己丰赡的“智性言说”体系,并且还在向“无限可能”敞开与掘进,以期展开更为深邃的诗学探索。

作者单位:哈尔滨师范大学文学院

充满诗意的诗歌批评
——罗振亚中国现代主义诗歌批评研究

范丽娟

T.S.艾略特在《传统与个人才能》中曾指出，诗不是放纵情感，而是逃避情感，诗也不是表现个性，而是逃避个性。这成为西方现代主义诗学的划时代宣言，也宣告了现代派文学尤其是诗歌创作的经典特征。相比之下，中国现代派诗歌就没有西方现代派诗歌那样幸运，甚至遭遇命运坎坷，几经多舛，但中国现代主义诗歌的生命力坚韧顽强，这更进一步证实了它的出现和存在的合理性和有效性。罗振亚在对中国现代诗歌进行综合深入研究后，认为“受到西方现代派诗人的启悟，中国现代主义的许多诗歌，也都做了同样的智性思考”[①]。在《中国现代主义诗歌史论》一书中，他进一步分析了中国现代主义诗歌的嬗变特点，即传承古典传统的向内纵深，同时汲取西方现代派元素的向外延展，认为对西方现代派诗歌的借鉴开拓了中国现代主义诗人的视野，丰富了诗歌的艺术创作技巧；对古典诗歌的继承避免了中国现代主义诗歌对西方诗歌的单纯模仿和复制，使中国现代主义诗歌走向独立自主的民族化道路。罗振亚的观点集合了中西诗学比较视角、历史文化与美学视角、古典与现代融合等多重

① 罗振亚：《中国现代主义诗歌史论》，社会科学文献出版社2002年版，第13页。

视角，对中国现代主义诗歌的成就和地位给予科学公正的评价和判断，有理有据、夹叙夹议的剖析与丝丝入扣、冷静而又饱含温度的言说，令人服悦。

一、融合历史观与多元审美的诗学批评

罗振亚诗歌和诗学研究的突出作品是他的诗歌理论专著《中国现代主义诗歌流派史》。这是一部很有分量的新诗理论研究成果，它奠定了罗振亚在现当代诗歌研究尤其是在现代主义诗学研究领域的学术地位。这本著作的学术价值首先在于对中国现代主义诗歌研究的史学维度，具体表现在对中国现代主义诗歌历时性的梳理与断代式的剖析。他把中国现代主义诗歌从20世纪20年代到80年代进行了精细的历时性划分，并逐一进行断代分析，其中创建性地囊括了20世纪50—60年代中国台湾的现代派诗歌，使他的现代主义诗歌研究具有了广阔的时空维度。同时，他对每一位诗人和诗歌作品的熟识与信手引用、细致入微的品赏剖析，将诗歌批评带入理性与感性兼具的审美境界。

他认为“五四”时期至20年代后期是现代主义在中国的第一次浪潮，即李金发发表诗集《微雨》，之后带动了创造社后期诗人王独清、冯乃超、穆木天及效仿法国象征派的蓬子、胡也频等同道诗人。中国现代主义诗歌几经磨难，左冲右突，留下了一条巨大的命运轨迹曲线——20年代的象征诗派、30年代的现代诗派、40年代的九叶诗派、50-60年代的中国台湾现代诗、70-80年代之交的朦胧诗派、80年代中期的第三代诗潮。“六次崛起，六次沉落，其间交织着无限喜悦与酸辛，充满着诸多经验与教训，每一个流派都在寻找着自己个性的太阳。”[①]这种历史进程发展演进的梳理，不仅在现代主义诗歌研究中成为历史性的突破，也清晰而有力地回应了对中国现代派诗歌的种种质疑和困

① 罗振亚：《20世纪中国现代主义诗潮概观》，《福建师范大学学报（哲学社会科学版）》2005年第2期。

惑。并对现代派诗歌给予相当的价值肯定，从其语言陌生化表达“乃至朦胧暗示的美感效应，都丰富了新诗的技巧，提高了新诗的品位，给人一种耳目一新的奇特感，它所拥有的创新精神永远是充满生机的象征”①。

在对戴望舒、卞之琳、废名等人的解读过程中，罗振亚充分发挥了自己审美批评的优势，从分析诗人文本的形式特征入手，提炼出文本所包含的内在意蕴以及诗人创作的精神轨迹。罗振亚用自己的生活视角打量着这些诗人，体察他们细微的个性气质的差异，思想细节的轻微变化，他善于将来自对诗人的直觉印象升华为逻辑层面的思辨，把形象的内心体验、抽象的学理探求融为一体，从而达到了一种阐释主体与对象之间的相互渗透、重新组合。如他把戴望舒的诗概括为“真实与想象遇合的诗情”“表现自己与隐藏自己之间”“从音乐性到散文美”，把卞之琳的诗概括为“知性的探险”“冷隽的非个人化抒情”“淘气的智慧”，而把废名的诗则概括为“盎然的禅趣”与“美涩之间”。徐志伟的《在史实与体验之间——评罗振亚的现代主义诗歌研究》一文中曾有这样的评价：“罗振亚注重批评的直觉性与个人经验性，力求把对作品题旨富有形象感的描述与对批评家主体的人生体验的阐发结合起来。在批评的心理空间上，他也不强调主体与对象的距离感，讲究个人心灵、感情对于批评对象的直接介入，从而形成一种具有对话色彩的批评情境。他对作品的分析常常是细致而又深入的，这种细致和深入表现了他在艺术感受方面的才华和人生体验的独到。他既能够尊重每一个诗人的个体存在，也能够自信地、有计划地展开自己的批评活动。正是因为他善于以审美的眼光介入，才使他真正地走入诗人生命的深处，有效地探究到了诗歌的本相。”②

其次，罗振亚对中国现代主义诗歌的研究价值还体现在其诗学理论的丰

---

① 罗振亚：《20世纪中国现代主义诗潮概观》，《福建师范大学学报（哲学社会科学版）》2005年第2期。

② 徐志伟：《在史实与体验之间——评罗振亚的现代主义诗歌研究》，《诗探索》2004年第1辑。

富多元性，研究视角的多重融合性，可以用纵横中西穿越古今来概括。从事中国文学研究的学者往往专注于对中国本土文学和理论的深挖和探究，对西方文学和诗学理论往往流于了解和名词层面，但罗振亚研究的视野和笔触洞察了欧美现代主义诗歌、诗学的精髓。对于现代派还有现代主义的讨论，一直属于学界的研究热点，尤以袁可嘉和王宁的观点最为典型。从时间上来说，袁可嘉先生是中国较早研究现代主义的一位学者。他在《欧美现代派文学概论》中认为，现代主义文学是19世纪末、20世纪初的一个西方资本主义国家之间的国际文学思潮，是一个包括象征意义、未来主义、意象主义、表现主义、意识流和超现实主义文学六个流派的总称。而就诗学来说，象征意义、表现主义和意象主义是当中具有影响力的东西。总括来说，袁可嘉对“现代主义”的界定可以用“五国六主义”来括概。另一位学者王宁认为“现代主义”其实具有两种含义，即是指宽泛的现代主义创作原则，挑战传统文学理性和现实主义文学。另一种含义由他对外国的研究中所研发，例如在《现代主义：1890—1930年》一书中，已指出现代主义文学成了一种历史现象，王宁便从中认为它的另一个含义是“作为文学运动和思潮”，它应该被视为一个由诸多流派所组合成的结合体。综合而言，上述两位学者认为现代主义有广义和狭义之分。在狭义来说，它指一个已经发生了的文学思潮运动。在广义来说，则指一种反抗传统写实主义文学的创作原则，这些创作原则既包含象征主义，亦有意象主义，是多种流派的总称，虽然每一种分支的文艺理念和文学表达未必相同，例如未来主义者具有反传统的倾向，但另外一些象征主义诗人如叶慈等却具有重视传统的一面。罗振亚综合袁可嘉和王宁的观点，将现代主义注入一种史学以外的美学范畴，并以此为构架进行中国现代派诗歌的研究和讨论。他认为“五四”时期至20年代后期是现代主义在中国的第一次浪潮，像李金发的诗集《微雨》之所以被视为中国象征诗派的源头，引发当时文艺界的广泛探讨，主要得力于以戴望舒为首的现代派作家对这一问题的推动。他们受到西方现代派文学的诗歌艺术所影响，从而对本身的创作加以模仿以至接受，并作进一步的创作。这群诗人中，卞之琳正是当中较特别的一位。事实上，他既借鉴欧美现代派文学的诗歌创作，并有一种选择性的接受过程，从而吸收当中的养份来转化成自己独特的诗歌风格。

中国“现代新诗如果没有外来诗歌的刺激与冲击，就无从谈起这种引发的模式特征”[①]，因此才出现“五四”时期面对强大的古老诗歌传统境况下，不惜借助外国诗歌力量采取矫枉过正的偏激革命，在充分认可本土滋养重要性的同时，罗振亚明确西方思想对中国诗人的直接辐射，认为没有外来诗歌的强力冲撞，五四时期中国的白话诗就难以破土，“庞德之于胡适，惠特曼之于郭沫若，泰戈尔之于冰心，济慈之于闻一多”，尽管这其中的影响、继承关系已有公论，罗振亚则进一步强调：“中国现代主义诗歌不仅从那里借鉴了形式、技巧，而且在意味构成上也潜移默化地汲取了它的因子。”[②]在西方现代派的影响下，中国现代主义诗歌渐渐习惯从哲学高度把握现代人的生存境遇和社会本相，纵使是我们流传千年的象征与通感等本土手段，也增添了异于传统诗歌的“反常”本质。罗振亚对西方现代派诗人的熟络如对邻人，而对现代派诗歌理论则往往是信手拈来，从中可以觑见其在此领域的用心用力。

罗振亚从20世纪初中西方文学交互和影响的实际出发，采用文化和历史的视角立体审视中国现代主义诗歌，认为中国文学中的现代主义流派虽然“晚生”，但其与现实主义和浪漫主义观念并驾齐驱，共同构成了20世纪中国文学的重要向度。这种观念还原了现代主义诗歌的历史地位，一定程度上消解了对中国现代主义诗歌的偏见。他还强调要研究新诗，就要追求真实、生动、深刻的现实感，也应把历史上优秀的古典诗歌作品作为参照对象，使中国现代诗歌研究有了“根性”的深度。同时，他还提出了诗歌批评中需要注意的方法和理念，认为诗歌批评既要把握诗歌的审美特征，又要考虑到诗歌的社会背景和作者的思想感情，这样才能更好地理解诗歌的审美价值。

---

①② 罗振亚：《中国现代主义诗歌史论》，第12页。

二、冷静而有温度的批评风格

“从审美和艺术形式的角度出发，罗振亚走进了一个深远而广阔的批评世界。在这个世界中,无论是对具体诗歌文本的评论,还是对诗学理论问题的探讨,罗振亚都具有自己不同凡响的发现,显示着他不媚俗、不趋时、不务虚的批评个性”。①罗振亚在中国现代诗学研究领域颇具建树,他的诗学研究除了理论视角的扎实依托，还以兼具描述性与判断性的语言表达而独具风格，可以称得上冷静而有温度的充满诗意的文字风格,使他的诗学观点与批评思维诗意化。作为中国现代主义诗歌研究的学者,他对中国现代主义诗歌以及当代诗歌发展和审美价值投注精力和热情,但在语言阐述中保持了诗歌研究者少有的冷静与克制、理性与平和,同时他丰富独特的用词和长句子结构,保证了他的批评话语达到完美的表述性和准确性,产生出诗歌的意蕴。

在评价象征派功过的章节中,他评论道:“象征诗派虽为传达出强劲的时代情绪,但却以灵魂的全方位恢复呈现,当五四退潮而新的革命尚未到来之际,为知识分子的灰色情绪与悲观心态做了清晰的投影记录,虽然感伤忧郁可也不无帮助人们了解时代的认识功能。何况这些从道德角度评价消极颓废的情感,在心理学意义上包含浓郁的审美价值,忧郁幽暗也许是更深刻的清醒;感伤或许由绝望与不幸酿成,但可能会孕育更大意义的积极抗争。”②文中四字五字偏正词语的叠加使用，构成概念的强调和语气的加深,“时代情绪、灰色情绪、悲观心态、道德角度、审美价值、积极抗争颓废的情感、心理学意义、深刻的清醒、认知的加深”等等,无不强调出关键词和中心概念,同时恰如其分的形容词一方面在音节上起到缓释节奏，却也在另一方面或加重冲击

① 徐志伟:《在史实与体验之间——评罗振亚的现代主义诗歌研究》。

② 罗振亚:《中国现代主义诗歌史论》,第61页。

力、或柔化减缓夸张力的双向作用。

在评价象征诗派诗歌艺术形态的文章中,罗振亚关注诗人对音乐、造型美的强调,认为这是对诗在混沌之初音乐、诗歌、舞蹈三位一体形态的创造性恢复。以穆木天的诗为例,罗振亚细评道:"以微风雨丝、暮霭轻烟、远山幽径等渺远迷朦意象的律动,与朦胧哀怨、惆怅轻思的心之律动契合。《雨丝》中那如雾如烟、绵绵不断的雨丝飘落,正是诗人迷惘凄清的剪不断思绪的外化。《苍白的钟声》更别致:'苍白的 钟声 衰腐的 朦胧/疏散 玲珑 荒凉的 濛濛的谷中/——衰草 千重 万重/听 永远的 荒唐的 古钟/听 千声 万声/……/听 残朽的 古钟 在 灰黄的 谷中/入 无限之 茫茫 散淡 玲珑/枯叶 衰草 随 呆呆之北风 /听　千声 万声——朦胧——',音乐旋律本身构成了诗的自足,词语意义已不重要,钟声的音响、形态倒格外引人注目。深秋日暮时分旷野钟声的直觉印象,因语言拟神态表演的切入,点化出一种孤寂飘渺的迷朦风韵。在感觉挪移下,听觉已化为视觉,阵阵间隔又连续的句式排列,犹如随时空律动的波形成的似断似续钟声音波的外化,空白暗示钟声节奏。那沉稳疲惫、固执悠长的钟声不正是单调、倦怠情思的流动吗?"[①]文中最后两句点评:"深秋日暮时分旷野……随时空律动的波形成的似断似续钟声音波"已然刻画出一幅声形并茂的风景诗作。其动词的运用更为生动,"点化、挪移、外化、暗示、流动"等动感十足的精粹词句,仿佛进行着叙事一样的描述,驱散了批评文章的生涩与坚硬,增添了感性的诗意与情绪的温度。

在论及戴望舒的现代派诗歌和诗学主张之价值时,作者毫不吝啬赞美与欣赏之词,认为他的93首诗歌"标志着象征主义在中国发展的规模与深度,并以艺术精神与艺术形式的共时性拓展,实现了象征主义的中国化,预告了新诗现代主义的真正莅临"[②]。除了戴望舒诗歌中所内涵的多种思想艺术质素,

① 罗振亚:《1920年代象征诗派艺术形态论》,《黑龙江社会科学》2006年第4期。

② 罗振亚:《中国现代主义诗歌史论》,第277页。

作者更注意到他诗歌"从音乐性到散文美"的语言灵魂所在;能够"使感觉由西诗取法,使情绪仍保留到东方的、静观的、寂寞的意味"。对于戴望舒的《雨巷》《我的记忆》《我用残损的手掌》等一批作品,罗振亚采用同样的毫不逊色的意蕴悠长、结构完整、词语清丽的表达给予唯美判断和明确主张。罗振亚认为"没有必要回避戴望舒诗歌存在的感情略有狭窄、旧诗词气息过浓的缺憾;但更应该看到,它那形象完整而纯净、结构缜密又自然、风格清丽而蕴蓄的优长"。认为他的作品"忠于艺术与自我的真诚,注重想象与真实的巧结,强调隐显适度的中西合璧,那种舒卷自如抒情体式,在提供苦难时代的心灵投影、冲击诗坛向壁虚构的矫情夸饰与投降于想象过度泥实的诗风同时,也提高了现代诗文体的艺术品位,昭示了现代诗发展的可能前景。不愧为1930年代中国现代主义诗潮的领袖与艺术高峰。"[①]从中我们管窥到罗振亚本人对于语言作为诗歌灵魂的唯美诉求,即使在文学批评的冷静理性范畴里也不忘诗意的温情表达。

陈爱中在《轻盈而深邃的史学叙述——读罗振亚的<中国现代主义诗歌史论>》一文中,赞赏罗振亚的叙述语言"笔调轻盈 富于诗意",值得称道。并分享了他阅读振亚老师著作《中国现代主义诗歌史论》的感受:"最初的印象便是语言的华美丰赡,在轻盈中透着哲理的深邃。如论述开启现代主义诗歌先河的象征诗派时,作者用'悄然飘落的微'的言辞概括,既形象恰切地勾画出象征诗派的发展轨迹,又将象征诗派的命运昭然于世,经济且富于美感;而当人们得知'微雨'同时又是其代表诗人李金发的诗集名字时,就更不能不慨叹于作者的匠心独运了。再如受重感悟而轻言说的禅宗思想浸润的废名之诗,向来以晦涩著称,准确地描述其本质和形态难倒了诸多方家;《史论》则用'迷人而难启的黑箱'作标题,一下子就道出了废名的诗歌特质,可谓一语中的。像'深沉的河'用于概括九叶诗派风格,'回头的浪子'用于梳理台湾现代

① 罗振亚:《中国现代主义诗歌史论》,第306页。

诗派历史，也都显示出作者语言上的独特造诣和细心雕琢。中国现代主义诗歌话语的建构显然是在西方现代主义思潮的影响下萌生的，因此，从文本创作到内容阐发都无法摆脱西方现代理论话语……将西方现代主义的诗歌理论如春风化雨般融入对中国现代主义诗歌的分析，不露痕迹。遍读《史论》，不难发现其中对新批评‘细读’理论的运用，将纯理论化的思维方法融入到对具体分析对象的‘通俗’描述中，这样既把握住了诗的内质，又从根本上改变了批评语言的‘艰涩’。”①可谓一语中的。

在南开大学进行的一次访谈中，针对不止一个研究生的感叹：“老师，您的文章语言自带防盗功能，别人不好模仿。”罗振亚坦诚确认自己是在学术研究中追求着这样一种独特的语言表达效果。针对这些年学术界存在诗学论著通篇贩卖西方的话语名词，甚至语法句式也高度欧化到没法读懂，或者一点不讲究文采，令人人昏昏欲睡的境况，他分析其可读性差的根源，指出其中缘由：或是作者的语言功夫薄弱，或是作者缺乏语言美的意识，以为语言只是工具，把意思表达清楚就万事大吉了，这是一种必须废除的偏见。他进一步表达文字的重要性，认为美是诗的别名，诗歌的语言是美的，诗歌研究的文字也应该是美的。在接受刘波的采访中，他这样明确表述说：“我对研究语言总是心怀敬意，从来不敢怠慢，基本上要字斟句酌，选择哪个词语，用什么句式，都费一番掂量，写成之后再反复推敲，尽量让它贯通酣畅的文气，看起来舒服，读起来也上口，畅达，自然而有一定的诗意……最好的评论语言应该把具象和抽象、感性和理性、美和思辨结合得恰到好处。”②事实证明，他的诗歌批评确实达到了这样的高度。

---

① 陈爱中：《轻盈而深邃的史学叙述——读罗振亚的〈中国现代主义诗歌史论〉》，《当代作家评论》2005年第5期。

② 罗振亚、刘波：《关于新诗创作与批评的对话》，《渤海大学学报（哲学社会科学版）》2009年第6期。

三、诗歌创作的感性体验

英国浪漫主义诗人雪莱在《为诗辩护》中称“诗是神圣的东西”,并尊称“诗人是世间公认的未冕立法者”。事实也是如此,世界各民族的文学传统中,诗歌一直是其民族文化中最古老、最具代表的经典所在,无论其久远的历史,还是其记录史诗般的英雄事件所赋予的民族特征和精神意义,诗歌已经超越其文字的物理属性,成为民族身份的象征,生命意义的符码。也因此诗人被赋予神圣使命。

罗振亚在中国现代诗学研究领域颇具建树,同时兼具诗人身份。准确地说,他首先是一位诗人,从大学毕业在黑河师范学校任教的20出头年华里,在东北边陲小镇黑河从教之初的日子开始从事诗歌创作,几近痴迷。尽管他创作出版的诗歌诗集数量也比较可观,包括《挥手浪漫》《一株麦子的幸福》等诗集,但在《挥手浪漫》的《后记》中仍然非常清醒地写道:“我从不敢自诩为诗人,因为我深知:诗乃宗教,它需要付出绝对的虔诚;真正的诗人少之又少,出诗集和诗人的称谓之间没有必然联系。我只是写过诗的人,并且短暂的涂鸦也纯是青春心理戏剧使然,毫无自觉可言。所以一俟戏剧闭幕,我就识趣地退到诗门之外,任浪漫的鸽子定格为心灵深处一尊圣洁的雕像。对它我除了凝望,还是凝望。”[①]从中我们感受到他的谦和与谦逊,同时更多的是他对诗歌和诗人的崇拜与敬畏。

谈及自己的诗歌创作经历,罗振亚坦承自己的诗歌都有是有感而发,不是为诗而诗,可以说他的诗歌被赋予了诗人的人格本色。我们可以从诗中读出他对人间世界的善性情怀,一字一行足以显现诗人的良知和赤子般的真诚。他的诗歌题材源于生活日常,出自身边的家人、亲人和友人,在他的诗歌中,父亲母亲、童年故乡、校园、爱情……无一不进入他的笔触。在《中国现代

---

① 罗振亚:《挥手浪漫》,黑龙江人民出版社2001年版,第113页。

主义诗歌史论》后记中,他这样发自内心地感叹:"与诗结缘,是我的痛苦也是我的幸运。她让我不谙世故,难以企及八面玲珑的成熟,更让我的心灵单纯年轻,不被尘俗的喧嚣烦恼所扰;她教我学会了感谢,感谢上苍,感谢生活,感谢那片生我养我的土地,感谢那些曾经遇到、即将遇到的或亲切或温暖或美丽的名字。"[①]清纯执着的内心与细致敏锐的洞察力,是他诗歌创作的天赋,诗歌的灵感不是随时随地都存在的,她来造访的瞬间应该迅速捕捉下来,而没有情感的驱动却为了写诗而写诗,非但写不出好诗,还可能从本质上对诗歌造成可怕的伤害。《挥手浪漫》中的诗具有生活美质的厚重之感,几乎每一首诗都可自然地进入人们的日常体验和感受之中,与人们的朴素情感最为贴近。

事实上,罗振亚所坚持的诗学理念也是他诗歌创作感性体验的印证、提炼和升华。他认为诗歌应该反映当时的社会风气和人民的思想感情,他强调要创作有创意、有表现力、有思想内涵的具有当代社会集体风貌的诗歌。在具体的实践中,他又通过情绪的通道,以偶然事件为出发点,追求真实、生动、深刻的现实感。罗振亚把中国现当代的优秀诗歌作品作为研究对象,把新诗歌运动的理论体系和古典诗歌的优秀传统融为一体,使得中国现代诗学研究有了独特的色彩和深度。

结语

在 2019 年获得"扬子江诗学奖"的获奖感言中,罗振亚这样表达对诗歌批评的本质和诗评家职责的理解:"现在我越来越清楚,新诗批评同样是一项高难度的精神作业,它对从业者的要求很高,唯有那些既深谙诗歌的肌理、修辞、想象方式,又兼具渊博、厚实、深邃的学养,更耐得住经常面临劳而无功困境的寂寞者,方可真正入其堂奥。不少人从诗人到诗学研究者角色的转换,实

① 罗振亚:《中国现代主义诗歌史论》,第 441 页。

际上是在用另一种‘以退为进’的方式，为新诗的发展尽着自己的责任。”[①]这其中不难看出他对诗歌创作和诗学研究的双向思考，他本人一直坚守诗歌创作的阵地，同时以诗学研究为责任，从他者的目光审视和坚守着诗歌神坛，通过诗歌批评这一至高点，引导和影响着诗歌创作的灵魂和质素。

当代诗歌的发展离不开罗振亚的诗学理论贡献。他提出和论及的一系列有关诗歌批评的思想和方法，例如诗歌批评应该结合语言、结构、主题、情感等诗歌的审美特征，把握诗歌作品的历史背景、文化内涵和作者的思想感情，以便更好地理解诗歌审美价值；再如他还强调的创作要有创意、有表现力、有思想内涵的当代诗歌原则；以及他认为诗歌语言要富有表现力、要真实生动、要把具象和抽象、感性和理性、美和思辨结合的恰到好处等等理念，成为影响中国当代诗歌发展走向的指南。

作者单位：苏州科技大学外国语学院

---

① 罗振亚：《罗振亚谈诗歌创作与研究》，《创作评谭》2017年第4期。

“先锋”的祛魅与揭蔽

——评罗振亚《中国先锋诗人论》

卢　桢

作为先锋诗学研究的开拓者，罗振亚近年来以系列专著的形式构建起他的研究版图，先是从《中国三十年代现代派诗歌研究》《1990年代新潮诗研究》等“现代主义诗歌断代史”的角度细解各流派之由来与归宿，进而以“史”为轴，线性整合象征诗派、现代诗派、九叶诗派、中国台湾现代诗、朦胧诗派、第三代诗、中间代诗歌、70后诗歌等诗歌流派，理性梳理现代主义诗歌因子在历史时段中的发展轨迹、运动方式以及传承变异，凭借《中国现代主义诗歌史论》《朦胧诗后先锋诗歌研究》《大陆当代先锋诗歌论》《20世纪中国先锋诗潮》等专著串联起先锋诗学衍进的历史流脉，为这一研究领域提供了值得参考的理论方法和研究路径。他的新著《中国先锋诗人论》[①]选择了诗人个体研究的角度，以23位“诗人论”的形式与前著形成了互文对话，继续推进了“先锋诗学”的理论体系建设。

① 罗振亚：《中国先锋诗人论》，中国社会科学出版社2019年6月版。

一、对“先锋诗歌”的述史模式建构

艾布拉姆斯曾把现代主义的显著特征定位在“具有先锋的文学艺术特质”[①]上，从而奠定了现代主义文学在先锋艺术门类中的典型位置。就中国文学而言，“诗歌”与“先锋”结缘，本就蕴含了形式实验与艺术革新之意。作为新诗研究的显词，“先锋”不仅是学界用以评判现代主义文本的核心准则，也是我们理解新诗生成过程的重要维度。无论是新诗与都市文化、乡土文化的关联，还是它对西方舶来诗思的“创造性背离”和对传统诗学的同步吸纳，以及新诗如何在思想之力与艺术之美之间寻求话语的平衡，都可在“先锋”这一时间性的宏观历史概念下获得生长的机遇。在“先锋”概念呈现出“泛化”趋势的今天，它的内涵与外延究竟为何，往往聚讼纷纭，难有定论。曾几何时，现代与后现代的实验创新、破坏与建构并进的审美动向，以及个人化伦理、神性抒写等话语方式……都参与过新诗“先锋性”的话语建构，然其往往又只是冰山一角，难以言明概念本身的丰富性。还有一些学者习惯把对先锋诗歌的批评话语固化于20世纪80年代以来文学史既定的叙述逻辑，他们“大体将时间限定在‘朦胧诗’以及80年代以来的‘第三代’诗歌运动”[②]，或者把20世纪90年代以来的“个人化写作”风潮也纳入“先锋诗歌”的范畴，却很少有人立于新诗发展的宏阔背景贯通现代诗歌与当代先锋诗歌，对百年新诗中不断起伏消长的“先锋”质素予以历史观照，这很可能会造成概念认知上的偏狭与窄化，也不能廓清先锋诗歌的本真面貌和美学流变。

实际上，在似已形成定论的“先锋诗歌”概念之外，还存在着一个更为宽广且不断流动的诗歌谱系。早在步入先锋诗学研究之初，罗振亚便已着手为

---

① [美]M.H.艾布拉姆斯：《文学术语词典》，吴松江等编译，北京大学出版社2009年版，第335页。

② 霍俊明：《“先锋诗歌”的前世今生——从地方性知识和家族相似性的视角考察》，《南方文坛》2013年第5期。

其研究对象寻觅内在的诗学依据，提出兼具时间与社会学意义的"先锋诗歌"应当是那些"具有超前意识和革新精神的实验性、探索性诗歌的统称，它至少具备反叛性、实验性和边缘性三点特征"①。遵循这一标准审视百年中国新诗，论者在本著的"绪论"中阐释了中国先锋诗歌的命运、倾向与价值，指明"自沈尹默现代味儿十足的《月夜》问世起，中经部分新月派诗歌，和象征诗派、现代诗派、九叶诗派、中国台湾现代诗、朦胧诗派、第三代诗歌、个人化写作、下半身写作、垃圾派诗歌、低诗歌以及跨越近三十年时空的女性主义诗歌，由现代主义、后现代主义创作构成的中国先锋诗歌，在新诗历史的每一个重要转捩点上，都不乏深度的影响和介入"②。他把自新诗萌生开始不同代际的、具有现代主义诗艺追求的抒情群落视为新诗艺术魅力的辐射源，并将其置于动态的历史时空中，有序组构衔接这些凝聚抗衡性的文化因子，使其连缀成一道连绵壮观的美学风景线，同时建构起先锋诗学的述史模式。这种模式与以往先锋诗歌研究的最大不同，在于论者将先锋诗歌的历史构筑在百年新诗发展史的宏观平台上，对一些学者认为的"先锋诗学始于 20 世纪 70 年代末"的观点形成反拨。从新诗草创期开始，那些尚未被命名为"先锋"，却具有浓厚现代主义倾向的诗歌便已在新诗的土壤中孕育，这类诗歌在新诗的百年进程中历经沉浮，却凭借一代代探索者对公共传统的解构、对秩序化写作的颠覆、对现代技法的实验，终于锻造出具有东方意味的现代主义诗歌的原创品质。特别是诗人对艺术本体的纯粹性追求，使先锋诗歌这一新诗流脉彰显出顽韧不绝的生命强力，与现实主义、浪漫主义一道支撑起新诗的艺术天空。

也正是在先锋诗歌发展的"百年"这一历史背景下，罗振亚跟踪锁定"先锋性"因子在新诗潮各个阶段中的分化、转型、融会轨迹，并深入其内部肌理，择取李金发、戴望舒、卞之琳、何其芳、废名、林庚、金克木、徐迟、穆旦、纪弦、郑愁予、

---

① 罗振亚：《20 世纪中国先锋诗潮》，人民出版社 2008 年版，第 3 页。

② 罗振亚：《中国先锋诗人论》，第 1 页。

余光中、洛夫、痖弦、曾卓、舒婷、海子、西川、张曙光、于坚、伊沙、翟永明、王小妮等23位诗人作为文学代表，分别为其创作抽样透析，勾勒先锋诗人创作的繁复景象。学术著作的体例本身，或许正蕴含了论者对问题的逻辑判断和思考路径，深究本著内部的论说序列，可以发现诸位诗人均是现代主义诗歌在各自时代最为闪耀的存在，他们的艺术风格虽然各臻其态，独标一格，却汇合在先锋诗歌反叛与实验的道路上，于艺术的自觉性探索与内在的精神性开掘两个向度上形成彼此暗合的呼应，且后继者往往充满对先行者的超越意识与颠覆情结，个体之间的相互关联，形成先锋诗学观念自我更迭的内在动力，从而照应并印证了论者在《20世纪中国先锋诗潮》等著作中不断强调的先锋诗歌“反叛”与“求新”并重的特质。作为对“史论”和“诗潮论”等宏大叙事的有机补充和定向拓展，《中国先锋诗人论》在微观模式上践行了“抽象中有具体，具体中有抽象”的研究方法，它与论者的前著组合相生，一道构筑起宏阔而精致的立体化述史模式。

二、诗与思：审美的异动与通约的焦点

诗与思，前者指融汇中西诗维的形式美学，后者聚焦在抒情者对心灵隐秘世界的内在探索，两者在美学层面与精神层面构成先锋诗歌的双重维度。尤其是“诗”所蕴含的语体风格、意象谱系、节奏韵律等审美向度，成为不同代际写作者用以完成现代主义实验的重要元素。这些缪斯的使徒们不断涌入活跃现代主义因子的言说空间，以多元竞荣的写作实践塑造出启迪性丰富的艺术奇观。正如罗振亚所总结的，中国先锋诗歌一个值得圈点的成就，便是它“没有以现代性的艺术旨趣去规约每个诗派、诗人的结构特质、艺术想象和话语方式，走向大一统的存在形态”，而是“为所有的探索风格预设了自由而广博的伸展空间”。[1]对于这些“审美的异动”，论者主要从隐喻风格、意象系统、

① 罗振亚：《中国先锋诗人论》，第9页。

语言特征、美感构成等角度对具体的诗人定向把脉,力求以糅合着才情禀赋的语言和触角广密的考辨,为写作者的美学风格精确赋值。如怪诞的李金发、凄婉的戴望舒、缠绵的何其芳、沉雄的穆旦、深邃的冯至、晦涩的卞之琳、婉约典雅的舒婷、自然大气的于坚、精致变换的西川、张力繁复的翟永明,沉静恬淡的王小妮……简洁轻盈的概括,已然准确揭示出先锋诗人深邃的诗美本质。深入具体的言说,他认为李金发以内向聚敛的感知方式创造出富有朦胧美的“诗歌思维术”;卞之琳则是凭借知性与古典精神的催动孕育出“貌似清水实为深潭的冷凝幽秘的诗风”;何其芳成功的秘诀“在于师古而不泥古”;林庚为诗坛筑起了“一道清远、雅洁、美丽的艺术风景线”;金克木对新诗艺术品位的贡献凝聚在“诗情智化带来的哲理深度”……这类充溢庞博理论术语的论述要言不繁,直抵肯綮,彰显出论者对研究对象之诗歌本体意识的扎实把握与独到理解。

多元差异性的现代美学观念,对先贤“影响之焦虑”的反拨与突破,构成先锋诗歌的显在特质,观念之间的碰击与角力,也为新诗的发展提供了持续而充沛的动能。在精准揭橥这些“美丽的差异”的同时,罗振亚穿越于先锋诗歌的奇骏地带,力求为不同的抒情个体、群落建立对话联系,寻找先锋诗歌百年发展过程中的“交集”和“联络点”,进而在“思”——即写作者的精神意识层面找到互动可能,其方法论意识主要体现在两端:

一是对先锋诗歌“现实性”的观照。按照普遍的理解,现代主义诗歌与现实主义和浪漫主义分野的焦点,正源于它有意淡化、悬置现实,向人的灵魂内宇宙掘进,以超拔的想象力抵达超现实的情境,因此自然表现出对宏大叙事和历史现实的疏离。超越于这类相对稳固的认知模式,罗振亚作出审慎客观的判断,认为先锋诗歌虽然没有对时代现实作出直接的回应,却在心灵和人性的向度上“以大量饱具心理深度的生存境遇展示的文本聚合与连缀”[1]间接介入历

---

① 罗振亚:《中国先锋诗人论》,第6页。

史风云,借助内视角的感知方式曲折地进驻现实,从而与那些直面现实的诗歌样态形成良性互补。以李金发为例,他诗歌中的异邦忧愁与浊世哀音,往往会让人在品味晦涩的同时,感到这类文字与彼时文学主流"明朗乐观"氛围的距离,因而认定其偏重内心孤绝的探险,人间的烟火味儿不足。罗振亚却注意到,在诗人奇诡幽暗的超现实想象和忧郁苦闷的诗学主题背后,寄寓着他对畸形世态的忧愤不平,以及对城市物质精神文明失衡的必要警醒。诗人徜徉逡巡在人类精神悲苦低沉的"阴暗"之面,在心灵层面抵达了另一重的精神现实。再如废名的禅悟、穆旦的哲思、曾卓的坚守、舒婷的典雅、伊沙的反讽……写作者与现实的诗意契合已经内化到他们的精神气质之中。这充分说明本土的文化熏染和历史的经验推动,促使中国先锋诗人从未中断对生存现实的神情凝注,他们始终活跃在时代脉搏跳动剧烈的领域,其"心灵的道路即是历史的道路的缩影和折射"[①],从而印证了先锋诗学从艺术至上到艺术要与现实相融合的嬗变路线,也为避免诗歌边缘化觅得一条可供借鉴的途径。

二是将"传统性"或古典特质视为先锋诗歌的重要属性,注重挖掘先锋诗人与古典文化精神的根性联系。早在《20世纪中国先锋诗潮》中,罗振亚已有过这样的论述:"在新诗,尤其先锋诗歌中古典诗歌的传统仍然强大有力,它对中国先锋诗歌的影响虽然比不得西方现代派诗歌那样直观而浅显,却更潜在巨大,更根深蒂固渗透骨髓。"[②]这真应和了龙泉明先生那句"传统既是一种消逝了的过去,又是一种活着的现在"[③]的判断,事实上,越是在"先锋"的实验田里耕有所获的诗人,越是能够承袭古典诗歌的文化因子,采其优长融入现代诗思,塑造先锋诗歌的东方品质。如同苏珊娜·贝尔纳断言戴望舒的作品"压倒一切的是中国诗风"[①]那样,中国的先锋诗人在艺术上多有崇尚主客契

---

① 罗振亚:《中国先锋诗人论》,第6页。

② 罗振亚:《20世纪中国先锋诗潮》,第20页。

③ 龙泉明:《中国新诗的现代性》,武汉大学出版社2005年版,第9页。

合、渲染朦胧含蓄的古典追求，在思想本质上更是受到古典诗歌精神的影响与制约。如本著中的论述，戴望舒承袭了固形化的古典象征传统，但又非单纯怀旧式的沉溺，方才有《雨巷》中对“丁香姑娘”幽微精妙的塑造。再如卞之琳含蓄凝练的语体风格，何其芳诗歌悠远绵厚的古典韵味，废名诗歌空灵静寂的淡雅美感，林庚与内向性古典诗情特质达成的契合，甚至洛夫、痖弦等现代诗人对生命本质异化的反思，第三代诗人的孤独与自恋情结，都暗合了古典诗学中“入世情怀”与“出世奇思”这“一体两面”的精神情调。论者对先锋诗人与古典诗学或显豁或隐秘、或自觉继承或间接契合的关系揭示，清晰还原了一个个抒情者在审美旨趣和美学表现上对中西“文学/文化”资源的双向汲取和差异性融汇。诗人对古典诗学和传统文化精神的吸收摄取以及背离性创造，形成消化与转化的统一，这恰恰是中国式“先锋”的独特色泽，也是新诗现代性的重要特质。

三、“复旧如新”的新质提炼

诗人论偏重个案研究，讲求对写作者创造力形态一针见血、深睿独到的差异性提炼以及不揣偏见的直率臧否。面对那些早已被理论史充分“经典化”的研究对象，罗振亚有意绕开“人云亦云”的重复性判断，避免作出附庸式的阐释，而是以强烈的穿透意识和生命的热诚点燃批评对象，与之保持精神层面的沟通与对话，洞察他们本真的心灵律动，并发掘其最具代表性和贯穿性的文本特质，特别是那些尚未被充分言说的“先锋”质素。如前所述，与“传统性”的亲疏联系可以成为评判先锋诗人文本特质的重要标准，论者正是借助这一话语维度，从反传统的智性角度细读卞之琳，发现诗人以“淘气”的智慧驾驭揶揄调

---

① ［法］苏珊娜·贝尔纳：《生活的梦——戴望舒的诗》，燕汉生译，《读书》1982 年第 7 期。

侃的叙述方式,从而达到对传统的戏拟。这类美学判断看似轻盈灵动,实则需要一种“复旧如新”的能力与怀疑精神。卞之琳的诗歌有意颠覆传统,已是众所周知的事实,而诗人运思智慧的话语方式,却较少有人关注,其身上深隐沉潜的精神因子经过论者的发掘与阐释,变得清晰透彻。在评价于坚时,论者沿袭了这一诠释方向,由此定位诗人的优卓亮点,认为应该从反传统的个人化探索向度去估衡诗人的价值,而不宜过分沉溺在对技巧抑或口语问题的过度解读上。再有一个显在例证是他对穆旦的评价,王佐良曾言及穆旦最好的品质“全然是非中国的”,甚至说他的成功在于对“古代经典的彻底的无知”①,这被很多研究者视为穆旦诗歌“非中国化”的确凿论据。甚至在一些人看来,穆旦的成就源自他对西方现代诗风的充分吸收,仿佛已经成为无须讨论的定理。而罗振亚在体察穆旦诗歌的知性化抒情品质时,细致把握到诗人思维与中国诗歌传统中天人合一、神与物游的悟性智慧之关联,特别是和宋诗的隐性联系,锻造了诗人的思想筋骨,也促成他以古典形式美学运思现代诗篇。从西方借鉴与东方传承的双重路径,论者自觉修正了既往批评的偏失,为我们推导出穆旦诗学探索的路径,而“东西合璧”的贯通思维,既是他对穆旦的评述,也凝聚着评论者自身对如何融汇先锋诗歌“话语资源”的理想认知。

从笔者的阅读体验出发,还能感受到论者在解析诗人先锋思想内部构成(如叛逆姿态、历史观念、个人化立场等)的同时,还不断渗透出“文化交流”的主动意识,即关注文本与其生长的文化环境之间的互喻联系,打穿文化外语境与文本内语境的联结通道。如论述徐迟与戴望舒、林庚等诗人时,论者专注解析诗人对都市物质文明“赞颂与诅咒”并生的矛盾态度,还原了青年知识分子由乡入城导致的“都市怀乡症”,这是城市情境与乡村情境的交流。为舒婷、翟永明梳理创作轨迹时,论者动态追踪诗人女性意识和写作观念在“常”中求“变”之道,如舒婷诗歌在淡化伦理色彩之后,加强了生命本体的体验,而翟永

---

① 王佐良:《一个中国诗人》,《文学杂志》1947年第2期。

明借助从“自白”到“交流”的诗学转换，逐步抵达一种超越性别立场的博大言说，这又可纳入诗学观念与性别意识的交流范畴。除此之外，本著中的交流意识至少还包含了传统诗学与现代诗学的交流，民族文化与异邦文化的交流，以及精神此在与理想彼岸的交流，过去、当下与未来的交流。只要“交流”存在，新诗“先锋性”便永远处于未完成的状态。它绝非先在的、僵死的概念终点，而是处于可延展的变动状态，不断在新的起点蓄势待发。

令人稍感遗憾的是，限于篇幅规模，像冯至、艾青、郑敏、北岛等重要的诗人并未纳入本著的研讨范围。不过，就现有的研究规模而言，论者通过对二十余位研究个案的细致观察与理性连缀，已然深化了他对先锋诗歌“先锋性”的理解。先锋诗歌不仅是一种流派概念抑或美学风格，它最终应当归于精神意识的价值层面，如钱文亮所说，先锋性是“一种写作精神，一种足以表达现代人普遍的精神处境，并与时代命运、艺术的未来对话，具有积极的文化建构/解构力量的创作精神”[①]。历经持续的盘诘与追问，罗振亚为这种创作精神作出更为具体的描述：求新求变的实验理念、融汇中西的理论态度、内在化的抒情方式、始终关涉时代的现实意识……既是他为每位诗人设计的观照焦点，也是他建构“先锋性”的意义内核。他尤其推崇废名、林庚、曾卓、张曙光等写作者对寂寞与孤独的坚守，因为边缘本身既是契机，也潜藏着力量。只有甘守边缘，坚持难度写作，以奇绝的想象力提升技术的纯度，以理性和哲理锤炼知性的硬度，才有可能增长先锋诗歌的精神内质，抵达理想的诗歌生态。先锋性最终指向一种不断向未来延伸的写作精神，这正是诗评家的主体观念与诗学理想，也是本著对当前诗学现场的价值启示。

（原载《中国现代文学研究丛刊》2020 年第 2 期）

作者单位：南开大学文学院

① 钱文亮：《“先锋”的变迁与当下诗歌写作中的意义》，《江汉大学学报（人文科学版）》2005 年第 4 期。

史家视野与诗性言说:
论罗振亚诗歌研究体系的建构意义

宋宝伟

中国新诗发展到今天已经走过百年历程, 在这一个世纪的文学征途上,涌现出不可计数的诗人,积淀下璨若星河的诗歌文本,将汉语诗歌推向了一个全新的语言空间和艺术境界,对现代中国文学的建构与发展的意义是巨大而深刻的。推动中国新诗生成与演进的最大动力无疑是诗人,但同时也必须看到,无数诗歌研究者在新诗发展的道路上也是居功至伟,其意义不容忽视。正是这些诗歌研究者以非凡的学识和勇气,从无到有地建构起新诗丰富而深邃的理论,他们从稍纵即逝的诗歌历史里钩沉起无数不该被后世遗忘的诗人和被漠视的经典, 从驳杂的诗歌现场中准确清晰地梳理出诗歌演进的脉络,留下无数堪与诗歌经典相媲美、相辉映的研究成果,为中国新诗的发展做出了应有的卓越贡献。按照批评家勒内·韦勒克的理论, 文学研究包括文学理论、文学批评和文学史三种方法,“它们之间关系如此密切,以至很难想象没有文学批评和文学史怎能有文学理论;没有文学理论和文学史又怎能有文学批评;而没有文学理论和文学批评又怎能有文学史。”[①]综观中国新诗研究,多

① [美]勒内·韦勒克:《批评的诸种概念》,罗钢、王馨钵、杨德友译,上海人民出版社2015年版,第10—11页。

数研究者或是长于治史，或是致力于理论建构，或是倾心于文本批评，很少能做到三个层面的兼顾。当然，凡事总有例外，南开大学的罗振亚先生在诗歌史写作、诗学理论建设和诗歌批评三个领域里，都有着较为卓越的学术建树，建构起充实而完备的诗歌研究体系。正是罗先生凭借着多年来对诗歌的热情和扎实的理论功底以及“舍我其谁”的担当意识，为中国新诗研究倾尽自己的绵薄之力并逐渐被学界所接受、承认，成为当代中青年诗歌研究者中当之无愧的“执牛耳者”，其独特的诗歌研究体系在当下学界日渐显现出一种参照与引领的意义。

一

罗振亚先生诗歌研究的学术起点定位在现代主义诗歌之上，三十余年倾心倾力的学术“深造”，使罗先生具备了比肩学术前辈的实力。众所周知，现代主义诗歌研究一直是学术难点，选择现代主义诗歌作为自己的研究方向是需要非凡的勇气和学识储备的。原因在于，受困于当代诗歌写作与研究的“意识形态”的“一体化”要求，很长时间内诗歌写作与研究根本不可能也不敢“主动”触碰现代主义这一“洪水猛兽”，直到20世纪80年代中期，现代主义诗歌研究才逐渐走出“藩篱”并引起学界的重视。学界对中国现代主义诗歌的缘起、精神气质、艺术特征、西方诗歌资源、与传统的关系等问题需要重新认识、解读和接受，可以说，短时间内无法积累起丰厚的、可以借鉴的学术资源，而罗先生的学术起步也恰恰在这个时期，并且毫不犹豫地选择现代主义诗歌作为自己学术研究的方向，从中不难看出他富有挑战精神的学术勇气与自信。凭借着自己的硕士毕业论文《严肃而痛苦的探索：论四十年代的“九叶”诗派》，罗先生真正开始了对现代主义诗歌三十余年笔耕不辍的研究，并且随着学术积淀的日益丰厚，他有意识地打通原本“分而治之”的现代和当代诗歌研究的界限，成功地将中国新诗作为一个完整的学术板块进行了整合式研究。

治史始终是一项庞大而系统的学术工程，要求治史者具备把握历史发展总体脉络的视野，探询和归纳事物发展规律的能力，更要具备“不隐恶，不溢美”的“秉笔直书”的精神气质和职业修养，惟其如此，方能配得上“史家”这一崇高的称谓。从第一本专著《中国现代主义诗歌流派史》到《中国现代主义诗歌史论》，从《20世纪中国先锋诗潮》到《1990年代新潮诗研究》，罗先生完成了中国现代主义诗歌的“通史”意义上的写作实践，是现代主义诗歌整体“发展史”写作的最初践行者。纵观中国现代主义诗歌研究，尽管涌现了许多令后学高山仰止的学术理论家，但他们大都或是致力于现代诗歌研究，或是沉潜于当代诗歌研究，都没有完成诗歌研究从现代到当代的转型，确切说是现代与当代的“贯通”式研究。不可否认，这些学者对整个20世纪现代主义诗歌的思想特征和艺术精神，以及诗歌的发展流变态势都给予谨严的学理定位和精确的价值判断，极有力地推动了现代主义诗歌在中国广泛地接受与传播，功不可没。但是，受制于学者自身的学术兴趣，或是知识准备、研究精力等多重因素，多数学者无意或无力于做现代主义诗歌的“贯通”式研究，从这个意义上讲，罗振亚先生的现代主义诗歌研究无疑具有了“开历史先河”的意义。

梳理诸多版本的现代主义诗歌史会发现，尽管学者们对现代主义诗歌的特征与流变做出了卓有成效的剖析与概括，但始终倾向于“以时间为主线”的现代主义诗歌的发展历程的梳理与总结，注重现代主义诗歌材料的发掘和宏观的归纳，只做“类”的判断，缺乏对具体诗人和诗歌文本的深入解析，这样的文学史给读者的感受只是一种宏观的模糊“轮廓”。不可否认，文学是一种历史的现象，是特定时代、特定条件下的产物，用历史的方法将文学回归其发生时的语境中加以研究和考察，是一种客观、科学、有效的研究方法。但同时也应该注意到，文学作为艺术是有其特殊性的，也就是在文学里总还存在着一种“普泛”的“超时空”的共性特征，不可能完全地运用历史的方法研究文学。也就是当文学史家面对着具体文学现象的时候，是不可以也不能放弃文学的价值论，不能用历史的方法遮蔽价值论方法，反过来说，价值的虚无也必然导致历史的虚无。李杨教授曾指出:“文学史的一个最基本的功能,就是确认经典,确立经典的过程其实就是确认文学性的过程。”[①]罗振亚先生的现代主义诗歌研究,是一种“史论结合”的研究方法,也就是既要观照、梳理中国现代主义诗歌的发展脉络,将20世纪20年代的象征诗派、30年代的“现代”诗派、40年代的“九叶”诗派,再到五六十年代的中国台湾现代诗、80年代初的“朦胧诗”派、80年代中期的“第三代”诗歌、90年代诗歌,直至新世纪诗歌等,统统纳入自己的研究视域,清晰而准确地勾勒出中国现代主义诗歌发展演进的线索,对其进行宏观的梳理和指认。同时,罗先生在对每一个阶段、流派的诗歌史展开论述时,都要选择这个阶段或这个流派里最具代表性的诗人,尤其是对诗人的经典诗歌文本进行“细读”,做到“点、线、面”论说的充分结合。譬如,对李金发、戴望舒、穆旦、纪弦、北岛、于坚等诗人文本的精确“细读”,使读者能从“微观”层面更准确地感知诗歌发展的脉动,“既见森林,也见树木”,做到宏观视域与微观分析相结合,大处着眼小处落笔,彰显出独特而精彩的治史路径。罗先生治史的目标,是通过将研究对象置于发生时的历史场域之中,不单单描述现代主义诗歌的演进脉络,还要通过观照各种诗潮、流派的更迭转换,确认其折射出的文学艺术的规律与本质,也就是对“文学性”的指认。比如,在研究30年代的“现代”诗派与20年代象征诗派之间的关系时,罗先生指出:“(‘现代’诗派)追求朦胧意境却力戒象征诗以及李金发等人诗歌的生涩神秘;强调情绪却不走反理性的极端,从而以内容与形式的平衡、表现自己与隐匿自己的适度、异域营养与传统营养的统一吸收,形成了流派的自觉创造风格,占据了现代主义的盟主地位,宣告了一个以自我为中心的、追求超现实的纯艺术流派——现代诗派的崛起。”[②]又如,谈到“第三代”诗歌的抒情策略时,他认为“第三代”诗人断然将消解、抛弃意象作为突破朦胧诗有效积极

---

① 李杨:《文学史写作中的现代性问题》,陕西教育出版社2006年版,第20—21页。

② 罗振亚:《中国现代主义诗歌流派史》,北方文艺出版社1993年版,第59页。

的最佳选择,“原来‘第三代’诗抒情策略的转移仍然是从反动朦胧诗起步的,‘第三代’既在告别朦胧诗的内容,也在告别朦胧诗的形式,他们是在意味与形式的双向破坏中创造着自己的诗美学”①等等。罗先生的现代主义诗歌研究是将研究对象从相对复杂的历史进程和背景中“剥离”出来,作为研究“样本”进行深入解读和剖析,“窥一斑而知全豹”, 从而达到对现代主义诗歌发展的阶段性、典型性的具体把握。罗先生深深知道,如果一味地追求空间和时间的巨大跨度,虽然可以使诗歌史拥有更为广泛的历史概括性,但同时也会以牺牲观照对象的文学性为代价,更有可能使之深陷“抽象”的泥淖,这是罗先生最不希望看到的结果。

二

中国现代主义诗歌从其产生的那一刻起,以及随后的发展演变,因为交织着太多的社会环境、时代语境、域外资源、传统资源影响等不确定的因素,甚至常常被外部的“不可抗拒”的社会事件所中断而被迫“转型”,诗歌因而表现出明显的“阶段性”发展特征,甚至带有“承继”关系的两个阶段却表现出截然对立的特征。恰恰是这样的演进态势,让人们不由自主地认为中国现代主义诗歌只是一个个毫无关联的独立板块,很少有人认真地思考、探究这些看似彼此独立的板块之间是否存在着一条联通的“暗线”、一股推动着“时断时续”却依然“连绵不绝”的现代主义诗歌发展的无形的动力——现代主义精神的问题。正因如此,曾经对现代主义诗歌特征和流变进行剖析与梳理的文章、著作里,多数学者以“知其然不知其所以然”的姿态在使用“现代主义”这一概念,却鲜有对现代主义核心精神做精准定位的,也就是对潜蕴在现代主义诗歌流变过程中的最原始推动力的指认与判定,显得“语焉不详”,甚至避而不

---

① 罗振亚:《朦胧诗后先锋诗歌研究》,中国社会科学出版社 2005 年版,第 56 页。

谈。无论是西方的现代主义思想原典,还是被我们“横的移植”并加以本土化改造的现代主义,毫无疑问,都有自己的核心精神,只是有些时候这种现代主义精神表现得驳杂而隐晦,很难在各种纠结不清的理论“缠绕”中发现、梳理并确认。罗振亚先生在对整个现代主义诗歌流派、诗歌浪潮以及诗人个体进行深入研究中发现,现代主义存在着显著而恒定的精神特征——先锋。因为“先锋”这一概念不仅仅具备时间意义和社会学意义,更在于它始终代表、揭示和彰显现代主义的本质。诚如弗雷德里克·卡尔所言:“如我们将看到的,从现代主义的每一个方面来看,先锋的出现都是现代主义形成或获得自身特定语言的时刻……作为现代派的前卫,先锋奠定了现代派借以进入新领域的基点,正是在这个新领域中,现代派才能顺应自身的发展。”[①]先锋作为现代主义的基点同时也是“前卫”,使得现代主义在某些全新领域发展时,更显现出一种开疆拓土、披荆斩棘的“激进力量”。中国现代主义诗歌这一概念在命名时,也正是看到了诗歌在精神气质、价值观念、美学原则等方面相对于“古典诗歌”的“革命”性特质——“旨在主要从诗学的角度探入现代主义诗歌对于传统诗歌所构成的巨大新变,即侧重于探讨诗歌作为一种独特的文学样式在诗人的诗歌观念、观照及表现现实世界的艺术思维方式、诗歌文本自身审美构成等方面的变异。”[②]现代主义诗歌“摧毁”古典诗歌的堡垒,凭借的是不断革新、不断探索的狂飙突进般先导与革命的活力,而这也正是“先锋”最为本质的精神。在中国较为特殊的文学语境中,用先锋概念取代现代主义概念对诗歌进行解读与言说,更具有一种学理的精准性和易于理解、接受的便利,同时也避免了“现代主义”概念的驳杂与缠绕所造成的言说的困难。准确地说,“先锋”是现代主义理论话语在中国的“本土化”成功转化的结果,是现代主义诗

① [美]弗雷德里克·R·卡尔:《现代与现代主义:艺术家的主权 1885–1925》,陈永国、傅景川译,中国人民大学出版社 2004 年版,第 14 页。

② 陈旭光:《从‘感性’到‘知性’——中国现代主义诗歌‘诗学革命’论之一》,《诗探索》1999 年第 3 期。

歌理论的一次进步。

罗振亚先生在诗歌研究中发现,“先锋”是那些具有超前意识和革新精神的现代主义诗歌的核心体现,这一点完全可以在学理层面被确认下来。西方的“先锋”意识生成于对自己母体文化的怀疑,进而形成了一种强烈的批判意识,“无论与现代主义的最终关系如何,先锋总是以‘反’为特征的。它通过在前线奋力厮杀而赢得生存,侵入此前的一切艺术或知识领域,包括其他先锋。它时刻准备把现代最先头部队‘置于死地’,因而也是现代本身的一个对立因素;它深入前沿阵地如此之远,甚至在同化它的前辈之前就有了颠覆它们的可能。”①同样,“中国化”的先锋艺术的本质也恰恰是“反叛”。罗先生认为,作为以理性、逻辑、秩序著称的知识分子中的特殊者,先锋诗人为避免被文化权力的盘剥,经常受骨子里的叛逆性格怂恿而向理性、逻辑、秩序挥戈,诗歌的历史已经充分证明,贯穿其始终的叛逆可以视为朦胧诗后先锋诗歌甚至整个新诗发生成长、壮大成熟的原动力。这样的观点无疑切中先锋诗歌的本质,同时也与现代主义的原典思想不谋而合。罗先生明确指出,中国新诗的发展历程无论是从文言古体到白话诗,又到象征诗派、“现代”诗派、“九叶”诗派,从朦胧诗到“第三代”诗,每一次的诗潮转换的背后动力毫无疑问是“反叛”,后一次诗潮的出现并站稳脚跟都是对前一诗潮的努力“纠偏”的结果。通过清算、解构、否定一切旧有的固化的艺术圭臬,重新规划诗歌鲜活的生存领地,激发诗歌的创造潜能,重建诗歌自由表达的意志,因此说,先锋“永在”,这是当下诗歌生生不息的根源所在。“现代主义”在中国当下的文学语境中已经成为一个历史性概念,难以适应当下诗歌研究的需要,尤其是20世纪80年代中后期,现代主义理论话语受到后现代话语体系的强烈冲击而难以为继,为诗歌研究寻找新的理论支撑成为研究者亟需解决的课题。罗先生在深入研究现代主义诗歌的演进历程和发展困境后,凭依坚实的理论基础和学术勇气,

① [美]弗雷德里克·R·卡尔:《现代与现代主义:艺术家的主权1885-1925》,第16页。

率先提出“先锋诗歌”的概念并持续阐释生发，得到多数学者的响应和接受，现在已经成为诗歌研究中“常识性”理论。先锋诗学理论的提出是为了更准确地解读20世纪的中国诗歌，只有将理论运用于实践才不至于“凌空蹈虚”而失去意义。“对20世纪中国先锋的研究早已是学术热点，也出现过一些优秀的成果，但大部分还显得琐屑、零散、肤浅，‘见木不见林’，停留在现象描述而较少现象背后的规律总结。我的研究是尽量将其视为一个相对完整自足的艺术系统加以‘历史化’，按时空序列与历史脉络，兼及它们前后间的承上启下、互渗互动、演化变异，还原其全景图，把握其动态组构、递进融合的矛盾运动与内在规律，探讨其与20世纪文学的复杂关联，及其在新文学史上的独特地位，试图建立20世纪中国先锋诗歌的谱系，完成一部特殊诗歌史的写作。”① 罗先生对西方现代主义诗学理论有很深入的研究，对其精神内核及理论外延有着极其深刻的理解，并且多年来一直将现代主义诗学运用到诗歌批评实践中。不仅倾心建构中国现代主义诗歌史，对始于20年代象征诗派延续到朦胧诗派的中国现代主义诗歌，做出了完整的归纳和梳理，给予现代主义诗歌在中国诗歌史上应有的价值定位。尤其可贵的是，罗先生在原有的现代主义诗学理论上挖潜创造，创生出符合时代和批评语境需要的先锋诗歌理论，为中国当下诗歌的批评与研究找到一个新的理论突破及增长点，将现代主义、后现代主义诗歌研究推进到一个崭新的学术空间，提升了诗歌研究的理论高度，是现代主义诗歌理论的突破性贡献，其意义巨大而深远。

尽管罗先生在诗歌研究领域确立了先锋诗歌理论，但在具体的操作中几乎从不进行理论预设，也就是从不“先入为主”地使用理论，而是将各种理论“潜移默化”地渗透进自己的论说当中，“不着一字尽得风流”。多年致力于中国现代主义诗歌研究，罗先生已经深得西方诗歌理论的精髓，但在自己的研

---

① 罗振亚、刘波：《关于新诗创作与批评的对话》，《渤海大学学报（哲学社会科学版）》2009年第6期。

究中却从不枯燥乏味地直接引用理论原典，而是将西方理论原典的"中国化""本土化"的话语转换放在首位。罗先生的诗歌研究中经常见到使用现象学、文化学、语言学、社会学、新批评、精神分析、女性主义等多种理论方法，但从未有生涩枯燥之感，这是罗先生非常注意自己的研究要契合中国人的心理机制、审美需求和语言习惯，摆脱居高临下、自说自话然而却是晦涩、含混的语言"空转"，让诗歌研究也成为一种给人带来审美愉悦的"创作"，是罗先生一以贯之的风格与境界。诚如他自己所言："我常想诗乃各种文体中的尖端艺术，美和凝练是它的别名。如果用白开水一样淡的语言去阐释它，不只会倒读者的胃口，就是对诗美本身也是一种损害和破坏，所以我对研究语言总是心怀敬意，从来不敢怠慢，基本上要字斟句酌，选择哪个词语，用什么句式，都费一番掂量，写成之后再反复推敲，尽量让它贯通酣畅的文气，看起来舒服，读起来上口、畅达，自然而有一定的诗意。"①

这种语言的自觉意识，不仅是出于对读者的尊重，更是对诗的深深的敬畏。

三

作为当下诗歌批评的中坚力量，罗先生在长期的诗歌批评实践中逐渐构建起自己的批评体系，形成自己独特的批评风格。从学术起步至今，罗先生的诗歌批评几乎涵盖了百年新诗发展历程，他尝试把新诗作为一个完整的学术板块进行研究，尤其是现代主义诗歌的每一个重要的阶段和代表诗人，都成为其批评与言说的对象。他以现代主义这一理论视角切入百年新诗，并以先锋理论作为批评方法的延伸，对那些深具现代主义精神和艺术气质的重要诗

① 罗振亚、刘波：《关于新诗创作与批评的对话》，《渤海大学学报（哲学社会科学版）》2009年第6期。

人进行深邃的学理观照，洞悉其在诗歌史上的开拓与传承意义。同时，对那些具有里程碑意义的诗歌文本，罗先生往往采用细读的方式，掀掉笼罩文本的外部遮蔽和神秘光环，指认其真正艺术上的审美价值，为百年新诗的经典化增加更为“理性”的砝码。我们知道，艺术作品因其构成的元素和结构越是复杂多变，对其解读的难度就越大，现代主义诗歌尤其如此。作为在时间和空间都远离我们的现代艺术，如何让读者更准确地接受并产生愉快的审美沉思，而不是单纯的成为一种“知识”，这就需要批评家在批评实践中摆脱枯燥的理论高蹈和缠绕，同时也不能成为作品的“附庸”而变成“卑微阐释者”。罗先生兼具着史家之视野和诗家之激情，也就是热情中深藏批评家该有的锐气，诗化语言却不减批评的理论深度，谨严而不乏味，灵动却又深邃，从而建构起属于自己的独特的批评体系。然而这样看似比较“另类”的批评体系，却并非是一种“独辟蹊径”，其“不经意间”早已暗合了理论家的观点：“我们必须重新回到一种文学理论、一套原则体系和一个价值理论的任务上来，它必须以对具体的艺术作品的批评为依据，并不断地求助于文学史的支持。”[①]

当下的诗歌批评确实存在着很多问题，尤其是一些人对“学院批评”颇有微词，每每提及，话语里总带着一种“不屑”，甚至是“诘难”，认为这样的批评完全缺乏理论建树，更不具有批评应该有的锋芒力度，“学院批评”几乎被视为“引经据典”“枯燥乏味”的同义词。当下诗歌批评中“酷评”风一度盛行，批评中用锋芒毕露的气势和咄咄逼人的话语显示自己的“潇洒”与“深刻”，而这样的批评竟然“圈粉”无数，究其原因，就在于当下很多人的观念里坚持认为“否定就是正确”，这也是当下社会文化心理的某种“非正常”反映。当下的诗歌批评确实需要一种“锋芒”，给日渐沉闷的批评界以“强刺激”，同时带给诗歌写作“振聋发聩”的“敲击”，然而那种虚张声势的一味地否定性批评，并非

---

① [美]勒内·韦勒克：《批评的诸种概念》，第27页。

真正意义上的“酷评”，带给学界的只能是混乱与失望。因为早有学者发现并指出：“然而，文学主张、研究方法与表达方式各不相同的现代批评学派，在不甚宽敞的地盘上推来挤去，谁都希望能有更广阔的的生存空间和影响范围，谁都不愿意自己的声音在嘈杂喧闹中被淹没，谁都期望自己的风姿给作家、读者乃至整个社会造成强烈印象，因而，有意识地或者无意识地，全自觉地或者半自觉地，都容易趋向把自己的观点推向尖锐化、极端化，所谓‘深刻的片面性’成了不少文学理论家、文学评论家奉行的原则。”[①]人们对当下诗歌批评的“不信任”还源于总有一些批评家喜欢“成人之美”，在批评中常常彼此恭维，一团和气，不吝溢美之词，不惜廉价“高帽”，让人不能不产生一种近乎本能的心理拒斥。当批评沦为毫无底线的“赞美”，或者成为任意挥舞的“大棒”，都会伤及批评自身。罗先生从不追求批评中的“片面深刻”，也从不故作惊人之语，但这并不意味着这就是一种“索然无味”“四平八稳”的诗歌批评，而是将深刻与尖锐深藏于飘逸灵动的诗化语言之中，将玄奥生涩的诗学理论化解于简约凝练的优雅语汇之中，从未放弃对深厚学理和“求真意志”的追求。罗先生也从未降低自己作为批评家的责任与良知，面对批评对象，无论是成名已久的诗歌大家，还是初涉诗坛的文艺青年，甚至是生活中的朋友，始终坚持着自己的批评准则，“不溢美不隐恶”，做到批评中有鼓励，赞扬中有提醒，不会因为诗人的外部社会关系而影响着自己批评的公正性。因为罗先生深知诗歌批评永远处于“自由”和“限制”之间，是一种“戴着镣铐的舞蹈”，也就是批评家有选择和言说的自由，但绝不可以有“信马由缰”的权利。同时，罗先生将诗歌批评视为一种有生命的存在，是一种高级的“有益的告诫的艺术”，是批评者与对象之间的真诚灵魂的碰撞与交汇，容不得任何“虚伪”的掺杂。“批评也是一种心灵的事业，它挖掘人类精神的内面，同时也关切生命丰富的情状

---

① 王先霈：《建设“圆形”的文学批评》，复旦大学出版社 2016 年版，第 34 页。

和道德反省的勇气；真正的批评，是用一种生命体会另一种生命，用一个灵魂倾听另一个灵魂。假如抽离了生命的现场，批评只是一种知识生产或概念演绎，只是从批评对象中随意取证以完成对某种理论的膜拜，那它的死亡也就不值得同情了。”[①]批评与写作之间的交流，不应视为批评家与诗人之间的“友好往来”，它是健康积极的对话行为，更是一种彼此有生命热度的“凝望”，一次摒心静气的“倾听”。

批评不但要有客观公正性，同时也要具备一种时效性。作为严格意义上的诗歌批评家，如何在瞬息万变的诗歌浪潮中“激浊扬清”，在变动不居的时代切入诗歌现场，对复杂多变的诗歌写作做出精准的判断，为诗坛去芜存菁，为诗人写作正名，这些对批评家的要求是全面而严苛的。不但要有敏锐的艺术直觉、深厚的理论学养、客观的批评态度、公允的评价原则，还要有不惧冷眼的毅力、拒绝诱惑的定力，最重要的是对批评家职业的自重和对诗歌艺术的永恒的敬畏，惟其如此，才能无愧于诗歌批评家的名谓。罗先生透过繁杂的20世纪90年代和新世纪诗歌现场，敏锐地发现诸如“70后诗人”“女性主义诗歌”“中间代”等诗歌写作的先锋精神和诗学价值及时给予客观公正的确认，消除部分读者因鉴赏能力、阅读体验不足而造成的偏见与误读，这种新锐性与前驱性的诗歌批评，对当下及未来的诗歌批评都具有积极的借鉴与参照意义。使自己永远置身于发现之中，这是罗先生之所以走在诗歌批评前列的“秘笈”，尤其是新世纪以来的先锋诗歌正经历着一次写作转型，逐渐由“狂放奔突”的前卫姿态过渡到“静水流深”的常态化写作，无形之中对其批评的难度增大了，而仍然进行准确的剖析和指认，显示出罗先生非同凡响的批评功力。与一般的批评者相比，罗先生的诗歌批评“底气”还来源于自己就是诗人——一位当下诗歌写作的参与者，一位诗歌现场中的亲历者，一位永不谢

① 谢有顺：《文学批评的现状及其可能性》，《文艺争鸣》2009年第2期。

幕的歌者。罗先生常讲,作为一名诗歌批评者要自己写写诗,只有深谙诗的艺术规律,体会到诗歌语言、节奏、肌理等诸般妙处,才能更好地解读诗、评析诗。能成为当下诗评界的翘楚,写诗对罗老师来说,不仅仅是让自己精神“纯粹”起来,其实更是对自己批评理论的一场内心实验,相辅相成却又无痕无迹,此间的秘密和快乐也许只有他自己能真正体会与明瞭。

“与诗结缘,是我的痛苦也是我的幸运。她让我不谙世故,难以企及八面玲珑的成熟;让我的心灵单纯年轻,不被尘俗的喧嚣烦恼所扰。”[①]

诗给了罗先生艺术的滋养,诗也给了他前行的力量。当我们理解了罗先生的这段话,也就明白了他三十余年对中国现代主义诗歌的“不离不弃”坚守如一的动力所在,也就明白了他在诗歌批评中的独立和自由的精神源头所在,更能明白无论在学界还是生活中,为何他永远表现出那么谦逊、那么淡泊、那么令人亲近的原因所在。

（原载《东吴学术》2019 年第 6 期）

作者单位:哈尔滨师范大学文学院

① 罗振亚:《中国现代主义诗歌史论》,社会科学文献出版社 2002 年版,第 441 页。

"中间代"诗评家研究

——以罗振亚教授为中心

邵　波

自"五四"伊始，新诗写作者就担负起了解读新诗的职责，不少还被后人传为文学佳话。"中间代"诗评家自然遗传了前辈的"美德"，他们或者年轻时紧跟缪斯的步履，后转向诗歌批评，或者身兼两职，活跃于创作和诗评的两端。这批执教于高校，活跃在诗坛的诗评家人数可观，且处于当打之年，其中包括了罗振亚、张清华、张德明、赵金钟、马永波、臧棣、敬文东、汪剑钊、周瓒、向卫国、杨四平、谭五昌、赵思运、吴投文等人，他们不但于各自研究领域建树颇丰，而且直面当下诗歌现场，为同代诗人立言，逐渐脚跨大学和诗界形成了独特的小群体生态圈，从诗歌的接受与反馈方面，析释着"中间代"的诗艺理想。

一、坚守批评家的理性与锐气

有人曾说过，不会写诗的诗评家不是好的诗评家，但是，大多数诗评家由于长久地驻足学理的天秤，渐渐痛失了写出好诗的羽翼，只能将诗性的语言和感怀寄托于诗评之中。与诗人相比，他们若想立足诗界，并把学问做精、做深，则需要更多沉潜、积淀与历练，要有十几年如一日，把冷板凳坐热的耐心和毅力。也许是历史弄人,“中间代”诗评家与“中间代”诗人的生长周期“不谋而合”。他们经过20世纪90年代的韬光养晦,在新世纪与同代诗人一起杀出重围,获得了广泛认可,而特殊之处在于,置身当代诗歌现场,“中间代”诗评家不仅要有敏锐的嗅觉,良好的审美修养和理论内蕴,更要具备批评家的独特眼光和批判锋芒,从而针砭“诗”弊,发现蕴藏在诗歌史内部的某种规律性的诗写经验,才能为当代诗歌点亮航行的灯塔,博得诗人的尊敬。

学理储备是批评家立足学术界的底线之一,正值青壮年的“中间代”诗评家对新诗自然少不了理性的认知和整体脉络的把握,一本本颇具理论素养的学术专著,一篇篇钩沉诗歌状貌的文章,奠定了他们在诗歌研究界的地位。作为先锋诗歌资深的批评者,罗振亚教授谙熟20世纪中国新诗的发展脉络,他于变动不羁的历史风云和诗派林立、诗人浩繁的百年诗史中,长期把持理解先锋、阐释先锋的要务,实属难得。例如,其关于现代主义诗潮的学术专著《中国现代主义诗歌史论》(社会科学文献出版社2002年版),就较早有意识地关注起国内现代主义诗歌的运行轨迹,通过对大量诗人、诗作的个案剖析、流派的综合比较和精检细察,洞悉出了中国现代主义诗歌发展过程中此消彼长、交错递进的隐性结构,进而探究各大诗潮的内在连动关系和嬗替规律,复现了现代新诗乃至整个现代文学变动不居、聚讼纷纭的探索史。在风云际会的中国近现代社会,国内外各种思潮轮番上演,如果要澄清、梳爬出新诗发生、成长期的历史图景,并非易事,它既需要一种“世界文学”的眼光,摒弃狭隘的学术视域,从全局高度鸟瞰新诗兼容并包的写作趋向,还应该承继“中国向来的魂灵”(鲁迅语),以“民族—世界”的学理容量,审察新诗“蝉翼”的纹理。罗振亚先生的《日本俳句与中国“小诗”的生成》(《中国社会科学》2010年第1期)便是一篇具有上述“气质”的国际性的“比较文学”研究力作。先生把“小诗”与日本俳句的姻亲关系作为探查新诗草创期繁复特质的切入点,于中日两国的现代文献中翻检出俳句对“小诗”的“遥感”作用。先生推翻了惯性的研究定势,复原了“小诗”兴起、发展、衰亡过程中历史的本来面目,“严格意义上说，‘小诗’的本质不是源于两翼，而是一翼，那就是俳句与和歌，至少是主要源于俳句与和歌。因为周作人当时置身于‘小诗’运动的混沌之中，缺乏必要的审视距离，忽略了一个必须引人注意的重要事实：若追根溯源，曾被许多人奉为小诗影响源的泰戈尔的《飞鸟集》，其艺术故乡同样在日本的俳句。或者说‘泰戈尔写小诗，也是受日本俳句的影响’。”[①]先生的“大胆假设小心求证”，打破了人们对“小诗”的传统认知模式，归纳出“小诗”向俳句“借火”的美学渊源和神似特征，这不仅要深谙中日两国的文化传统和诗学矿脉，而且还要具备扎实的学术功力，更重要的是葆有对新诗问题锐敏的判断力和洞察力，惟其如此，才能顺理成章地采撷到“诗性之花”。

众所周知，罗先生的新诗研究从“现代方向”起步，但也正因为其对现代诗潮灵敏、全面且富有深度的掌控，才使现代新诗如同一面镜子反照出了当代先锋诗歌的发展逻辑，从而凝合了20世纪中国先锋诗潮绵延起伏的律动脉搏，这是一位资深的批评家理应具有的恢宏视野。像罗先生另一部经常为人称道的专著《朦胧诗后先锋诗歌研究》（中国社会科学出版社2005年版，以下简称《先锋诗歌》），就是其当代诗歌研究结出的硕果。著作呈现了先生一以贯之的诗情、才情与理性交相混融的诗论风格，他用缀满诗意的语言“拨动经典的风铃”，在当代诗歌研究界率先开启了朦胧诗后先锋诗歌研究的滥觞，以断代史的方式展示了当代歧义丛生的先锋诗坛以及诗人们文本的先锋实验性和精神的反叛解构性的特征，发现了隐藏其间的“叛逆线索”。而更让人肃然起敬的是罗先生虽然活跃于人情繁多的当代诗坛现场，偶尔亦与脾性相投的诗人“煮酒论诗”，但是身为先锋诗评家先生自始至终地秉承独立、客观的批评立场和严谨、认真的治学态度，专著中充满理性的光芒和批判的锐气。

始终恪守“与先锋对话”的“在场”身份，对于任何诗评家来说都将面临“落伍”的威胁，这是挑战“先锋”的极限。“中间代”诗评家却二十余年如一日，

---

① 罗振亚：《日本俳句与中国“小诗”的生成》，《中国社会科学》2010年第1期。

独自品味、谱写了属于自己的"问诗录"，坚定地仰望缪斯的光晕。罗振亚先生致力于"新世纪诗歌研究"方向的研究已经多年，他紧跟诗界的前沿话题和诗学动态，与时俱进地筛选、整理、评判新世纪"进行时"中的诗歌生态，为后来人留下了弥足珍贵的第一手资料。像罗先生关于新世纪诗歌的力作《在热闹与沉寂中蓄势——新世纪诗坛印象》(《诗探索·理论卷》2010年第3辑)、《沉静中的悄然生长——2010年中国诗歌观察》(《名作欣赏》2011年第3期)、《"乱象"中的突破及其限度：21世纪诗歌观察》(荣获中国2011年度《星星》诗评家奖，《天津社会科学》2011年第1期)、《新世纪少数民族诗歌的精神向度》(《河北学刊》2011年第6期)、《面向新世纪的"突围"：诗歌形象的重构》(《东岳论丛》2011年第12期)等等，均以诗性的言说、理性的观察、缜密的思考和成熟的文风拍摄下当下诗坛的鲜活画面。其中对诗人的定点爆破、诗作的微观细读、诗艺的独到理解、现象的本质觅踪以及对诗歌整体诸多弊病的揭示，全都堪称绝佳的诗论范本，收录了众多妙思灼见。

二、专著、文章中的"中间代"

"中间代"诗评家对"中间代"诗歌的论说，并非同代人的自说自话，由于其特殊身份和文化背景，遂更易理解"中间代"诗人的精神内里，进而精准地描画"中间代"的诗人群像。据笔者考察，2011年已有两部理论专著为"中间代"诗歌开辟专节、专章加以阐述，像湛江师范学院张德明教授的新作《新诗话：21世纪诗歌初论》(九州出版社2011年版)。某种程度上可以说，这扫除了"中间代"诗歌进入诗歌史的羁留障碍。[①]

而回首罗振亚先生的专著《先锋诗歌》，可以看到，其早在"中间代"命名

---

① 虽然洪子诚、刘登翰编著的《中国当代新诗史》(2005年修订版)中提及了"中间代"这一抒情群落，但关于其具体阐释文字则相对稀少，语焉不详。

诞生之初，便有意开始书写同代诗人的卓著“功勋”。先生将“中间代”诗人以个体形式嵌入20世纪90年代“个人化写作”的地貌之中，发现并细致释明了其展现的诗艺特点和先锋走向，像伊沙、马永波、安琪、西渡、宋晓贤、徐江、侯马、宋琳、周瓒、贾薇、朱文、臧棣、桑克等诗人，都曾被罗先生“点名”论及，当然专著中还包括更多广义的“中间代”诗人。正是他们与留守诗坛的“第三代”诗人一道支撑起了90年代相对贫瘠的诗歌现场，他们是破译先锋诗歌“历史中断”之谜的钥匙，也是市场经济占主流话语的时代修复断裂诗意的“苦行者”。罗振亚先生面对商业化社会造成的诗人“出逃”和先锋沉落时，心情是沮丧的，而正是“中间代”这批更为年轻的写作者，让先生看到了当代新诗的出路——“个人化”的“此在”诗学，“诗人们普遍感到真正的自我应该是‘非意识形态化’的个人，真正的诗歌应该放弃诗歌是什么的诘问，真正的个人化应该以‘个人历史谱系’和‘个体诗学’为生命支撑；所以都不约而同地自觉向本质上属于个人的诗歌本体回归，遏制社会抒情，不再问为什么写作，不再为既有的秩序写作，不再借助群体造势，而注意探究个人生命体验里存在着的写作可能性，完全按照自己的标准喜好和诗歌观念写作。”[①]从“个人化写作”的翩然莅临到晋级为诗坛风尚，“中间代”立下了汗马功劳，其“及物”写作、叙事性、戏剧性、互文性等诗艺综合能力均为罗先生津津乐道之“手艺”，哈尔滨的桑克和马永波便以此“专长”成了先生专著里的“常客”，像桑克的《公共场所》便取缔了玄妙空泛的“大词”，沉溺于世俗世界的人情冷暖，聆听那细琐平淡又真切感伤的生活乐章。罗先生仔细回味诗作的每一个“音符”，探听诗歌流入“现时”的密道，从中证明了“个人化写作”包蕴社会历史语境压力的能力；马永波的《电影院》也是先生钟情的佳作，其包容性的写作技巧，熔小说的笔法和散文、随笔的叙事资源于一炉，使文体混响杂糅布满了事件化、心理化、情境化的因子。“中间代”对先锋精神念念不忘，导致其在诗艺探索上走得最

① 罗振亚：《朦胧诗后先锋诗歌研究》，中国社会科学出版社2005年版，第163页。

远,但是"不安分"的躁动,也使部分"中间代"诗人被裹挟进了"知识分子写作"和"民间写作"的世纪末论争中,掀起了诗坛持久的震荡,阻碍了其作为诗群浮出地表的时机。可以看出,罗先生有意将"中间代"个体诗人划入不同群体,从而打破了既有的代际标准推导出诗坛整体的发展走势。

罗振亚先生的另一篇《凭文本支撑的精神鸣唱:"中间代"诗歌论》(《广东社会科学》2007年第2期。)则经常被"中间代"诗人所提及,许多"中间代"理论选本也将其收录,迄今为止,这是论述"中间代"最具学理性的篇什,呈现出了诗人们寻找诗性高地的坚韧跋涉过程。罗先生抓住了"中间代"诗人的潜隐、平和、沉稳等等性格特点,既强调"中间代"个体的独特感知,又全景式地扫描出了繁多的诗歌文本背后相似的技艺操作、写作理路和价值取向,肯定其艺术探索的实绩;并以同代人的"灵魂感"和精神认同感构建了诗人之间或诗作之间的内在联系,探知其背后大致相同的精神旨趣。例如先生眼中,安琪的《庞德,或诗的肋骨》就是一首用语言思维的佳品,并从中过滤出了诗人精神思想的碎片:匪夷所思的语言秩序和超现实主义的因子遍布四处,流泻出了文本的"不和谐音"(胡戈·弗里德里希语),仿佛每一节诗章都可以独立成诗、抽取阅读,却又被诗人错乱的语言维系起来,违反了常态的思维逻辑,歧义迭出。由于长年"供职"于当代先锋诗歌的现场,加之经常调动、研读大量的诗歌文本,罗振亚先生遂精辟地概述了"中间代"诗人的艺术内蕴和精神气象,并真切地感受到了一代知识分子心灵与社会现实的龃龉和持守诗歌理想的艰难。

虽然罗振亚先生对"中间代"推崇有加,但是秉持批评家的良知和对艺术负责的态度,先生亦尖锐地指出了"中间代"诗歌的诸种缺陷,"它并未从本质上撼动以往的诗歌,在写作方向和诗学主张上,它同第三代诗的后期精神并无本质区别,其叙事化、个人化、日常主义的表征,在某种程度上也仅仅是前者写作策略的翻版和模仿;甚至他们尚处于没有形成强劲的总体氛围的散兵游勇状态,还没产生众望所归的大诗人、大批评家,80年代拳头诗人诗作少的老大难问题依然困惑着他们；高扬差异性的负面效应，使它也失去了轰动效应，过度迷恋技艺也不时发生‘写作远远大于诗歌’的艺术悲剧”[①]。这种全面、深入、理性的“劲道”分析，避开了惯常的套话、人情话的当代诗论弊病，字字玑珠、鞭辟入里。可以说，正是通过专著、文章的隐性交流、切磋，“中间代”诗评家与诗人的关系才日益密切、成熟起来，两者最终构建起了“写作—阅读（理想读者）—批评（反馈）”的循环系统，诗人们深知一位优秀的诗评家对其写作的指导意义和对文本的阐释功能，“行家的作用是‘跑到幕后’，窥探文学创作的社会历史背景，设法理解创作意图、分析创作手法。对他来说，不存在什么作品的老化或死亡问题，因为他随时随地都能从思想上构拟出能使作品重新获得美学意义的参照体系。这是一种历史的态度”[②]。这便是“中间代”诗评家的职责所在，既深入同代人的诗歌纹路，勘察其诗作背后“精神山麓”的潜行走势，又盘旋之上如“鹰”般迅捷、犀利、冷静，形成一种集约束性和开放性于一体的批评空间。

三、立足“学院”、辐射“诗坛”

走笔至此似乎离题略远，关于“中间代”诗评家如何具体推助诗人“小群体”的发展还未论及，但正如上文所述，由于诗评家的特殊身份使然，他们的学术生长周期普遍较长，只有年复一年的打磨好自己的功底，才能在研究界获得一席之地，进而得到大家（包括诗人）的首肯。如今，“中间代”诗评家已经稳居“学院”诗歌研究“掌门人”的位置，批评的影响力和知名度也逐年增强，他们正努力开启“中间代”的升空模式，将自身的热能反哺给诗坛。

罗振亚先生曾执教于哈尔滨师范大学，为母校留下了一批专攻新诗研究

---

① 罗振亚：《凭文本支撑的精神鸣唱：“中间代”诗歌论》，《广东社会科学》2007年第2期。

② ［法］罗贝尔·埃斯卡皮：《文学社会学》，王美华、于沛译，浙江人民出版社1987年版，第86—87页。

的硕士生、博士生,2005年调入南开大学,继“九叶”诗人穆旦之后,先生又重新让南开绽放“诗花”,将“南开园”打造成了国内外新诗写作、研究的重要阵地之一。多年高校从教和中国现当代文学研究的经历,让先生发现了很多诗学命题和研究角度,这些均被大量的硕士生、博士生继承、发扬下来,像先生博士生的毕业论文选题,就几乎占据了新诗研究领域的所有要冲:有的侧重研究现代象征诗派、新月诗派、九叶诗派、20世纪40年代中国诗坛、中国现代新诗语言、现代城市诗学;有的着重考察当代诗歌地质,如中国朦胧诗后先锋诗歌叙事性研究、20世纪90年代女性诗学研究、新世纪诗歌研究、“新世代”诗歌研究、中俄诗歌比较研究等等,不胜枚举。而掐指算来,罗先生在当代文学史教学中引入“中间代”概念已经有七个年头了,2005年,先生在哈师大讲授“中国当代诗潮”的研究生课程时,便大胆地启用了“中间代”这一命名,不但详尽地介绍了“中间代”命名的缘起、论争和意义,还深入浅出地讲解了“中间代”诗歌的代际传承、诗学特色和艺术维度,受之启发的学生不在少数,笔者更多蒙先生教诲,对“中间代”研究情有独钟。当许多“中间代”诗人,如安琪、侯马、唐欣、老巢、赵思远、潘洗尘、李少君、刘不伟等等得知罗先生默默为同代诗人所做的努力时,感动不已。这是诗人对诗评家遗失许久的信赖,是两者消除分歧与矛盾,共同组建良性、互动、多元的当代诗坛的美好开始,“作家与读者之间的媒介的数量增加了。我们可以研究类似‘沙龙’的茶座、咖啡室、俱乐部、学会和大学等社会机构和社会交往作用……批评家变成了重要的中间人;一批鉴赏家、藏书家和收藏家也会支持某些类型的文学;而文学界人士的交往本身,就有助于形成作家或未来作家的读者大众”①。“中间代”诗评家以推广、批评、参与的方式加入了“中间代”的各个小群体,为他们在当代诗史中存留了一番客观、公正的估评,并相对较早地研究诗人们那令人眼花缭乱

① [美]勒内·韦勒克、奥斯汀·沃伦:《文学理论》,刘象愚、邢培明、陈圣生等译,江苏教育出版社2006年版,第107-108页。

的艺术形式实验，勾沉出了一代人的生命轨迹。

当“学院”中的“中间代”诗评家走上了自觉评述同代诗人的道路，自然大大提升了“中间代”诗歌的影响力，“一部作品的成功、生存和再度流传的变化情况，或有关一个作家的名望和声誉的变化情况，主要是一种社会现象”①。借助高校的学术平台，诗评家筹办了不少以“中间代”诗歌为中心的研讨会，旨在托起诗人们色彩纷呈的诗性天空。2011年，湛江师范学院举办了“21世纪中国现代诗第六届研讨会”和“陈陟云诗歌研讨会”，与会专家和诗人大多为“中间代”，像罗振亚、张德明、吴子林、吴投文、刘洁岷、向卫国、赵金钟、李少君、安琪等等。会议的一个中心议题便是“中间代”诗歌，国内南北两拨诗评家齐聚湛江师范学院，形成“中间代”诗歌研究的南北两极，遥相辉映、惺惺相惜。而距“中间代”命名在广东提出已经相隔十载，因此，这次会议也具有了纪念性的意义——正是2001年湖州师范学院的“21世纪中国现代诗首届研讨会”，让“中间代”进入了研究界的视野，开始受到越来越多的关注的。虽然“中间代”作为一个后期整合的概念有其自身的缺陷，但是由于“中间代”诗人和诗评家的“合谋”和强大诗歌文本、理论的支援，它渐渐博得了诗歌史的承认，被归入适宜的诗歌方阵，并陆陆续续地被编进了许多高校教材，获得应有的评价。

也许是“中间代”诗评家走得远了，人们似乎都忘却了他们曾经还是浪漫的诗人。近两年在一片温馨的怀旧声浪里，黄礼孩主编的《诗歌与人》出版了《诗歌与人·诗人批评家诗选》(2011年2月，总25期)，将我们引回了诗评家的“诗坛往事”。罗振亚先生早年便已“挥手浪漫”，转而投奔新诗研究，但是当我们重温先生那一首首满载诗情的篇章时，不由得为先生的诗笔热泪盈眶，“不要偷掩忧郁的双眼/围巾挡不住冬夜厚厚的怅然/也许 我太冷漠冷冷漠漠如岩石/沉沉默默沉默像星光黯淡/我怕 怕涌动的情涛/冲毁前方并不牢固的

① [美]勒内·韦勒克、奥斯汀·沃伦：《文学理论》，第108页。

堤岸/溅湿话语与足音织成的温馨/淹没玫瑰色的夜晚/我说过　我们还会相见"(《我说过　我们还会相见》);"我们知道永远沿着冬天走下去就是/开拓就是希望/一个个季节的连续就是人生的漫长/我们都愿意是星斗不是星斗也无妨/人生就是走就是跑但不仅仅是闪光……只要我们还活着还会有方向/我们就要追赶冬天塑造冬天的形象"(《北极光》),两首诗都对生活满含真情,"不伪饰不做作"(龙泉明语)。《我说过　我们还会相见》像是先生与往事的一场邂逅,散发出了朦胧、忧伤、恬美的气息,让身经诗行的读者不由自主地被那迷人的字句吸引,被细腻的情感征服,仿佛回溯到了那些年我们一起度过的日子,如歌似画。再看《北极光》,先生以黑土地男儿的豪情诗就了一片璀璨的极光,耀人眼目,冬季的寒冷、漫天的雪花、兴安岭的火把和天上不变的星斗,是催生先生诗情的温床,是养育先生诗性的北疆,是先生魂牵梦绕的黑河、哈尔滨与黑龙江,这里留下了先生追梦的年代、珍存了先生守望诗歌的美丽愿望。可以说,正是曾经常伴缪斯左右,才让先生能饱蘸热血诗心,准确传神地勾绘出了中国新诗的峥嵘岁月。

"中间代"诗评家深居高校,却少有"学院派批评家"的文法笔调,往往才学与才情兼备,不仅拥有扎实、深厚的学理功底,而且常怀知识分子的人文精神和批评家"感时忧国"之心。新世纪,他们渐渐成长壮大,以"为诗立言,为史做传"的勇气和责任专注于同代诗人的艺术天地,捍卫着诗歌的荣誉。

(原载《南方文坛》2014 年第 1 期)

作者单位:黑龙江大学文学院

当代新诗教育现状及反思

——论罗振亚的新诗教育

杨　亮

当代著名诗人王家新谈到新诗教育问题时，曾说过这样一句发人深省的话：“诗歌的教育不仅是为了孩子，也是为了诗歌，更是为了一种语言和文化的未来。”[①]从这些话语中，可以深刻认识到诗歌教育同民族语言与文化未来的发展紧密相连。新诗教育伴随着新诗的兴衰已走过了百年的历史，今天，我们站在了新世纪，透过新诗发展的现状来反思当代新诗教育问题，又会得出怎样的结论呢？

新世纪诗歌可以用“鱼龙混杂”四字形容：诗人们大搞能指滑动、平面化写作，把诗歌的创作活动或衍生为实验游戏，或只是不同词语的排列复制，一些所谓的诗人们奉献出了高产多效的作品，但质量却十分堪忧；在诗坛潜心修行的诗人越来越少，诗人们大都陷入了空前的浮躁情绪之中，热衷于制造一次又一次的“诗歌事件”，这包括吵得十分热闹的“梨花体”“羊羔体”事件，这种“口语加上回车键”的“废话”写作，拉低了诗歌整体的写作伦理，以撕掉

① 霍俊明、岳志华：《展开的起点：新诗教育问题与反思》，《江汉大学学报》2007年第4期。

诗歌尊严为代价换回了媒体与大众的轰炸。当庄重与严肃的“地震诗歌”“底层写作”演变成一场场集体作秀,我们会觉得“今天”——这个被进化论给予无限厚望的未来,似乎裹挟着太多的失望。新诗在新世纪突然演变为了一种“行为”的艺术,而这一切似乎与诗歌本身毫无关联:媒体关注的只是事件的社会效应,而大众则在媒体释放出的烟雾弹中再一次成为了迷途的羔羊。如果说诗歌的语言活力代表着一个民族语言所能达到的高度,那么,大众对于诗歌的不屑,对于新诗的陌生,恰恰展现了今天的中国民族语言的乏泛和文化的危机,而这一切不得不说与新诗教育的失范密切相关。中国自古有“诗教”传统,即诗歌教育作为一种情感、美感、精神教育理应成为人文教育的中心,这体现了一个“健全之人格”的基本,而在“功利主义”、工具理性思想为主导的今天,诗歌已经被“边缘”到可有可无的境地。当前,理应反思新诗的教育问题,进一步健全完善中国文化教育制度体系,而罗振亚教授的新诗教育理念与践行实际,正为我们树立了良好的榜样。

一、新诗教育的重点在于突出其“新”质

大众对于新诗的陌生,同新诗教育的失格有着很大的关联,而这其中,最大的认同危机来自于新诗“新”在何处。今天中国的新诗教育,无论是作为通识教育还是学科教育,对于新诗标准的确立一直缺乏理论敏感度,以至于人们对新诗的解读、欣赏、评析还延续着传统的审美标准,即将古典主义诗学视作鉴赏与批评的重要理论标尺。在这样的背景下,新诗的优劣则完全依赖于古典诗学的评判,而与其所建构倡导的现代诗学无关,新诗的“新”只体现在语言之新,是用现代白话重新粉饰包裹的古典情景,新诗教育尚未建设成为一套成熟、系统的现代模式。那么,新诗究竟“新”在何处?我们又如何修正新诗教育体系,使之对于新诗的发展和推广能发挥良性的促进作用呢?

罗振亚教授在他的新诗研究过程中,一直十分注重对新诗“新”质的挖

掘,在他的教育教学实践活动中也有意侧重于将古典诗学与现代诗学相对照进行讲解,突出现代诗学的新质特征。比如他认为"与以清晰的画面造就意境的古典诗歌不同,新诗重视隐显适度的意象铸造与非常规组合。新诗中除了少数直抒胸臆外,大部分都避开了直抒胸臆的窠臼。采用'思想知觉化'的方式进行隐约的抒情,即把思想还原为知觉,通过意象这一情绪的客观对应物或象征的营造加以寄托、暗示"。在解读、鉴赏新诗意象问题时注重提炼新诗意象与古典意象间的差别,"传统诗人讲究'以类为类',现代诗人则讲究'以不类为类'"[①]。因此,他在讲授海子的诗歌时,以"月亮"的传统内涵为参照,鉴赏分析海子诗中的"月亮"意象,并指出新诗擅于运用意象间的非常规组合方式传达出复杂的思想与内涵。而在新诗语言方面,罗振亚也注重在美学层面提炼新诗语言的审美质素,"注重发掘语言潜能,突破用词、语法和修辞规范,以对语言自觉性与修辞性的重视,扩大语言的张力,使熟悉的语言给人以陌生的感觉"[②]。

另一方面,大众对新诗鉴赏能力的不足也与教材中涉猎新诗内容过少、选篇过于类型化有很大的关联。目前,几乎所有的大学语文教材都收录了徐志摩的《再别康桥》、戴望舒的《雨巷》、艾青的《我爱这土地》、余光中的《乡愁》、舒婷的《致橡树》等诗篇,这些经典之作已然构成人们对新诗的基本认识,稍加变化的诗作则被视为"异类",难以为大众所接受。新诗教育只围绕经典化的诗作展开,而对新诗近二十年的发展变化视而不见,这也是新诗在朦胧诗后走向边缘、走向小众、走向孤独的另一层原由。罗振亚的诗歌研究一直致力于追踪新诗变化发展的新动向,其著作《朦胧诗后先锋诗歌研究》已成为20世纪80年代后先锋诗歌研究的经典之作,近几年他持续关注"90年代诗歌"以及"新世纪诗歌"的发展动态,并且十分注重将自己研究的最新成果在课堂上与学生们分享讨论,将课堂与诗歌现场的发生动态紧密相连,使学生

---

①② 罗振亚:《新诗解读方法说略》,《求是学刊》2007年第1期。

时刻关注最“新”的诗歌形态与研究成果。新诗虽远未“完美”,但不完美、欠完善恰恰是其可以不断标“新”立异的助推力,新诗的“新”正是其发展的动力源,而罗振亚教授的新诗教育正体现出了这一点。

二、新诗教育应兼具知识理性与情感诗性

现阶段的新诗教育愈发重视知识的理论性与系统性,这与中国教育总体以“科学理性”为发展导向有很大的关联。知识的科学化有利于学科的发展,有利于学生系统掌握新诗的发展脉络,但研究者同时也应该对这种过于理性的教育方向持警觉的态度,因为它已完全将新诗教育外化为一种“知识”的学习与接受,而与内在生命和精神体验无关。这在某种程度上已经偏离了新诗教育的初衷与重心。新诗批评一直存有这样一种“偏见”:诗歌不能翻译、不能解读,诗的“诗味”“美感”恰恰在那不可言说的一刹那,所有的理性阐释与分析都会淡化这与诗相遇的一刹那所带给我们的震颤。这种说法虽然过于“玄妙”,但也道出了诗歌最曼妙的部分恰恰在于它关乎人类的生命力和精神体验。现在的新诗教育在重知识理论、重系统学科的同时,往往忽略了这一点。

实际上,中国自古便有“诗教”传统,“诗教”一词可追溯至《礼记经解》:“入其国,其教可知也。其为人也,温柔敦厚,《诗》教也。”肯定了《诗》对人内在性情的教化作用。近现代教育也多有致力于“诗教”精神传承与挖掘的有识之士,林语堂先生曾言:“诗歌教会了中国人的一种生活观念,通过诗卷深切地渗入社会,给予他们一种悲天悯人的意识,使他们对大自然给予无限的深情,并用一种艺术的眼光来看待人生诗歌……医治人们心灵的创痛;诗歌通过享受简朴生活的教育,为中国文明保持了圣洁的理想。”[①]在林语堂先生笔下,诗歌的教育作用已经超越了所谓“道德教化”,提升为心灵与精神的净化层面,

---

① 林语堂:《中国人》,学林出版社2007年版,第165页。

诗歌教育可以培养国民的诗性思维，进而追求一种“诗意生活”的态度，丰富了情感的维度，“诗教”实际上是构筑人类精神家园最坚实的屏障。

罗振亚一直对将新诗教育发展成“学科知识”秉持理性批判的态度。他认为当下的新诗教育存在着科学至上的弊端，在唯“物质论”的不断裹挟与冲击下，新历史境遇下的“诗教”愈发缺少对人类内在原生理想的哺育培养，更侧重于将其发展成为系统化、理性化的学科知识。这种教育通过不断地对文学理论与文学史知识进行强化训练，锻造了一批训练有素的职业诗歌研究者，但是却忽视了诗歌教育的最重要的部分，那就是对诗性思维、诗性情感以及诗意人生的追寻。

事实上，罗振亚也一直致力于探索找寻学术规范、学科理性与文学感性、艺术诗教之间的平衡。从他的研究著作中，我们可以发现，其学术研究框架是非常系统与严谨的，既有纵向的历史脉络爬梳，又注重横向上的比对与细节上的提炼，在行文中，充满智性化的精辟论述力透纸背；另一方面，一步步填充在缜密理性的逻辑枝干内的，是丰富腾跃的诗性思维和激情澎湃的诗性话语，而且这两者并重的理念不仅体现在他的新诗研究中，更直观化、鲜明地体现在他的新诗教育践行中。可能是因为他兼具学者、诗人的双重身份，他的语言和文字永远充满着诗意，用“理性的闪光、情感的激荡”[①]来评述罗振亚的话语风格是再恰切不过的了。无论是在书桌旁还是在讲台上，我们都能透过文字理性的锋芒感受他那一颗永远跳动着的“诗心”。这既体现在先生对知识的讲解精准到位、脉络清晰，更体现在那行云流水般的诗一样的语言，将课堂绘制为一幅唯美飘逸的画卷，令学生如沐春风。他从不把授课当作一门技术，专注于索然无味的归纳总结，而是视课堂为另一次全新的创作，是师生之间精神的交汇，以及一次次生命与精神力的点燃。

---

① 张清华：《“理性的闪光，感情的激荡”——评〈中国现代主义诗歌流派史〉》，《山东师范大学学报》1995 年第 4 期。

三、新诗教育应不断探索新思路、新模式、新方法

多年来,我国教育一直围绕“应试”模式而展开,新诗教育也存在这样的问题,授课内容主要通过知识性介绍来呈现,围绕一次次“事件”勾勒新诗发展的脉络,而对新诗所包蕴的现代精神、个体意识、审美内涵则较为忽略。与此相应的,新诗教育的教学模式也过于传统守旧,并不适应当代日新月异的生活。

传统教学模式是以教师为主体的,是所谓“一言堂”式的填鸭式教学。这种教学思路实际上严重违背了新诗教学的初衷,新诗贵在对自由与平等的现代精神的追寻,新诗教育的整体模式也应该由传统的“一元”向现代的“多元”发展,寻找更为开明、开放的教学方法。罗振亚热衷于新诗教学模式的创新,在课堂上他总是抱着平等交流的心态,调动学生主动参与课堂,针对诗歌发展的热点问题让学生们积极思考,畅所欲言,在课堂上实现交锋与对话,将课堂教学的主动权交给了学生, 真正实现由以教师为主导向学生为主导的过渡。另一方面,教学思路的创新还体现为打破传统教学的客观条件限制,将教学活动由课堂转向课外。他经常邀请名师名家进行学术座谈,打开学生的学习视野,实现优质学习资源的互通有无。除此之外,他还定期组织研究生进行读书会、博士论坛等活动,将对话式教学的总体思路延伸至课堂内外,收获了更为显著的教学效果。

新诗教学思路的不断创新还体现于不因循守旧、与时俱进的胸怀与姿态,在科技爆炸的时代背景之下,应注重新诗教育与现代技术教育媒介的有机结合。依托南开大学优质的学术平台与教学环境,罗振亚教授组织参与了MOOC(慕课)的筹备与录制,网络教学平台打破了传统教学时间与空间的限制,形成多元化的课程资源,彻底贯彻了自主学习的教育思路。另外,互联网信息技术不断深入,网络诗歌成为一股不可小觑的新兴力量,不断刷新着诗

歌创作的生态环境,微博、QQ、微信等网络平台由"非主流"走向了日益核心的地位,成为创作与传播新诗的有效途径,但网络也因此成为了滋生"非诗、伪诗、垃圾诗"的温床,冲击着新诗创作的写作伦理。网络技术是一柄双刃剑,社交平台对于推广、推进诗歌创作的普及化、大众化有着不容忽视的作用,罗振亚较早地发现了互联网这一优势,也乐于在网络上与学生们分享自己的诗歌创作,激发学生的学习兴趣与写作热情,如他的《妻子的头发》《孩子我们已没有资格谈论故乡》《和老爸聊天》等诗作,均在网络上获得了广泛热议。在他的影响下,许多弟子也开始利用网络的优势,使之成为传统授课平台的延伸,分享学习成果形成师生间的互动,这其中陈爱中的"陈斋新韵诗"至今已获得万余次的点击率,其所推出的"学院批评家"、"名诗名点"等版块广受好评;卢桢的"地球溜溜哒哒"将域外行旅同新诗研究相结合,最大限度地开拓了新诗研究的文化视野。

新诗教育伴随着新诗的发展已走过了百余年历史,回顾历史不难发现,新诗教育的核心精髓与内在生命力恰好印证了新诗精神,新诗"平民化""通俗化""大众化"的总体倾向体现了新诗教育应惠及大众,从整体上提升民族语言文化的软实力;新诗求新求变的反思意识彰显的是现代新诗教育的发展方向,不断进行自我突破、与时俱进;新诗所追求的自由与平等之精神是新诗教育终极理想的体现,也是对人性解放、独立人格的追寻。在未来,新诗教育必将继续沿着百年新诗所埋下的理想之种子而前行。

(原载《社会科学动态》2018 年第 1 期)

作者单位:大连理工大学国际教育学院

新诗研究的"在场者"
——论罗振亚的新诗研究

邱志武

新诗百年来,其充满坎坷和跌宕的生命历程中始终活跃着一批对新诗挚爱有加的呵护者。对新诗而言,这些呵护者就像慈祥的父亲对待自己的孩子一样,他们时时刻刻在关心着新诗的成长,既不断地为新诗的发展"打气",也不时地对新诗的不足提出善意的批评。在这些批评家中,罗振亚先生是十分重要的一位。罗振亚从1987年发表第一篇真正的诗学论文《北大荒诗与西部诗的美学差异》开始,时至今日三十余年间,他年复一年、日复一日,自始至今都是诗歌研究的在场者。可以说,新诗理论在新时期的发展,凝聚着罗振亚的许多心血和汗水,我们有充足的理由对罗振亚这样的诗歌批评家给予足够的尊重和研究。

一、整体性视野的观照

长期以来,对于中国新诗的研究者来说,逐渐形成了一种"共识":研究现代诗歌的不涉足当代诗歌,研究当代诗歌的不越界现代诗歌,彼此井水不犯河水。尽管新诗研究已经取得了一定的成绩,但是,我们不能不说其中所具有的局限，封闭的思想使一部分诗歌研究者的视野和格局越来越小。实际上，对于新诗研究来说，亟需这种将“现代”和“当代”的新诗研究打通的学者。可以说，罗振亚就是这种学者之一，他的这种“打通”充溢着自己明确的主观意识：“待到1993年撰写自己的第一本专著《中国现代主义诗歌流派史》，则开始有意识地打通现代、当代诗歌的界限，尝试把新诗作为一个完整的学术板块进行研究。”[①]这种“打通”将研究对象看作一个整体，这对于诗歌的批评和研究无疑是必要和重要的，整体对新诗进行观照，能够对其进行恰当而准确的定位和评判。

我们强调罗振亚诗歌批评的整体性，就是说他善于从总体上来把握诗歌的发展流变，这种整体性的视野使得他能够将散乱的诗歌群落整合在一起，从而使相关的诗歌现象在整体上“胶合”成一个有机体。比如，罗振亚在《中国现代主义诗歌史论》一书中，将现代派诗歌、朦胧诗、第三代诗歌等纳入到现代主义诗歌的范畴之中，这样一来将这些相关的诗歌群落“构筑”成一个现代主义的有机体。同样，在《20世纪先锋诗歌研究》一书中，他将整个20世纪的先锋诗歌视为一个整体，对其发展的脉络和流变进行了详细地梳理。有论者在考察完他的《中国现代主义诗歌史论》《朦胧诗后先锋诗歌研究》和《20世纪中国先锋诗潮》等著作后总结道：“罗振亚从根本上非常令人信服地完成了对整个20世纪中国现代主义诗歌创作风貌、历史流变、因果关系、内在律动以及文化定位等全方位考察和美学审视，为我们生动地描绘出充满诱惑力的、一部趋向中国文学整体的诗歌地理。”[②]正是这种整体观的视角，使我们对中国现代主义诗歌和先锋诗歌的发展流变形成一个清晰的认识。不仅如此，罗振亚在对一些诗歌群落或某个时段的诗歌进行观照的时候，同样也善于运用

---

① 罗振亚：《问诗录》，天津人民出版社2010年版，第2页。

② 张学昕：《虔诚地站在诗意这边——关于罗振亚及其诗学理论与批评》，《渤海大学学报（哲学社会科学版）》2009年第6期。

整体性视野。比如,《后朦胧诗整体观》《1984—2004 先锋诗歌概论》《朦胧诗后先锋诗歌概观》《20 世纪中国现代主义诗潮概观》《二十世纪九十年代先锋诗歌综论》《1978—2008:新诗成就估衡》《新世纪江苏诗坛概观》《百年新诗经典及其焦虑》《中国先锋诗歌的"百年孤独"》等等,单单从这些论文的题目来看,都体现出罗振亚诗歌批评的整体性视野。这种整体性的观照最大的好处,就是能够以一种宏阔的视野对研究对象进行高屋建瓴式的把握,进而从整体上准确地把握住诗歌的发展走向。

在面对研究对象的时候,罗振亚的新诗批评既不轻易肯定,也不轻易否定。同时,他不为任何派别"发声",而是始终站在诗歌的立场上进行辩证的分析。当然,这种辩证并不意味着没有立场,恰恰相反,无时无刻不体现出整体性思考的价值评判。也就是说,罗振亚的新诗批评能够从整体的层面上看出研究对象的"门道",看到镜子的两面。比如,在 20 世纪 90 年代末,"知识分子写作"和"民间写作"吵得如火如荼之时,罗振亚在指出"知识分子写作"和"民间写作"各有短长之后继续评论道:"它们同样处于文化边缘,同样致力于汉语诗歌未完成的现代性创造;因此理应消除对立,互通有无,取长补短,因为二者划分得过细也不利于诗歌'生态'的发展和平衡。"[①]他既没有站在"知识分子写作"的一边,也没有站在"民间写作"的一边,而是在整体性视野的烛照下看到了二者之间你中有我、我中有你的密切联系,不仅如此,他还看到了二者所处的"文化边缘位置"和所具有的"汉语诗歌未完成的现代性创造"的历史任务的共性。可以说,罗振亚所持的这种整体性视野使他能够站在宏观的层面上弥合二者之间的分歧,能够清醒地认清诗歌内在"结构性"相互依存的关系。

艾略特在《传统与个人才能》中曾经提出,对一个作家的评判必须置入整个文学传统之中,诗人不能独立地具有完全的意义,诗人在文学史上所应有

---

① 罗振亚:《朦胧诗后先锋诗歌研究》,中国社会科学出版社 2005 年版,第 236 页。

的地位需根据他对同时代及后世诗人产生的影响来判断。可以说,艾略特对诗人的评价就是一种整体性的视角。对一个诗人和文学现象的评价,不能就诗人论诗人,不能就事论事,必须放到整个文学视野中去评价,这样的评价才是客观的、科学的、可信的。罗振亚在进行新诗研究的过程中,特别注重从整体的文化视野上来进行评价。比如,在《对抗“古典”的背后——论穆旦诗歌的“传统性”》《重铸古典风骨——中国现代主义诗歌对传统诗歌接受管窥》《“杜甫热”与当下诗歌的审美选择》《传统文化与新世纪诗歌的精神重建》等论文中,他将诗人的文化品格、诗歌现象与整个中国诗歌传统结合起来进行考察。在他看来,新诗的研究并不是孤立于整个中国诗歌传统之外,而是要“一盘棋”纳入到中国诗歌传统的视野之中来观照。罗振亚的诗歌批评不仅仅注意到中国诗歌传统的影响, 同时还注意西方文化资源对中国现代诗歌的影响,在《现代主义诗歌:中国对西方的形式汲纳》《现代主义诗歌:中国对西方的精神接受》《日本俳句与中国“小诗”的精神生成》《理论渊源与创作催发:日本因素对于“七月诗派”的影响》《日本观念对初期中国“纯诗”的塑造》《中国新诗与日本关系的发生》《旅日体验与前期创造社的激情书写》等文中,他细致地考察了西方文化资源对于中国新诗的影响。由此可见,罗振亚这种从中国诗歌传统、西方文化资源的影响方面来对中国新诗进行考察,就是将新诗纳入到了整个中西方文化谱系中来进行梳理, 这样就不单单是就诗歌论诗歌,而是运用了一种整体性的视野进行观照,从而能够更加清晰地认清新诗的本真面貌。当然,我们在关注罗振亚诗歌研究的整体性视野之时,并不是说他疏于诗人个案的研究,而恰恰是他写了多篇研究诗人个案的文章。但是,就这些诗人个案来说,我们仍然能够体会到罗振亚诗歌研究的全局视野。比如拿《复调意向与交流诗学:论翟永明的诗》来说,“复调”也好,“交流”也好,对于单个诗人研究来说,这些都必须从整体上来考察才能得出这种结论。可见,即便是对诗人个案的评析,罗振亚仍然是从整体性上来进行把握的,这样就避免了出现“只见树木,不见森林”的遗憾。

应该注意的是,我们一方面强调罗振亚诗歌研究的整体性视野,另一方面不能否认他诗歌研究的那种精细考究的功夫。他在分析具体诗歌作品的时候,善于运用细读的方法,丝丝入扣,给人一种庖丁解牛般的精细之感。但是,罗振亚这种对诗歌文本的精细分析并不是局限在文本中“打圈圈”,而是能够与诞生文本的整个社会历史背景关联起来。正如有人所指出的:“即使是细读文本也决不拘泥于文本,而是通过对诗人所处时代境遇及其变动的追踪,发现作为个体的诗人与社会历史深层的联系。”[①]应该说,罗振亚诗歌批评的起步时期,正是西方的批评方法在中国大行其道之时,新批评的细读原则对罗振亚的诗歌批评理念曾经产生深远的影响,但是,他在运用新批评方法的时候,能够有意识地克服新批评的局限,将细读的批评原则与中国“知人论事”的批评传统巧妙地结合起来。“阅读新诗作品时只有反复推测,充分想象,既考虑文本的外在时代背景,和作者的生平联系起来作社会学的考察,又从文本的内部入手,以直观的方式攫取诗歌的生命韵致。同时保持高度的理性分析力,让文本的最复杂的内部结构呈现出来,也就是说,要结合传统的社会学批评和新批评派本体论的细读理论,体会诗人的情感真谛所在。”[②]可见,罗振亚的细读批评不是单一孤立呈现的,而是与整体性的批评视野融和在一起的,是以整体性作为着眼点的。着眼于整体性的诗歌批评,避免了诗歌批评的褊狭和鄙陋,这是罗振亚在新诗批评过程中总能把握住其发展趋向的秘密之所在。

二、历史化视角的切入

罗振亚曾在《新诗解读方法说略》一文中指出了历史主义态度的重要性:

---

① 崔修建:《1978-2008:中国先锋诗歌批评研究》,中国社会科学出版社 2013 年版,第 220 页。

② 罗振亚:《与先锋对话》,吉林出版集团有限责任公司 2009 年版,第 270 页。

"要培养清晰辩证的历史观，有的放矢地确立解读诗歌文本的恰适立场和视角;就必须回归历史现场,把文本置于当时特定的具体历史情境下去考察、评判,而不能用今天的审美标准和尺度苛求它、衡量它。"[①]这句话所强调的是,面对诗歌,就要将其还原到历史现场之中,而不是以今天的审美尺度和标准想当然地进行评论。罗振亚是这样说,也是这样做的。无论是在面对诗歌文本,还是在面对诗歌现象以及诗歌潮流的时候,他不是主观上进行信步由缰的阐发,而是将其还原到历史现场中进行考察。

罗振亚曾经对当代诗歌研究趋向提出了自己的看法,他认为一个真正的研究者,对逝去的当代诗歌历史责无旁贷的任务就是描述其过程,评判其得失,指明其方向,以利于广大受众深入了解其复杂的情形,否则无异于一种失职。也就是说,对当代诗歌研究的归宿,在某种程度上而言,就是一种对历史的叙述,否则,这种研究是"失职"的。并且罗振亚在文章中不止一次对唐弢所提出的"当代文学不适宜写史"表达不满,在他看来,对当代文学要敢于运用历史的眼光来打量,尽管这种评价可能存在着巨大的风险,但是,一部诗歌史的最终问世,必须经过几代人一点一滴的逐步积累。我们今天的研究,它既是为将来成熟的、高质量的中国当代新诗史的编撰做必要的学术准备,又是为当下诗歌创作的繁荣提供有益的借鉴和参照。[②]正是由于秉持着一种为当代诗歌"修史"的意识,他的新诗研究中才透射出一种历史主义的眼光和胸怀。可以说,像《朦胧诗后先锋诗歌研究》《1990年代先锋诗歌研究》等著作,不仅仅对诗歌现象的考察和辨析具有独特的价值和意义,而且为人们将来撰写经典的当代诗歌史提供了不可或缺的参照。

强调诗歌批评的历史主义态度,并不仅仅强调批评主体回到历史现场的姿态,而且还强调诗歌进行历史化的实践。21世纪初前后,整个诗坛处于一片

---

① 罗振亚:《与先锋对话》,第260页。

② 罗振亚:《1990年代新诗潮研究》,河北大学出版社2014年版,第10页。

混沌之中,各种诗歌创作在一定范围内非常活跃,各种诗歌现象彼此缠绕,人们对整个诗坛的风云变幻充满了迷惘和困惑,着实令人一头雾水。人们之所以怀持这种感觉,归根到底在于:第三代诗歌以后,整个诗坛还处于尚未历史化的阶段,评论家对于诗歌的探讨,更多的是处于一种"条"状的批评研究状态,还没有形成"块"状的历史化研究格局。正是在这种局面下,罗振亚推出了他的重磅著作《朦胧诗后先锋诗歌研究》,这部著作运用历史化的眼光梳理了朦胧诗后诗歌发展的历史和态势,更为重要的是,经过这种历史化的研究,他看到了20世纪80年代诗歌到90年代诗歌发展变化过程中"个人化写作"的确立和分化存在着一种历史的必然。并且在这部著作中,他开始对"70后"诗歌创作进行系统的观照,他站在历史的高度上对"70后"诗歌进行了迫近的观察和评判。"'70后'诗人没有朦胧诗人、'第三代'诗人那种依靠诗歌获得社会声誉的福分,也没有赶上80年代诗歌辉煌的余荫,他们从一开始就被置于生活的边缘、后生的和次要的位置,长期地忍受着平庸的90年代诗歌的浸淫,忍受着'第三代'诗歌以来形成的、权力秩序和强势话语优先权的双重的遮蔽与挤压,处境尴尬,只能一任自己如野草般,在民间默默地生长,若想登上历史舞台,就必须对第三代诗、90年代诗传统进行彻底的颠覆。"①这种判断将"70后"诗歌的前世今生进行了形象而深刻的揭橥。可以想象的是,如果不是这种历史主义的立场和眼光,那么我们对那些以另类的姿态立世的"70后"诗人的出场就会感到困惑,甚至对其产生怀疑。

历史化的研究视角在罗振亚的诗歌研究中占有重要的地位。不论对21世纪的诗歌,还是对20世纪90年代诗歌以及"十七年"诗歌的研究过程中,他都善于运用历史化的视角进行评判。对于21世纪诗歌的评判,他的内在尺度是以20世纪90年代诗歌和20世纪80年代诗歌作为参照系的。可以说,无论对21世纪诗歌的肯定还是否定,他都以历史化视角进行透视。比如,他

---

① 罗振亚:《朦胧诗后先锋诗歌研究》,第260–261页。

认为进入新世纪后,诗歌不但没有解决90年代的诗歌问题,而且还添加了一些新问题,而新世纪诗歌的沉寂并非从2000年才正式开始,1999年的盘峰诗会甚至20世纪80年代末就已经拉开了它的序幕。这些都是从历史化的视角出发来评判新世纪诗歌,这种历史化的延展既明示了新世纪诗歌在发展过程中自身问题的历史流变,又标明了新世纪诗歌发展演化的内在逻辑,对于认清新世纪诗歌的本来面貌具有重要的价值和意义。对于20世纪90年代末那场"知识分子写作"和"民间写作"之间沸沸扬扬的争论,罗振亚也是将其历史化,把它与20世纪80年代的先锋诗歌进行比照,他指出:"如果说80年代的先锋诗界是宣言大于文本,那么世界末的'知识分子写作'和'民间写作'的争端,依然在一定程度上掩盖了文本的光辉,这让人倍感遗憾和悲哀,因为在艺术的竞技场上最有说服力的永远是文本!"[①]这种历史化视角的介入将"知识分子写作"和"民间写作"之间的争论看得一清二楚。一些研究者在进行诗歌批评的历程中,总是经常忘记从历史的玄机中吸取经验教训,所以,往往是不断地徘徊于重蹈覆辙的漩涡中。而罗振亚对历史主义的坚持则避免了这种情况的出现。同样,罗振亚在对"十七年"诗歌进行评价的时候,也是主张一种回到历史主义的态度。他指出:"我们今天不能用纯美的观念去贬低它,也不能用纯社会学批评标准盲目抬高它,负责的态度应该是遵循历史主义精神指出它的优优劣劣、是是非非。"[②]对于"十七年"诗歌的评价,纯粹的美学和纯粹的历史学标准都容易得出偏执的结论,只有回到历史现场才能得出符合历史本相的评判。可以说,罗振亚所坚持的历史主义的态度,是研究新诗的论者应该具备的实事求是的科学态度。

我们看到,罗振亚对新诗进行评判秉持的是一种历史主义视角,他在对新诗进行经典化研究过程中更是如此。新诗的经典化,这是新诗在发展道路

① 罗振亚:《朦胧诗后先锋诗歌研究》,第236页。

② 罗振亚:《与先锋对话》,第134页。

上必须要面对的问题。这种经典化如果不是立足于历史主义的态度，就会随着时间的推移而不断地发生变化。“经典的确立需要历史主义的态度和立场，经典的确定是不宜在短期内进行，它的产生必须经过时间的沉淀，只有读者与文学作品之间拉开必要的时间、空间乃至心理上的距离之后，再冷静客观地观照，真正的经典才会‘尘埃落定’；对每首诗的评价都应该把它放在当时特定的文学和历史语境中加以考察，而不能完全用当下的经典标准去苛求。”① 实际上，经典的选择本身就是一种历史化观念的呈现。罗振亚在进行新诗经典化的过程中，他以历史主义的态度进行筛选，但是应该看到的是，他并不是以历史化作为评判诗歌的一切准则和归宿，而是以一种宽容的态度将美学和历史化有机地结合起来。尽管从美学的视角来看，像韩东的《有关大雁塔》、李亚伟的《中文系》等一批诗歌并不能令人为之动容，但是，从历史主义视角来看，它们确实是当代诗歌的经典之作。同样，尽管当代诗歌中也不乏以华丽的辞藻炫彩、以精巧的技艺取胜的诗歌，但是，站在历史主义的视角上来看，它们却没有为当代诗歌增添新的色彩，这样的诗歌也不能称之为经典。总之，新诗的经典化过程，历史主义的视角是必不可少的。这也是罗振亚在新诗经典化过程中，一贯坚守的基本立场。

三、贴近诗歌现场的阐释

一个优秀的诗歌批评者既不能囿于形而上层面理论的辩驳，也不能一味跟随创作者的脚步为其作注，而是应该贴近诗歌现场进行阐扬。换句话说，诗歌批评必须要面向当下的诗歌现场。任何一个诗歌研究者，如果他脱离这个现场，那么他的诗歌研究肯定是无效的。实际上，在现实的诗歌批评中，我们

---

① 罗振亚：《三十与十二》，《名作欣赏》2008年第21期。

不乏看到一些所谓的诗评家，他们的批评虽然是面向当下的，然而，这种批评却是“失语”的，因为他对当下诗歌的批评只是泛泛而谈，既提不出诗歌存在的问题，也开不出疗就诗歌肌体疾病的药方。对于罗振亚而言，他不仅仅关注诗歌的现实指向性，而且还能够对诗歌现实中存在的问题开出恰切的药方。

罗振亚的诗歌批评总是善于挑战那些居于时代前沿的热点和焦点问题。在现代诗歌研究中，他热衷聚焦于现代主义；在当代诗歌研究中，他瞩目于先锋诗歌，对朦胧诗、第三代诗歌、20 世纪 90 年代诗歌、新世纪诗歌等表现出浓厚的兴趣。可以说，罗振亚在步入当代诗歌研究的过程中，是从先锋诗歌着手的，拿《朦胧诗后先锋诗歌研究》《20 世纪中国先锋诗潮》《与先锋对话》《中国先锋诗人论》来说，他的这种“站位”于先锋的立场、与诗歌进行对话的姿态本身就是对诗歌现场的切入。在具体的操作过程中，他将先锋诗歌作为“认识性装置”并不断对其进行阐释，实现了对于诗歌现场的不断逼近。另外，罗振亚的诗歌批评贴近诗歌现场，还表现出对于诗歌现场中活跃的诗人进行观照和批评。像于坚、西川、王小妮、张曙光、伊沙、李琦、李轻松等等，他对这些诗人的评判，既不是那种想当然的评论，也不是那种对于真理性预设的验证，而是一方面注重从诗人创作的特点来剖析，另一方面注重将诗人与空间的、历史的、时代的因素结合起来考察，可以说，对这些诗人的评判表现出罗振亚一种在场言说的姿态和倾向。

罗振亚的诗歌研究始终与时代相连，他对诗歌的研究同时也是对时代的研究，这样的研究是一种敞开式的研究，使诗歌研究不至于陷入封闭之中。这种对于时代的关切，使罗振亚的诗歌批评表现出鲜明的指向性。对于 20 世纪 90 年代诗歌而言，他看出了问题存在之关键：过于注重技艺的炫彩而使诗歌呈现出对于现实的疏远。为此，在“非历史性”写作终结的背景下，他提出了“及物”写作的方向。可以说，他是近些年少数几个在考察 20 世纪 90 年代诗歌时倡导“及物”写作的评论家之一。他对“及物”写作的关注，不仅仅是将其作为 20 世纪 90 年代诗歌批评提出的问题，而且是作为考察新世纪诗歌的切入点。所以,“及物”写作在新世纪也是他念念不忘的话题。罗振亚的诗歌批评对于时代的关注还表现在他将判断诗歌繁荣与否与时代嫁接起来,他不止一次在文章中谈到:“一般说来,一个时代诗歌繁荣与否的标志是看其有没有相对稳定的偶像时期和天才代表。”①这种评判既表现出他对于时代的冷静认识,同时也表现出对于时代的忧虑。在新诗发展的任何一个阶段,新诗都要不断地回问自己,新诗已经诞生出多少“相对稳定的偶像时期和天才代表”。可见,罗振亚的诗歌批评是时刻与诗歌现场密切联系在一起的。

罗振亚的诗歌批评不是天马星空,不是人云亦云,不是高唱赞歌,而是对每一个诗人、每一首诗歌、每一种诗歌现象,都从辩证的维度来进行考察。比如,在谈论伊沙诗歌的时候,他指出了伊沙诗歌的“方向”与“路障”;在评价女性诗歌的时候,他主张走出“屋子”话得失;在谈到“个人化写作”的过程中,他指出了个人化写作的双刃剑;在谈到诗歌写作叙事性的时候,他指出了“亚叙事”的两面性。这些客观的评价,既是一种对于当下诗歌创作和诗歌现象发自肺腑的肯定,也是一种对于当下诗歌创作存在问题的指摘,为诗歌的前进之路指明了发展方向。可以说,这样的诗歌批评是一种在场的诗歌批评,也才是一种真正的诗歌批评。

罗振亚的诗歌批评不仅表现出与诗歌现场保持着融合与胶着,而且还表现出批评的独立性,他并不陷入各种论争,而是站在一旁进行仔细的、冷静的甄别和观察,这样,他既看到了诗歌表层的热闹,更是透过这种表层看到了诗歌背后的问题。比如,他在评述“70后”诗歌的时候,既看到了它的“喧腾景观”,也看到了“它并没有从本质上撼动以往的诗歌,在写作方向和诗学主张上,它同90年代先锋诗歌、‘第三代’诗歌的后期精神并无严格意义上的区别”②。这种评价对于“70后”诗歌来说是准确和到位的。“70后”诗歌尽管以另

① 罗振亚:《与先锋对话》,第154页。
② 罗振亚:《朦胧诗后先锋诗歌研究》,第266页。

类的姿态出场,但是却仍然没有从本质上改变诗歌的写作方向。可以说,罗振亚的诗歌批评是一种独立的、在场的阐释,他既不被杂乱的诗歌现场所迷惑,又不被跌宕的诗歌潮流所裹挟,他总是能够凭借自己犀利的眼光拨云见日、透过现象看本质,从而进行一种有距离的观照和评判。

作为一个富有情怀的诗歌批评者,罗振亚的诗歌批评指向不仅仅在于诗歌本体的指摘,更在于对诗歌发展前景的展望。他的诗歌批评是立足当下和面向未来的。他撰写了多篇关于21世纪诗歌研究的论文①,在对21世纪诗歌进行了细腻地考察之后,他这样评判道:“新世纪的诗歌如果能够扬长避短,在时尚和市场的逼迫面前拒绝媚俗,能够继续关怀生命、生存的处境和灵魂的质量,坚守时代和社会的良心;同时注意张扬艺术个性,提升写作特别是底层写作表现对象、抽象生活的技术层次,避免在题材乃至手法上的盲从现象,那么目前的困惑与沉寂,就会成为跋涉途中的暂时停滞与必要的调整,重建诗歌的理想便会在不久的将来化为现实。”②应该说,这里既寄托着作者对21世纪诗歌目前存在的问题的反思,也寄托着作者之殷殷期待,在某种意义上来说,还是对诗歌发展方向而开出的药方,不言而喻,这是一种切实的贴近21世纪诗歌现场的言说。

---

① 这些论文是《21世纪诗歌:冷热反差及“合题”期待》(《文艺论坛》2022年第6期)、《“换笔”与21世纪诗歌生态》(《文艺争鸣》2022年第5期)、《21世纪新诗:重构形象的障碍》(《文艺争鸣》2019年第10期)、《21世纪“及物”诗歌的突破与局限》(《诗歌月刊》2019年第2期)、《21世纪诗歌的“下沉”与“上升”》(《中国文艺评论》2017年第4期)、《21世纪诗歌:“及物”路上的行进与摇摆》(《天津师范大学学报(社会科学版)》2015年第2期)、《新世纪诗歌形象的重构及其障碍》(《扬子江评论》2013年第3期)、《新世纪诗歌:在坚守中突破》(《艺术评论》2012年第6期)、《“乱象”中的突破及其限度:21世纪诗歌观察》(《天津社会科学》2011年第1期)、《面向新世纪的“突围”:诗歌形象的重构》(《东岳论丛》2011年第12期)、《在热闹与沉寂中蓄势——新世纪诗坛印象》(《诗探索》2010年第3辑)、《喧嚣背后的沉寂与生长:新世纪诗坛印象》(《天津师范大学学报(社会科学版)》2008年第4期)、《新世纪诗歌的精神担当与诗艺建构》(《文艺报》2011年7月22日)。

② 罗振亚:《与先锋对话》,第160页。

一般来说，诗歌批评可以大体上分为考据派和阐释派[①]，考据派的主要特点在于以史料说话，阐释派的主要特点在于批评主体情思的尽情发挥。就罗振亚诗歌批评的总体来看，他应该属于偏阐释派，这样说，并不是否认他对史料的重视，因为我们从他的批评文字中看到的是有理有据的推证。应该看到，罗振亚那种偏于阐释的论证方法使我们感受到了他才华横溢的一面。这种才气不仅仅表现在他诗歌批评高屋建瓴的架构上，还表现在他严谨的治学态度以及那种贴近鲜活的诗歌现场进行考察的姿态上。可以说，罗振亚的诗歌批评无论是从整体性的视野、历史主义的态度、还是对于诗歌现场的切近，都体现出阐释的魅力。

显然，罗振亚的诗歌批评绝不仅仅局限于以上的诗歌批评视阈。新诗百年来，我们理应对新诗做出全方位的评价，同样，我们也期待着对罗振亚的诗歌批评和研究做出更为周到、细致、全方位、多角度的评价。

（原载《文艺评论》2017年第9期）

作者单位：大连民族大学文法学院

---

① 参见程光炜《教室里的学问》，《当代作家评论》2017年第2期。

当代新诗史述的新创获

——评罗振亚《1990年代新潮诗研究》

白 杰

在相当长的历史时段内，当代诗史写作都受到了诸多规限，个人化叙述与诗性本质难以在这类写作中得到彰显。这一情形在进入20世纪90年代后得到明显改善，在新世纪更是涌现出以程光炜《中国当代诗歌史》(2003)，洪子诚、刘登翰《中国当代新诗史》(修订版，2005)等为代表的一批优秀史著。它们挣脱了政治话语主线，携带自觉的文化审美意识，以独立个体身份重返诗歌现场，发掘出大量史料文献，在个人化视野内重新绘制了诗史脉络。

不过，持续深化的个人化史述，迟迟没能在90年代诗歌中充分展开。其原因是多重的，但有一点至关重要，那就是距当下愈近，现实磁场和非艺术因子的干扰可能越大，史家很容易受限当下，偏执于一己的体验认知、情感好恶，滑入“主观化”一极，无力架设稳固的历史坐标。治史二十余年的罗振亚先生对此有着清醒认识，但他还是秉持一以贯之的先锋探索精神，沉着稳健地突入了这段尚未完全冷却的历史，借助专题式的研究体例完成了断代史述，推出《1990年代新潮诗研究》(2014，河北大学出版社)。著述主体分上下两篇，另以“引言”交待了研究的缘由、方法，以“余论”对行进中的新世纪诗坛做了近距离观察，以“附论”重估了“民间写作”与“知识分子写作”论争。上编首先对90年代诗歌的生成语境、生产传播方式和发展脉络做宏观把握,接着分段分类对“个人化写作”及其分化出的“民间写作”“知识分子写作”以及“70后诗歌”“女性主义诗歌”等诗歌群落展开研究,侧重剖析了群落内在的演化动力和流变规律。下编选取于坚、伊沙、张曙光、西川、王小妮、翟永明等六位诗人为个案,以点带面地估衡了90年代诗歌在不同维度上所展开的创作实践,进一步丰富深化了上编论述。整体来看,著述观点鲜明、持论公允,脉络简约明晰又不失细部真实,材料丰富翔实但无一丝杂乱,谨严学理与在场体验相互应合,绝少术语的堆砌、观念的贩卖,语言表述准确逻辑却又饱满鲜活、富有节奏感和感染力,迥异于盛行当下学界的冗长艰涩、刻板僵化的八股行文;从写作对象、写作姿态、写作方法等多个方面推进了个人化史述,充分体现出有温度、有温度、有尺度的诗史品格。

一、温度:在场者的历史叙说

早在1985年,学界曾围绕“能否为当代文学写史”的问题展开讨论。当时唐弢先生认为“当代文学不宜写史”,理由是当代文学尚处进行时态,没有经过时间的积淀和生活的筛选,足以为史的稳定部分没能全然显露。意见显然包含了论者对过往文学史述的深刻反思,其对历史稳定性的强调,实际是要以足够的时空间隔来抵御非艺术力量入侵,以保证史述的客观、理性和非功利,这本是无可厚非的。但如就此悬搁当代文学史述,任由时间冲蚀文学现场,那么日后的历史书写必将更多倚赖于想象和理念,而与史实可能发生更大偏差。为此,罗振亚先生反复强调为当代诗歌写史的重要性和迫切性:“一部成熟的当代诗歌史的最终问世,必须经过几代人一点一滴的逐步积累,如果谁也不去及时地书写,当代诗歌历史的现场感就会日渐模糊,鲜活、珍贵的史料就会不断散失;所以即便是出于为将来编撰优质当代新诗史做必要的学术准备,为当下诗歌创作繁荣提供有益参照的考虑,当代诗歌史撰写的意义也不容轻估。"①

经由时间冲刷剔汰，或许后人能拥有比较超远的叙说姿态，所面对的历史对象也可能更加稳定一致。但大浪淘沙后的"稳定部分"并不一定意味着真实与本质。历史书写是无法在时间流逝中自然完成的，时间本身也没有选择机制和认定能力，它所能做的就是以自身长度去容纳更加多元的话语形态，让不同时代不同立场的人都有发言机会，在相互博弈、彼此校验中推进共识达成。那些学术视野开阔、知识结构合理、阅读经验丰富的史家，不应静待"稳定部分"出现后再去写史，而应积极介入诗歌现场，在史述中推动"稳定部分"的积淀成型。正是出于这种责任担当，罗振亚先生以在场者身份叙写了20世纪90年代诗史，并给予民刊以相当的重视。

民刊是90年代诗歌得以在场的重要载体。作为体制外的生产传播方式，民刊在思想艺术上往往悖逆主流而与先锋结盟，但也常常被正统史述视作异端而遭忽略遮蔽。但如返观《今天》之于朦胧诗、《非非》《他们》之于第三代，我们不难发现民刊实乃先锋诗歌的重要策源地、滋生流派团体的大本营，一部完整的当代诗史是无论如何不能割舍民刊的。只是这些播撒民间的刊物，不能公开发行且印量一般很少，仅在小圈子内传读，极易散佚。当然也有一些民刊诗作还会公开发表、结集出版，但因于种种原因，常常会有些改动。由是民刊就成了见证先锋诗歌的第一现场，这在90年代诗坛表现得尤为突出。为此著述第二章专门探讨了民刊策略。著者认为90年代的民刊繁盛，不仅延续了《今天》以降的民刊小传统，而且被赋予了疏离主流、护守写作自由的精神品质。不仅"民间写作"牢牢扎根民刊，就连"知识分子写作"也"羞"与官刊为伍，而集中于《现代汉诗》《倾向》《九十年代》等刊物，"70后诗歌"更是开垦了《下半身》《朋友们》《诗江湖》等众多园地，"女性主义诗歌"同样拥有由女性独立创办的《翼》。

---

① 罗振亚：《超越羁绊的艰难突围——中国当代诗歌史撰写述评》，《当代文坛》2008年第4期。

可以想象,如果当代史家不及时利用这些资料绘制诗史,而坐等“稳定部分”的自然浮显,到时民刊势必大量散失,历史图景将会因对象本身的残破而严重变形。有鉴于此,著者不仅不厌其烦地开列了90年代主要民刊目录,以作索骥之图;而且重点参考了《现代汉诗》《诗歌与人》《诗文本》《诗江湖》《偏移》《下半身》《诗参考》《阵地》等数十种重要民刊,将体制外的诗歌状貌有机融入到90年代诗歌版图中。值得一提的还有,对于所有被征引的诗歌文本,包括大量最初发表在民刊上的作品,著者都在注释中标明了出处。这样做绝不仅仅是为符合形式规范或方便核查,其意义更在于准确记录文本的初生状态和原始坐标。诸如此类的细节记述都将方便日后的现场还原。

民刊之外,丰盈的在场感还有多方面体现。如第十五章《读者反应与1990年代先锋诗歌价值估衡》就结合三份大相径庭的阅读调查,从读者反应入手对90年代诗歌展开症候式分析。著者将那些出入甚大的调查数据还原到真实的社会情境中,细致分析数据差异的生成原因,以及差异所折射出的真实的诗歌境况。如果没有这种在场分析,后人很容易被数据表象迷惑,对90年代诗歌做出片面理解。这些强烈的“在场感”加速了历史“稳定部分”的出现,并令其更真实、更具象,也更稳定。

二、态度:辩护与批评的双重推进

罗振亚先生对以现代主义为主导的先锋诗歌情有独钟。从《中国现代主义诗歌流派史》(1993)到《中国现代主义诗歌史论》(2002),再到《朦胧诗后先锋诗歌研究》(2005)《20世纪中国先锋诗潮》(2008),他都积极关注、全力支持那些具有超前意识和革新精神的诗歌探索,尽管很多时候它们处在被遮蔽、遭漠视、饱受非议的状态。在他的理解中,先锋诗歌是诗歌得以发展的重要动力,它凭借反叛性、实验性和边缘性不断拓展艺术空间、升级写作技艺、激活诗歌主脉,以自身的变动不居而标示出出诗歌的未来走向和可能的高度。

《1990年代新潮诗研究》依然循"先锋"展开叙述,但在开篇就指出,与过往时段相比,90年代诗歌在"先锋"的内涵和品质上都有了很大改变。20世纪八九十年代之交的文学观念变动迫使既有诗路中断、转向,被大众消费文化放逐的诗歌不得不"从边缘出发",全面清算"第三代"诗歌所崇尚的集团式运动,纠偏了圣词弥漫、大词盛行的写作风向,更加注重写作自身以及"此在"和"及物",以去先锋化的沉潜姿态实现了再一次的先锋跃进,开启了"个人化写作"潮流。

在朦胧诗退场、第三代衰落后,曾有一些人哀叹90年代诗歌先锋不再、深陷低谷。针对这种悲观论调,著者充分论证了"个人化写作"之于90年代诗歌的先锋意义。他认为,因精神立场、审美观念、语言资源等方面的差异,"个人化写作"分化出"知识分子写作"与"民间写作"两派。它们虽然在相异甚至相背的路向上掘进,但又不约而同地要求摆脱总体话语和集体写作,向以个体生命为基石的艺术本位回归,在语言、题材、风格、技艺等多重维度上显现出前所未有的个性化、多元化特征,创造了辉煌的先锋业绩。而异军突起的"70后诗歌",同样以"个人化写作"为背景,用炽热喷涌的本能原欲疯狂冲刷着伦理边界,对"怎么说"和"说什么"进行了双重革命。另有女性主义诗歌在"个人化写作"的大潮鼓动下,走出群体性的黑夜想象和封闭小屋,在日常生活中荡漾真实的女性生命,实现了激情与技术的遇合,性别视角和人类普泛精神的接通。面对纷繁复杂、聚讼纷纭的90年代诗歌,著者以"个人化写作"为先锋主线,统贯各大诗歌群落、写作类型,一语中的地指出,"个人化写作"实乃"去先锋的先锋",90年代诗歌是以新的先锋姿态从意识形态、大众消费文化、主流正统诗歌中突围。

但是为先锋辩护也很容易滑入另外一端,那就是唯新为是、唯先锋为好,不加辨识地鼓吹那些贴着先锋标签的创作。确实,从李金发洒落微雨到戴望舒扬帆现代及至九叶繁枝硕果,从朦胧诗的喷涌到第三代的喧嚣,先锋诗歌一次次从边缘走向中心,由潜流变为主流,渐渐获得了一种神圣性。不少人因于对先锋的敬畏，也可能是投机或献媚，而将先锋视作批评的禁区。这也使得“伪先锋”一度大行其道，即便是真正意义的先锋实验，也常常因批评的缺位，无视自己的偏执与不足，任由缺漏扩散。对此畸态，罗振亚先生保持了高度警醒。在他看来，先锋诗写如同行走钢丝，在通往自由创造之境时，又会时时遭遇跌落深谷的威胁，如不能察知缺失偏颇，就极易沦为死亡前的狂欢。

带着辩证的眼光，他在积极阐发90年代诗歌的先锋创造时，对其不足亦毫不避讳，甚至提出相当尖锐的批评。他直言“个人化写作”因过度崇尚差异化和写作技艺，加剧了诗歌的边缘化处境，一些诗人更是沉溺于语言游戏、技艺炫耀。面对“70后诗歌”，他更是态度严厉，斥其将“及物”简化为肉身愉悦，将“此在”误解为感官刺激，笔触始终回旋在脐下三寸，是一场试图以道德犯忌而取代诗艺创造的失败的运动。对于那些声名盛大、堪为90年代诗歌支柱的的重量级诗人，他同样不留情面，认为于坚的一些作品过于贴近日常生活，大量未经处理的世俗因子被掺入诗歌体内，口语化追求不时滑向口水化，而伊沙则不时以非诗内容侵犯诗性空间，忽略了精神深度和审美内涵，自我超越不够，有自我复制之嫌。无论对于“知识分子写作”“民间写作”“女性诗歌”等诗歌群落，还是翟永明、西川、王小妮等诗人个体，著者都不为人事纠葛所缠绕，不为流行观念所左右，努力摆脱门户之见、圈子之争，严格依据学理和艺术自身去展开论述，不隐优长、不避缺失，辩证客观地看待先锋诗写，体现出一位优秀史家对诗歌、诗人和历史书写权力的尊重、敬畏。

三、尺度：“三个结合”的史述方法

与关注诗坛局部景观的诗评诗论不同，诗史可谓幅面极广的地理图志。它既要在宏阔的时空架构中为历史对象选取参照、设定坐标、划置板块、勾描轮廓；又要形象呈显诗歌的色泽、质地、结构、经脉流转。史家只有兼备高远视界和细致笔触，才可能精准绘制出诗坛的地形地貌、生态景观以及演进轨迹。

但在写作实践中，诗与史又存有本质性矛盾。“史”着力于本质揭示和规律探寻，而“诗”作为内视点的语言艺术，则偏重于文采、激情、想象力，它所关注的生命情思通常并不完全依循时空次序、因果关联。如何有机化合历史的理性逻辑与诗歌的美学肌质是诗史写作，特别是当代诗史写作在方法论上亟待深化的。

《1990年代新潮诗研究》就史述方法提出了“三个结合”原则，即“历史研究与美学研究结合”“系统研究与分层研究结合”“宏观概括与微观剖析结合”。在此原则统辖下，著述很好地处理了90年代诗歌史述所遭遇的诸多问题，譬如历史书写与个人化表达、在场性呈现、诗歌美学形态之间的繁复矛盾。具体来看，著述首先对90年代诗歌进行“历史化”“系统化”处理，视其为相对完整自足的艺术有机体，按照时空序列和历史脉络宏观把握流变全程，保证各部分贯通一气，接着再分段、分问题展开，多层次、多角度观照，充分彰显各诗潮、流派乃至个人独具的艺术品质、精神内涵；然后再统合各部，归纳提炼其整体的演进规律和基本特点。如此来做，很好地兼容了“显微镜”的透视之功和“望远镜”的统摄之力，谐调了微观细察与宏观概述，让史的框架更加贴合于诗的美学形态。

需要强调的是，著述虽然是将90年代诗歌置放在相应的时代幕景上加以考察的，如在第一章就谈到了80年代末的社会转型、精神震荡以及随之兴起的大众消费文化对诗歌发展的影响，但史述主脉还是艺术的先锋探索而非社会政治变革，对于流派团体、创作个体的价值估衡、历史定位也始终没有偏离艺术中轴。乍看起来，将诗史写作牢牢扎根艺术本体，已是常识，但实践起来却是相当困难的。毕竟自共和国成立后，新文学史就被赋予了过于沉重的社会政治使命，“运用新观点、新方法，讲述自‘五四’时代到现在的中国新文学的发展，着重在各阶级的文艺思想斗争和其发展状况”[1]，文学史一度成为

---

① 黄修己：《中国新文学史编纂史》，北京大学出版社1995年版，第125页。

政治史、革命史的注脚。即便在意识形态高压渐去的80年代之后，文学史依然长期为“新启蒙”“现代性”等思想线索统贯，未能真正归位艺术或美学。

对于此类用思想观念规训诗歌，借诗歌论证、填充某种社会意识的惯常做法，著者力图借“文本细读”予以纠偏，主张“一切从文本出发”，无论是历史描述还是系统把握亦或宏观概括都须得到文本自身以及阅读实感的支持，避免陷入从概念到概念、从抽象到抽象的泥淖。这样的努力在著述中随处可见。如第四章在归纳90年代叙事诗学的主要特征时，虽然调用了现象学、存在主义等大量理论资源，并辅以谨严的学理思辨，但所有理论阐述都建基于诗歌文本和阅读实感。正是通过对西渡的《在硬卧车厢里》、马永波的《电影院》、张曙光的《1966年初在电影院里》等大批文本的细致剖析，“叙事性”的合法地位才在诗歌内部得到真正的认可。另如在分析朱文《让我们袭击城市》时，著者结合自己的阅读感受而将作品的艺术内蕴外化、具象化，“诗意的采掘已触及日常生活最细微的皱折之处，不乏异化痛感的心理咀嚼里也溢出了几许人性的温馨”①。叙述清晰逻辑，却又诗情盎然，如不以诗心跃动文字间，是很难得此真味的。

不难看出，著者倡导的“文本细读”主要取精研细读之意，而不像新批评的“文本细读”那样拒绝读者反应；相反，它相当重视阅读感受，主张“先有真切的‘感觉’和豁然的‘感悟’，再求得系统性学术性概括”。②其实以诗歌为代表的文学创作，绝非简单的观念演绎或技艺组合，每一则优秀作品都包含有富丽堂皇、难为理性法则概括的灵魂。史家唯有充分调用自己的生命体验和美学经验才能将其激活并加以阐释、扩展、全面呈现，使历史架构内贮存更丰富的美学意蕴、精神内涵，“我们自己文学思想的产生是来自于对当前文学作

① 罗振亚：《1990年代新潮诗研究》，河北大学出版社2014年版，第45页。

② 罗振亚：《1990年代新潮诗研究》，第9页。

品的真切感受,离开了对文学作品的实际感受,任何'理论'都只能是空洞无物。"[①]。只有夯实了"文本细读"的根基,才能促进"三个结合"粘合,进而调解诗与史的悖立,最大程度地实现历史与美学的兼容、系统与分层的统一、宏观与微观的谐调;否则一切构筑其上的历史、系统、理论都将成为空中楼阁、流沙之塔。

入乎其内,故能写之;出乎其外,故能观之。这是王国维先生的诗论名言。其实,诗史写作更是如此。罗振亚先生为20世纪90年代诗歌写史,就充分利用了自己在场者的优势而"入乎其内",认真爬梳民刊史料、深入剖析读者反应、准确把握文本内涵,努力让诗歌不因时间的冷却而丧失自身的时代脉动与艺术温度。但与此同时他又积极"出乎其外",力图在多元的艺术参照、客观的学理矩尺下,对90年代诗歌整体及局部做出准确的价值判断、明晰的历史定位,敢于辩护、勇于批评,毫不隐匿个人的识见态度。更难能可贵的是,著者还将"入其内""出其外"的史述实践提升概括为"三个结合",从方法论层面为当代诗史写作提供了基本尺度。可以说,在温度、态度、尺度的三维合力下,《1990年代新潮诗研究》将为当代诗歌的个人化史述标刻新的高度。

(原载《中国图书评论》2016年第2期)

作者单位:太原师范学院文学院

① 李怡:《失落了文学感受的文学理论与文学批评》,《西南师范大学学报(人文社会科学版)》2005年第4期。

先锋诗歌空间的深度打开
——评罗振亚《1990年代新诗潮研究》

白晨阳

20世纪90年代初,在社会转型的复杂语境中,先锋诗歌在80年代确立的写作路向面临“中断”和“失效”,诗人们不得不在诗学立场、诗歌主题、美学选择、语言策略等方面做出新的调试和选择。短暂的沉寂之后,转型后的先锋诗人们秉持一贯的超前意识和反叛精神,回归诗歌本体,在沉潜和自省中探索出新的诗歌生长点和写作可能性,获具了独立的艺术精神和诗歌传统。与丰富的创作实绩相比,学界对90年代诗歌至今仍缺乏深层化、系统化的诗学研究,以往的成果有的泥于旧识,有的暗藏偏见,有的忽略新生力量,有的流于浅表,因而还有诸多空白点亟待填补。罗振亚教授凭借多年专业诗歌批评的积淀,以一个成熟研究者的魄力和敏识,推出了先锋诗歌专著《1990年代新潮诗研究》①,对研究对象进行了一种综合立体又切中肌理的“断代”式探究,力图为90年代的先锋诗歌建立自己的诗学谱系和美学阐释。

① 罗振亚:《1990年代新潮诗研究》,河北大学出版社2014年版。本篇文章所引文字均出自该著,后文不再特别注明。

一、1990年代诗歌先锋话语的确认

“何谓先锋”在学界一直难有定论。众所周知,最早的“先锋诗歌”概念出自20世纪80年代中期的青年诗歌运动,源自参与者的自我命名和自我指认,据此标榜与日益经典化的朦胧诗的决裂。此概念进入中国当代新诗语境是基于一种宣扬对抗的激烈诉求,“对抗”成为先锋性天生天然的姿态。罗先生在此书中表现出建构当代先锋诗学话语的魄力与卓识,开门见山地将“先锋性”作为架构全篇的轴心。在深入90年代诗歌场域之前,著者在引言中先行做出了对诗歌“先锋性”的指认:“‘先锋诗歌’当是那些具有超前意识和革新精神的实验性探索性诗歌的统称,它至少具备反叛性、实验性和边缘性。”

1990年代后,诗歌从业者面对“先锋”有两种相去甚远的认知方式和处理态度。一种是断言“先锋已死”和“伪先锋”当道,认为诗歌进入90年代,不再需要抗衡政治上、语言上的绝对权威,诗歌的“先锋性”也随之涣散、消逝,由“进击”的艺术退化为“无害”技艺,诗坛也随之丧失活力,诗歌走入迷途,濒临沉落。此种观点虽然具备某种合理性,但更大程度上是一种浮于表面的误解。被裹挟进市场经济、商业文化大潮中的中国社会,“精神渐轻,诗意消顿”,社会文化结构由二元对立到多元共生,审美群体出现大量的分流。不可否认,随着读者的大量流失和“时势”的迁移,诗歌失去了80年代一呼百应的轰动效果,不再居于公共文化生活的中心位置,也不再是为民代言的焦点。但是,新的压抑也随之到来。不同的是,时代语境使其发生转变,它不再是单纯明朗的东西,不再是某种典型的社会症候或意识形态,而是变成了一些面目复杂的东西,仿若无处不在又难以把捉的幽灵,或是一种缓和式的背景音。也就是说,虽然写作者和读者不再需要以强力的姿态对抗某种显在的、宏大的对立面,但并不代表“对抗”意识已经在诗歌创作中被完全耗尽,它只是在历史语境更迭的缝隙中,悄然转化成了另一幅面孔。

罗先生深入到具体历史场域中,考察诗歌身处的大众消费文化语境,以

及在生产与传播方式上所采用的民刊策略，在90年代初诗歌的阵痛中，看到了沉寂的表象之下暗藏着新的先锋可能性，它在以一种低声部的方式表达着反叛与革新的诉求。首先，他中肯地指出，沉寂反倒提供了一次净化诗坛的机会，敦促怀着不纯写作目的的“伪诗人”出局，犹如大浪淘沙般留下了那些“真正的诗人风骨”。被提纯后的诗人队伍开始反思80年代“旌旗招展”的诗歌运动：将诗歌用运动的方式来经营，人为地集聚声音、制造热闹，并非诗歌艺术获得关注度的合理通道，“诗人的成功方式也应该和诗性保持高度的一致，诗歌创作应该靠文本说话而不能主义先行”。应该说，“先锋意识”在80年代更多地表现为强烈的先锋情结，理念大于文本，前卫却失于空泛。到了90年代，被留下的诗人们意识到写诗是寂寞的事情，同时更意识到任何时候，先锋的姿态都不会让诗歌文本必然地具备先锋性。其次，反思之后，新的“反叛”悄然进行。被放逐到边缘的边缘之后，诗人们彰显先锋艺术的“自省、自否精神”，重新思考诗歌与世界的关系。对此，罗先生指出，在新的历史语境重压下，80年代诗歌实验的写作可能性已经所剩无几，后朦胧诗盛大经营的文化神话、青春期写作、纯诗经营等创作在90年代已经难以为继，农耕庆典式的新乡土诗写作，又使得诗歌精神走向了倒退。诗人们在沉潜中做出新的选择，纷纷回归诗歌本位的立场，在继承了后朦胧诗的个体视角之后，选择从意识形态写作、集体写作以及青春期写作到个人化写作的转型，在“说什么”的激情之上，加入了“怎么说”的技术打磨。因此，可以说先锋诗歌一贯的精神内核，并未随消费时代的到来而隐退，而是在真正的诗人们甘居边缘的持续写作中，与前此的先锋面貌产生断裂，并主动转型获具了新的意义和姿态。

除去“先锋已死”的认知态度，在另一些诗歌从业者那里，“先锋诗歌”的概念在90年代被标签化、符号化，“先锋性”在他们眼中成为一支潜力股，仿佛占据先锋的立场和阐释权，便是攻下了诗歌话语的制高点。这种从某种立场出发阐释“先锋诗歌”的批评，常常难以摆脱为“小圈子”言说的拘囿，自我加冕的意味明显，极易导致先锋标准的片面或缠绕不清，甚至出现不同标准之间的迥然相异,进而引发诗坛的争端。譬如近年出现的"先锋诗歌"选本在选编原则、诗歌立场和入选对象上有时会大相径庭,这便是因不同编选者对"先锋"各执一词所致。对于诗歌批评者来说,用先锋来刻意标榜某种诗歌创作倾向的优越性,是不符合求真求实的学术研究精神的。

罗振亚先生在这一点上,体现出一个出色批评家的专业性和客观性。他打破不同诗学流派、诗写倾向之间的"楚河汉界",并且冷静地不被诗人的自我命名所干扰,从诗歌本体出发,祛除偏见和时间神话带来的焦虑不安,在差异性中精准地寻找到先锋诗歌转型后最核心的表征——"个人化写作"。并且在专章中,给出了明确的定义:"它是诗人从个体身份和立场出发,独立介入文化处境、处理时代生存生命问题的一种话语姿态和写作方式,它常常以个人方式承担人类的命运和文学的诉求,弘扬个人话语的权力,源自个人话语又超越个人话语。""独立""承担"和"超越"等字眼,明显应和了彰显反叛、实验、革新的先锋精神。用这个清晰且内涵丰富的概念来指 20 世纪 90 年代诗歌创作的先锋话语,既避免了诗歌史书写的过度整合,又排除了顾此失彼的风险。它被著者选为 90 年代先锋诗歌场域的入口,从诗歌本体的角度出发,继而将第三代诗、90 年代的个人化写作、70 后诗歌以及女性主义诗歌等囊括进"先锋诗歌"的话语体系之中。

罗先生在众语喧哗中,不为某种批评风潮所左右,坚持为诗歌寻找到"最大的公约数",致力于归纳、建构自己的先锋话语,在这一点上值得赞赏和敬佩。他对先锋的把握和理解,显然体现了敏锐的洞察力和严谨科学的精神。他让人们感觉到 90 年代先锋诗歌,既没有死去,也没有成为相对主义的伪命题,而是在重建中探寻新的精神内涵和意义向度。正如他所说,90 年代的先锋诗歌创作"沉落了先锋诗运动却没有沉落先锋诗本身,并在淡化先锋情结过程中,注意 90 年代先锋诗和后朦胧诗中断性的一面的同时,更注意寻找、张扬、深化 90 年代先锋诗歌和后朦胧诗间延伸连续性的一面,从而在 1992 年至 1993 前后修复了断裂,完成了先锋诗向新样态的转型。"

二、建构个人化写作的诗学谱系

在差异和分歧丛生的90年代,用“个人化写作”来统筹先锋诗歌创作,无疑是十分恰切的选择,因为它标识出了90年代先锋诗歌创作与80年代之间本质性的差异。罗振亚先生从话语的角度入手,指出朦胧诗和第三代诗都没有摆脱集体话语和总体性话语的窠臼。如果说朦胧诗的写作是对权力话语的垂直用力,那第三代诗歌则是一种基于权力话语的反向制衡,其出发点都是意识形态而非源出于个人化生命体验的诗意言说。而90年代的诗人们主动或被动,开始以真正个人的方式想象世界,诗歌的主旨不再是公共性、启蒙性、社会性的“言志”,而是重视个体感受力和想象力的个人性话语实践。在个人化写作这一问题的深入展开上,著者没有选择断代叙述常使用的编年史体例,而是以个人化写作为动力源,辐射出几个重要的创作倾向和诗歌群体,埋设炸点似的逐个击破,把诗学问题向纵深处发掘,一层层剖解出90年代个人化先锋诗歌的骨骼肌理。在罗先生的论述中,个人化写作的关键词一一呈现,笔者将其理解归纳为三个方面。

首先,立足于“此在”诗学,强调现实感与日常性。诗歌作为叩问心灵的精神活动,永远都不能离开对现实生存的探问。罗先生格外重视考察诗与现实关系的问题,并从这个角度定义了个人化写作的价值立场,即“规避乌托邦和宏大叙事,分外注意当下日常生存处境和经验的挖掘、把握、领会和处理”,“从身边的事物中发现需要的诗句”。无论是民间写作还是知识分子写作,都体现出日常取向方面的追求。尤其是民间写作阵营的诗人们,直接援引“本质即现象,现象即本质”的现象学理论,恪守对于当下的直观感受,在日常经验、凡俗生活和事物的琐碎形态中淘洗出诗意的闪光。而在面对历史和现实题材时,诗人们如何对其进行个人化的处理,对此,罗先生也有自己独到的判断。他指出“历史乃任一在场的事件,个人日常细节入诗呼应渗透着历史因子,便是历史的呈现"。具体的操作即是从细节进入现场,尽量去摹写历史语境里人的生存状态、精神风貌。如此一来,诗歌的想象方式便具备了一种不可复制的个人性,每一篇诗作也都因此在某种程度上近似于诗人的精神自传,诗歌的生命力也由此得到了张扬。

其次,事物的去蔽与澄明。优卓的诗歌创作应该具备超越表象向本质掘进的企图。罗先生在著作中用文本细读的方式,进一步去考察了日常诗歌美学诗意生产的可能性空间。他敏锐地探寻到90年代个人化写作的成功之处,绝不仅仅在于它通过"此在"的言说拓展了对事件、细节、场景等因子的含纳,而是在于使诗歌破除了宏大叙事的一统化格局,从而最大限度得去打开生命和存在中的种种遮蔽。知识分子一派的创作一贯致力于精神的提升和思想的超越,创作出诸多饱含思辨性和玄学意味的文本,充满哲学的质感。而王家新的《帕斯捷尔纳克》、萧开愚的《国庆节》等诗中直接触及人在意识形态话语中的现实困境,其中灌注的批判立场和承担精神使个人化写作与粉饰现实的颂歌模式区分开来,是诗歌为生存去蔽的鲜明例证。从民间写作的角度切入时,罗先生在侯马的《种猪走在乡间路上》中看到了在琐碎、平庸的景象之外,诗歌指向的是种猪主人"隐蔽的猥琐心理和麻木混沌的生活本质"。非诗的事态描写,实则超越了表象的描摹,折射出诗人在面对人类生存困境时怀抱的诗性理想。他指出个人经验的表达作为起点,最终要澄明的则是"超越细碎琐屑的本质性所在"。这一论断让个人化写作的价值得到进一步彰显,也显示了批评家过人的思想穿透力。

第三,多元化与包容性。诗歌在90年代由一到多的打开,必然导致多元化局面的到来。罗先生敏锐指出,与个人化理论对应的即是"差异性原则",因而他强调要注意不同抒情个体独特的个人化风貌。第三代诗破坏意识形态写作的极端行为方式,导致它在文本创作上缺乏圆熟的诗意转换机制,进入90年代,诗人在总结教训的基础上,在技法层面进行了多样的探索。与80年代相比,他们更倾向于将写作当做一项技艺,相信"一种新的技术昭示一种新的写作可能性”。因而90年代的诗歌创作在技法上也是花样频出,叙事、互文、多声部、反讽、戏拟、戏剧性等不胜枚举,风格明显难以通约而论。在论著下篇的“诗人论”中,罗先生对几位重要诗人分别展开论述,打破“民间写作”“知识分子写作”的对立,只从文本入手,准确捕捉到每位诗人最重要的个人特色,呈现出90年代诗歌写作的多元走向。除了对多样性个人风格的包容,在罗先生看来,还存在另一层面的包容性,即“跨文本的混响包容”。诗歌想要最大化地容纳异质经验,于是便开放自己的文体边界,融合其他文体在叙事性上的优势进入文本,随之出现了大量戏剧化、散文化、小说化的诗歌创作。罗先生在深入诗歌本体细部的研究中,发掘出90年代诗歌在技法层面上的新变以及其所孕育的新的写作可能性。

在“个人化写作”的宏观定位下,在分段、分问题的研究中,罗先生一步步填充、丰富了这一概念的内涵,使其骨骼和肌理同时清晰,最终实现了“个人化诗学谱系”的建立。不得不说,这种突出问题意识的述史方式,打破了线性叙述的局限,在“史”的梳理中带动了“论”的提升,史论统一,更有力地切入了90年代诗歌精神活动的深层规律。

三、综合有力的研究范式

20世纪90年代先锋诗歌繁复多变、活力与乱象并存,选择以本时期诗歌作为研究对象,着实对论者提出了较为苛刻的要求。除了需要具备高度的理论自觉、高屋建瓴的学术视野、清醒的方法意识和精审的艺术感受力,又因为已有的研究观点对90年代诗歌褒贬不一,诗人和批评家有着明显的站队意识,甚至存在激烈的对立,研究者还必须时刻保持学术立场的客观、价值的中立。唯其如此,方能开拓新知,孕育出科学公允、被人认可的研究果实。罗先生毫无疑问具备了这些素质,其著作在历史研究和美学研究相结合的原则下,运用了心理学、宗教学、哲学、文化学、语言学、符号学、逻辑学、精神分析学、现象学等多种行之有效的研究方法，统括整体、深入局部，为先锋诗歌研究提供了一种综合有力的研究范式。具体而言，我认为罗先生在以下几点上为后来的研究者立下了较高的标杆。

首先是自觉的“历史化”意识。但凡出色的诗歌史著述，会要求研究者回到真实的历史语境中去总结诗歌历史和现状，并指出较为稳定的内在规律。罗先生有意识地将90年代先锋诗歌视为一个相对完整、自足的艺术系统，尽量将其历史化，按照90年代先锋诗歌发展的时空序列与历史脉络，兼及它们前后间的承上启下、互渗互动、演化变异，还原90年先锋诗歌饱含体温和呼吸的原初面貌的全景图。他将研究对象放置到历史的坐标系中，有利于在诗歌史建构过程中与历史语境真实地对话，从而使诗歌场域中复杂微妙且流动变化的真实面貌得以“浮出地表”。这种观察视角的获得，也方便达成诗歌流派和诗人诗作的“相互印证”，从而避免从概念到概念，从抽象到抽象，貌似洋洋洒洒实则不着边际的研究路线。譬如，已有的当代诗歌史对“70后”诗歌群体的重视明显不足，这是因为研究者常将视域拘囿于知识分子写作和民间写作的老生常谈，但罗先生回到20世纪末的文化语境中，发掘出这种诗写倾向成功突围的必然性和合法性，既认同其对前代诗人群落的艺术反叛，又注意到它对前代观念的承袭，从而揭示了两者“对立”而又“对话”的复杂关系，这对于还原90年代诗歌场域的丰富性、复杂性，无疑具有重要的意义。

其次，诗歌研究的“去标签化”。对于已经与当下拉开一定时间距离的诗歌史写作来说，在评述一个诗歌流派或是重要诗人时，应该有整体考察的意识，通过细读大量的诗歌文本，态度严谨地去还原真实的创作状况，尽量避免被动接受某些已成共识的“标签化”的单一视角，从而避免对某一诗人、诗派的持续误读。如对于民间写作和其代表诗人伊沙的评价，常常停留在他们玩世不恭的痞子姿态上，认为他们的诗歌是拒绝承担的庸俗化、犬儒式的写作，这其实是一种浮于表面现象的、不全面的解读。罗先生则认为在看到伊沙诗歌中的消解性时，也应进一步探析其背后的“精神内核”。他仔细品读伊沙著名的“痞子诗”《饿死诗人》，从中发现了诗人在戏谑的另一端，实则竖立着某种精神的高度，即是对诗歌文化深切的忧患意识。通过大量、细致的文本透析，他指出许多民间写作的诗人都是平民诗学的践行者，“更是承担文化批评职责和义务的批评者，他们那游戏语言但不游戏精神，调侃幽默甚至痞气的外表，都掩饰不住内里直面反讽历史、现实积垢的一团愤怒之火”。“痞子”的表象之下，常有文化批评锋芒的显露。为“痞子”正名，并不是先生的刻意为之，而是从文本的整体创作出发剖解而出的全新认知，彰显了动态把握的全局观和实事求是的科学精神。

除此之外，罗先生格外注重史料的搜集，获得了大量的第一手资料。只有在真实的、保质保量的史料掌握的基础上，对 90 年代的诗歌研究才能有效地展开。大众传媒时代的来临、诗人对民刊的热衷，使得诗歌资料庞杂，并且分散在官刊、民刊、纸媒、网络等不同的传播媒介中，需要投入大量的精力去搜寻、整理。罗先生不畏繁琐，在史料下了很大的功夫，他翻阅了《诗刊》、《星星》、《诗潮》、《诗歌报》、《绿风》、《诗林》等官方刊物，以及《大学生诗报》、《现代诗内部交流资料》、《倾向》、《现代汉诗》、《北回归线》、《一行》、《象罔》、《九十年代》、《发现》、《大骚动》、《葵》、《声音》、《阵地》、《尺度》、《偏移》、《翼》、《倾斜》、《影响》、《新诗界》、《诗参考》、《诗江湖》、《扬子鳄》、《东北亚》、《流放地》、《标准》、《诗歌与人》、《锋刃》、《诗前沿》、《下半身》、《第三说》等民刊，浏览了一些重要的诗歌网站。并且，对已有的 20 世纪 90 年代诗歌的研究成果、理论文章，他也进行了广泛的阅读和总结归纳。正因为全面细致的前期理论储备，使他能够自如地调用各种资料去做宏观的统筹和细微的剖析，并且能不被陈旧观点所制约，发现研究的误区和漏洞，使空白的填补与遮蔽的去除成为可能。

罗振亚先生深耕新诗批评研究多年，此前的《朦胧诗后先锋诗歌研究》《二十世纪中国先锋诗潮》《与先锋对话》等著作都是分量十足的先锋诗歌研究成果，在学界广受好评。这部《1990 年代新诗潮研究》是当下诗歌研究的又一力作，它以超拔的感受力、综合的研究范式、前卫的学术视野、严谨公允的研究态度，为现代主义、后现代主义诗歌的研究打开了更为广阔、深邃的空间。

（原载《中国诗歌研究动态》2015 年第 1 期）

作者单位：国家开放大学人文教学部

三十年“先锋”之路,二十载诗坛“匠心”:
略论罗振亚先生的新诗研究与创作

冯跃华

一

自胡适首倡“新诗革命”以来,中国现代诗歌已经走过了一百多年的风风雨雨,也在中国古典诗歌之外形成了自身的新传统。但另一方面,中国现代诗歌自诞生以来,便一直饱受质疑,其中尤以现代主义诗歌为甚。在漫长的历史岁月中,中国古典诗歌建构起一套完整的审美范式,潜在地影响了研究者与接受者的审美惯习,这种文化心理上的“隔膜”导致现代主义诗歌面临无法被有效阐释的困境。罗振亚先生秉持“深挖一口井”的学术精神,在新诗领域耕耘三十余年,新见迭出,成果卓著。从早年的《中国现代主义诗歌流派史》《中国三十年代现代派诗研究》到中期的《朦胧诗后先锋诗学研究》《20 世纪中国先锋诗潮》《与先锋对话》直至晚近的《1990 年代新潮诗研究》《中国先锋诗人论》,罗振亚先生的学术兴趣始终聚焦于 20 世纪中国诗歌的先锋质素,持续、深入的开掘 20 世纪中国现代主义诗歌的巨大潜能。他的《20 世纪中国先锋诗潮》一书,将 20 世纪中国的现代主义诗歌作为研究对象,对早年的“断代史”研究重新进行整合、架构,在勾勒 20 世纪现代主义诗歌整体脉络的基础上,以"先锋"为核心语汇，为现代主义诗歌研究提供了可资借鉴的方法与路径。毫不夸张地说，此书不仅在罗振亚先生的学术生涯中具有承前启后的重要意义，同时也在某种程度上弥补了20世纪中国现代主义诗歌研究的空白。

绪论部分，罗振亚先生开宗明义，对"先锋诗歌"进行界定正名，指认了"先锋诗歌"的反叛性、实验性与边缘性特征。[1]在罗振亚先生看来，"先锋"精神并不是西方的"舶来品"，也不是"朦胧诗"以来的产物，而是内蕴于现代主义诗歌内部的根本精神。一方面，中国现代诗歌的创生离不开对中国古典诗歌审美范式的有效突破，这一突破本身便是"先锋"精神的呈现与佐证；另一方面，在中国现代诗歌的演变过程中，以"先锋"精神为根基的现代主义诗歌又往往最具反叛性、创新性。在某种程度上，正是因为"先锋"精神的存在，现代主义诗歌才能打破常规，超越识见，以"实验"的态度对固有的诗歌范式提出挑战，在破坏与建构的螺旋模式中推进20世纪中国诗歌的不断发展。在这个意义上，"先锋"精神是现代主义诗歌内蕴的艺术理念与心理结构，而现代主义诗歌，则是新诗史上最具活力、最具创造性、也最具艺术成就的诗歌思潮。

毋庸讳言，作为新诗研究的重要关键词，在罗振亚之前，也有诸多研究者对"先锋诗歌"进行界定和研究，而罗振亚的特殊之处在于，他抛开了新诗研究中的"断代"研究与"流派"研究，而是以"先锋"为核心关键词，勾连起百年新诗的发展历程。由此出发，"先锋"就不再是某一时期、某一流派的表征，而是内蕴于百年新诗发展流变中的"质素"。正如著者所言："自沈尹默现代味儿十足的《月夜》问世起，中经部分新月派诗歌，和象征诗派、现代诗派、九叶诗派、朦胧诗派、第三代诗歌、个人化写作、下半身写作、垃圾派诗歌、低诗歌以及跨越近三十年时空的女性主义诗歌，由现代主义、后现代主义创作构成的中国先锋诗歌，在新诗历史的每一个重要转折点上，都不乏深度的影响与介

---

① 罗振亚：《20世纪中国先锋诗潮》，人民出版社2008年版，第3页。

入。”[1]在这个意义上，“先锋”不仅是新诗内在演变的精神指向，也在事实上构成了百年新诗发展流变的重要线索。

此外，值得注意的是，尽管罗振亚先生浸润先锋诗歌多年，造诣甚深。但在惯常的逻辑分析外，著者往往采用一种偏古典的论诗手法，以“评点”的方式来“感悟”不同诗人的不同特征，反而有出其不意、深入浅出的效果。首先，不同于以往的先锋诗歌研究，罗振亚在研究先锋诗歌时，并不拒绝先锋诗歌同古典诗歌的“内在关联”，而是将中国新诗置于“西方诗歌”与“古典诗歌”的宏阔背景中来讨论。在他看来，“在新诗，尤其先锋诗歌中古典诗歌的传统仍然强大有力，它对中国先锋诗歌的影响虽然比不得西方现代派诗歌影响那样直观而浅显，却更潜在巨大、更根深蒂固渗透骨髓”。[2]关于戴望舒，著者服膺法国学者苏珊娜·贝尔纳的论断，强调戴望舒诗歌中“压倒一切的是中国诗风”，并将20世纪30年代的现代诗派定位为“中西艺术交汇处的卓然创造”，这种判断不仅呼应了孙玉石“构想和建设具有民族特色的东方象征诗和现代诗”[3]，同时也在此基础上有更为扎实的推论和剖析。

其次，在具体的论述过程中，著者不仅大量引用古典诗学的批评资源，更重要的是，著者经常运用“评点”的方式，以作区分，比如在分析朦胧诗时，著者就将“深情的舒婷”“机智的顾城”“冷峻的北岛”“芒克的锐利”“梁小斌的精巧”以及“李钢的神奇诡秘，刚柔相济”进行比较[4]。这样的判断看似简单，实则需要对相关诗人有深入了解、全面阅读。只有在此基础上，才能精准把握同一诗歌流派内部不同诗人的不同风格，需要极强的掌控能力。在近期出版的《中国先锋诗人论》中，类似的“评点”更是有增无减，如李金发的“怪诞”、戴望舒

---

① 罗振亚：《中国先锋诗人论》，中国社会科学出版社2019年版，第1页。

② 罗振亚：《20世纪中国先锋诗潮》，第20页。

③ 孙玉石：《中国现代主义诗潮史论》，北京大学出版社1999年版，第457页。

④ 罗振亚：《20世纪中国先锋诗潮》，第185页。

的“凄婉”、何其芳的“缠绵”、冯至的“深邃”、卞之琳的“晦涩”、穆旦的“沉雄”等，这样的“评点”，很大程度上是承继了钟嵘《诗品》的论诗手段，深入浅出，举重若轻。这不仅彰显出著者对古典诗学资源的熟稔，同时也考验着著者的诗学水准。表面上看，“评点”似乎背离了先锋诗学的研究道路，但实际上，以“评点”之法对诸诗人的特征进行评价归纳，反而突破了思潮、流派的限制，更好的凸显了先锋诗歌的形态特征。

二

在具体的展开过程中，《20 世纪中国先锋诗潮》一书共分九章，深入剖析了 20 世纪 20 年代的象征诗派、30 年代的现代诗派、40 年代的九叶诗派、50、60 年代的中国台湾现代派诗歌、新时期初期的朦胧诗潮、80 年代的“第三代”诗歌运动以及 90 年代的“个人化写作”。毫无疑问，在新诗研究领域，如此全面、深入的考察与探究，寥寥无几，可见罗振亚先生的“工匠”精神。表面上看，罗振亚先生是以时间为线来结构全书，同时兼顾空间的拓展。但从更深层面来讲，著者的遴选原则依然是“先锋”精神的有无。举例而言，著者之所以将 20 世纪 50、60 年代的中国台湾现代派诗歌纳入考察范围，不仅是出于时间、空间的整体性考量，主要还是考虑到其与现代诗歌中的先锋诗潮的承继关系。同样，以“第三代”诗歌运动为例，研究者往往批判“第三代”诗歌的混乱与无序，罗振亚先生则透过现象看本质，追问混乱与无序背后的社会动因与艺术裂变，从生命本体的喧哗、抒情策略的转移以及圭臬崩溃后的俗美呈现三个方面考察“第三代”诗歌的诗歌探险与“先锋”理念。当然，面对“第三代”诗歌的缺陷，罗振亚先生也毫无避讳，由于内在生命力的孱弱与诗歌形式的执迷，“第三代”诗歌最终在人生与艺术上误入歧途，逐渐走向沉寂与衰退。

最后两章，著者不再以时间为序，而是以“代际”与性别为划分，客观剖析了以“下半身写作”领衔的“70 后”诗歌以及八九十年代的女性主义诗歌的成就与局限。关于70后领衔的“下半身写作”，著者的切入角度相当巧妙。在他看来，“在艺术范畴里的‘怎么说’问题上，是花样频繁地翻新；但在‘说什么’的意味层面，却和艾青、曾卓、梁南等老一代的‘归来诗人’相差无几，时间演化的痕迹甚微”。而作为对边缘、前卫的生活及其体验最为敏感的70后，“不仅在‘怎么说’上与此前的诗歌划开了界限，而且在‘说什么’问题上也对以往的诗歌传统构成了一次不小的革命”。[①]由此出发，著者从“形下世界的肉体‘乌托邦’”“原创的‘快乐的文本’”以及“‘突围’与‘运动’”三方面来剖析“下半身写作”的艺术特征及历史动因。当然，有关“下半身写作”的缺陷与隐患，著者也如实道来，毫无隐晦。在《出入于“自己的屋子”：女性主义诗歌》一章中，著者从女性意识的觉醒与确证、黑夜意识与躯体诗学以及以“自白”为主的话语模式等方面肯定了女性主义诗歌的成就，可以说，女性主义诗歌在八九十年代所取得的成绩，离不开先锋精神的观照。随着时代发展，女性主义诗歌在90年代步入新的阶段，在“说什么”的基础上，开始关注“怎么说”，这就导致了女性主义诗歌产生由性别意识的确证到性别意识淡化的总体发展趋势以及女性主义诗歌由躯体诗学向日常主义诗学、向诗歌本体的开掘与转型。如何在“女性”与“诗歌”间达到微妙的平衡，实现激情与技术的耦合，成为著者的落脚点。

现代主义诗歌以艰深、晦涩著称，难以进行有效阐释。在笔者看来，罗振亚先生的《20世纪中国先锋诗潮》堪称现代主义诗歌研究的典范之作。他选取“先锋”为核心关键词，紧紧抓住现代主义诗歌的本质特征。在此基础上，他又在20世纪的宏阔背景中将现代时期的现代主义诗歌与建国以来的现代主义诗歌进行整合，打破了现代诗歌与当代诗歌“分而治之”的学科壁垒，建构起以“先锋”为核心线索的述史模式，可以说是功莫大焉。同样，就学术精神而言，罗振亚先生打破常规、勇于创造的学术精神，潜在的呼应了20世纪先锋

① 罗振亚：《20世纪中国先锋诗潮》，第310页。

诗潮所的“先锋”品格。在这个意义上说,《20世纪中国先锋诗潮》不仅是对先锋诗潮的研究,其自身也构成“先锋”精神的延续与传承,是新诗研究领域不可多得的、具有真正的研究意识与创新意识的学术研究成果。

三

罗振亚先生不仅是一名睿智的新诗研究者,同时有一颗情感丰沛的的“诗心”。尽管谦称自己为“诗匠”,但罗振亚先生的新诗写作实则诚笃率真、洒脱自然。正所谓“在心为志,发言为诗”。早在新世纪之初,他便出版诗集《挥手浪漫》[①],有别于当下青春期写作的幼稚或颓唐,作为罗振亚先生的“青春之歌”,他的青春之诗朴实无华而又活泼灵动,稍显青涩同时又裸露真情,充满了特有的青春气息。比如《夏夜》中的“田边阵阵鲜脆的蛙鸣旁,蹲着他和月光”一句,虽然同朦胧诗追求的“陌生化”效果有一定相似之处,本质上却又不同。朦胧诗往往借助“陌生化”的文学手法来“震撼”人心,以加强诗歌的思想冲击力,时有刻意之嫌。罗振亚对诗歌技法的运用,更多是为了“契合”诗人的主体情思,抒发真挚“鲜脆”的青春思绪。在这样的诗歌表述中,自然而然的能感受到、体验到诗人的情感、情绪。如果用两个词来概括《挥手浪漫》的诗学质素,窃以为罗振亚先生在“后记”中的表述恰如其分:浪漫与圣洁。

时隔多年,罗振亚先生早已同自己的青春“挥手”告别,却又在多年的诗学沁润以及辗转的异乡人群中体验了别样的人生,获得了别样的感受,常年因学术而备受压抑的诗绪由隐而显,逐渐呈现出爆发之势。一首首“中年之诗”经由诗思的沉淀,转化为墨香,最终以纸张的形式汇聚为“金黄的稻束”——《一株麦子的幸福》。这当然不是郑敏先生所谓的“伟大的疲倦”,也并非海子的“五月与麦地”,而是罗振亚先生的“中年况味”,正所谓“朝花夕拾”,面

① 罗振亚:《挥手浪漫》,黑龙江人民出版社2001年版。

对昔日风景,思及故乡往事,诗人的五味杂陈如同打翻了的调味瓶,在思绪的洪流中倾泻而出。在这个意义上,罗振亚先生的诗歌写作不同于他的学术文章,而是源于中国古典诗歌中古老的“缘情”传统。

《一株麦子的幸福》于2018年出版后,在业界引发了热烈回应,得到诸多评论家和诗人的赞誉。有关《一株麦子的幸福》所取得的的艺术成就,多有文章阐述,诗歌的语言艺术、诗人的主体姿态、诗人的怀想思绪等,相关文章都有详细分析。就笔者的阅读感受而言,《一株麦子的幸福》最大的特点在于诗歌的“自叙传”色彩,诗人取消了诗歌的“面具”,写下了典型的“心性之诗”,[①]抵达了“人品”与“诗品”的“契合”境界。在当下的诗歌评论界,罗振亚往往被誉为“学者型诗人”,同西川、西渡、张清华、霍俊明等人构成诗歌界的特殊群体。但实际上,尽管罗振亚对于新诗研究相当熟稔、尽管其诗歌文本也不时流露出智性的辉光,但归根结底,罗振亚的诗不完全是“思想性文本”。或者说,他刻意同“思想性写作”保持了一定距离。他的诗歌创作并不刻意追求过度的修辞和繁复的语言,也不刻意追求思想的沉重与锐度。按照罗振亚自己的理解,优秀的诗歌创作应当是“减法”。在抛开所有外在的、冗余的语言因素、技巧因素后,以质朴的语言直接贯通日常生活经验与心灵深处的律动。

因此之故,《一株麦子的幸福》[②]中的诗歌多是诗人的亲身经历,是诗人的“朝花夕拾”,是诗人回到故乡的深处,在“回忆”中咀嚼、品味和悼念已经逝去的匆匆岁月。在这样的诗歌文本中,重要的不是诗歌承载了多少思想和技巧,而是可以清晰的看到诗人的“本相”,一个摘掉“面具”的“缘情”诗人。在所有诗歌文本中,书写故乡与亲情的诗歌,最能显露诗人的真性情。《中年爱情》组诗中的《看片子》一节,尤其感人至深,诗人首先将中年之后的自我视为“秋天的树叶”,“再也经不起风吹草动”,一个简单而通俗的“经”字,令人心生感怀,

---

① 敬文东:《心性与诗——以西渡的〈杜甫〉〈苏轼〉为例》,《诗选刊》2018年第2期。

② 罗振亚:《一株麦子的幸福》,中国青年出版社2018年版。

可以见出诗人对于时间的“畏与惧”。其后，诗人以高超的叙事手法在诗歌中讲述了一个“小故事”，在医院的例行体检中，诗人妻子的胸片不知何故，出现了“一乘一点三的阴影”，诗人嘴上说着“不用担心”，却端端的望着片子“出神”，连手机掉到了地上都不自知。而诗人的妻子，却是比“墙上那面镜子还平静”，散步、跳秧歌、哼小曲，以此来安抚诗人脆弱的内心。三日之后，再次复查，医生告知是机器没有拍清楚，虚惊一场！诗人压抑了三天的情感，似乎要在一瞬间倾泻而出。然而，诗人毕竟不在年少，他没敢直视妻子的眼睛，而是抱了一下妻子的肩膀，轻声说道：“你回单位上班吧/我去市场买小葱萝卜/山珍海味不合三高的胃口/白菜豆腐的日子一样有滋有味。”

在另一首《妻子来信》中，诗人模拟妻子的口吻，从妻子对诗人的“嗔怪”入手，正话反说，表达诗人对妻子的惦念以及妻子与诗人生活状态的谐和。紧接着，诗人便开始讲述无限空间下的思念之情。当然，诗人的“中年爱情”毕竟不同于青春期的热烈与奔放，除了彼此的相互关心外，诗人与妻子之间的思念被诗人以极其平和的口吻说出，在思念中呈现出开阔、豁达的境界，诗人身处“思念岛”，不仅没有饱受相思苦，反而迎面“就被清香撞个满怀”。以上两首与“爱情”相关的日常生活写作，看似平淡，实则真情，以别样的笔触写出了诗人的“中年爱情”。

诗人不仅对自己的妻子葆有持久的思念与忠贞，同时也对自己的父母怀有深刻的惦念，这些深刻的惦念时而以“眺望”的姿态呈现，时而以微小的细部在不经意间显露。在《眺望》中，诗人主要采用“反差”的手法，熙熙攘攘的人群来了又去、去了又来，甚至连太阳都东升西落、四季轮回更替，始终不变的，是“朝向路口的阳台上/一个七十多岁的老人”，在等待久出不归的儿子。在诗歌的最后，诗人又特意以“图案诗”的叙事手法，来承载文字无法完全容纳的情感：

她

一
直
一
个
人
在
眺
望

而在《她在梦里突然喊出我的小名儿》中,诗人对母亲的思念几乎是催人泪下。在都市的钢筋水泥中,一切都是标准化、正规化,从而快速了过滤、压制了乡土中国的血肉关联。表征于语言方面,是普通话对方言的全方位取代,"从此空调是空调纱窗是纱窗",就连诗人的姓名,也让诗人的母亲难以适应,"她叫'振亚'叫得很不自然"。只到偶然的一天,诗人突然听到睡梦中的母亲喊出了诗人的"小名儿",童年的记忆汹涌而来,瞬间冲垮了诗人的理智大坝,紧接着便是一段"风景之发现"的典型描述:

外边的天仿佛刚被洗过
冬眠的山和拎着的灯笼醒了
雪除了白之外
不知道还有别的颜色

正如柄谷行人所言,"风景"是"内面之人"的"发现"[①],当诗人在寂静的冬夜听到母亲"儿时的呼唤",其实是被"召唤"为"内面之人",从而实现了"风景

① 参见[日]柄谷行人著:《日本现代文学的起源》,赵京华译,中央编译出版社2017年版。

之发现”,而“风景之发现”也反过来更加衬托了诗人的情绪波动。终于,在记忆的麦田里,诗人长成了“一株麦子”,“虽然八月曝晒/泪水浸泡/却是幸福的一株”。

明显看出,罗振亚的诗歌写作具有浓厚的“自叙传”色彩,这样的“自叙传”不是郁达夫意义上的“解剖”与“暴露”,而是类似于鲁迅笔下的“朝花夕拾”,在“回望”与“照临”中建构属于自己的记忆家园与诗学空间。在自成一体的记忆家园与诗学空间中,诗人的过去、当下与未来浑然一体,抵达了“人品”与“诗品”的“契合”境界,写下了典型的“心性之诗”。

四

就诗歌写作的实际情况而言,罗振亚的诗具备鲜明的个人特征。上述所谓的“自叙传”色彩、“缘情”以及理智与情感的结合、准确的语言与沉稳的诗歌质感、流畅甚至略带东北语感的诗歌语言,都构成罗振亚诗歌的鲜明特征。除此之外,尽管罗振亚的诗往往以“情感”取胜,鉴于诗人的学者身份,在心性的淳然之外,罗振亚的部分诗歌具有明确的“对话”意识,这种“对话”意识既体现在题材上,也体现在主题之外的诗学理念上。这种明确的“对话”意识尚未得到相关评论的有效关注,有待深入发掘。比如,诗人曾写过一系列同古人“对话”的新诗,比如这首《杜甫先生你好》:

肠胃刚刚长到五十九岁
就留在了唐朝湘江的那条船上
而后名字曲曲折折走到今天

听说你这位人人敬仰的诗圣
常被诗折磨得睡不着觉

连穷得喂不饱头顶的月亮
茅屋又让秋风吹破的时候
还惦记着白天那句没改好的诗
（这点当下的大师们该好好学学）
写着写着你便把宦海当作了诗途
难怪漂泊之后还要漂泊了

就内容来讲，在一贯的“漂泊”与“怀乡”主题之外，此诗最显著的特征便是“对话”意识。在同古人的“对话”中，诗歌被激发出一种“忧惧”意识，一种对新诗写作的“忧惧”，这种“忧惧”既存在于主体精神层面，同时也延展到具体的“技法”层面。严格来说，在这样的“对话”中，确实可以看到20世纪90年代以来知识分子写作的严谨态度。按照洪子诚的理解，当代诗人的诗歌写作不仅是“手法”，同时必须是“手艺”。[①]在对“手艺”的观照中，既包含诗人的写作“手法”，也包括诗人写诗的严谨态度，最关键的是，“手艺”还意味着一种生命的向度，意味着诗歌与诗人的“浑融”。而诗人选择将杜甫作为“对话”对象，显然也有此考量。在这个意义上，诗人与杜甫的“对话”，就不能简单的理解为“借古讽今”，而是试图在当下的语境中重塑杜甫。

在另一首《古诗印象》中，诗人的“对话”意识更加凸显：

五十年
在古诗词体内游走
每次摸到的总是
一

① 洪子诚：《诗人的“手艺”概念》，《文艺争鸣》2018年第3期。

跟
细
细
软
软
的
愁
肠
现代人
把故乡弄丢后
四海为家
愁肠被当作阑尾
切了

虽然以“印象”命名，但这首诗的“对话”意识是显而易见的。众所周知，“断肠人在天涯”式的抒情姿态与抒情模式是古典诗歌的经典抒情模式，历代文人墨客，莫不愁肠满怀，即便以浪漫豪放著称的李白，也有“白发三千丈，缘愁似个长。不知明镜里，何处得秋霜”的旷世绝句。“伤春”“悲秋”者，历代不衰。胡适之所以首倡“新诗革命”，便同所谓的以“伤春”“悲秋”为代表的抒情模式有内在关联。在罗振亚这里，他先是以“图案诗”的方式，对“愁肠”进行现代意义上的“具现”和“戏拟”，三千多年的“抒情”在这样的“戏拟”中竟然显现出“滑稽”的一面。紧接着，一向以书写“故乡”“亲情”著称的诗人显露出决绝的一面，宣称要将古典诗歌中的“愁肠”当作“阑尾”，一刀斩断。就喻体角度而言，“阑尾”是医学词汇，或者说是现代意义上的科学词汇，与古典诗歌的抒情模式分属两大阵营，截然相反。诗人对“阑尾”的运用，恰恰在无意间显露出“现代”世界对当下诗人的具体而微的影响。当诗人宣布将“愁肠”当作“阑尾”

一刀斩断时,并不是说诗人要从“传统”的母体中分离而出,而是以“现代”意识来烛照、质询甚至是发明“传统”,以适应当下的新诗语境和社会语境。在这里,诗人的“对话”意识是如此强烈,或者说,正因为“对话”的“冲动”,才生产出此诗人的主体姿态。这种主体姿态并非80年代“第三代”诗歌所谓的“反文化”,而是理智与情感的博弈,是在激烈的博弈中弥补古典诗歌抒情模式的空白,从而建构出新诗的独立性与合法性空间。

罗振亚先生从教三十余年,发表学术论文百余篇,出版学术专著十余部,将自己的青春与精力几乎毫无保留的投入到中国新诗的研究中来。除此之外,罗振亚先生先后培养新诗研究的博士生三十余位,开枝散叶到国内各大高校,成为新诗研究领域的重要力量。这不仅彰显出罗振亚先生教书育人的本色,甚至可以说形成了新诗研究领的“南开”力量。仅从笔者的阅读而言,陈爱中的《中国现代新诗语言研究》、叶红的《生成与走势:新月诗派研究》、卢桢的《现代中国诗歌的城市抒写》、刘波的《“第三代”诗歌论》、董秀丽的《20世纪90年代女性诗歌研究》、杨亮的《新时期先锋诗歌的“叙事性”研究》、柴高洁的《20世纪50—70年代台湾现代诗潮转向研究》、白晨阳的《“朦胧诗”的接受研究》、邱志武的《新时期现实主义诗歌研究》、许仁浩的《现代中国诗论的生成与建构(1919-1949)》等博士论文,均是在罗振亚先生的指导下完成,或聚焦于诗歌流派、或提炼新诗的“关键词”;或选取女性视角、或关注诗论生成。他们不仅承继了罗振亚先生的诗学研究,同时也结合自身的学术兴趣与学术优势,形成了自身的学术特色。共同推进中国新诗研究的持续、深入发展。学术之余,罗振亚先生天性烂漫,酷爱写诗,先后出版《挥手浪漫》《一株麦子的幸福》等诗集。虽然罗振亚先生自谦为“诗匠”,但当下诗坛,最缺乏也最需要的,不恰恰是一颗“匠心”吗? 从新诗研究到新诗写作,罗振亚先生的新诗之路可谓尽善尽美,功莫大焉。

作者单位:河北师范大学文学院

诗润心田

香蘭之四

疼痛的生命诗学

——罗振亚诗歌创作的精神样本与审美品格

吴井泉

在当代诗歌鸣唱的方阵中，有一支步伐矫健、铿锵有力的批评家诗人队伍备受瞩目和关注，其中有的批评家已在专业诗歌报刊发表了许多有影响力的诗歌作品，也有的出版了多种诗集。有学者认为这是新世纪以来诗歌界形成的一种极为显在的“学人诗歌”现象。陈超、罗振亚、沈奇、张清华（华清）、姜涛、霍俊明、汪剑钊、荣光启等诗歌批评家无疑是这一诗群中当之无愧的领军式人物。在一般认知中，这些诗歌批评家们虽然写诗，但主要还是以“学者”知名，这无形中遮蔽了批评家诗人身份。但饶有意味的是，有些评论家对诗人身份又格外在乎和看重，如现代著名文艺理论家、诗人、编辑家胡风先生生前就极为看重诗人身份，在对所有身份的排序中，他喜欢把诗人放在首位。当代批评家陈超、罗振亚、张清华等也是如此。张德明认为有些诗歌批评家如此看重诗人身份，或许是与他们的文学史情结有关，“相比专业诗人而言，评论家可能对古今中外的文学史更为了解和熟悉，内心深处的那种文学史情结，自然不会比专业诗人淡漠了”。[①]当然评论家诗人们是否都具有这种“文学史情

① 张德明：《诗与诗学的张力——新世纪“学人诗歌”现象观察》，《南方文坛》2020年第1期。

结”,我们不能一概而论,妄言断之,但是诗歌创作确实能给他们带来心灵的自由、精神的抚慰和情感的拓展等,这是不争的事实。

罗振亚先生说:“我还是视诗歌为永远的亲人,每逢自己生活中遇到什么大事,在最幸福或最悲痛的时候,总会适时地把心里的话向她倾述。”[①]罗振亚先生诗歌的“亲人观”,至少表明了他对待诗歌的态度是真诚的、严肃的,也是不需要佩戴面具的,即真实情感的流露、本真生活的关怀和生命的感动等。正如霍俊明所言:“真诚与朴素,这是罗振亚的底色,也是他诗歌的基本品格和写作态度。”[②]田忠辉也认为“诚意”是诗人罗振亚及其诗歌创作的本色。[③]

一、生命的疼痛:罗振亚诗歌写作观的生成

罗振亚诗歌写作的“亲人观”是其在长期诗歌创作实践中生成的审美观念,它既不同于“主情说”“载道说”,也不同于“经验说”。罗振亚的“亲人观”有自己的审美系统和精神创造,主要表现在诗人放弃了占据精英位置的姿态,不唱高调,不装腔作势,不自我异化,回到生活的“原处”,回到血缘、真情里,回到切肤之疼和切肤之爱中去。不可否认,罗振亚“亲人观”的核心基础是情感。霍俊明认为:“罗振亚大体属于‘存在型’的写作者。北方(乡思)、家族(亲情)以及人生世态是罗振亚主导性的精神背景,这也形成了他诗歌中的基于精神出处的回望姿势——饱含深情、时时掂量的记忆和本事成分。”[④]赵思运也认为罗振亚诗歌的抒情品质是不“绮靡”的“缘情”。[⑤]“饱含深情”是罗振亚

① 罗振亚:《罗振亚谈诗歌创作与研究》,《创作评谭》2017年第4期。

② 霍俊明:《这一次,批评家拉开了自己的诗歌抽屉》,罗振亚:《一株麦子的幸福》,中国青年出版社2018年版,第3页。

③ 田忠辉:《诗人的诚意——谈罗振亚〈一株麦子的幸福〉》,《文艺评论》2019年第5期。

④ 霍俊明:《这一次,批评家拉开了自己的诗歌抽屉》,罗振亚:《一株麦子的幸福》,第4页。

⑤ 赵思运:《“缘情”而不“绮靡”——罗振亚诗歌的抒情品质》,《当代文坛》2019年第5期。

诗歌的基本底色,然而"饱含深情"对他来说还远远不够,还必须使这种滚烫的情感渗透到他疼痛的生命中去,使之形成一个生命与艺术和谐共生的诗歌命运共同体,并具有崇高的精神品格,这才是他所要追求的诗歌境界或诗歌美学。诗人郑敏先生曾说过:"诗和生命是这样密切的相关联,我在诗里往往寻找生命的强烈震波。"[①]因此,我将罗振亚的诗歌美学界定为"疼痛的生命诗学",即感动、爱、孤独、痛苦、悲伤、乡愁等,都属于这种生命疼痛的题中之义。从美学归属来说,"疼痛的生命诗学" 属于崇高范畴。康德指出,"(崇高的情感)却是一种仅仅间接产生的愉快,因而它是通过对生命力的瞬间阻碍、紧跟而来的生命力的更为强烈的涌流之感而产生的",它"'痛'中求'快'",显示了人的精神的崇高性。[②]生命的疼痛首先是来自身体与情感的疼痛,而身体与情感又密不可分。疼痛的生命往往要比一般的情感更深沉,更稳定,也更具有力量。如果没有生命的灌注,没有生命的关怀,没有生命的疼痛,诗歌怎么会有灵魂,又怎能抵达人类的心灵深处?

罗振亚先生在谈到创作初衷时曾说过这样一段话值得我们注意,他说,1983 年 7 月,他二十岁大学毕业便选择了支边——赴黑河师专任教。当时,黑河地区的生活环境极为恶劣,处处"透着荒凉",他倍感痛苦与孤独。"由于透彻骨髓的孤独作祟",他开始痴迷写诗,缓解精神的焦虑(他的诗歌创作,最早可追溯到 1980 年)。这一时期,他创作了大量诗歌,其《父亲》(组诗)还获得了黑河地区文学创作一等奖。虽然《父亲》(组诗)是 20 世纪 80 年代初的作品,至今读起来仍然使人血脉贲张,感怀不已。由此可见,罗振亚的诗歌创作甫一开始便具有了这种生命疼痛的质感,并在四十余年断续的创作中仍延续着这种美学路线。罗振亚先生说:"对我而言,写诗绝非像有些人那样属于'无病呻吟'的产物。什么也没经历,什么也没看见,什么也没被触动,完全靠想象力铺

① 郑敏:《诗与哲学是近邻——结构—解构诗论》,北京大学出版社 1999 年版,第 418 页。

② [德]康德:《判断力批判》(上),邓晓芒译,人民出版社 2002 年版,第 83 页。

展笔下生风的事我是做不来的……或许是平素里都力图使所写的诗歌成为自己生命和生活的栖居方式,觉得只有从心灵里流出的情感才会再度流向心灵,若想打动读者的灵魂,首先必须打动自己。"①2012年以来,他创作的《一株麦子的幸福》《和老爸聊天》《六月的风也不能帮你清清喉咙》《他已经不认识我了》等作品,就是记载他生命疼痛的精神样本,从中能读出他对父亲的感恩、怀念和失去父亲的悲伤。这是从他疼痛的生命里流淌出来的歌唱,更是饱含了生命质感和亮度的深沉歌唱。罗振亚先生重提诗笔写"父亲"时年近"知天命",他说:"2012年春节前几天,我去给葬在黑龙江省宾县帽儿山附近的父亲扫墓,……而后好多天,我的脑海里怎么也挥赶不去父亲的影像、扫墓时洁白而寒冷的场景与感受,在慢慢的回味中,我有了表达的欲望,这种欲望直接造成了我已临近五十岁的年龄,再次以诗歌写作的方式接近缪斯。"②

对于罗振亚先生而言,如果没有生命的感动、生命的疼痛,便不会有好的诗歌产生。陈超也认为"诗歌是估量生命之思无限可能性的尝试",并进一步强调说:"从生命最本源中释放出的鲜红的质素,构成了诗人创造和伸展的双重源头。"③罗振亚的诗歌就是沿着这样的生命道路走来的,如《他已经不认识我了》写的是父亲晚年患上阿兹海默症,连"我"也不认识的感伤情形:"不知从哪天开始/他已经不认识我/每次回家看他/他总朝我要西瓜/边吃边端详着我/你看见振亚了吗/西瓜他小时候最爱吃/你让他回来看看我/说完就躺在床上等/屋子一下子安静得瘆人/猫慌忙躲到墙角/马蹄表仿佛也不再敢走动/这时外面下起了大雨/天突然就黑下来了。"④这是一首催人泪下、让人疼痛的诗篇。父亲种种不寻常的行为在某些人的眼里也许是荒诞不经的,但对振亚先

① 罗振亚:《罗振亚谈诗歌创作与研究》,《创作评谭》2017年第4期。
② 罗振亚:《创作谈:说说自己的诗》,《写作》2018年第4期。
③ 陈超:《打开诗的漂流瓶:陈超现代诗论集》,河北教育出版社2014年版,第35页。
④ 罗振亚:《一株麦子的幸福》,第18页。

生来说，却是泪涌的爱，生命的痛。2018 年 12 月，罗振亚先生在中国青年出版社组织的"中国好诗·第四季"首发式暨分享会上亲自朗诵了收入他与诗集同名的《一株麦子的幸福》这首诗，当他噙满泪水用"这时外面下起了大雨/天突然就黑下来了"结束朗诵时，"现场的观众无不感动、唏嘘，诗集的责编老彭更是紧握先生的双手，颤抖着说不出话来"[①]。可见，好诗一定渗透着生命的疼痛，一定是指向内心的，也一定能引起人们的共情。因此，诗歌评论家李犁先生有这样准确而中肯的评价："作为前沿理论家的罗振亚诗写得非常朴实，诗的方向不是向外扩散，而是向内凝聚，不是远涉，而是返回。这不是策略，不是技艺，而是人品。在炫技为王为荣的当下，振亚全神贯注于父母和故土，平静中有雷霆，诗像越攥越紧的拳头，掰都掰不开，这就是有与实的写作。尤其是在虚假盛行的时代，这种真实就更有力量和价值。我们从中看到了久违的人性的光辉，那就是感恩不忘本。"[②]确如李犁先生所言，罗振亚的诗歌自有一种内在的摄人心魄的力量，就像越攥越紧的拳头，似乎能把生命攥出血来。正如他在《一株麦子的幸福》一诗中所言："我已长成饱满的麦子/虽然八月暴晒/泪水浸泡/却是幸福一株。"[③]因此，疼痛的生命书写是他本色写作的出发点和美学建构的精神源点。

二、对话的多重交响：生命疼痛的精神样本

有学者将罗振亚的歌唱界定为多重身份的交响："他把诗歌情调定位至黑土地的赤子，天津卫的异乡者，怀念父亲、孝顺母亲的儿子，教导儿子有博大情怀的父亲，感恩妻子的丈夫，心念师恩的学生，具有社会敏感性的诗人

① 许仁浩：《在"临照与回望"中航行——罗振亚最近新作的一种读法》，《文艺评论 2019 年第 1 期。

② 罗振亚：《创作谈：说说自己的诗》，《写作》2018 年第 4 期。

③ 罗振亚：《一株麦子的幸福》，第 19 页。

……《一株麦子的幸福》涵盖罗振亚除批评家之外的十几种社会身份。"[1]罗振亚先生对每一种身份的体认都充满了深情,甚至用疼痛的生命予以守护。

(一)生命疼痛的自我承受

这种对自己生命疼痛的歌唱,主要是以诗人的独白、倾述等方式直接呈现的,主观色彩浓厚,并以真实、坦诚的生命向自己敞开、向世界敞开,充满了浪漫主义情怀和理想主义精神。20 世纪 80 年代初,刚满二十岁的诗人就要远离父母独自去边疆工作、生活,母亲对此放心不下,希望他能回老家工作,然而母亲这一简单朴素的想法还是落空了,她非常悲伤,诗人看在眼里、疼在心上,他满怀愧意地安慰母亲:"妈妈 您别再悲伤/当太阳再度升起时/我将走向远方的梦想/也许我只会是一个迢遥的梦/深夜里悄悄把您探望/妈妈 我是属于您的/但我更属于北方"(《妈妈 原谅我吧——写在大学毕业支边时刻》)。[2]其中"妈妈 我是属于您的/但我更属于北方"这句写出诗人矛盾复杂的情感之痛、生命之痛,表现了改革开放后新一代大学生"苟利国家生死以,岂因福祸避趋之"的家国情怀。罗振亚先生当年选择去支边,绝不是一时的热血沸腾,也不是唱高调、故作惊人之举,而是遵从内心和时代的双重呼唤。他是一个有责任感的孝子,他懂得感恩,对父母心存感激,但是在支边上没有顺从母亲的意见,因此诗人感到愧疚、良心不安,希望母亲能理解自己:"妈妈 我违背了您的心愿/把您晚年的憧憬打破/我对不起您啊/请您原谅我。"[3]在人生的十字路口,如果一个人没有经历过事业、亲情、道义和责任等多重的考验与感情的煎熬,那就不能感同身受地体悟到诗人的这种生命之痛。感谢诗人为我们立此存照,记录了那个时代的温暖悲凉、世道人心。

罗振亚先生对自己这种生命疼痛的直抒胸臆的歌唱,还表现在《巴掌·木

---

① 陈国元:《入城村民心理形态的农村社会学价值——论罗振亚诗集〈一株麦子的幸福〉》,《东北农业大学学报(社会科学版)》,2020 年第 4 期。

② 罗振亚:《一株麦子的幸福》,第 38 页。

③ 罗振亚:《一株麦子的幸福》,第 42 页。

棍》《我的父亲啊》《别》《我说过 我们还会相见》等诗作中。如“身后的山轰然倒下/我只能站起来独立行走//杜鹃声里/跪着的阳光/怎么也追不上踉跄的风//窗前老榆树的疤痕/烙在六月十九日的额头”(《我的父亲啊》)。[①]2012年6月19日,罗振亚先生的老父亲溘然长逝,诗人匆忙从天津赶回哈尔滨料理父亲的后事。在殡仪馆里见到父亲遗容的那一刻,他重重地跪在地上,不禁失声痛哭起来,其情其景令人动容。《我的父亲啊》再现了当时的情景,以及诗人悲痛的心境。全诗虽短,仅七句,却包含了丰富的人生体验。诗人的父亲虽是农民,但人情练达、世事洞明。诗人一遇到困难或困惑时,总是先与父亲商量。父亲是诗人的知音、守护者。因此父亲就如一座大山成了诗人安稳依靠的精神港湾。可是父亲的离去,使诗人感觉到“身后的山轰然倒下”,今后,“只能站起来独立行走”。可见父亲在诗人心中的位置有多么重要。诗人在诗中既表达了对父亲离去的不舍,也有失去知音的无奈,这种复杂交织的情感不断地咬噬诗人的心,正如“窗前老榆树的疤痕/烙在六月十九日的额头”,成为他生命中永远的痛。

(二)他人生命疼痛的抚慰

这种对他人生命疼痛的歌唱,主要是以诗人主客观平衡或以客观为主的视角表现世界的。诗人的歌唱更多呈现出多声部的交响,具有复杂多变的复调色彩。他真诚地写出了父母、妻子等生命的疼痛。父亲一生不易,为养家糊口,辛勤劳作,以致疾病缠身;年老时,背井离乡,又患上了阿兹海默症。父亲虽然“一向沉默寡言”,但其生命疼痛也一样强烈。“那天我藏起稚嫩的书包”“偷偷去田间锄草”,父亲得知后“撅断锄把”,“破天荒理了短发/谦恭地给班主任递烟”。晚上,“一向沉默寡言的他”“二两白干”,“就喝得滔滔不绝/泪水打湿了烦躁的蝉鸣”(《父亲的妥协》)。[②]生活在东北农村的人都知道,若想改变一

---

① 罗振亚:《一株麦子的幸福》,第27页。

② 罗振亚:《一株麦子的幸福》,第4页。

个人、一个家庭的命运，最好的途径就是读书。不管是什么原因的逃学，即使是儿子体贴父亲"偷偷去田间锄草"，那也是不可原谅的。因此，父亲对儿子的逃学有多大的悲愤都不为过，否则也不会当着全家人的面痛哭流涕。父亲晚年进城颐养天年，但在精神方面却是孤独的、苦闷的。这是一个脱离了土地之根的，并且"寄人篱下"的农村老人所面临的精神困境。从严格意义来说，城里不是他们的家，农村才是。如父亲"一提到老家或李向阳屯/过去多年的人事细节就会复活/从他的嘴唇上纷纷站起/想按都按不下去"（《父亲晚年最怕提"老家"两字》）。[①]晚年的父亲"常记不起自己的名字/但能测出麦地的亩产收成/麦芒的纹理与土质的关系/西南地的庄稼长势"（《一株麦子的幸福》）。[②]再如《父亲临终前说出三个字》也表达了父亲对"老家"的怀念，渴望落叶归根的主旨。然而，他终究明白农村是回不去了，只能在城里做精神流浪的漂泊者。如《老宅倒了》一诗有这样的描述："老宅是用来取暖的/昨天一场大风/站了五十年的它倒了//父亲说倒了就倒了吧/之后便趴在三楼窗口发呆。"[③]"发呆"一词蕴含着丰富的内涵，老宅倒了，表明老人"家"没有了，其残留在他脑海里的"家"的归宿自然也就没有了。这对父亲来说，该是多么大的打击啊。"倒了就倒了吧"，虽有劝慰诗人之意，但其内心的感伤难以平复，否则也不会"趴在三楼窗口发呆"。诗人生动描绘出父亲生命疼痛的情形。

在《母亲简历》一诗中，诗人对母亲一生疼痛的生活经历有过准确而形象的书写，"一岁时她母亲去了天堂"，"十八岁她尝受儿子夭折的滋味"，"二十到三十五岁她属于五个孩子"，"三十六到五十六岁她亲近庄稼"，"五十七岁她进城……除儿子媳妇孙子连楼房也不认识她"，"好不容易她能找准东南西北/又遭遇老伴儿的失忆症发作"，"到了七十二岁孩子们四处忙/她常一个人

---

① 罗振亚：《一株麦子的幸福》，第15页。
② 罗振亚：《一株麦子的幸福》，第19页。
③ 罗振亚：《一株麦子的幸福》，第15页。

在花坛边数花苞儿”。[①]如果说母亲命运多舛，或许有夸大之嫌，但是她确实经受了生命中难以承受之重，如幼年丧母、晚年失伴；年轻时，既为贫困的生活发愁，还要照料饥饿成长中的孩子，更像男劳力那样下地劳动；“七十二岁”后，她还要忍受空巢老人的寂寞与孤独。母亲是深明大义的，从不给儿女们增添负担，也从不将这种生命的疼痛表现出来，但其行动不会隐瞒，如“父亲走的那晚上过马路/她抓我胳膊的手轻轻一颤”（《过了年 您就七十七了》）。[②]母亲的手“轻轻一颤”，这一动作包含了她无以复加的生命之痛，这既有失去老伴的痛苦，也有对今后日子的恐惧，更有对儿子的依恋等复杂情感因素交织在一起，给人一种揪心之痛。再如父亲去世后，母亲一人独自生活，“烧菜洗衣购物日子纷乱”，但“夜晚忍受着一百多米的孤独”（《三九天乘着高铁回家看望母亲》）[③]。《窗台上的五只麻雀》一诗表现了母亲这种寂寞、孤独的生命形态：“远处一声唿哨麻雀们飞走了/几缕羽毛的飘动中远天愈加空寂。”[④]这首诗虽然没有直接写母亲的孤独和寂寞，但诗人通过对麻雀们“啄食的表情各异”的欢快及其“稚嫩的叽喳伴着激烈的辩论”的热闹情形的描绘，反衬出母亲日常生活的“空寂”。

罗振亚先生与妻子杨师母始终感情甚笃，令人称羡。他说当年曾写过许多诗歌向她表达了爱，“三十多年前和爱人谈恋爱那会儿，《迟到的星星》《他真想是山》《流程》等不自觉间从心中汩汩涌出。”[⑤]结婚后，杨师母对罗振亚先生更是关爱倍至，全身心地支持他的事业，有时完全忽略了自己，甚至放弃了她心爱的教学工作。罗振亚先生说：“不知不觉，和妻子相爱已经三十二年了。其间，我们的感情与日俱增自不必说，就是我文学研究和写作方面的些许成

---

① 罗振亚：《一株麦子的幸福》，第 28 页。
② 罗振亚：《一株麦子的幸福》，第 29 页。
③ 罗振亚：《一株麦子的幸福》，第 35 页。
④ 罗振亚：《一株麦子的幸福》，第 37 页。
⑤ 罗振亚：《罗振亚谈诗歌创作与研究》，《创作评谭》2017 年第 4 期。

绩，也凝聚着她很多心血。在我最难的时候，是她帮我肩起了生命的天空；虽然我很少表白，但内心始终对她充满了依恋和感激，她为我和孩子做出的一切，或许是一生也无法偿还的，尽管她并不需要。"[①]当年她不顾母亲的反对，毅然决然地嫁给了先生。成家后，"贫贱夫妻百事哀"，罗先生那时在山东师大攻读硕士研究生，靠助学金维持生活和学业。师母的工资在维持家庭运转的情况下，如养育孩子，还要分一些给先生用。罗先生毕业后又得了股骨头坏死，那一段时间，她总是不停地开导、劝慰先生，并为他寻医问药。确如罗先生所言，杨师母对罗家付出了全部的爱，也做出了巨大的牺牲，当然，她也收获了属于自己的全部的爱。尽管她忍受着巨大的心理压力和生命的疼痛，却也从不抱怨。2016年，一场来自身体的虚惊之后，杨师母对生命有了更深层次的感悟。在平遥古城观看大型情景剧《再见平遥》，剧情十分震撼，她一边看一边流泪，出了剧场，只记住剧中刚生下孩子就死去的年轻女子说的台词"生都生了，死就死吧"。《妻子的头发》一诗描绘的就是当时的这种情境，罗振亚先生写出了妻子这种生命疼痛的悸动。诗中对她"跳秧歌"和重复剧中女子的台词"生都生了，死就死吧"这两个情节的描写，实则蕴含了丰富的意味，从中传递出她对生命的渴望、人生无奈的喟叹。

对师友及底层人等生命疼痛的歌唱，同样体现出罗振亚对生命与生活的理解。吕家乡先生是罗振亚的硕士生导师，罗振亚读书期间与先生建立了深厚的情感和友谊，并为其人格、道德文章感佩不已。吕先生时运不济，始终都在与苦难进行斗争。罗振亚牵挂恩师，多次去其府上拜望他，其中《看望恩师》有这样的诗句令人泪目："八十六年不算短的距离/几乎都在测量苦难的深广度/人们担心先生羸弱的肩膀能否承受/可他讲起历史依旧云淡风轻/……/看先生送客用拐杖询问道路/背驼得和地面越来越近/这虽吻合先生一向谦和的

---

① 罗振亚：《罗振亚谈诗歌创作与研究》，《创作评谭》2017年第4期。

态度/但我还是心疼自己不是他手里的木棍。"[①]"看先生送客用拐杖询问道路/背驼得和地面越来越近"之句，形象地揭示了吕先生年老体衰，但仍与困厄进行抗争的生命形态，令人动容。"但我还是心疼自己不是他手里的木根"，表达了诗人不能为恩师分担苦难而内心产生的疼痛和遗憾。龙泉明先生是罗振亚的博士生导师，罗振亚与龙先生亦师亦友，堪为知音。他们被认为是现当代诗歌研究领域中两颗耀眼的双子星座，素有"南龙北罗"之谓。可惜，龙先生英年早逝，壮志难酬。"没拍到五十三岁的肩膀/正走着的山突然坍塌了"(《您在那个世界不发烧了吧——悼念业师龙泉明先生》)。[②]龙先生患肝癌始终低烧不退，诗人满怀焦虑与疼痛地写道："低烧却始终赖在您身上不退/面对无胆英雄/医生也只好将双手摊开"。多年后，诗人仍为龙先生的低烧的疼痛而耿耿于怀："昨天在捧一本书阅读/您又微笑着从字句间走出来/老师你先请坐我给您沏杯白茶/您在那个世界不发烧了吧。"[③]也许是在高校工作的缘故，罗振亚先生总能洞察到大学教师的内心世界，并能挖掘到他们疼痛的生命形态，如《最后一课》中"王老师表情庄重而凄然"[④]，《我们欠他一声"对不起"》中遭到学生误解的"车老师"[⑤]以及刘教授的孤独(《刘教授的悖论》)[⑥]等表现了老一代知识分子精神孤独的生命哀歌。对生命疼痛的歌吟，都源自于对生命的敬畏与不舍的情怀。"那天 病房的床单很白/你故作轻松的话语/总缠绕大学四年的浪漫/取笑医生诊病/就像做数学难题/时对时错/列举一样病的同事已活十年/望着你消瘦的目光/我说桌上的花真好看"(《怀念——悼早逝的大学同窗》)[⑦]。

---

① 罗振亚:《一株麦子的幸福》,第 167—168 页。
② 罗振亚:《一株麦子的幸福》,第 169 页。
③ 罗振亚:《一株麦子的幸福》,第 169—170 页。
④ 罗振亚:《一株麦子的幸福》,第 162 页。
⑤ 罗振亚:《一株麦子的幸福》,第 163 页。
⑥ 罗振亚:《一株麦子的幸福》,第 164 页。
⑦ 罗振亚:《一株麦子的幸福》,第 172 页。

在故作轻松的话语和戏谑医生诊病水平的背后,却隐藏着同学对生命的不舍与眷恋。基于此,诗人不忍心打破同学的话,环顾左右而言他:"我说 桌上的花真好看",表现了诗人内心的痛苦与惋惜的心情。再如《朋友远行》一诗写出了已故友人生命的疼痛:"听说天国里没有冬天/看不见拥堵、雾霾和战争/兰花开遍湖边路旁/你鼻炎和关节的疼痛会越来越轻",再不用为看病而四处奔波,"紧张地排队验票","也不用费力攀爬候机大厅",[①]表明诗人对友人生前深受疾病折磨之苦的理解与同情。

对底层人生命疼痛的歌唱,彰显罗振亚最质朴深沉的大爱。出身于农家的罗振亚先生尽管跻身于知识分子精英之列,但他不忘初心,真诚地书写"底层人"的苦难命运与生活,并对他们怀有深深的悲悯情怀。如《苦夏》一诗表现的是盛夏炎热、大旱无雨,"村子已瘦了一圈/庄稼叶儿窄了"[②],而靠天吃饭的农民焦急地祈盼着雨水降下:"爷爷急红了眼/和爸爸叨念着/玉米和黄豆在灌浆/下一厘米的雨也好啊。"[③]诗人写出了农民的心之痛,也表现了诗人对"三农"问题的担忧。《范六爷之死》一诗描述了一起"杀掉过的日本鬼子无法统计""一个走南闯北勋章无数的老战士"[④]范六爷的自杀事件,再现了饥寒交迫的范六爷晚年"没能迈出儿子垒砌的九米土屋",最终"却将一瓶安眠药塞进黑夜的嘴"[⑤]的悲惨生活场景,写出了范六爷的哀痛与对生命的绝望:"自己为饿了三天的自己送了最后一程"。然而发现其死却在两天之后,可见儿孙们的冷酷、无情,以及社会的冷漠。"儿孙们的干哭和白色的纸花/随着起灵的喊声迅速凋落"[⑥],范六爷的后事就这样草草地结束了。该诗表明了范六爷悲剧的产生,既有儿孙不孝的主要因素,也有社会救助体系不完善等原因。总之,农村以往那种田园牧歌式的和谐景象已不复存在,"一道撕裂的记忆伤口/几十

---

① 罗振亚:《一株麦子的幸福》,第 171 页。

②③ 罗振亚:《一株麦子的幸福》,第 77 页。

④⑤⑥ 罗振亚:《一株麦子的幸福》,第 104 页。

年都难以愈合地痛”[①],表现了诗人对农村社会现实、伦理价值体系崩溃的忧思。

对农民工生命与生存状况的关注,也是罗振亚诗歌中重要的内容。有学者认为:“农民工类似于一种‘边际人’,是文化上的混血儿,他们依托于农村和城市两个不同群体,但确切来说却不归属于任何一方,其自我认同与归属存在障碍。”[②]作为“边际人”的农民工,一般要经受两种文化的逼迫与考验,注定其灵魂进退失据,所以他们生命的疼痛也更为剧烈:“可是老家恐怕很难再回去了/父母永远走了责任田亲戚承包/出来太久连庄稼都不认识自己了/握着锄把的手有说不出来的别扭和忧伤/……/只知道来到城市想念大雪的纯净/回到家乡又惦着那些输送温暖的管道/是否听话是否通畅”(《和一位水暖工交谈》)。[③]诗人揭示了远离故土的中年农民工在乡村和城市之间徘徊的矛盾心态和内心深处的痛。新生代农民工也有许多不为人知的“噬心”之痛,有的远离家乡、父母忍受着孤独在工厂里打工,有的因家里还有“馋嘴的结核病需要补充营养”[④]而不敢不努力工作,有的还要经受失恋的打击,“虽然我每天负责把钢料焊接在一起/三妞还是怕跟我受穷闹分手/和西屯跑运输的二蛋搞起了对象”(《二十岁的焊接工睡着了》)[⑤]。可见贫穷就像一个肿瘤,它不但侵蚀人的肌体,也摧残人的精神。这对于一个出身于农村原生家庭的贫寒子弟更是如此。“罗振亚对农民沉痛心态刻画之作具有典型意义,向读者展示了富有责任感的知识分子对社会现象的敏识力,痛触‘当代噬心主题’”。[⑥]罗振亚先生笔下的女性形象也格外醒目,既写出了她们的生命疼痛,也写出了“柔则刚”的勇毅精神,如有因连续生了五个姑娘,而“第五朵花刚开三天”(《玉米姑

---

① 罗振亚:《一株麦子的幸福》,第 104 页。

② 张广胜、张欢、周密、江金启:《农民工焦虑感会自我平抑吗?》,《人口与发展》2017 年第 3 期。

③ 罗振亚:《一株麦子的幸福》,第 192 页。

④⑤ 罗振亚:《一株麦子的幸福》,第 188 页。

⑥ 陈国元:《入城村民心理形态的农村社会学价值——论罗振亚诗集〈一株麦子的幸福〉》,《东北农业大学学报(社会科学版)》,2020 年第 4 期。

娘》)[①]便被丈夫抛弃的"玉米姑娘";有一人扛起照顾残疾的公婆和抚养儿子重担的"二丫"(《二丫在春天》)[②];也有因家中突遭变故,父亲不幸患癌而不得不选择"我和大学录取通知书在火焰中一起学会了遗忘"(《买菜姑娘》)[③]的"买菜姑娘",等等。虽然她们悲剧产生的原因各异,有重男轻女、传宗接代的封建思想作祟,有战争导致的时代悲剧,也有因大病、重病而使家庭返贫等因素。然而,无论是哪种原因都会给人造成伤害。对于女性来说,她们无疑是弱势群体,要承受更大的压力。

(三)世间万物生命疼痛的体味与吟唱

恩格斯在面对人与自然关系问题时曾有过深刻的认识,他明确指出:"人本身是自然界的产物"[④],而后他又进一步强调说:"我们连同我们的肉、血和头脑都是属于自然界和存在于自然界之中的。"[⑤]因此,人与自然的关系就是互为一体、和谐共生的。"罗振亚先生的诗歌也依旧接续着与自然的亲缘。……诗人视天地万物皆有灵性,把生命移植给外物,这种与自然同根生的诗学生命对话在《一株麦子的幸福》中交织回旋,从无形的对话中确立了诗的在场感,从与万物的联动中找到了一种精神呼吸的语言"。[⑥]罗振亚先生认为世间万物都是有生命和灵性的,他把它们视为人类的亲人,与它们的关系是平等的,而不是将之看作奴仆。罗振亚先生对自然万物始终怀有温情、敬畏和悲悯。

因为对自然万物有与生俱来的亲近,因此自然生命体成为罗振亚歌吟生

---

① 罗振亚:《一株麦子的幸福》,第100页。

② 罗振亚:《一株麦子的幸福》,第102页。

③ 罗振亚:《一株麦子的幸福》,第191页。

④ 中共中央马克思恩格斯列宁斯大林著作编译局:《马克思恩格斯选集》,人民出版社2012年版,第410页。

⑤ 中共中央马克思恩格斯列宁斯大林著作编译局:《马克思恩格斯选集》,第998页。

⑥ 卢桢、刘沙沙:《学者型诗人的乡土观照——以罗振亚〈一株麦子的幸福〉为中心》,《文艺评论》2021年第5期。

命疼痛的天然载体。诗人以人们司空见惯的“蒲公英”入手，写出了“蒲公英”的悲剧命运，寄寓了诗人悲悯情怀：“不知道经历过几世的轮回/根才扎入水泥森林中/……/如果成熟穿越了春天/种子们化作舞蹈的白色绒毛/乘着风的‘高铁’飘向未知之域/那绝对不能叫流浪/说不准还会奏出一阙还乡曲/只要灵魂能够飞翔/安定与漂泊 生和死/在辞海里原本是一个意思”(《高楼旁 一棵蒲公英的灵魂在倔强地飞翔》)。[1]这首诗通过对城市里艰难生长的“只要灵魂能够飞翔”、无论“安定与漂泊 生和死”的“蒲公英”疼痛的生命形态进行描写，表现了蒲公英灵魂的倔强和“向死而生”的牺牲精神，传递出诗人的怜惜与敬畏之情。当诗人看到窗口上有盆鲜艳的玫瑰花“在窗子敞开的时候/总是倔强地迎风绽放”(《窗口上那盆玫瑰花总是迎风绽放》)[2]的场景时，他的心情非常沉重，这盆花给他带来的不是欣喜而是悲伤和惆怅之感。诗人知道这盆玫瑰花是从千里之外的玫瑰家族里移植过来的，其“兄弟姐妹们也先后踪迹不明”。尽管“她”生活在这里的环境很“清新”，但“每次浇水根须仍有被撕裂过的疼”。诗人将心比心写出了“玫瑰”思念故园、亲人的心之痛。“如果能拆除天空的遮拦/花朵的思想满世界随意走动/即便瞬间凋零或者枯萎/她也要朝着风的方向”。因为风的方向即为“家”的方向。还有对“杏树”生命疼痛的歌唱。诗人清晨拍照时不小心碰落一朵杏花儿，这让诗人心有戚戚然，毕竟一朵鲜活的生命“可如今还没结成青涩的果/夭折的铃声就从五月的麦芒上传出”(《清晨不小心碰落一朵杏花儿》)[3]。诗人知道，“杏花儿”过早地夭折，最痛苦的莫过于是失去了孩子的母亲——杏树。“一株树藏着一千个啼笑的婴儿”，但每个孩子都是母亲生命中不可分割的一部分。为使婴儿们都能得到成长的“钙质”，“母亲的腰身仍在吃力伸展/孩子再弱也需将阳光的奶水吸足”，表现了母

① 罗振亚：《一株麦子的幸福》，第 84—85 页。
② 罗振亚：《一株麦子的幸福》，第 112 页。
③ 罗振亚：《一株麦子的幸福》，第 81—82 页。

亲无私的爱。然而世道无常，尽管有母亲精心呵护，可有些“孩子”还是没有躲过“风吹雨打”的悲剧命运，“离开树身的花儿在无奈坠落”。然而，面对离开母体的“杏花儿”在“滞重的飞舞”的场面，母亲杏树的痛苦、悲伤之状溢于言表——“杏树的枝条在猛然抖动”，从这一细节中可以感受到杏树生命疼痛的剧烈程度。“一株失去孩子的杏树/让人想起千红一哭”，这句诗体现了诗人对生命疼痛的哲学思考，诠释了人类“白发人送黑发人”这样沉重的悲剧性主题。或许爱才是这悲剧色彩中的一抹温暖亮色，给人以希望和前行的力量。

出身于农耕家庭的诗人，对农耕工具有着特殊的喜爱。代表农耕文明的“犁铧”在现代农业里失去“用武之地”，成了一种收藏品，正如“犁铧”自己所言：“主人念旧/把我放入阳台的木柜”（《犁铧的叹息》）[①]。退出历史舞台的“犁铧”，回忆起当年“霸气”地犁地时的情形便有一种自豪感萦绕心头：“那时春天多柔软啊/想犁几寸就犁几寸/我的锋利冻土也让三分/新鲜的泥土敞开胸怀/馋嘴的小鸟欢叫起落/像围绕着一个特大的节日。”但是，这一切都已经成为过去了，成为了一个时代的荣光。尽管“犁铧”还有重返现场的愿望：“我想亲吻地上蒸腾的热气”，但是实现不了的。新生事物取代旧事物是历史发展的必然规律，无论旧事物在当年有过怎样的荣耀，总归要退出历史舞台，尽管它们烈士暮年，壮心不已。诗人在《犁铧的叹息》中写出了“无可奈何花落去”的一个时代的挽歌。诗人的“老家”是东北平原上的一个有着“三百岁”历史的“散落在土地里的村庄”（《低矮的老家》）[②]，“老家”虽经过几世岁月轮回，但给诗人的印象仍是“低矮”，他写的天空、村庄和人是低矮的，就连炊烟都“懒得抬头”。“低矮”一词是实指，也是暗喻，表明老家那里的人安于现状，不思进取，懒惰和麻木。“村庄”与“墓地”的距离很近，暗示人的一生很短，很快就过去了。当诗人看到“老家”这种情形时，真是忧心如焚啊，希望“老家”不能再躺

---

① 罗振亚：《一株麦子的幸福》，第 110—111 页。

② 罗振亚：《一株麦子的幸福》，第 99 页。

平下去了，赶快振作起来："三百岁的故乡/你不是总这样低矮地/躺着吧。"

三、敞开疼痛的生命歌唱：罗振亚诗歌创作艺术揽胜

罗振亚先生的诗歌创作突出的特点就是"敞开"，即把自己的情感、生命向生活、读者和世界敞开。因此，他的作品不是"向内转"和"不及物"的，而是具有开放性和体验性的。或者说具有一定的社会性和当代性，从而与20世纪80年代中期以来所形成的只注重个人艺术趣味和内心世界探索的"先锋文学"拉开了距离。他的作品在注重个人艺术的前提下，更关注这个世界，关心当下社会的伦理价值和世道人心。因此，进入他诗歌中的人事景物就不是他虚构的产物，而是有着生活的基础、原型或本事的成分。如果按照当下流行的文体划分，这种写作应该属于非虚构写作。非虚构写作追求的是真实，真实的力量是不言而喻的。罗振亚先生的诗歌之所以感人就在于真实，如那些亲情诗、乡土诗等。罗振亚先生的"非虚构"除了与纪实类文学一样都对真实世界的呈现与挖掘外，也有自己的特点，即以"个人的真实体验为基础去书写与探索，……力图呈现出一个'小世界'的内部"①。罗振亚的诗歌写作是在场者的写作，也是观察者和思考者的写作，因此，他的写作视角融合了内、外两个视域，呈现出"我"与"他"浑然相融、和谐共生的精神合体，并以此加深我们对这个时代、世界的沟通与理解。

（一）捕捉细节：直戳生命痛点的书写

书写生命疼痛的诗歌一定是建立在生活疼痛的基础之上。没有生活的疼痛也一定不会有生命的疼痛，乃至文学的疼痛。同时，文学又是强调细节的艺术，没有细节的刻画也同样不会产生感人的力量。罗振亚先生在诗歌中刻画了许多生命疼痛的生活细节，并引发我们的共情。在《老宅倒了》中诗人捕捉

---

① 李云雷：《新世纪"底层文学"与中国故事》，中山大学出版社2014年版，第208页。

到这样一个细节，老父亲得知乡下那座五十年的老宅被大风吹倒了，而后便趴在三楼窗口发呆。这一细节非常生动形象地表现了父亲内心疼痛的情形，这一特写镜头胜过万语千言，堪称经典之句。再如《过了年 您就七十七了》中诗人也写到这样一个细节，令人泪目："父亲走的那晚上过马路/她抓我胳膊的手轻轻一颤"。母子连心，诗人将母亲晚年失伴和没有安全感的疼痛生动地传递出来。"轻轻一颤"这一动作细节细腻生动，任何语言在它面前都会黯然失色。

细节描写对塑造人物形象、推动情节发展和营构画面感具有不可或缺的作用。这在很大程度上弥补了诗歌不及物的缺憾，"及物使得他所描绘的细节和流露的情感更为清澈明晰"[①]，使诗歌具有饱满的生命质感。一是塑造人物形象。《和老爸聊天》中有这样一个细节很耐人寻味，他写道："有一回我在村边摔得天旋地转/您愣是铁着心不肯搀扶/还说 是爷们永远不该跪着/我站起后至今再没有弯过腰。"[②]这个细节是写父亲的"狠"，并将父亲正直的形象表现出来。父亲这种"不近人情"式的家教方式比较特殊，给人留下了深刻印象。父亲形象在诗人笔下除了"严厉"之外，更多的还是爱。诗人在《他已经不认识我了》是这样写父亲的，他说父亲患阿兹海默症多年，已经忘记了许多人或事，其中也包括"我"。但他仍然能记住"我"小时候爱吃西瓜，并期盼"我"尽快回家看他，说完就躺在床上等。从这些细节中可以感受到父亲那种深沉的爱。其中"吃西瓜"情节与《和老爸聊天》一诗构成了互文关系，《和老爸聊天》中描写了当年父亲曾给他半个西瓜时的情景："那年夏天日头真毒/东北土路也开满刺眼的白花/您递给我半个消暑的西瓜/至今我口里还有香甜的味道"。再如《母亲坐在沙发上睡着了》有这样一个细节刻画出母亲的孤独、衰老神态："电视机一个人大声说着话/她坐在沙发上慢慢打起了鼾。"[③]在《妻子的头发》一诗

---

① 刘波：《诗与思的内在呼应——论罗振亚的诗歌写作与诗学观念》，《东吴学术》2019年第6期。

② 罗振亚：《一株麦子的幸福》，第2页。

③ 罗振亚：《一株麦子的幸福》，第31页。

中有妻子“跳秧歌”和她重复《又见平遥》剧中的台词“生都生了，死就死吧”等细节描写，将妻子的内心之痛和豁达超脱的神态呈现出来。二是推动情节发展。如诗人在《父亲晚年最怕提“老家”两字》中写到这样一个细节，当一提到“老家”这个敏感的词汇时，父亲就激动不止，“过去多年的人事细节就会复活/想按都按不下去”，他“一会开口大笑/一会泪流满面”，“每逢这时，我和弟弟都相视一笑”，便转移话题，聊聊其他，“这样他就会安静得像贪睡的孙女/习惯地看看墙上挂钟的走针/开始又右手数左手手指”。①三是营构画面感。在《看望恩师》中，诗人以白描的笔触再现了吕家乡先生驼背的画面，令人心酸：“看先生送客用拐杖询问道路/背驼得和地面越来越近。”再如《最后一课》营造的“王老师”讲课画面，是通过教室外滚滚的雷声和王老师庄重而凄然的表情烘托出来的，令人感怀不已：“那天外面一直雷声滚滚/王老师表情庄重而凄然。”像捕捉这种细节，直戳生命痛点的书写在罗振亚先生的诗歌中俯拾即是，笔者不再一一赘述。可以说，细节描写是罗振亚先生诗歌写作的一个突出特点，具有鲜明的文本辨识度。

（二）节制抒情：迂回传递生命疼痛的书写

罗振亚先生是新诗研究的著名学者，尤其对先锋诗歌的优劣得失有卓越的创见，并形成了自己的话语体系。同时，他自己的诗歌创作也自成风格，既有先锋诗歌中的优质元素，也保留了自己的抒情经验。其中节制抒情是他诗歌创作的重要经验之一。节制抒情不是说诗歌不要情感，“只是激情流露的迷信必须击破”②，正如诗人所言，诗歌“不仅仅是情感的抒发，也不仅仅是生活的表现，还不仅仅是感觉的状写，它有时更是一种主客契合的情感哲学”③。完全赤裸情感的诗歌作品貌似拥有压迫的力量，实则苍白无力。美国现代诗人艾略特在评价史文朋的诗歌作品时认为：“让史文朋激动的是文字，而不是客

① 罗振亚：《一株麦子的幸福》，第16—17页。
② 袁可嘉：《论新诗现代化》，生活·读书·新知三联书店1988年版，第28页。
③ 罗振亚：《罗振亚谈诗歌创作与研究》，《创作评谭》2017年第4期。

体。如果你把史文朋的诗拆散开来，你会发现那里从来就没有客体——只有文字。”[①]也就是说，史文朋表达情感的语词是脱离物的，是空泛的，当然也就缺少美和力量。罗振亚先生深谙此道，他说：“我每一次写诗都尽量地顺应现代诗的物化趋势，给情感寻找一件相对合体的衣裳。”[②]罗振亚先生主要运用想象逻辑与事态逻辑表达情感，节制抒情，使其诗歌作品散发着隽永的生命光芒。想象逻辑主要凭借意象或象征行动的演进结构全篇，在技巧上多采用隐喻、暗示、拟人、通感和知觉化等手段，挖掘人物内心奥秘、意识的流动等内宇宙世界。如《清晨 不小心碰落一朵杏花儿》《高楼旁 一棵蒲公英的灵魂在倔强地飞翔》等诗就是想象逻辑的经典之作。诗人从碰落的“杏花”和飞翔的蒲公英的“小伞”等意象中触发情思、展开想象，并以拟人的技巧表现了“杏花儿”、“杏花儿”的母亲杏树、蒲公英等生命的疼痛，揭示出非常沉重的悲剧性主题，可谓“肉感中有思辨，抽象中有具体”[③]。

“事态逻辑”即诗歌叙事，是诗歌经过连续情节或画面的演变而呈现的审美范式。事态逻辑的视角一般有两种，即主观化视角和客观化视角。主观化视角即诗人以“我”的视角来叙述事件情节，在作品中直接地表明自己的情与思，如《一株麦子的幸福》中诗人叙述了父亲与麦子、麦田的血肉联系，同时表明“在父亲呵护的那块麦田里/我已长成饱满的麦子”，虽然历经坎坷和痛苦，却幸福无比，表达“我”对父亲的感恩。客观化视角，即诗人在诗中作为旁观者或中介者不直接表明态度或立场，看似客观呈现，实为诗人的主观表露。这样的“间隔”表达所产生的效果也很显著，如《阴阳先生》一诗即为客观化视角的经典之作。诗人叙述了一个“一辈子全凭说话吃饭/能让人间和冥界两边点头”的阴阳先生的事迹，写出了他的善良和“生财有道”的品质。“十里八乡他的名

---

① ［英］T.S.艾略特：《艾略特诗学文集》，王恩衷编译，国际文化出版公司1989年版，第22页。

② 罗振亚：《罗振亚谈诗歌创作与研究》，《创作评谭》2017年第4期。

③ 袁可嘉：《诗人穆旦的位置》，杜运燮、袁可嘉、周与良编：《一个民族已经起来：怀念诗人、翻译家穆旦》，江苏人民出版社1987年版，第15页。

字就是神话/锦旗慢慢挂满了墙壁”,就是这么厉害的人物,仍买不起城里的楼房,儿子、儿媳还得去南方打工。有一天读小学的孙子问他:“‘爷爷这么厉害/我爸妈咋还用去南方打工/咱能不能把平房卖了进城’。”阴阳先生“捋捋七十岁的胡子”笑道:“‘都怪当初你太爷死那会儿/我选坟址时没看好风水’。”[①]阴阳先生诙谐自嘲的回答,表现了他的睿智与良知,当然也有生活的无奈。诗人在阴阳先生身上寄寓了对社会良心、伦理道德的期许。

诗人在事态逻辑中还巧妙运用了戏剧化技巧,间接地传递出心之力,如“您说过一辈子短的是人生/长的叫苦难/人要遭的罪有定数/您刚用八十年把它度完”;再如:“如果有来生/我会从众人中一眼把您认出/然后还做您的儿子/听您喊‘振亚,扶我起来’”(《感恩书》)。[②]直接对话入诗,瞬间照亮了那些晦暗和哀伤。“看似信手拈来、毫无修饰的词语,却平朴中见奇崛,暗藏了诛心之力”[③]。

(三)构筑崇高:敞开生命疼痛的书写

康德把“美”区分为“优美”和“崇高”两种不同性质的美。“优美”是直接产生的令人愉快的审美感。而崇高则是间接产生的“愉快感”,即通过情感的阻碍、对抗而达到生命和解的审美活动。因此,崇高是一种令人“敬畏”的审美情感。罗振亚先生的诗歌作品就具有这种崇高品质。

一是真挚的情感。罗振亚先生的诗歌作品之所以感人,主要书写了真挚的情感。首先,诗人表现的是真实的情感。作品中的人事景物都是生活中真实存在的,诗人与他们建立了深厚的情感联系。诗人书写他们不是以戏谑、虚化的态度,而是饱含真情的,这是他诗歌作品最原始的情感基调。其次,诗人表现的是从心灵深处流淌出来的自然的情感。他写父母、写妻子、写师友、写故

---

① 罗振亚:《一株麦子的幸福》,第105页。

② 罗振亚:《一株麦子的幸福》,第24—25页。

③ 刘功业:《在故乡的麦地里写诗——读罗振亚诗集〈一株麦子的幸福〉》,《文艺评论》2019年第1期。

乡、写土地、写自然万物的诗歌作品无一不是有感而发的自然歌唱，很少有“为赋新词强说愁”的无病呻吟。最后，诗人表现的是诚意的情感。他的诗歌作品总是抽离了情感中的水分，呈现出瓷实的内核，保留了诗人最厚重的诚意。如《在家乡的一片麦地前我低下了头》一诗写道：“习惯在城中昂首走路的我/面对记忆中从未高过童年的麦田/突然低下了头/天边 有一道白鹭的灵光飞起。”[①]表达了诗人对麦子的致敬与感恩，真诚而亲切。

二是朴素的情感。罗振亚先生曾说：“我始终认为最优秀的诗歌都是直指人心，以朴素晴朗的姿态示人的，……那种在诗歌里装神弄鬼、诘屈聱牙者，虽然不能说不是一种探索，但恐怕永远也不会打动人。”[②]罗振亚诗歌表现的不是那种漂浮在云端的，光芒万丈的情感，而是散发着生活气息的朴素情感。如果用“清水出芙蓉，天然去雕饰”来形容是非常恰切的。首先，诗人选择的意象都是生活中常见的人事景物，几乎没有怪力乱神之象；其次，作品的语言清新质朴，内敛、不喧哗，彰显了一种风骨，“属魂的文字总是拒绝被过度包装。他所创造的正是那些清除语言暴力后剩下的部分，干净偏瘦，但足够有力”[③]。如《最后一课》写道：“那天外面一直雷声滚滚/王老师表情庄重而凄然/三十五年过去了我始终不明白/为什么百人的大教室里/听课的那天只有我们五个/蓄在天边的泪水/至今没有落下来。”诗人还多用口语入诗，强化了这种朴素情感的表达。如“看着她头上飞雪的瞬间/我说‘理个短发，去去晦气吧’。”（《妻子的头发》）[④]最后，诗人善用白描笔法，寥寥几笔便能将对象的精神气质勾勒出来。

三是悲悯的情感。“罗振亚先生的诗歌始终有一种温情，这不完全是他既定的美学，更与人性有关。温情里有悲悯之意”[⑤]，悲悯中又隐含着矛盾性与反思性。《和一位水暖工交谈》一诗中表现了诗人对水暖工这类城乡跨界边缘人

---

①④　罗振亚：《一株麦子的幸福》，第 87 页。

②　罗振亚：《创作谈：说说自己的诗》，《写作》2018 年第 4 期。

③⑤　刘波：《诗与思的内在呼应——论罗振亚的诗歌写作与诗学观念》，《东吴学术》2019 年第 6 期。

的理解之同情，对于他们的生命疼痛感同身受，诗人本身的境遇又何尝不是这样呢。他希望他们早日结束这种身心分离的矛盾之苦，而作为一名高级知识分子，他又无能力改变他们目前的生存处境，甚至也很难改变自己的生活环境，这无疑表现了诗人的反思与内在的矛盾性。比如，他对父亲饱含深情，很早就将父亲接到了省城哈尔滨，可谓尽到了孝道。但父亲在城市里的一切不适应，以及晚年患阿兹海默症，再加上诗人一家搬迁到天津，而父母一直都与诗人一家生活，这次却因要照顾在哈工作的小儿子，并没有选择去天津，这些因素的叠加，导致了父亲过早地得病离世，对此诗人总认为自己没有做好，愧对父亲的养育之恩。他在诗中除了表现对父亲的悲悯之外，还有对自己的反思与自责，使诗歌充满了一种崇高的色彩。

诗的起点在于生命体验，一首诗就是个人的、内在的亲历行为的记录。生命因体验而精彩，变得更有意义，而诗歌就是一次重返生命的过程，生命因诗而升华，人生因诗而充满希望。罗振亚先生的诗歌以情感为依托，在现代人本思想下探寻回归生命本真的路径，谛听内心的真实，确认生存的实在，由此把握有限生命中的恒远意义。同时，这种重临诗歌崇高价值与尊严的诗歌写作，也为当代诗歌创作提供了一份宝贵的抒情经验。

（本文部分内容已发表于《写作》2023 年第 1 期）

作者单位：苏州市职业大学学术期刊中心

跟学生共读罗振亚先生的诗

——献给罗振亚先生从教四十周年纪念

叶 红

今年是罗振亚先生从教四十周年,又喜逢六十岁生日,半年来罗师门的学生们在静悄悄地酝酿、策划如何纪念这个特别的年份,以表达学生们对罗老师授业之恩的感激之情。大家觉得老师一辈子读书、教书、写书,没有比送给老师一本师生共同写的书更珍贵、更有纪念意义了。当我着手为老师准备这份特殊的礼物时,却犯了选择困难症,在学术论文抑或散文间难以取舍,在翻阅资料寻找灵感的过程中,无意翻到同门师弟陈爱中的诗歌公众号“陈斋新韵诗”,同期推送了罗老师给我的《新月诗学生成论》写的序和我的后记。在序言中罗老师这样写道:“如今,叶红把中国现代文学史和中国新诗的课程讲授得有声有色,很受学生欢迎,作为老师的我,十分欣慰、自豪……上苍对我宽厚,赐予了我那么多优秀的学生,他们让我感到,在这个世界上,当一名教师是一件美好的事。”①我在后记中写道自己暗下决心,一定在今后的教师生涯中,“把从老师那里获得的知识传授给更多的学生”,“把从老师那里得到的

---

① 叶红:《新月诗学生成论》,中国社会科学出版社2016年版,“序言”第3页。

仁爱、善良、责任等师德师风传递给更多的学生,这种薪火相传的意义可能远比一本博士论文的分量要大得多,影响也深远得多。”[①]哈师大文学院崔修建师弟在第34届教师节那天为罗老师写过一首诗:“以一颗心推动另一颗心/以一串脚印启迪另一串脚印/真好,我也能站在教师的行列中。”修建师弟的心意真诚而炽热,表达出我们既是学生又是老师的心声,这些弥足珍贵的片段,让我找到了创作这份生日礼物的初心:传承意义。

我在黑龙江大学文学院为汉语言专业和国际汉语教育专业的本科生开设“中国现代文学史”和“中国现当代诗歌思潮研究”两门课程,为研究生、博士生开设“现代诗歌理论研究”、“现当代作家作品专题研究”等课程,每一门课涉及诗歌部分的内容时,罗老师的学术专著都是我必用的重要参考资料。《中国现代主义诗歌史论》《朦胧诗后先锋诗歌研究》这两本书在教学中用的最多,书已经被我翻得破旧了,画了很多红红绿绿的标记,有些内容做成了我的课件内容,也列为硕士博士的必读书目。罗老师卓有建树的中国现代诗学研究成果,启发了一批又一批的学生,我为是他的学生感到幸运和骄傲。就这样,在每学期总能碰到一些热爱诗歌并写诗的学生,他们经常在课后与我分享自己的作品,我也推荐罗老师的研究论文来解答学生们的困惑,虽然毕业很多年了,但从未间断从老师那里获得学术滋养来哺育我的学生们。由于这次机缘,我找了一些爱好诗歌且平时经常与我讨论诗歌的学生,打破本、硕、博的界限,在寒假组织了一次小规模的“罗振亚诗歌研读会”。

学生们分散在不同的省份,研读会只能在线上进行。我选择了五名在读的诗歌爱好者,包括两名本科生、一名硕士研究生、两名博士研究生。2023年2月24日,我们正式开始了这次小规模的“罗振亚诗歌研读会”。徐宏任(博士生)、邓喆元(本科生)、马一然(本科生)三位诗写得相当不错,博士生任毅研

① 叶红:《新月诗学生成论》,第247页。

究新东北文学,硕士生张凯研究文化记忆与创作。我期待研读会中思想火花的碰撞,期待分享我的阅读体悟,期待罗老师的诗歌能给学生们带来感动、共鸣、思考和惊喜。为了确保高质量对话,我提前把罗老师的诗集《一株麦子的幸福》以及他近几年发表的诗歌、主要学术著作、学术论文的目录发给了参会者,让他们有所准备。于是就有了这篇难以在文集中“归类”的散文。下面就是这次研读会的纪实,以此献给我的恩师罗振亚先生从教四十周年纪念。

我作为主持人,主要介绍了罗老师的求学经历、生活经历、学术成果和贡献,以便于更好的理解诗歌作品。本着平等、尊重、多元、对话的基本原则,没有对讨论内容设限。最后由我根据讨论人的发言录音进行整理,形成一篇类似学术会议纪要的文字。

罗振亚诗歌研读会纪实

主持人:叶红(黑龙江大学文学院教授 硕士生导师 新诗研究方向)

特邀嘉宾:宋宝伟(哈尔滨师范大学文学院教授 硕士生导师 新诗研究方向)

参加讨论:徐宏任(黑龙江大学中国现当代文学专业 2022 级博士生)

任毅(黑龙江大学中国现当代文学专业 2019 级博士生)

张凯(黑龙江大学中国现当代文学专业 2021 级硕士生)

邓喆元(黑龙江大学文学院汉语言文学专业 2019 本科生)

马一然(黑龙江大学文学院汉语言文学专业 2019 本科生)

会议秘书:任钰镯(黑龙江大学中国现当代文学专业 2020 级硕士生)

地点:腾讯会议平台(459 234 128)

时间:2023 年 2 月 24 日 20:00—22:40

叶红:首先欢迎我的师弟宋宝伟老师来参加我们的研读会,也特别感谢分散在各地的同学们通过线上形式参与“罗振亚诗歌研读会”,这是一次小规模的研读会，下面我就介绍一下各位同学的情况（略）。对我个人而言，读诗不愿意受干扰，很注重第一感觉，初读时的体验感，所以今天的第一个话题就请大家谈谈当你初读罗老师诗的阅读体验或阅读感受。

邓喆元：我想用“回望余晖的游子”来概括我的感受，诗人有意淡化或隐去他的知识分子身份，读罗老师的诗总觉得仿佛踏足一方厚实致密的黑土，并凝视着深远寂寥的余晖。在如《和老爸聊天》《六月的风也不能帮你清清喉咙》等众多诗篇中，他精心地调整着同故乡与父亲的距离，并始终处于一种奇特的对话关系之中：诗人不断以平实的话语与日常的逻辑叙述着自己与父母的共同记忆，过往精神上的隔阂遂于此消弥；而故乡与父亲作为沉默的倾听者虽不能对此做出回应，但也同样以其沉默对孩子所有的独语予以包容。故乡、父亲、土地、老家等是他诗歌的文化符号，诗人通过写诗梳理出他的情感与故乡、亲人的关系，我自己也写诗，我觉得写诗也是认识自己的过程。

叶红：你的这个“余晖”是带有象征意义吗？

邓喆元：是的，它代表着未来的东北文学的生机。

马一然：我读罗老师诗歌第一感觉是感受特别真诚。这种“真”震撼到我了，因为我在读罗老师的诗前，预设了他的诗也许会非常复杂，用很多技巧，可能会把自己隐藏得很深，因为我自己写诗时总是把自己想办法隐藏起来，但罗老师的诗却不是这样，他如此敞开他自己，我觉得这是魄力、气度，也是一种格局，这种“真”打动了我。

叶红：以罗老师的诗歌研究功力来说，他确实可以用很多“技艺”，我想选择“朴实”“敞开”的写法本身就是一种写作姿态吧。

马一然：是的，叶老师，我觉得“真诚”是罗老师选择的写作姿态。在罗振亚老师的笔下，家庭、故土、日常生活成为了诗歌的中心，不再像有些诗人用高度抽象的隐喻拒斥读者，而是以开阔的诗境、真诚的语言接纳读者，将悲剧的空间——乡土带进诗中。生命体验不需要戴上价值解构和语言实验的伪装，以它们本身的质朴面目即可动人。乡土的不在场决定了乡土主题的表达方式——真诚，如果它蒙上幽深曲折的隐喻，就注定使诗歌沦为空洞的猜谜游戏，只有真诚的情感能将不在场的乡土带进在场的物象，使遗失的精神家园得以复现。

叶红：我注意到了你用了“乡土的不在场”“悲剧”，这个提法我很感兴趣，留着后面可以讨论一下。

张凯：我想用“记忆”这个关键词来表述我读罗老师诗歌的感受。作为学者型诗人，罗老师的诗歌创作哲蕴深刻，在流浪的精神寄托下，他的诗歌底色又呈现出故乡、土地和亲人的记忆情景。在《土地与亲人》（组诗）中，时间性的记忆作为一种变化的状态，往往参与了整个叙事的表现。如《东北地方话》中的“从幼儿园到博士毕业/……五十多年对症下药”，《故乡的搬运工》中的“一月里爆竹读着门上的春联/……十二月村庄渴望被大雪覆盖”，《父亲的烟斗》中的“离开嘴唇两千多天/……就是生和死的距离”，诗既是作家个体的现实记忆与联想记忆的文学表达，也是借助回想的方式唤起深藏在心中那些被窃走的过去，减轻不可治愈的疼痛，重构逝去的记忆。

叶红：据我所知，罗老师很年轻时就写诗，因为爱写诗而选择了研究诗歌的学者之路，中间有二十几年写的很少，近乎停止创作，当他重操旧业后，“记忆”成为罗老师诗歌中非常重要的“点”，他在五十岁以后的诗歌中重构了童年、家乡、故土，记忆是他抒情的视角，也决定了回望式书写的温情底色。

徐宏任：我始终认为，文字是充满神奇魔力的。在众多的文字形式中，诗歌是最具审美性和力量感的。罗老师的诗中，给我印象最深的一句是：“窗外鹅毛大雪/一万个美女的舞姿。”这种对景物的天马行空的描写，特别有李白的感觉，也特别有海子的气质。读到这句诗时，我感觉到脊背的酥麻，如同电击。然而，想从罗老师的诗中大量获取这种电击，是近乎奢求的。他的诗作，多以北方的黑土地、家乡的山河树木、季节变更期的景致、寻常可见的动物、乡村农家的作物、日常生活的行为举止为载体，以浓郁的景物叙写托起自己内心的情思。比如：“绵羊毛在手中猎猎作响/几缕阳光和一盏灯火/犬吠鸡鸣连着父亲的咳嗽/还有心底的无限事。”再如:“芦花开在倒影上/雁背驮走秋凉/流动的水声提醒我/思考河的前世今生。”诗句中的用词和语言是朴素的,但诗人并没有让朴素的叙述客体成为呆板无趣的流水账般的存在,而是以诗人的敏感将其经验化(关于经验化,我想在后边单独说说)。这种摆脱了简单罗列的经验化,不仅让诗句情感浓烈,也充满生猛的力量感和画面感。我也是地道的北方人,罗老师诗歌中的很多事物和我的童年记忆接近。因此,当我读他的诗,闭上眼,个中内容就如电影一样在脑中放映。我也曾以我的童年记忆创作过诗歌和小说,我深知这种“原乡”情结是很多人(不管他是不是诗人)到死也逃不脱的藩篱。而恰恰如罗振亚,聪明又敏感的北方少年,感悟了家乡的四季与生死,无论麦子还是小米,牛车或是燕雀,冰雪亦或山河,村庄亦或田野,都成为他离开故土后挥之不去的记忆。北方的色彩谱系、永恒的童年记忆、流浪者对原乡的挂记,这些构成诗人不变的创作母题。通过对事物(场景、景物、情节)的描摹叙述,一幅幅属于诗人的画卷铺陈开来。对读者而言,这是非常有趣的。

叶红:宏任是做媒体的,也写诗、写小说,他有着职业的敏感度,抓到罗老师诗歌中的“影像感”。的确,罗老师诗歌建立了属于自己的诗歌意象体系,他把抽象而丰富的情感变为具体的生活意象,而他选择的意象大多属于北方的乡村,作为东北人读起来特别熟悉,觉得就在写自己的家乡,罗老师的诗歌意象既是独特的、个人的,又能引发读者的共情。

任毅:初读罗振亚先生的诗歌,有一种熟悉感,直观上可以感受到其运用朴素的语言和意象重建诗人与故乡、与土地、与亲人的纽带关系。罗老师并没有徜徉在想象之海,却将目光凝视生活,将日常生活的烟火气,将人生的记忆与经验融入诗歌,在看似日常化的叙事之中,展开抒情,从而使这“情”抒发的自然且有力。他诗歌中往往从日常生活提炼出故乡、土地、雪花、麦子、土豆、蒲公英、麻雀、犁铧、老宅等意象,用读者熟悉的“物”,辅以节制、温暖的语言,邀请读者进入诗歌,展开想象,体会诗人对自然、对土地、对家乡、对亲人的丰沛情感。罗振亚一直坚持诗歌创作要在“及物”与“不及物”之间达到平衡。21世纪中国诗歌的危机主要表现在困囿于诗人无节制的自我表达和诗歌创作群体对诗歌艺术“纯粹”想象之中的“不及物”状态。而在罗振亚看来，“及物”是诗歌创作中的常态，它将诗歌从纯粹中解放出来，恢复了诗和现实的关联，重新架起诗歌与读者交流。

叶红：下面请宋宝伟老师对前面同学的发言做个点评。

宋宝伟：点评谈不上，谈谈我对老师诗歌的粗浅感受。其实我一直没敢为罗老师写诗评，总觉得还没有找到一种独属于我的恰切理解。但我觉得可以用“生命诗学”角度来解读老师的诗。老师在爆发期的诗歌关于父亲、母亲、妻子的书写，在对父亲的追忆诗歌中，探讨了死亡和生命的意义，有了“由死到生”的生命思考，也是对自我的再次确认。还有一点很值得注意，老师的诗歌是非常综合的，既有传统型的抒情，也有现代知识分子写作，只是没那么明显，他把知识分子身份做了无痕化处理，这一切都是为了抒情。“情”是老师的诗歌基底，以“情”为线索，把生死、故乡、亲情、友情等统摄在自己的诗歌中。

叶红：读罗老师的诗，乡土、东北、亲情是绕不开的话题，任毅同学近三年一直在做新东北文学研究，他在与我交流时，谈到了罗老师诗歌呈现出的“东北形式”，这是王德威先生关于东北文学提出的一个概念，任毅把它与罗老师的诗歌联系起来，我觉得蛮有新意的，就请任毅同学谈谈吧。

任毅：罗老师诗歌中自然生发的抒情从何而来？我想正与诗人的故乡有关。在文学地理学看来，地理环境影响作家的生命意识，形成作家独特的人格气质，最终借由文学作品表现出地域性。东北老家的风景召唤着诗人，诗人携着记忆重返故乡，这自然使得黑土地上的麦子、土豆、高粱、风雪、河流与村庄等进入罗振亚的诗歌创作，形成意象一同构建罗振亚诗歌中的东北形式。不同于近年来“东北文艺复兴”中对东北“后工业”“废土”“锈带”“衰颓”的都市冷色调想象，罗老师诗歌中的东北形式所展示的是有生灵、有物产、有亲人、有温度的乡土暖色调想象，丰富着东北文学的风景与内涵。对东北的眷恋以

“乡愁”的形式遍布于罗振亚的诗歌，不难发现在罗老师《家在松嫩平原》（组诗）、《与家人说话》（组诗）、《土地与亲人》（组诗）等作品中存在诸如向阳屯、讷谟尔河、卜奎、哈尔滨甚至广州的地理坐标，围绕这些地理坐标形成两组对立的结构，“故乡（乡村）——城市”和“父母——我”。“父母”的形象与故乡和土地相连，是“我”的出发点，也是“我”想回去、想寻找、想守护的“存在”；而作者（“我”）或者抒情的主人公则往往是出身乡村在城市工作、难以回乡甚至失去故乡的形象。结合罗老师的人生经历，从讷河到哈尔滨再到天津的人生经历，诗人在城乡之间的拉扯与纠缠中产生乡愁。这份由内而外、由己及人、由现实到诗意的乡愁，既是诗人的个体经验，又在某种程度上是当下中国社会中“漂泊”的普遍写照。罗老师的“乡愁”有着丰沛、饱满的内驱力和感召力，既是个人情感的直接表露，更是现代中国不得不面对的集体焦虑。在城与乡、地与人、父（母）与子的对话中，罗老师似乎不仅在为自己确认精神的“根”；更是从东北、从讷河、从向阳屯出发打破地域限制，为大众、为读者寻求对抗漂泊、化解孤独、走出现代性困境方法，那就是重建人与故乡的连结，在诗意中重获栖居的自由与平静。

马一然：我想阐明我对乡土的理解，乡土必须是已经失去的乡土，它是生命历程赋予我们的、可望而不可即的不在场符号。乡土无法返回的特点导致了乡土情节的悲剧性，故乡记忆的淡化、世事的变迁、家庭的变故就摆在眼前，面对无法改变的结果，诗人只得以回望的姿态做自身生命的看客。然而，这种无力感与失落感在罗振亚老师的诗中并未鲜明地呈现出来，反而被圆熟的诗艺处理为寄托着现实共相的厚重。亲人的衰老和离去、远离故乡的落寞、特定年龄的焦虑与恐慌，是每个人的必经之路，也是诗歌催生共情的基础，基于这些，罗振亚老师的诗歌暗含着日常的悲剧性，向我们展示兼具遗憾与释怀的精神历程。

邓喆元：我理解的罗老师的乡土诗歌是一个四维的整体思考，关于过去、当下、未来与自我的关系，构建了整体的罗振亚自己的生命体系，观察故乡是为了确认自己的所在,为什么我成为我,我的故乡、父母是如何塑造我的? 诗歌表层是意象、深层是记忆、更深层是信仰,这三点综合起来才构成了罗老师的诗歌思想史。给父亲与故土的诗歌不仅仅是碑文、祷词,更是从父亲身上发现自己、了解自己乃至与自己和解的重要途径。在看似漫长而琐碎的呢喃中,细密的记忆重新构筑起鲜活的过往,不在场的父亲因其缺位而愈加显示其存在,而现代与乡土两种文化模式所带来的身份焦虑也在一次次追念与诉说中得以平息。

徐宏任:我读罗老师诗歌中读出了他的心灵史。有论者说罗振亚的诗缘情而不绮靡,也有学者说罗振亚的诗有"流浪者"情怀,各种说法都有,也都有各自的道理。我却认为,罗老师的诗并没有看起来那样简单和保守。首先,我们能从罗老师的诗中轻易发现基于历史记忆的写实或是现实, 但实际上,诗人文字中的现实与现实的现实之间永远存在差异,正如"在是什么和什么是真的之间永远存在矛盾",这种逻辑经验主义概念上的悖论,潜藏在诗中的角落。比如:"春在北方是脆弱的/一场不大的风能把它吹个趔趄/小鸟的歌喉刚一打开/落在地上的花/就比开在树上的多。"诗人的记忆与想象杂糅了抽象化的技艺(将小鸟歌唱与风相关联),改变了真实的现实,使朴实的现实发生了变化。结合诗人的个人经历可以发现,长久的离开(流浪)使他自我塑造了心灵上乌托邦般的故乡。这个故乡四季分明,有黑土白雪、有门前的看家狗和窗外的麻雀,有村里的二胖和金三儿,有麦子与犁铧,有阿尔茨海默症的父亲和忘记了孩子小名的母亲……我宁愿相信诗人文字中的事物是存在的,但实际上,我认为诗人在经历了人生起落与变故后,更多地是于自己内心试图与过去的自我达成妥协, 试图还原历史真实的同时却构筑起梦境一般的超验真实。在这一进程中,过去、现在、现实、虚妄、亲情以及对亲情的眷顾(我相信诗人是深爱着亲人的,但从罗兰巴特的视角看,诗人也深爱着对亲人的爱),钩织成一个复杂的情绪体系,这个体系通过语言的能指尽可能地表达着。实际上,诗人的心灵远比字面上读到的和影像中勾勒的要深切。从这个意义上看,诗人的母题性书写使这些诗句共同组建成个人化的语言世界,同时也具有了宏伟也微妙的心灵史诗性。

张凯:我想接着上面几位同学的话题,谈谈“记忆还乡”。罗老师的乡土题材诗歌大部分是回忆性的,诗人还将现实个体与乡情碎片进行整合,比如《我们还会相见》中“点燃你窗口上玫瑰的忧郁”,到“响应远方布谷鸟的呼唤”,再到后面的“在这里我们还会相见”,诗作中浅白的语句和交错的对话占据着最浪漫的想象,诗人把对易逝厚沉的记忆转化为新的情感力量,关照出“记忆还乡”的诗意特征。在充满个人化追求的诗作中,记忆演化为相见的一种想象方式,在《茶树下》中:“把故乡弄丢的人/站在茶树下/还能坦然抬头吗”,诗人在道德原点的质疑中,实则呼唤的是对故乡书写不能忘却的原始记忆,诗人将深刻而强烈的生命体验,隐藏在存贮回忆而疏离现实的故乡背后。

宋宝伟:老师在写故乡时他是一位远游人,老师把故乡当成一个精神坐标,他一遍一遍书写故乡、吟唱故乡,可不可以看作是对“遗忘”的恐惧?故乡在时间空间上都越来越远,远去的模糊的故乡,让诗人感到惶恐,他用诗歌书写故乡的麦地、老宅、邻居、儿时的伙伴,这些都是对时间一去不返属性的对抗。时间留不住童年和故乡,但诗歌可以留住他们。

任毅:我接着宋老师的话题谈一下对罗老师诗中最常使用的意象的理解。家、老宅、父亲的墓地等“及物”意象,构成了罗老师诗歌中特有的“神圣空间”,诗人叙事与抒情的原点,是诗人远行的起点和人生意义的终点。借由神圣空间的标志性、永恒性的特质,诗人运用记忆将往事唤醒,将长眠的人复活,并在虚拟的空间中重逢,日常生活的经验丰满了重逢的语言、动作、情态等细节,故重逢更为拟真,抒情也更为自然。围绕“神圣空间”诗人确定了自我与他者,确认了家乡与远方,通达了此岸和彼岸。记忆的空间性对罗老师诗歌的叙事产生影响,更重要的是对其诗歌中咏父子情深、叹生死距离的抒情性产生影响,甚至影响了诗歌创作的结构。诗歌常常以对话的形式进行创作,这种对话往往是一种抒情主人公倾诉,但其倾诉对象却又时常缺席。倾诉是有方向的，无论是向父、向母、向家、向故乡，相较抒情主人公而言，都更靠近“神圣空间”，即倾诉的方向是家的方向，倾诉的目的是得到“家”的回应。因此，家与神圣空间重叠同构带有着普适性，主人公不断地对话和倾诉，实质上代言了共同体中高度抽象的人在情感上对“神圣空间”/“家”的向往与追求，是在面对变动不居的外部世界，家的存在不仅能提供“我是谁”的答案，更能提供“我要向哪里去”的目的地。通过记忆与神圣空间的同构，诗人通过诗歌对抗父亲的疾病，对抗遗忘的威胁，对抗无根的焦虑，维持了自我肉身与灵魂的同一性，同时也维护着共同体生活的稳定性，维系着人与地、人与家的纽带。

叶红：关于“乡土、故乡”这个话题显然大家的讨论非常深入，“东北”作为一名年少远行游子的文化记忆，始终是魂牵梦萦的，是处于人到中年的罗老师最不愿忘怀的文化根基所在。他反复回忆故乡，其实是一种中年人抵抗遗忘的书写姿态，我发现罗老师在有序地按照自己的节奏书写着他的过往，从记忆中慢慢勾勒出自己成长的轨迹，用诗歌记录家族史、成长史、心灵史，从童年、少年、青年到中年，从健壮的父亲到衰老失智的父亲，从儿女绕膝的母亲到孤独一人的母亲，离乡——归乡——再离乡的抒情节奏，书写着人到中年的牵绊、追悔与无奈。这些诗朴实而厚重，真诚而动人，非常能引发读者的共情。

叶红：“罗振亚诗歌研读会”本来计划进行一个半小时，结果用时两小时四十分钟，大家还意犹未尽。感谢各位同学的参与，感谢宝伟师弟的支持。这是一堂特殊的诗歌课，是我和我的学生们共同完成的一份独特的生日礼物，献给罗振亚先生六十周岁生日，致敬老师从教四十周年，期待老师能喜欢这份礼物！

作者单位：黑龙江大学文学院

天地人合一：

罗振亚"故乡"诗歌的生命肌理

柴　华

近年来，伴随新世纪诗歌批评的活跃身影，在学界、诗歌界已是大家的罗振亚，"隐形诗人"的镜像愈发引人注目，特别是 2018 年出版诗集《一株麦子的幸福》①，更让我们看到，在这位诗歌理论批评家的内心深处，始终栖居一个自我探求的诗人形象。在诗人角色的舞台上，罗振亚退隐批评家的睿智、棱角与硬度，转为谦逊、自省的歌吟者，以现代人的乡土经验和生命体验，全身贯注养育自己的故乡，将自然节气、土地作物、亲人乡亲集结一脉，回忆、感悟、倾诉与人物、情感、命运同频共振，乡物风情、亲情日常与人伦关怀互为表里，岁时场景、物象心象、人事更迭多维交融，呈现一幅独特的"故乡"诗歌景观。罗振亚不居高临下，不站在生活之外去观察、抚慰，而是完全置身生活内部、细部，在对故乡的一往情深中，刻写生命感知的细腻层次，张扬平凡人事的真善美，始终保持一个诗人的尊重、温和与慈悲，专心致志探求生命的气韵、根系与人伦，丰润"故乡"诗歌的内在肌理，天、地、人三才既分且合，构建一个大

① 罗振亚：《一株麦子的幸福》，中国青年出版社 2018 年版。本篇文章所引诗歌文本均出自该著，不再特别注明。

气、充盈且庄重的生命主题。罗振亚以节气书、乡村书、感恩书结构“故乡”诗歌主脉,诗意言说都归属精神自我这个内隐主体,他在生者与逝者间展开细密绵长的精神对话,在天地与人伦中探寻生命意志与生命情趣的心性表达,以过往纤细的世俗微尘让思想升腾,把诗语引向颇具意味的智性空间,让读者不得不细思默想,感醉于诗歌灵魂所映射的灼灼光华。

一

在故乡四季分明的岁时节气中具现鲜活的人事,自然节气与地域物象紧密相联,记忆情感穿越时空与亲人紧紧相拥,由节气到物象,再到人事,两代人的生活气息在季节轮回中弥漫开来,不断凝结为生生不息的存在意识,升发出一种流动的生命之“气”,这是罗振亚“故乡”诗歌的肌理特质之一。

作为土生土长的北方人,罗振亚对四季分明的春夏秋冬极为敏感,其多年断断续续写诗,虽数量不多,但“节气书”始终在场。从前期的《夏夜》《苦夏》《秋收》《秋之滋味》《冬至》《大雪》,到近年来的《大寒》《杏树上的清明》《故乡大雪》《又见雪花》等,写作脉络一直延展,也潜在发生着新变。细读“节气书”,非一般的审美抒情模式,更多以北方故乡为底色,熟悉的人事影像与典型节气物象相伴相生,流动的生命气息穿越时空,犹如折扇慢慢打开,亲情、乡情,相见、离别,牵挂、思念接续呈现,代际间的生命思绪,抹不去的生活记忆,随自然节气的周而复始强化、沉淀,氤氲于诗人相对稳定的情感空间。这里有父辈们勤勉辛劳的生活操持,它是夏夜“蹲在阵阵鲜脆的蛙鸣旁”的父亲背影,“烟锅一闪一闪/几十年的岁月被依次照亮”(《夏夜》);它也是苦夏时节九十岁的爷爷因干旱急红了的眼睛,“玉米和黄豆在灌浆/下一厘米的雨也好啊”(《苦夏》),虽为细节,映现的却是生命的坚韧与执著。这里有质朴淳厚的母爱,它是在“风雪还没有来”的冬至日,收到母亲日夜赶织的毛衣,“绵羊毛在手中猎猎作响/几缕阳光和一盏灯火/犬吠鸡鸣连着父亲的咳嗽/还有心底的无限事/

以及千里之外忙碌的儿子/被一针一线地织了进去”(《冬至日》),有一种心疼,如折射的光,照亮母子间永恒的爱。这里还有对逝去亲人的思念,对亡灵的尊重,它是大寒日去父亲墓地祭扫时的告慰,“也许父亲此刻正坐在天上看我/请您放心 您走后/我很快适应了人间各种温度”(《大寒》);它也是清明时节村头盛开的杏花,“天不下雨/村头那株杏树还是开满了白花/上面栖着的是村里的亡灵吗/都说登高望远/清明时节要仔细看看家和村子”(《杏树上的清明》),逝去与此在“对话”“相望”,谁还会说生死两相隔。这里更有北方大雪季的乡村生活场景,“托风的福祉/住在坡上的开门满怀清凉/先用铁锹帮坡下的将雪封的门打开/再回家把炊烟和下酒菜慢慢炖起来”(《故乡大雪》),藏在心底的故乡风俗,距离越久远,味道越浓郁。

在罗振亚“故乡”诗歌中行走,进入生命情感空间,自然无法忽略其在客观世界中选择的意象符号,白雪、杏花、田地、麦子、土豆……作为沉淀经验与情绪的“主题语象”,这是一片能闻到北方乡土气息的所在,承载诗人对故乡情有独钟的生命感知,让人对熟悉的、习焉不察的经验获得全新的感受和理解。白雪作为北方冬天的自然精灵,本就不乏诗意,更因诗人出色的比喻,成为“节气书”最具魅力的生命意象,以别一种存在,诠释天地四时之美与个体生命的心有灵犀。既然是为冬季代言,白雪守着自己的本分,如“振翅的蝴蝶漫天飞舞”,毫不犹豫把秋天“翻过去”,在“亘古之白的纷纷扬扬中”,给村庄“纷纷戴上白绒帽”,教“万物都学习隐藏自己”,让“天地瞬间清凉”。诗人不作深沉之状,也无晦涩之言,更规避陈旧蹩脚的喻指,用纯净、简省的语言,倾心大雪之美的自然气韵,领受大雪之寒馈赠的生命力,在长于情境描述的诗行里,弹拨思想的弦音。“左脚伸出去是寒冷/右脚伸出去依旧是寒冷/但骨头的方向始终对着地平线”,诗人生在黑龙江,长在黑龙江,最懂大雪扑面而来的寒凉,经冰雪磨砺的骨气和意志,铸就内心,日升月落,辗转迁移,从未改变。也许是离开故乡多年,对雪的渴盼愈发强烈,“如果在心里/能时时飘上一场雪/哪怕温暖被阻隔/季节幸福到冷”,清凉彻骨的冷深藏心间,最幸福。诗人虽然谙熟修辞学法则,却不炫耀

"远取譬",自20世纪80年代初开始写诗,便将纷扬的白雪譬喻飘飘的蝴蝶,专一的"近取譬",始终贯穿诗歌写作运思,简而喻之,却诗性饱满。天地有大美而不言,四时有明法而不议,完事有成理而不说,任何矫情繁复的比喻形态,都可能减损故乡白雪的自然气度和生命张力,正如诗人微信评论所言:"生在雪乡,最怕给雪附加上太多的想象成分,去蔽存真,是很多事情的第一步。"

二

"乡村书"可谓罗振亚诗歌"节气书"的姊妹篇,化而为诗的流光碎影,打捞着故乡黑土地的生活镜像,有年少离乡时的梦境重温,有中年奔波后的生命醒悟,更有届近耳顺之年的沉静自省,这些诗作多是对生命成长与精神滋养的多维回望,犹如一束智性之光,透过个体生命的精神空间,照亮一代人对故土的尊重、敬畏与慈悲。或是沉静和美的生命写意,或是真挚厚重的生命挽歌,或是大爱于心的生命悲悯,在精神维度强化一代人对生命之根的虔敬守护,这是罗振亚"故乡"诗歌的第二个肌理特质。

罗振亚的"乡村书"非磅礴壮阔、荡气回肠之作,读起来不难进入,但要更好地理解、把握这些诗作,仅关注乡村诗意肯定是不够的,某种更深入的探究力量、更理性的言说视野,应该不可或缺。综观诗人的乡村书写,虽不连贯,但诗歌的运思态势和潜隐流脉仍旧有迹可循,或许是身飘天下而饱尝异乡之苦,乡土乡思、亲情乡情作为主导性的精神背景,构成诗歌中基于精神出处的生命回望,这是诗人对生命之根的寻找、加强与守护。因为"人也是有根的,个人不过是根上长出的枝条,他的茂盛来自这个根,他的使命也在加强这个根。这个根就是供给他生长资料,供给他教育文化的社会:小之一家一村,大之一乡一国。"[①]作为从故乡黑龙江讷河走出的学者、诗人,罗振亚以"生命之根"滋

---

① 费孝通:《损蚀冲洗下的乡土》,《乡土中国》,上海人民出版社2013年版,第297页。

养充盈诗魂，不仅必要，更是必然，也为深度解读他的“乡村书”提供可能。

从历时性来看，罗振亚的“乡村书”以“故乡”作为观照对象，进行根性书写。20世纪80年代初，青年罗振亚已离乡异地求学，尚未体验长久远离故乡的疏离与孤独，作为一名文学青年，“乡村书”浸满青春的激情和生命的灵动。“晚霞 守在草垛旁/守护三百六十五个日子/圈起的晾晒场//天空群群贪嘴的麻雀/叽喳着场上/颗颗饱满的太阳/在太阳和记忆尽头/重新发芽的希望/挤跑了干瘪的秋光//沉闷的树叶/猜度着沉闷的乌云/飘来一阵小雨点的惊慌/和一阵嬉笑的匆忙/彩虹挥舞着手臂/把太阳攒到一起/黄昏 才悄悄踱进小木房//今夜的梦/一定又暖又香。”这首《晾晒场》在诗意的烛照中，将农作物收获的喜悦和雨来前乡亲的忙碌融合一体，构思精巧灵动，意趣横生。晒粮入仓的活力场景如同诗人充满期待的未来，洋溢着生命之根蓬勃向上的生长力量。

庄稼生长必然经受节气变化的考验，自然牵扯劳作者的心。在《三伏天祈雨》中，诗人写道：“黑土地因干渴张开的裂口前/跪着上百双虔诚的膝盖//瘦弱的玉米小麦耷拉着头/老马拉紧沙哑的犁铧忍住嘶鸣/……/膝盖们还在祈祷着/雨却迟迟没有来。”文中的干渴、瘦弱、沙哑、嘶鸣、跪拜、祈祷，表面看是生命对自然之天的一种无力感，但跪着的“上百双虔诚的膝盖”，却是生命与自然抗争的顽韧，人与庄稼彼此惺惺相惜，执著守护共同的生命之根，倔强的灵魂依然保有不认输的心气本色。任何成长都必然遭遇难以抗拒的外力损蚀，需经忍耐、磨砺走出困境、持续向上，动物、植物、人，所有生命无一例外。迈入而立之年的罗振亚，显然不再满足青春诗意的咏叹，对生命内涵的理解更加成熟。遗憾的是，这一时期诗人创作处于较长时间的搁笔状态。

时间变迁，世事更迭，游走与返乡成为中年罗振亚的一种生活状态。专心治学之余，阅历广博、经验累积与现实感悟，使诗人越发从容自然，故乡的旧人旧事、旧情旧景，被内心更多地唤醒，重拾中断的诗歌创作，是适宜的选择。诗人安然于故乡的赐予，对生命之根保有一种虔敬，他置身浮嚣却习惯静音模式，用诗歌作为贴身滤镜，构建生命的精神屏障，乡愁的复杂化表现也更见情感的生命力道。这一时期的“乡村书”,可谓“回归”之作,继续规避主题的宏大与驳杂,以意象牵引情思,用细节介入场景,与叙事、哲思兼容,采用独语、对话、叙事等方式传递情感,在思乡意绪中表达复杂的人生况味。如这首《China 土豆》:

一堆新鲜的China 土豆
端坐在名古屋的货架里
表情很不自在
抚摸它身上尚未剔净的泥土
像抚摸我最近的亲人

土豆和我共有一个故乡
——黑龙江讷河
它的学名马铃薯
我父母一直叫它土豆
每当秋风渐起
它就像金子一样
和小狗阿随一起
卧在犁开的田垄上
然后集体走进地窖
喂养望不到头的冬天
和姐姐明年开春的心事儿

窗外已是七月
家乡紫色的土豆花该吐蕊了吧
我读不懂樱花和郁金香的语言

也懒得再去破译
此刻味道很淡的土豆花瓣
让那些名贵的花儿们
都黯然失色

2008年秋天，罗振亚以学者身份赴日本爱知大学访学，《China土豆》就是诗人在异国他乡细微的乡愁感知。从名古屋货架到黑龙江讷河，睹物思乡，由乡念人，“土豆和我共有一个故乡”，语势瞬间陡转，完成时空跳跃，父辈辛劳持家的生活纹理渐次展开，“土豆”超越物用价值进入生存逻辑，作为一种生命的馈赠，其承载的生存意义不言自明。在另一首姊妹诗作《马铃薯故乡》中，意旨再次延伸，“秋收时四面八方的采购者/让七十年代的乡村/认识了各种汽车的表情/孩子在懵懂中意识到/讷河之外还有哈齐牡佳/以及更大的神秘之力”，从生活常态走向成长启蒙，外面的世界很精彩，“土豆”再次强化生命之根的色彩。海德格尔在探讨艺术作品之本源时，曾解读梵高画作《农鞋》，写就著名的“农鞋之歌”，认为从那黑洞洞的敞口中出现的，并不是破旧的农鞋，而是一种人居于其间的存在，艺术就是让关于器物之真理现身的一种方式，真理又是通过世界被领悟到的。从艺术哲学的认知逻辑出发，罗振亚心中的“土豆”已不再是植物学科的马铃薯，它与“农鞋”一样，随着主体生存活动的展开重新聚合为世界，这是在人的生存体验层面重新铺展的世界，“土豆”让人生存的那个世界现身。

进入新世纪第二个十年，继续沉醉精神创造，探寻生命本真，守护生命之根，依然是罗振亚“乡村书”的内在引擎，他的写作进入相对稳健的“新常态”，陆续推出《在家乡的一片麦地前 我低下了头》《村后那片高粱熟了》《站在麦田的空旷里》《犁铧的叹息》《玉米姑娘》《二丫在春天》《范六爷之死》等作品，近年又有《吹唢呐的金三儿》《村里的马大平走了》等新作。这一时期的“乡村书”，仍然规避相对空疏的抒情套路，在处理经验的方式上，用诗的语言将乡土日常世界从现实抬升,体验一种诗“对称于人之境”的写作状态,敬畏农作物坚韧生长的可贵品性,感伤新技术时代传统农事的步步退场,叙写故乡土生土长乡亲们的生命存在,鲜明的精神向度充满对乡土生命的根性探求和慈悲关怀。

诗人直击乡间农作物的生长视域,凭敏锐的感受力,捕捉事物的本质属性,以赞赏眼光和平等姿态,赋予物象以人性品质,揽镜自照直抵内心,展开灵魂自省。“北方的麦子不懂象征/更拒绝那些泛酸的比喻/一株株不能再普通的农作物/身体和灵魂都只属于自己/……/成色好坏一律用头颅说话/风来颔首/秸秆们彼此支撑/即便是身躯瘦弱/也拼命举起一束温和的笑意/至于来年被选为种子/还是被送进某人的肠胃/似乎并不在意/它们多像我的亲人/静静站在秋天里。”诗作聚焦麦子生长的自在品性,不浮华、不做作、不逢迎,蓬勃生长、互为支撑、不计得失,像极了本分、良善、坚韧、敦厚的“我的亲人”。在物欲至上、人性异化的“高贵”的城市人面前,如此本真品性已是“稀缺”,着实令人惭愧,“习惯在城中昂首走路的我”, 在家乡的一片麦地前,“突然低下了头”。文本介入现实,自我省思、绵里藏针,道出批评的力量。在诗人眼里,红高粱也有倔强耿直的姿态,“站在讷谟尔河畔/她压根不认识写字的莫言/就是演戏的巩俐驾到/她也不会像身旁的向日葵/随意转动自己的头和目光”,语言态度自然亲切,肯定的姿态暗含无声的针砭时弊,在趋之若鹜的名人效应与利益驱动面前,我们该如何学会像红高粱一样“拒绝干瘪的谎言”,生命果实的饱满,说到底还是要以根拼命地吮吸泥土的营养,拒绝华而不实、虚张声势和左右摇摆,诗人好似一个发现者和判断者,将心理真实和语言真实合二为一。

罗振亚的“乡村书”常有一种伤痛感,它暗含诗的内里,冷静克制、深沉内敛,这是对传统农事日渐消退的怀旧感伤,对父辈乡亲命运奋力挣扎的心痛悲悯。在“村庄住进了洋楼”的时代,犁铧被放入阳台的木柜,唯一能做的,就是和念旧的主人一起“晾晒往事”。《犁铧的叹息》采用拟人独语的体式,将犁铧的往昔荣光和当下被冷落的命运结构一体,以物自体的视角展开言说。技术时代的车轮滚滚而来不可逆转，“叹息”作为一种过往的记忆，虽然只能镌刻生命的历史长廊，但面对曾经的生命价值，为之哀婉也是另一种形式的尊重。“麦田的空旷”与“孤独的镰刀”，也是诗人表达怀旧主题的经典意象，前者意象是现代机械农业的隐喻画面，后者物象是传统自耕农业的境遇特写，代际交替的诗意喻指构成一种张力，此时“无声胜有声”，主体虽未言说，但精神从未退场。如果说对传统农业时代的逝去充满怀旧式的感伤情怀，对籍籍无名的父老乡亲生命历程的诗性走笔，则更见“乡村书”贴近人性的生命痛感和悲悯之情。“玉米姑娘”八十年的生命之灯，燃亮的是乡村女性辛劳、坚韧而又独立的一生；像“一只自动旋转的陀螺”的二丫，在命运的捉弄和考验面前从不选择躺平；走南闯北勋章无数的老战士“范六爷”，却无法享有儿孙孝敬的天伦之乐，用安眠药自己为自己送了最后一程；孤苦伶仃吹唢呐的“金三儿”，红白喜事的吹奏没能给他安定的生活，在“电视机和摇滚乐的吆喝里”结束悲悯的一生；“一辈子和自己的影子过日子”的马大平，七十年只钟情田里的小麦、黄豆和高粱，最终陪伴他的只有墓碑和遗忘。诗人以叙事笔法画龙点睛，呈现父辈乡亲的生命镜像，坚韧顽强的生，孤独寂寞的死，良善质朴的爱，在陈述和感叹句式的混合应用中，敬畏、同情与怜悯交错相生，精神主体的乡悲之情溢于言表。以生命之根弹奏的命运交响，从来不只有高亢旋律，更有低沉之音，诗人精神的阵痛和伤感不事张扬，却直叩人心。

“中国落叶归根的传统为我们乡土社会保持着地方人才。这些人物即使跃登龙门，也并不忘本。”[①]作为从讷谟尔河畔走出的人才，诗人罗振亚是传统的，他的“乡村书”也是传统的，落叶归根“不忘本”是其人其诗的精神品格，他引领“已经回不了家”的一代人，守护生命之根，尝试精神返乡。

---

① 费孝通：《损蚀冲洗下的乡土》，《乡土中国》，第 298 页。

三

有研究者认为，感念恩情和故乡情愫是罗振亚诗歌的核心主题，翻开诗集《一株麦子的幸福》，结构体例也是第一辑命名为“感恩书”，第二辑命名为“故乡大雪”，这固然与编排出版需要有关，但我从来都觉得，二者不可简单归为并列关系，感恩是罗振亚“故乡”诗歌不可或缺的内涵承载，“故乡”主题的厚重同样离不开感恩的加持，包含与被包含的逻辑似乎更恰切。从诗歌文本来看，“感恩书”虽是面对具体的人，但诗人从故乡俗世生活中选取事件，巧设情境，以之为视角辐射开来，将感恩之情揉碎融于其中，细腻的观察，细节的铺排，让故乡以不寻常的样貌呈现，读者在捕捉诗歌意趣同时，同步审视自我生命的伦理关系与代际情感。由此，罗振亚以故乡情愫为底色的感恩精神日渐饱满，魂牵故乡根系的伦理亲情不显自彰，浸润故乡品质的人性良善也获得自足，感恩不再是单向的情感表达，不再是纯粹的情感姿态，而是对人本身故乡心性的精神感召与生命唤醒，这是罗振亚“故乡”诗歌的肌理特质之三。

读罗振亚的“感恩书”，父亲与母亲的形象密集出现，这是诗人情感走向和伦理观照的用力点与着眼点。剖析诗人情感的内设装置，敬畏之情、歉疚之心、救赎之念，伴随父母生命的倾情书写不断闪现，进而成为诗人忆念养育恩情、渴望长情相伴以及由此而衍生的心灵重返故乡、永驻故乡的精神阐释。

写父母的诗，堪比他们生命历程的影像回放，作为放映者，诗人以极强的既视感，再次把自身与父母构成一个同时存在的整体，在彼此熟悉的人事空间，反复呈现父母质朴亲切的生活场景，不断强化父母勤劳、坚忍、善良的生命底色，敬畏之情或直接表达，或内蕴其理，情感表达诚挚厚重。作为乡村农事出色的“好把式”，“父亲常记不起自己名字/但能测出麦地的亩产的收成/麦芒的纹理与土质的关系/西南地今年的庄稼长势”（《一株麦子的幸福》），即使晚年患病，从嘴里说出的依然是“西南地适合种谷子甜菜/黑土地上没有河照样肥沃”。在多篇关于父亲的诗作中，诗人借用互文笔法，时空转换、遥相呼应,完整展现父亲的生命形象。讷谟尔河、李向阳屯所属的地理空间,永远是父亲的精神地标,父亲土里生、土里长,土里刨,土里笑,泥土命运的本色,成就了父亲泥土一般的性格,他总是把最好的资源留给子孙后代,把最艰苦的风雨留给自己。“在父亲呵护的那块麦田里/我已长成饱满的麦子/虽然八月暴晒/泪水浸泡/却是幸福的一株”,罗振亚自比一株幸福的麦子,感激父亲,敬畏父亲,热爱父亲,情不自禁发出长情告白,“如果有来生/我会从众人中一眼把您认出/然后还做您的儿子”(《感恩书》)。与父亲形象相映衬的是母亲的一生,二者在“感恩书”中形成一种共在空间。《母亲简历》运用全知视角,以年龄为叙事逻辑,历时性呈现一个女性勤劳、隐忍、坚韧的一生,冷静的语言,节制的情感,朴素的调式,兼及口语感,与母亲良善、质朴、不争的人格品性相得益彰,读着它即可直接走进母亲的生命内部。另一首诗作《过了年 您就七十七了》,截取年轻和年迈两个阶段的生命短章,运用映衬笔法,呈现母爱的温存和宽厚,“她站在哪儿 哪儿/就是家乡和炊烟的味道”,由衷表达对母亲的敬畏之心和挚爱之情。诗人还善于抓取典型细节,进行“雕塑式”画像,《母亲坐在沙发上睡着了》和《她瘦弱的手臂仍在风中挥动》即为此类,“两片浅红的布洛芬/负责骨头一天的疼痛/电视机一个人大声说着话/她坐在沙发上慢慢打起了鼾”,极强的画面感瞬间切入,定格人心,心疼感呼之欲出。多年来,与母亲的每一次分离送别,都深深印入脑海,“车已开出很远/她瘦弱的手臂仍在风中挥动/孩子再大也要不断出发/她得叫身体的柔软之处变得坚硬/人到老年必须学会告别”,这是一个善解人意、晚年依然独立的母亲的内心,这内心的纹理有血有肉,这内心的最深处充满爱、理解与包容。罗振亚对母亲的持续书写,使我们认识到,诗人对母亲的理解有多幽深,“儿子与母亲”的世界就会有多精微、多宽广。

罗振亚的“感恩书”别有气质之处还在于,诗歌中双亲虽都“本色”出演,但父亲不只是父亲,母亲不只是母亲,“感恩”也不只是“感恩”,更有精神主体对故乡心灵的自我审视与省察。对于远离乡村、久居都市的城里人而言,对于不能长伴父母身边的儿女而言,面对生养我们的父母与土地,何为故乡,怎样孝敬,如何感恩,诗人不断追问,更有一颗歉疚之心在隐隐作痛,这样的情感表达从不煞有介事,而是举重若轻。如《父亲临终前说出三个字》,诗人抓取父亲晚年的行为细节,将隐而不察的伤痛、歉疚与之巧妙共存一个空间。晚年进城后的父亲“仅与孤独对弈”,积蓄的“思乡”之情,临终前仅化为吃力地说出的三个字——李向阳,“李向阳是生我养我的村庄”,“十几年父亲躲闪着/这魂牵梦绕过的三个字/生怕儿孙染上土气与寒酸的不祥”,每每想起时,都是“和母亲小声嘀咕”,一旦“我和孩子若要探问”,村庄的一切,便在父母的微笑中“马上识趣地退场”。孤独、躲闪、生怕儿、小声、识趣,晚年的父亲小心翼翼学作“城里人”,身离开乡土,心却恋在乡土,推开语词的栅栏,父亲晚年始终克制、掩饰的“思乡”,似乎裂出一道不易察觉的情感缝隙,这是没能带父亲常回“李向阳”看看的遗憾,是没能陪父亲多聊聊“李向阳”的歉疚,无法弥补的“过失”,强化着“归乡”的内省心理。“父亲 您过虑了/我也想乘这三个字回家乡”,歉疚之心经由内心表白得到舒缓,“李向阳”不再是一个村庄的名字,它是父亲遗传的“乡愁的种子”,“将随自己的足迹生长”,诗人以承诺表达对父亲心心念念的故乡的守持,感恩在智性空间获得情感自足,以自洽的诗意逻辑得到升华。此类诗作还有《和老爸聊天》《六月的风也不能帮你清清喉咙》《他已经不认识我》等。在写母亲的诗中,依然可以察觉这种愧疚感。“回家的方向是最快的方向/三九天 我乘着高铁回家看望母亲//前方亮起那盏不灭的风灯/也照不清天边惭愧的云/直到父亲卧床/从没想过母亲也需要照顾……当有一天父亲瘦成墙上那帧照片/母亲突然又矮了几分。”作为女性,操持一生的辛苦与坚强;作为老人,城中独居生活的孤独与忍耐;作为母亲,欢愉远方儿女归来却很快又劝归家的善解人心,种种感悟涌上心头,让远离千里之外的诗人自责、愧疚,“于是每晚端坐在电视机前看天气预报”,“看完后再打个电话提醒她加减衣服/才能静心在灯下读书著文”,是“坚持最久的一个习惯”,潜藏于心的牵挂惦念无声溢出,自我安抚成为愧疚之心的另一种表达。在诗人这里,自省从来都不是“作秀”,细无声、深而透、慢而久,沉浸式的情感模式,直抵“此时无声胜有声”的感恩境界。

从不蓄势鼓噪喧哗,也不大张旗鼓标榜,却总能在风平浪静中感觉起伏的波澜。敬畏之情和歉疚之心已然赋予“感恩书”别样风貌,但诗人仍表现出更深沉的精神素养,继续探寻自我救赎的认知路径。对此,诗歌既是入口,也是出口。“老宅在时/都不能经常回家/老宅倒了/恐怕就更回不去家了”(《老宅倒了》),在一个不断变化的时代里,“老宅”在沦落、变迁,实实在在的物在消失,心心念念的人在逝去,诗人归乡的脚步被“阻断”。“离去—归来”是近百年来中国知识分子回乡的普遍模式,面对再也不能回去的“故乡”,诗人似乎只剩“离去”,无奈道出“别再和我谈论秋天”的哀伤,“父亲的眼睛一闭/果实、树木和村庄也就死了/成熟的河流没了归路//如果麦子与苞谷都不说话/北方的名字就叫寒冬/此后别再和我谈论秋天”。故乡已成为“遥不可及的内伤”,“抵达一次次成为奢望”,归乡的路在哪里?诗人面临一个自己和现代人集体共有的难题。有学者认为:“谈论故乡的人往往是已经失去了故乡的人,寻找正意味着丧失。”[①]这种观点固然不失哲性思维,有其合理的阐释逻辑,但也不全尽然,就思辨而言,寻找也意味着重新获得。细读罗振亚的“感恩书”,还是能够发现,“丧失”与“重新获得”是一枚硬币的两面,尽管多年“在都市的车海里学游泳”,“在之乎者也的平仄里练平衡”,“我们已没有资格谈论故乡”, 但还要作“故乡的搬运工”,从一月到十二月,不断“从远方将零散物件一样样递出”,看似悖论式的精神互搏,其实也是“不放弃”故乡的一种努力。面对都市人当下“无法归乡”的普遍命运,诗人以“不能归乡写归乡”的方式,破解难题,豁然开朗,同时也完成属于他个人“归乡之路”的精神创造,永怀对父母、老家、乡亲的感恩深情,不再让精神流浪,在此意义上,他并没有失去自己的故乡,而是在诗性阐释中,以“感恩”重新获得现在这个更热切、更有意义的精神故乡。

---

① 霍俊明:《这一次,批评家拉开了自己的诗歌抽屉》,罗振亚:《一株麦子的幸福》,第5页。

从脚下的土地走向精神庇护之旅,故乡依然还在,归乡的路依然还在。

作家滕贞甫曾说:“乡村是一个人的精神摇篮，每一个走出乡村的人,理应不忘乡村、善待乡村、敬畏乡村,乡村是来处,也是灵魂的归宿。”[①]五十多年来,罗振亚从未走出父亲、乡亲、老家的精神庇护,他不仅是父亲的儿子,更是讷谟尔河、李向阳屯的儿子,灵魂深处始终烙印着土地宽厚、博大的特质。罗振亚的“故乡”诗歌有乡愁、血脉,有奋斗、悲欢,也有对生生之地的热爱、敬畏、眷恋,他从不因为生长在这片土地厌倦和鄙夷“土里土气”,相反却努力以此涵养自己淳朴、良善、隐忍、进取的高贵精神,用执著、笃定的诗意创造,润泽驿动心灵和生命精神,获得令读者悸动于心的魅力,这是属于诗人罗振亚的品格和才情。

作者单位:黑河学院人事处

① 滕贞甫:《乡村,我的精神原乡》,《农民日报》2023年2月22日,第8版。

诗与思的内在呼应

——论罗振亚的诗歌写作与诗学观念

刘　波

自汉语新诗诞生以来的百年间，诗坛出现了不少诗人批评家，他们先以诗歌写作打开了通向文学的神秘之门，而后才开始以理性的方式阐释自己的诗歌观念和他人的作品，这种格局的形成也是诗歌这一文体独有的规则。新世纪以来，当诗歌批评越来越趋于学院化时，批评家诗人的出现又构成了另一种诗歌生产机制。罗振亚先生作为重要的诗歌批评家，他早在大学间就开始写诗并获地方文学奖，后来在从事诗歌研究之后，他一度放弃写诗，近十年来，重拾诗笔，因直白其心的独特书写，他的文本极具辨识度。

罗振亚先生是如何想到要“重新做一个诗人”？这可能有亲情、友情和感恩等因素的促动，也不乏必然的内心选择。诗评家霍俊明认为他“一直在诗歌批评家的内心培养着一个诗人”①，诗歌创作与诗歌批评之间并不存在多么大的悖论，即便有思维和修辞的冲突，也不影响二者的共存。罗振亚的诗情早已

① 霍俊明：《这一次，批评家拉开了自己的诗歌抽屉》，罗振亚：《一株麦子的幸福》，中国青年出版社2018年版，第5页。

注定,只不过阶段性地转化成了理性表述,一旦经验重新获得凝聚和释放,诗性重返精神的内核,诗的审美也会和批评的思想构成内在的互动,这会形塑他文学探索的知性质感。

一、诗如何忠实于日常生活

如果回到一个诗人最初的写作目的，青春期冲动仍然是重要的启蒙要素。在20世纪80年代初大学期间,罗振亚开始写诗,直到2001年出版第一本诗集《挥手浪漫》,他将自己写作的原因归结为“青春心理戏剧使然”[①],和大多数诗人一样,这一点并无特别之处。在个体的记忆里,这种对诗的认知是纯粹的、真诚的,契合一个初学者对现代诗最忠实的想象。事隔十多年之后,罗振亚在创作谈中仍然说到了这个问题,“彻骨的孤独,加上青春期的心理戏剧促动,令我迷上了写诗。”[②]对初心的复归,是否暗示了诗人站在现实角度理解了自己的诗歌写作历程?尽管有岁月的洗礼和生活的磨砺,他还是要回到历史现场倾听最初的声音。

到底有什么能解释这一切变化中的恒定之美?我觉得唯有生活本身,可以让一个批评家诗人重新书写自己的“最高虚构笔记”。生活是罗振亚诗学研究的核心目标,也是他诗歌写作的精神底色,从十几岁写出《礼物》,到后来写出《感恩书》,他都是在对爱的倾诉中试图抵达生活的高处;在至情至性的凝视与言说中,他提炼出的是不同人生阶段的生活法则。就是凭借这种赤诚的生活叩问,他打开了自己和诗歌之间的通道,让诗情得以通过富有内在节奏感的书写,获得人性的温度。如何接纳那些日常的变奏,在诗歌中描绘生活的纹理?这对于罗振亚来说是一种方法上的自觉,他认同诗歌源于生活的内部,

① 罗振亚:《挥手浪漫·后记》,《挥手浪漫》,黑龙江人民出版社2001年版,第113页。

② 罗振亚:《创作谈:说说自己的诗》,《写作》2018年第4期。

并以具体的文本“达成了诗和生活的对应”[①]，更多时候，他打破了隐喻和象征对诗的束缚，直接让生活细节与感触化为诗的结晶。“直到父亲卧床/从没想过母亲也需要照顾/父亲能让几十亩庄稼在手上生长/男人病了也是男人/当有一天父亲瘦成墙上那帧照片/母亲突然又矮了几分/烧菜洗衣购物日子纷乱/夜晚忍受着一百多米的孤独/漫长的黑里不时传来鬼魅的呻吟”，这是诗人坐高铁回家看望母亲时所忆起的细节，“五年，她以瘦弱的肩膀/扛起了一千八百多个多变的夜/按时电告儿女身体平安/一个人支撑着全‘家’的温馨/儿女流浪的是有休憩的码头/走在冰雪路上/也像怀抱一样安稳”（《三九天乘着高铁回家看望母亲》）。这样的诗作，看似直白，其实不乏超越之感。直抒胸臆的背后，更多是切身的亲情体验，这种体验并非在想象中完成，而是在时间中慢慢领悟到的，它具有“在地性”，这正是生活的馈赠。

里尔克说，在生活和伟大的作品之间，总是存在着某种“古老的敌意”（《安魂曲》），诗人与生活之间是否也存在这种敌意？不管是隐秘的对抗，还是公开的和解，最后的妥协在终极意义上还是成立的。罗振亚在经年的诗歌阅读与阐释中，关于他人诗歌的思考也反作用于他自己，他在诗歌批评的“后视镜”中观察到了生活的重要。近年的诗歌实践，也印证了他如何寻找切入生活的角度，“在生活与诗歌之间，罗振亚先生已经找到了观察世界和使用语言的理想角度，确立起专属自身的写作向度”[②]。他的诗学立场也会反过来影响自己的写作，转换所连带的思维调整，在生活这一中介里获得了美学的发酵。五十岁这一年，诗人借动物的形象之喻，写下了他对人生的另一种理解：“肩膀的疼痛能预知天气了/八两的酒量已滑到半斤/我从来不敢违抗天命/一如对待自己的心/虽然不知命运是鼹鼠/还是草丛中肥硕的兔子/不然就养只机灵的狸花猫/或放出一条迅猛的格力犬/但愈加清楚那匹同行的黑马/即便消瘦得渐近黄昏/遇到

---

① 罗振亚：《创作谈：说说自己的诗》，《写作》2018 年第 4 期。

② 卢桢：《退回自己的写作——读罗振亚先生的诗》，《创作评谭》2017 年第 4 期。

沟坎也不会把自己放下/流泪完全是风的缘故/粮草充足能走多远走多远”（《知天命·动物联想》）。诗人在对动物的联想中，重新发现了另一个自己，这种发现也可以说是一种“发明”，生活的磨练让他变得更为坚韧，更具人生的秩序感。

在罗振亚的生活之诗中，有一个很明显的标识，即对东北地域的书写。诗人的天职是还乡，他可能一下笔就回到了故乡，故乡的人与事，包括他所运用的语言，都有着独特的东北味道。虽然诗人力图规避这种地域影响，但长久生活的经历已无法抹除这种本真性，他唯有领受血脉里的传承。“从幼儿园到博士毕业/它一直被视为体内的毒素/并佐以普通话驱赶治疗/就像东北的黏玉米/朴实个儿大吃起来解劲/可粗粗壮壮的样子总有些土气//五十多年对症下药/以为它早该消失殆尽/想不到在说梦话和亲人聊天时/它还是常常固执地溢出/那股闻到淘米时新米香的感觉/谁都难以拒绝//既然地方话的种子/已长成一株苍翠的神经树/那索性就让思想的小鸟筑巢吧/围绕它飞翔/再多的高楼大厦也不会迷失”（《东北地方话》）。如果刻意去消除这种已经定型的“话语特征”，似乎也有违自然心性，相反，诗人接受它作为“种子”，这也许正是诗之希望所在。破除了潜在的不认同感，他能“以物赋形”地重新演绎东北的乡愁和诗意。“虽然天津话听着不像东北嗑那么顺溜/煎饼果子嘎巴菜咋也抵不上碴子粥可口/就别提那漫山遍野的大豆高粱/石油煤炭森林到处是宝藏/更别讲猪肉粉条小鸡蘑菇/仿佛能够刺破夜幕的穿天杨/都说现在大家住在地球村里/我也说不清自己在村里的位置和方向/只知道来到城市想念大雪的洁净/回到家乡又惦着那些输送温暖的管道/是否听话是否通畅”（《和一位水暖工交谈》），诗人在与水暖工的交谈中隐藏着深层次的比较视野，这种回不去的故乡，虽也是乡愁的内在体现，但暗含的悲苦意识和内在矛盾性，正是生活的悖论甚至无解之处。

罗振亚的诗歌始终有一种温情，这不完全是他既定的美学，更与人性有关。温情里有悲悯之意，悲悯里又隐含着批判性——离乡与返乡的矛盾，见证了现代社会迁徙的复杂。就像诗人在《孩子　我们已没有资格谈论故乡》一诗中对“现代性乡愁”的审视，在主动选择离乡与内心回望之间，总有着“无根”的不安。“月亮是供游子圆缺的/天空由南归的雁阵丈量/档案馆前的几只流浪猫/叫出故乡遥不可及的内伤”，南北的距离指涉了乡愁空间的可能性，与这种空间对应的则是现代性所带来的隐秘焦虑。“日子像疯狗在身后狂追/不知啥时太阳患了红斑狼疮/姑娘穿的少得让人不敢睁眼/性病广告贴到幼儿园的门上/小鱼儿不断浮上水面喘气/岸上人的表情阴晴无常/孩子 在都市的车海里学游泳/我们已没有资格谈论故乡……” 这种对孩子的诉说中有着忧虑的对话性，他不仅与自我进行对话，同时也将现代性所带来的喧嚣与变化置于一种永恒性中进行反思，从而让诗歌写作更有针对性。

对生活的记录，一方面呈现的是情感与细节的诗意，另一方面，也有着对日常的反思和审视。将日常生活进行神秘化，有时更像是陷阱，诗人很容易沉迷于玄思，如果真正的感知力在语言和经验之间发生错位，诗意的平衡也就丧失了。罗振亚的诗性力量可能正体现在他将生活和诗歌真正融在了一起，并赋予清晰的表达以瓷实的质地。《最后一课》《我们欠他一声“对不起”》《刘教授的悖论》这三首诗，分别描绘了王老师、车老师和刘教授这三位高校教师，这是诗人最为熟悉的形象，他们的悲剧性也反映了人之为人的艰辛与不易。这些老师都坚持了理想主义精神，如同诗人在知天命之年重拾诗笔，“我以为在高度物质化的时代语境里，坚守诗歌写作‘这条不归路’是需要一种精神的”[①]。虽然他针对的是雷平阳，但对于他自己来说，又何尝不是要坚守的精神高地呢。

二、及物与朴素诗意的生成

经验的转化不仅需要技巧，更需要想象力和与生活抗争的能力。罗振亚对生活经验的驾驭，更多是从其鲜活性中获得启示，他很少去约束这些日常

① 罗振亚、雷平阳：《寻找宁静的力量》，《当代作家评论》2012年第1期。

经验所沉积出来的想象，而是为其提供内循环的可能。也就是说，他相信诗歌中直觉的力量，它甚至都不完全是激情的，在节制中会有一种爽朗的率真。“我的诗歌都可以是有感而发，它们离‘无病呻吟’相去甚远。”[①]诗人所言的“无病呻吟”应是远离生活的天马行空式幻想，但“有感而发”的写作并非对想象的背叛，它通达生活经验的内部，既有切身之痛，也有独特的生命快感。“诗是我寄托、抒发对亲人和这个世界情感的一种最佳方式，最痛快或最幸福的时候我都会想到它。”[②]这是其他方式所替代不了的美学，无论我们怎么去冒犯生活，生活和诗之间的张力，就可能是一个人面对时代阴影时的生存现实，他去摧毁它或安抚它，都必须保持虔敬之心。

就像诗人写《一株麦子的幸福》，这看似抒情的题目，有一种乡土的朴素，但是字里行间流露的仍然是诗人的性情之真：“车轮不都是向前用力的/有时它离目的地越来越远/父亲选择性遗忘的阿兹海默/反复回放着每一个日子/在葱绿的往事田地里/麦子一株一株地复活/阳光一吹都想说话//父亲常记不起自己的名字/但能测出麦地的亩产收成/麦芒的纹理与土质的关系/西南地今年的庄稼长势/还不断对着别人喊/儿子吃饭//在父亲呵护的那块麦田里/我已长成饱满的麦子/虽然八月暴晒/泪水浸泡/却是幸福的一株。”诗人根本不用遮掩这种对父亲的怀念和追忆，这是他的诗歌美学与精神谱系里至善的一极。他没有被表象的先锋所挟持，只有生命感悟的痛彻才能显出内在之力。在东北话的语境里，罗振亚的诗歌写作直接涵盖了对龙江黑河的安置，诗人除了打捞过往的记忆，还要以文字承受现实生活在岁月中的刻痕。所以，他从不作那种高高在上的封闭式写作，“一般情况下，我愿意启用朴素的言语态度让诗安身立命，让人能够沿着语言走近诗人的生命内部”[③]，我们真正要走近一个诗人，生活经验场域的共鸣至关重要。诗人不仅要被生活所打动，而且还要唤

---

①②　罗振亚：《创作谈：说说自己的诗》，《写作》2018年第4期。

③　罗振亚：《诗，我永远的亲人》，《创作评谭》2017年第4期。

醒生活这个装置所溢出的超验性，如此方可对诗意负责。“振亚先生的生命已与诗歌融为一体，其生命存在基于对诗歌的热爱与执着，进而形成了一种在现实中纯净的存在状态。”[①]“纯净”应是罗振亚的诗歌拒绝做作的一个佐证，他以这样的标准来要求自己，也以此来衡量更多诗人的写作。

罗振亚对近些年诗歌的评判尺度，很大程度上就是“及物”，他自身的诗歌实践也与此标准一脉相承。“‘及物’仅代表一种题材立场，文本的成功还得依赖诗艺自主性的建构”[②]，及物使得他所描绘的细节和流露的情感更为清澈明晰，同时也稀释了虚无感，强化了对生活的感知和领悟意识。如同他在诗中写道：“北方的麦子不懂象征/更拒绝那些泛酸的比喻/一株株不能再普通的农作物/身体和灵魂都只属于自己”（《在家乡的一片麦地前 我低下了头》）。诗人借诗歌写作表达了自己的诗学观念：属魂的文字总是拒绝被过度包装。他所创造的正是那些清除语言暴力后剩下的部分，干枯偏瘦，但足够劲道，足够有力；他所守护的就是承担修辞祛魅的勇气，将诗歌还原成个人内心的情感宗教。

在很多诗人看来，有感而发属于浪漫主义时代的写作律令，其实，我们对现代性的索求，同样也无法避开任何言说与表达的依据，有感而发始终是诗歌写作的根基，它与诗意的及物性并不矛盾。在罗振亚近年作品中，《妻子的头发》这首诗不仅在技巧上有叙事的成分，它更多代表了诗人在及物书写中所追求的“感动心灵”[③]的主体意识。“自从认识妻子的头发/愈觉在云端舞蹈的诗人浮华/明明是带着体香的一缕青丝/却被隐喻为黑色的瀑布/甚至比附成茂密的草原/殊不知瀑布会断流/草原只有一季能举起温暖与花”，诗人在写作中对诗歌有了自己的认知，它必须切合于生活本身。妻子的头发预示了生活的

---

① 王巨川：《以理性探寻纯净的诗意——罗振亚诗歌批评与创作探微》，《社会科学动态》2018年第1期。

② 罗振亚：《“及物”与其限度》，《当代作家评论》2010年第2期。

③ 罗振亚：《创作谈：说说自己的诗》，《写作》2018年第4期。

井然有序，人生在既定的方向上留下一段岁月静好的轨迹。“如今我们住在阳光100/她的手机见山拍山见水拍水/日出的特产常在微信曝光/走在冰雪路上心里也藏着盛夏”，这种幸福的铺垫突然有了一个转折，“不想从不咳嗽的她见肺部阴影/秋天的一次X光误读/引发了一场生死‘对话’/漫长的黑里她夜夜不眠/白天头发总是一丝不苟/外出旅游混进秧歌队伍/粉色的扇子衬着腮边的红霞/心里却惦记着我和儿子媳妇相处/谁适合照顾我的伤痛和嘴巴/看了一场撼人的《又见平遥》/只记住一句台词/‘生都生了，死就死吧’/可我只能告诉她千万别怕/咱半辈子从来没想过害人/‘彩票不会随便落到咱头上哒’/只是怕见‘病’‘死’‘癌’等字眼/它们是一颗颗炸弹/随时都可能发生爆炸”，这是一种煎熬后的诉说，诗人的直白其心正是源于有感而发，“终于CT打败X光/阴影原来是散点钙化/看着她头上飞雪的瞬间/我说‘理个短发，去去晦气吧’/之后我猛转身/把背影留给道路/我要看 黄河如何决口/山洪怎样爆发”。诗题虽为《妻子的头发》，诗人可能不在于要写一个生活事件，而是事件背后人生阶段性的痛感。当一场虚惊过后，诗人为何百感交集地快速写下了这首诗？他根本不需要虚构，生活的考验给那段“黑暗的历史”提供了形成诗的内驱动力。诗人几乎是和盘托出，他到了不得不写的时候了，诗的生成就在这亲情之爱的逻辑里自动显露，它折射出的现实，也是人之脆弱带来的命运感。

生活的热心肠形构于诗与思的细节，诗人根本不用在言辞里去拐弯抹角地议论什么，他写下的那些细节足以自我教育。罗振亚的诗歌是他人格的投射，更是其诗学的一个镜像。与其说他是在写作中与词相遇，不如说他是在向热情的生活投诚。“真诚与朴素，这是罗振亚的底色，也是他诗歌的基本品格和写作态度。”[①]及物书写的目的就是表达内心的真诚，呈现某种生活上的原生态，这一辩证法可能会透出生活的尖锐性，但同时也会让诗人不屈服于飘

① 霍俊明：《这一次，批评家拉开了自己的诗歌抽屉》，罗振亚《一株麦子的幸福》，第3页。

渺的诗性。罗振亚在谈到新世纪诗歌时，曾形象地分析过及物书写对诗人形象的建构："诗人们这种对世界和心灵的感知方式，把诗从虚无飘渺的'高空'拉回到了踏实质感的人间'地面'，使诗充满着浓郁的生活气息，仿佛演绎的就是人们身边已经或随时都可发生的一切。"①这一诗学观念恰如其分地呼应了他的诗歌实践，他强调"地面"并不是要取消诗的飞翔之感，只是他希望诗歌写作是有根的，不是凌空蹈虚的文字游戏。

在《母亲简历》这样的诗中，罗振亚就实实在在地以年龄节点记录下了母亲的人生轨迹，每一句都是结实的存在，直指一个普通的母亲与命运的同构性。还有《过了年 您就七十七了》，这样的诗足够直白，近乎一种倾诉，"父亲走的那晚上过马路/她抓我胳膊的手轻轻一颤/我六月的心一下走进冬天"，在母亲的孤独中，诗人诉诸所有的自责，但同样是拉家常式的交流，既是说给母亲听，也是说给自己的。"他的诗歌实现了事物与内心共振，从低处的光到高处的云，都有着朴素的外貌、深邃的情思。"②他即便在进行生活琐事的罗列，也都倾注了泪水和情感，亲朋好友皆主题，诗人的诉求不过是情义的会通。他在诗歌中的话语权力，就是将那些即将堕入深渊的词语从加速的下落中拯救上来，重新接续它们朴素的格调，这是他的期待，也是其诗歌富有历史感的前提。

三、批评的"笼子"与诗的自由

1983年，二十岁的罗振亚即将大学毕业，那个时候他决定去支边，也许是和母亲意见相左，他写了一首诗《妈妈 原谅我吧》，副题为"写在大学毕业支边时刻"，这是一首与母亲对话的诗，因自己的决定而请求母亲原谅，忏悔，愧疚，

---

① 罗振亚：《新世纪诗歌形象的重构及其障碍》，《扬子江评论》2013年第3期。

② 姜超：《罗振亚诗歌：从"青春之歌"到"长恨歌"》，《写作》2018年第4期。

安慰,诗人以独立自主性化解了母子的对抗,而在言辞上也极为真诚、朴素。这与其说是一首对话之诗,不如说是与母亲的和解书。而时隔多年之后,他为母亲又写了不少诗,像《母亲坐在沙发上睡着了》《她瘦弱的手臂仍在风中挥动》等,字里行间仍然是记忆的回放与母慈子孝的和睦。贯穿这些诗歌的基调,当为饱满的情感和敏锐的洞察力。尤其是写父亲和母亲的一组组诗,我们之所以读来有共鸣和信任感,还是因为诗人"凭借所书写的情感本身的强度和微妙自然的音节调度去拨动读者的心弦"[①]。诗歌的情感契合点正在于我们共同经历的那些经验,它联结于诗人和读者共同的体验。诗人的自治也是基于"情感本身的强度",这才能为那些碎片化的当代生活另辟一条通往诗的法则。

罗振亚诗歌情感的聚合点是他整体上趋于理性的探索,虽然他以情感来强化诗意,但他不是那种单纯浪漫型的诗人,理性的思维"规定"他的诗歌必定有情感的克制。他不可能去放纵情感,作夸张之势,这一点与罗振亚多年的诗学研究有关。即便他写出思绪万千的延展性文字,"再威风的英雄倒下也只能躺进记忆/虽然骑手离开骏马伤口永不愈合/人啊一辈子不过睁眼闭眼之间/酸甜苦辣咸几种滋味都不太纯正/也许常兑几两伏特加稍稍会好一点/在哈尔滨街上走路脚掌需要松弛/一不小心即可能跌入噩梦"(《酒吧意识流》)。这些感慨貌似有着意识流的"杂感"色彩,但并不随意。如果仅从字面意思理解,随感式文字能体现出诗人深邃的洞察力,修辞本身也有着内在的警惕性。我觉得《酒吧意识流》应该是罗振亚诗歌中带有陌异性的作品,他从依赖情感强度的策略中走出来,尝试着以另一种风格来切入生活的"危机"和困境,并不断地反刍其中暗淡的部分,它既联于修辞,也在靠近人生的真相。"诗歌可以磨砺出一个人观察世界和使用语言的最佳感觉"[②],也许正因为拥有这样一种见识,他一直在写诗、评诗与诗学研究中保持着对各方面的敏感性。

---

① 李文钢:《皈依于"一"的歌——读罗振亚诗集〈一株麦子的幸福〉》,《文艺评论》2019年第1期。

② 罗振亚、刘波:《关于新诗创作与批评的对话》,《渤海大学学报(哲学社会科学版)》2009年第6期。

在一种相对开阔的视野中,罗振亚这些年的诗歌批评和诗学研究一直在"解放"的层面上获得自足性。他在强调统一的时候,也认同诗歌美学的多元性和差异性,这应合了他在诗歌创作中的趣味选择。从早期的抒情,到后来注重情感强度的叙事,再到"意识流"的尝试,这些丰富的书写对应的是诗歌更为复杂的面向。"如果说现代主义新诗的史学论述属于'语言规则'的话,那么,每个诗人的创作则是新诗'话语'层面的鲜活展现,从点到面,相辅相成,共同构成现代主义新诗的庞杂世界。"[①]这既是对罗振亚诗歌创作的概括,也是对其诗学思想的精准分析。如果说之前他一度停止诗歌写作,仅从事诗歌批评和研究,这种单一性无法塑造一个完整的批评家诗人形象,那么,他后来重新写诗,则弥补了单一性的缺憾。他曾表达过这样的意思:"一个诗歌研究者不一定非得是诗人,但最好有过写诗的经历,有没有这种经历大不一样,你写过,哪怕写得不好,但总还是比没写过的人更能够熟悉诗歌的肌理、修辞、想象方式,走进研究对象的本质深处。"[②]诗人批评家可能并不会去考虑这些问题,对于他们来说,写诗是先于批评的,或者说同构于批评。而在罗振亚看来,批评家写诗是为了保持诗的感觉,真正的实践利于我们怎样顺利地进入它,并理解它何以如此生动。

一旦回到批评家和诗学研究者的身份,罗振亚有他自身的一个起点,或者说一种规则,"诗学研究和文学创作是一样的,任何花哨、漂亮的技巧在永恒的时间面前都不堪一击,真正能够存活下去的只有思想,思想是诗学研究的立身之本。"[③]这里的思想就如同诗歌创作中的生活与情感一样,是支撑作品立起来的根本。它既是方法论,也是写作和研究的伦理,罗振亚之所以有统观全局的眼界和能力,还是因为他对个体诗人诗作的充分了解和对时代总体

---

① 陈爱中:《罗振亚诗学思想札记》,《文艺评论》2017 年第 9 期。

② 罗振亚、刘波:《关于新诗创作与批评的对话》,《渤海大学学报(哲学社会科学版)》2009 年第 6 期。

③ 罗振亚:《深挖一口"井"》,《创作评谭》2017 年第 4 期。

性的把握。吴思敬先生在评价罗振亚对先锋诗歌的研究时说:“关注当代,意味着对生活的热爱、对诗歌的责任,倚仗着对纷纭复杂的文学现象的判断力与分析力。”[①]在真正的兴趣和关注点之外,这是时代赋予他的一份使命,时代才是拥有全局观的高度。而他对于个体诗人的批评,也有至为清醒的认知:“个案批评恐怕是一个学者必须练就出的基本功夫,没有这个扎实的环节垫底,所有的整体研究也就都是蹈空的东西,只不过个案批评也不能太拘泥,而应该既立足对象又超越对象,在宏阔的视野和语境下做更高层次的理论提升,切口可以小,但挖掘的必须深,透视出的问题不能小。整体研究的学术要求略高一些,它需要研究者的一种综合实力,眼界、功底、问题意识和理论抽象力兼具,它最好有诸多个案批评的积累做支撑。”[②]个案批评与整体研究相辅相成,它考验的仍然是批评家的综合能力,如同陈超所总结的诗歌写作中的“个人化历史想象力”,这开启的是个体的独创性,又以历史感重塑了个人写作的深度、广度和具有纵深感的方向。

罗振亚的诗学研究作为一道风景,它立足的还是诗歌本身。这些年,他的坚守与停止,持续与精进,都是在终极意义上打开诗的窗扉。“诗是宗教,它需要付出绝对的虔诚。”[③]在这样的认知体系中,他一直在寻找自己的位置,以凝视的目光打量诗的旷野。在此期间,他也曾考虑过学术转型,后来几经周折,他还是回到了诗歌,这种辗转和归宿也是“虔诚”的深入。回顾几十年的诗学之路,不过是青灯孤影,“他研究诗歌不是为了谋私利、逐浮名,而是为了让自己的潜能得以实现,让自己的心灵有个安顿之处”[④]。那种热情就在这样一个孤独的场域里被慢慢转化成了有温度的文字,他拓展了诗歌批评与诗学研究

---

① 吴思敬:《罗振亚:与先锋诗歌一起成长》,《文艺评论》2017年第9期。

② 罗振亚、刘波:《关于新诗创作与批评的对话》,《渤海大学学报(哲学社会科学版)》2009年第6期。

③ 罗振亚:《挥手浪漫·后记》,《挥手浪漫》,第113页。

④ 吴思敬:《罗振亚:与先锋诗歌一起成长》,《文艺评论》2017年第9期。

的边界,也在诗歌中找到了自我价值的确认。

将诗内化为一种人生方向,这精神之事中潜藏的只是勇敢和爱。在一次访谈中,罗振亚先生写下了如此深情的一段话:“与诗结缘,是我的痛苦也是我的幸运。她让我不谙世故,难以企及八面玲珑的成熟;让我的心灵单纯年轻,不被尘俗的喧嚣烦恼所扰。她教我学会了感谢,感谢上苍,感谢生活,感谢生我养我的父母和土地,感谢那些曾经遇到、即将遇到的或亲切或温暖或美丽的名字;她教我在漫长的人生路上走得淡泊自然,走得快乐永远。”[①]诗对于罗振亚来说是一个颇有重量的词,因为要真正靠近它并不容易。在诗歌批评和诗学研究的“笼子”里,主体的权力就是心性的自由,罗振亚先生在创作和批评的自如转换中所追寻的,还是诗歌自由的星空与内心的道德律,它折射出一道风景:一个诗歌的“我”,在漫长的人生途中,遇到了另一个诗学的“我”。

（原载《东吴学术》2019 年第 6 期）

作者单位:三峡大学文学与传媒学院

① 罗振亚、刘波:《关于新诗创作与批评的对话》,《渤海大学学报(哲学社会科学版)》2009 年第 6 期。

诗意空间的耕犁者

王　觅

不熟悉罗振亚先生的朋友们,初看先生的学术简介、著作书目、诗歌创作、散文随笔时,可能会产生这样的一个疑惑。作为中国先锋诗歌研究的中坚力量,以现代主义诗学研究为学术起航点的罗振亚教授,写有《中国现代主义诗歌流派史》《中国现代主义诗歌史论》《问诗录》《1990 年代新潮诗研究》《中国先锋诗人论》等多部聚焦我国现代主义诗歌、凸显先锋性与探索意义的研究著作,他是支撑起我国现代主义诗歌研究这片高原的巨柱之一。而在先生的诗集《一株麦子的幸福》中,纵览他在中年后创作的一系列作品,呈现出的却是现实主义风格,质地朴实无华。为何研究并熟识“现代主义诗歌”脉络与技法的罗振亚先生,在自己的诗歌写作中却选择了“现实主义”作为创作原则呢?

多年前的我,同样也有着这一困惑。我默默地将这一困惑当作生命给予我的礼物,它是恩师在课堂之外给我进行的另一次教学,而我则需要自己去跋涉翻越这一困惑,寻觅到答案。

这一跋涉就是数年,从在校时让老师操心的学子,也成了站在讲台上操心着孩子们的老师;从浪迹四海慨叹困于人生的无奈,到窝在朝北的窗边不断淬炼生命的硬度。这一路走来,我也不知道自己找到的这个答案是否正确,但在找寻的途中,自己的确是收获了不少。

一株麦子的幸福

答案的初始点,可能就在罗振亚先生的诗作《一株麦子的幸福》中:“在父亲呵护的那块麦田里/我已长成饱满的麦子/虽然八月暴晒/泪水浸泡/却是幸福的一株。”最初看这首诗时,觉得幸福就是“在父亲呵护的那块麦田里”成长。可幸福又是一种更为复杂、饱满的情感,这让我隐约觉得“麦子的幸福”或许不只有一层含义。那么,属于这麦子的其他层次的幸福到底是什么呢?

幼年时,我就在词典中知晓了“麦子”是一种“谷类作物,分大麦、小麦、燕麦等多种,籽粒磨面供食用”,在电视中也时常见过麦子的样子。对于麦子这一事物,我既熟悉又陌生。直至一年秋天,我到了田间,才真真切切看到成熟的麦子,用手抚过饱满的麦穗时,才忽然明白了老师笔下那株“麦子”的幸福还有什么。

这还幸福着的,是“饱满的麦子”所独有的幸福。

麦子,这种独特的生物,先向天空追寻高度,再驻足于大地,挖掘生命的深度。生长中的麦子,是往上朝着旷远无边的天空,如罗振亚先生早年的著作《中国现代主义诗歌史论》中的那句“寻找远方的诗神”[1]。而成熟的饱满的麦子,是俯身看向大地,孕育众生使之温饱。它从获取者变为给予者,从被守护者变为守护者,从青葱时追逐梦想到饱满后肩负责任,“饱满的麦子”具有一种终于担负起责任的幸福!

罗振亚先生既是一位诗歌研究者,更是一位读诗写诗的爱诗者。诗歌是罗振亚先生的事业、爱好,是生活中最重要的一部分。让诗歌的世界更加美

---

① 罗振亚:《中国现代主义诗歌史论》,社会科学文献出版社2002年版,第12页。

好,让有诗歌的世界更加美好,这应该是每个爱诗者的憧憬。如何去撑起这份憧憬,则需要无数热爱诗歌的人,将推进诗歌发展的重任扛上肩头。

诗歌的道路

诗歌发展道路上的许多问题,有些就像铁轨的裂纹,难以觉察但需防微杜渐,有些则可能似遇到深坑、断崖、拦路巨石。而在铁路建设上数天或是数月就能解决的问题,在诗歌道路的探寻上则可能需要数年乃至数代人的努力。几十年来,罗振亚先生培养出近四十名诗歌研究方向的博士,正是在诗歌道路上修桥跃壑,他对诗歌发展中种种问题的指导修正,则如同去石填坑。回望其中过程,上百部的论著,遍及天下的桃李,先生已是走了很远很远,为后来者们铺出平坦宽阔的道路。

如罗振亚先生的朋友荷兰汉学家柯雷所言:“我选择诗歌的标准是看其透视折射(transparency)的状态……读诗如同将它放在光中,从不同的角度看它呈现出不同的透视折射状态。一首诗有越多的透视折射状态,在阅读中就将会得到越多的满足。”①诗歌自身意义的丰富性与诗坛变迁的缤纷性,也决定了其中的许多问题的复杂性。其中一些问题并非来自诗歌本身,而是来源于诗歌之外,作用在诗歌中,造成的影响也不仅仅局限在诗歌领域。这些棘手的问题,促成了直面它们、决心解决它们的罗振亚先生诗学探索的广博性与深远性。

诗歌发展道路上的裂缝多种多样,有小有大,罗振亚教授在《困惑——黑土诗为何走入低谷》《非诗伪诗垃圾诗,别再折腾了》《新诗的“百年情结”可以休矣》等多篇论文中,都对这些裂缝给予了勘查和修补。对于这些问题,罗振

---

① Maghiel van Crevel: *Language Shattered Contemporary Chinese Poetry and Duoduo*, Leiden:Research School CNWS,1996,p117.

亚先生一次亮剑、数次冲锋就可以在很大程度上解决。但诗歌发展道路上的那些深坑巨壑,则需要通过罗振亚先生数十年如一日,肩负重任、凝结心血,才能将其铺平化为通途。此中的思考与努力,可能也正是罗振亚教授以现代主义诗歌研究起航,却选择以“现实主义”作为主体创作风格的缘由。

诗歌发展道路上最触目惊心的深坑巨壑无疑是诗歌愈发严峻的边缘化困境。“对于中国新诗来说,二十世纪八九十年代之交是一道显豁的分水岭。此前,新诗在多种文体格局中一直主打天下,处于中心和重要的位置,荣光不断。而后,新诗则由于欲望化的拜金语境冲击、大众文化的挤压和自身探索的本质失衡等因素‘合纵连横’,陷入冷寂而彻底的边缘化窘境之中,成了生活中可有可无的点缀和最不受读者欢迎的文体类型,各大报刊原来对它敞开的园地竞相取消,诗人亦随之贬值为背时的精神有问题者。一句话,进入九十年代的门槛后,新诗形象被矮化、丑化到了最高限度,其对读者的感召力和影响力下降至最低点。”[①]如同“西方现代派诗歌的每次崛起,总与某些哲学或社会思潮相伴随”[②],我国新诗“自身探索的本质失衡”的病灶,也并不完全体现在诗歌本身,而是可以从新诗初诞期的哲学与社会思潮中寻找答案。

新文学发生初期,文化学者和作家们过度重视“人文主义”思潮,却“忽视”了其一体两面无法割裂的内在危害。“忽视”一词被标注上了引号,是因为当时状况下的身不由己,不得已而为之。受教于白璧德秉持“新人文主义”的学衡派一众,在和宣扬“人文主义”的群体论争中处于下风的原因,并不是用于修正“人文主义”的“新人文主义”学说本身存在劣势,而是“新人文主义”作为对“人文主义”的反思,其适用性是建立在社会已经进入“人文主义”阶段之后。当时的中国还远未至此,仍处于封建思想的束缚中,急需的是引入“人文

① 罗振亚:《新世纪诗歌形象的重构及其障碍》,《扬子江评论》2013 年第 3 期。

② 罗振亚:《开放的“缪斯”——论中国现代主义诗歌对古典诗歌、西方现代派诗歌的接受》,《社会科学辑刊》1996 年第 5 期。

主义”这一攻城锤击碎封建主义的牢笼。

“人文主义”作为攻城锤,具有巨大的解构力,其原因之一正是在于它对“个人”“个体”意识的强调,从凸显“个人”到强调“自我”,再到极端以自我为中心,或许仅有半步之隔。在百年的发展中,思想界对于这一思潮自身潜藏的问题,并非没有过矫正。但在时代变迁的洪流中,这一危害还是滋生蔓延开来。它从思潮渗透至文学进而渗透至诗歌,以致诗歌边缘化的原因并非人们不认同诗歌本身,而是不认可部分诗人及他们固守的观念。甚至可以说,普通民众并非不热爱诗歌,只是不热爱过于极端自我的诗歌,但普通民众无法在诗歌圈子中表明立场,只得选择了远离。“在整个文学命运都已严重边缘化的当下,诗歌圈外的人们尽可能采取事不关己、不闻不问、一笑了之的态度。”① 这种不认可的根源,不只浅尝辄止于观念层面,其核心点在于诗人和民众最朴实的认知习惯产生了巨大的鸿沟。

但还有许多挚爱着诗歌的人们,他们没有选择出走,而是想修复、重建诗歌这一伊甸园,让在精神上浪迹天涯的游子们能有归来休憩的地方,让在思绪之海颠沛漂泊的航船们能有驻足安眠的港湾。罗振亚先生正是这样的人,为了填平诗歌发展道路上的深沟巨壑,他的方法便是俯身向大地,像成熟的麦子一样。

与家人和土地说话②

罗振亚先生选择“现实主义创作”的意义和具体方法,就在于“俯身向大地”,这也正是他解决诗歌自身探索的本质失衡问题、修复重建诗歌发展道路

---

① 罗振亚:《21世纪诗歌:“及物”路上的行进与摇摆》,《天津师范大学学报(社会科学版)》2015年第2期。

② 罗振亚:《与家人和土地说话》,《文学教育》2018年第2期。

的发力点所在。“要爱具体的人,不要爱抽象的人”;“要爱生活本身”,“胜于爱生活的意义。”[①]如西川所说,“在中国要做诗人必须先做思想家、哲学家、神学家”,这是诗歌天平的一端,在使天平保持平衡的另一端,则有着罗老师如楷模般践行承载着的厚重情感:在中国要做诗人必须先做好儿子、好丈夫、好父亲。否则,“伟大的思想不过是空洞的废话”[②],只有将它们作用于这个世界,灌注在真切的生活中,才能使它们具有伟大的光辉。

纵观罗振亚教授数十年的治学历程，在众多关键词中有两个不容忽视、反复出现的存在,“叙事”与“及物”。这两个词互为依存,彼此成就,并且共同为诗歌开辟出更广大的空间,或者说还原了诗歌的本真。在诗歌创作中,强调“叙事”功能,表面上看是在诗歌已有的“抒情”功能外进行的扩充,实则从更广阔的层面而观,它对应的是诗歌创作的心理机制问题。“抒情”归根结底抒发的情感来自内心,以致出现了一些是玩笑也不是玩笑的现象——出版诗集的人可能比买诗集的人都多,写作者注重抒发自己的感情而不是倾听他人的心声。“抒情”具有的是“内指向”特征,而“叙事”一词本身的行为逻辑中,就具有“受众者”的存在,“叙事”与生俱来就有“外指向”的特征。即“抒情”可以只有抒发主体而没有受众客体,“叙事”则一定是有“目标读者”这一客体性存在的。所以在“叙事”的创作考量空间中,不仅是有自己,还有着读者,也就是自己之外的他人。在诗歌创作中倡导“叙事”,便有可能将诗歌创作中只有“我”及“我感”的小世界,扩大为还有“他人”“考虑他人”的大世界。“诗人们深知,按叙事学原理,叙事者和作者关系越远越微妙,文本的效果越佳”[③],当叙事者挣脱自己作为作者的狭小所感时,叙事者离读者的距离也就近了。

相对于“叙事”这一战略方向上的考量,“及物”则是在战术层面上的应

---

① [俄]陀思妥耶夫斯基:《卡拉马佐夫兄弟》,荣如德译,上海译文出版社2011年版,第277页。
② [美]纳博科夫:《文学讲稿》,申慧辉等译,生活·读书·新知三联书店1991年版,第12页。
③ 罗振亚:《九十年代先锋诗歌的“叙事诗学”》,《文学评论》2003年第2期。

用，即怎样在创作中承载“爱具体的人、爱生活本身”。“众所周知，文学或诗歌能否产生大影响和其是否与现实‘结合’有直接关系。”[①]“及物”首先是对于自身内心小世界的突围，“反对情感滥用的物化追求成了诗歌不可遏制的艺术趋势”[②]，从小世界至大世界的转向正切中了歌德的言语，“一切健康的努力都是内心世界转向外在世界”[③]。以开放而非自闭的心态将自己的创作结合进大而真切的世界，“能够最大限度地向现实生活空间敞开，当是孕育大手笔的诗歌时代。事实上，‘及物’追求的确实现了若干年前希望协调好诗与现实关系的夙愿，使诗歌在新世纪逐渐脱离低俗，重新回温”[④]。

“及物”不仅使得诗歌回温，协调好了诗与现实的关系，更是扩大或者说是还原了诗的意蕴。“‘及物’的对象宜恰适、合理……感到其中浓郁的人间烟火气息”[⑤]，如罗振亚先生常在“及物”中所触及的“乡土”，既是其生命历程的重要组成，也如费孝通对“中国社会乡土性”[⑥]的论说，蕴含了我国社会形态的基础构成。“乡土诗是指乡土人写的诗，还是指写乡土的诗，抑或指乡土人写乡土的诗？迄今仍无定论。我们以为无须在这歧义丛生的称谓问题上纠缠，凡是以乡为方圆、以土为特色的诗皆可称为乡土诗。……以往因诗学观念偏狭，我们实在太小视了它。”[⑦]广义上的乡土诗，将诗从思想的虚空拉回至生活本身，将诗人自哀自怜的小世界扩大为辽阔江天的大世界。诗人们尝试“规避过于纯粹的情思路线，以向日常生活、现实领域的大面积敞开，增强诗的烟火气

① 罗振亚：《旅日体验与前期创造社的激情书写》，《文学评论》2022年第2期。

② 罗振亚：《通向具象化的言说策略——论李琦诗歌的抒情方式》，《南京师范大学文学院学报》2013年第1期。

③ [德]歌德：《歌德谈话录》，人民文学出版社1978年版，第97页。

④ 罗振亚：《21世纪诗歌："及物"路上的行进与摇摆》，《天津师范大学学报（社会科学版）》2015年第2期。

⑤ 罗振亚：《"及物"及其限度》，《当代作家评论》2010年第2期。

⑥ 费孝通：《乡土中国》，上海人民出版社2006年版，第5页。

⑦ 罗振亚：《中国现代乡土诗凝视》，《淮北煤师院学报（哲学社会科学版）》2000年第1期。

和疼痛感，更贴近了时代与人的复杂状态……把诗从虚无飘渺的‘高空’拉回到了踏实质感的人间‘地面’，使诗充满着浓郁的生活气息”[①]。他们踏在这坚实的“大地”上，“按生活真正的本色状态去恢复、敞开、凸显对象的面目，并且能够更深刻地挖掘表现生活”[②]，从中探寻到更真挚的意义。这不只是扩大了诗歌的意义内涵，也是扩大了诗歌的受众，使之从贵族到大众，从诗人到人民。如罗振亚先生所说：“现代乡土诗‘离文化远一点’或曰反文化的语言态度，本色、简洁而率直、天然，达成了与乡土精神的同构，它改变了诗生硬的贵族气，清淡而有诗意，拙朴又意味深长。”[③] “及物”是诗与现实关系的贯通，也是内心与外界、个体与大众共生互促的协调，它最终使诗“映现出可能隐含的构成人类生活本质的东西”[④]。

罗振亚先生提倡“及物”、重视“乡土”的原因，除了在于践行植耕诗歌世界的重任外，也源于他自身的生命特质——朴实。其实许多诗人都来自于乡土，或者说在我国这几十年的城市化进程中，大部分人都来自于乡土。可许多人在成功之后，或者是为了取得成功，选择背离或是隐藏了自己的乡土属性，来与“城市化”“现代化”接轨。甚至有部分人在自身的信念被冲击瓦解后，前进的动力竟然变成了对哺育自己的乡土乃至祖国的恨意。造成这一现象的原因是多方面的，既出自个人内心的失调，也出自特殊历史阶段中西方文化对我国本土观念的侵蚀，还有一些在发展过程中难以避免的矛盾。

“不论是持有什么立场，都不可以端起碗吃饭，放下碗骂娘。”若“天道酬勤”是罗老师对学生们学业上的嘱托，那么上面那句话则是罗老师对学生们行为上的要求。“乡土”中某些文化因子或情感记忆也许也给罗振亚先生造成

---

① 罗振亚：《新世纪诗歌形象的重构及其障碍》，《扬子江评论》2013 年第 3 期。

② 罗振亚：《九十年代先锋诗歌的“叙事诗学”》，《文学评论》2003 年第 2 期。

③ 罗振亚：《中国现代乡土诗凝视》，《淮北煤师院学报(哲学社会科学版)》2000 年第 1 期。

④ 张曙光、孙文波、西渡：《写作：意识和方法》，摘自孙文波、臧棣、肖开愚编：《语言：形式的命名》，人民文学出版社 1999 年版，第 364 页。

过痛苦,但他更铭记在心的是“乡土”给予自己的恩情。正是这朴实的感恩的生命特质,使其能够做到坚定着自己的“乡土”性,并通过一步一个脚印的学术积累,在思想、学识和心态上均达到了相应的高度,也触及了深度,进而收获了“大隐隐于市”般的从容和自信。他不需要巴结晦涩的“哲思”或玄奥的“神性”来肯定自己的意义,他自己的生命意义,只能由大地来定义。

具有朴实生命特质的罗振亚先生,肩负着促进诗歌事业发展的责任,他俯身向大地,重视“叙事”的意义,倡导“及物”的方法,聚焦“乡土”与“生活”,扩宽着诗歌的世界。这朴实的生命特质、厚重的责任感和俯身向大地的态度,同样也是罗振亚先生对祖国和家人爱的凝结。

诗歌的魅力

在诗歌教学中,老师的一个重点就是向我们讲授各类诗歌艺术魅力的产生机制,其中最难讲的部分就是朴实无华的现实主义诗歌和眩目繁杂的超现实主义诗歌。我从中获得了启发,解决了这两个教学上的难点,从而对老师的“现实主义”诗歌创作有了更深的体会。

作为哲学家、数学家、物理学家的笛卡尔之所以会被称为近代哲学之父,在于他的学说能够切实地将形而上的哲思作用于生产、生活实践,对近代工业的到来起到了举足轻重的作用。在《谈方法》一书中,笛卡尔详细论述了其研究理数,大致可以归纳为“现象——物理——数学——哲学”的延伸脉络,即生活中种种现象可以抽象简化为物理事件,如事物的运动能抽象为受力图而归纳出合力;物理事件又可以进一步抽象为数学运算,如解题时将物理现象转化为数字代入公式中求导;将数学中的数字再抛弃后进一步的抽象,就抵达了事物哲思层面上的内核。换言之,同一个内核可以对应着众多不同的现象,而众多不同的现象又如折扇上方展开的边缘,顺着扇骨往下,最终抵达的是同一个扇轴。

当学生们无法弄明白一个现象时，导师则可以选取在同把“折扇”上的另一个现象，梳理出此现象到内核的脉络，让学生们明白此现象和内核的线索关系。随后，他再借助这条已经清晰呈现出的线索关系，迁移至对原先现象的解读上，以便让学生们明晰现象的本质，即通过“此现象——内核——彼现象”的路径，厘清自己所熟知的一个现象与内核的关系，再基于此关系来理解另一个自己并不熟知的现象。如赵思运所言，“罗振亚的‘拒绝隐喻’与于坚的‘拒绝隐喻’有所不同……罗振亚的‘拒绝隐喻’更多的是具体手段的反思，意在呈现本真的存在，而抛弃那些隐喻造成的本相遮蔽和文化遮蔽”[①]。“现实主义诗歌”无繁华的比喻，精妙的象征，却能感人至深的原因，正在于对“本真存在”的呈现。不论是罗振亚先生的《在家乡的一片麦地前 我低下了头》，还是之前雷平阳的《杀狗的过程》，再或是更早以前的臧克家的《老马》。这些文本之所以触动人心，源泉并非在于诗歌本体，而是在现实本身，在于诗人通过诗歌的方式，承载展现了这一触动人心的现实。

这些诗歌的可贵之处，都是在于捕捉到了一幕现实，这些本就感人的场景在作家的聚焦下，唤醒了读者习焉不察的凡俗经验，使他们获得了情感上的触动。如河堤旁悠闲吃草的牛是一个场景；在屠宰场的狭小通道中，被电击着被迫走向利刃的牛是另一个场景。这些场景实际上是一个先后关联的统一现实，但人们为了专注于迫切的工作或为了更舒心地生活，有时会有意无意地将作为记忆存在的生理形式——神经元之间的链接抹除，从而令人产生遗忘。出现在生命中的本是作为整体存在的事件，被割裂为一个个片段，其关联性为人们所忽略，以至于人们头脑中收到的信息不再是真切、统一、触动人心的真实。这逐渐加深的麻木感，贯穿在每个人的成长中。从小时候手中的冰棒掉到地上就会痛心地嚎啕大哭，到长大后看到新闻报道说战争导致了数以百计的死亡数字，却只是轻微叹息。为了适应生存，为了生活能轻松一些，人们

① 赵思运：《“缘情”而不“绮靡”——罗振亚诗歌的抒情品质》，《当代文坛》2019年第5期。

有意无意地增强着自己的钝感力,以致这钝感力最终将我们感受到的现实割裂开来。

从破除“钝感力”的角度而言,罗振亚先生创作的“现实主义诗歌”正如语言上的“陌生化”手法,它消除了日复一日的生活在心灵上层层叠加的麻木感,重新唤起了人们对于现实完整而本真的感受,将被割裂出的片段还原为最初的本体。这最初的完整的本体,自身就具备感人肺腑之力。“现实主义诗歌”打动人的部分不在诗歌而在现实,诗歌只是作为还原现实的载体,这就使得“现实主义诗歌”从表现形式上显得较为素朴,但作为一种精神创造的渠道,它却最为情真意切、感人至深,如同罗老师对我们的言传身教一般。

许多时候,能真切感受到隐约之中有那么一份力量,它慰藉着我,鼓励着我。本科毕业后,我离开福建继续读书,写的第一篇涉及域外诗歌的论文是以《未选择的路》为研究对象,数年后至莱顿大学学习时,看见教学楼四面的墙体上写着的,也正是《未选择的路》这首诗。

迄今为止,那隐约中的力量给予我最大的宽慰、指引和鼓励的,还是老师的那句话,他曾说:“最感人的诗发自于诗人的‘命泉’,只有这样才有再度流向他人心灵的可能。”[1]正是罗老师流向我心灵的“命泉”,疗愈了我的痛楚,宽慰并指引着我前进。“一切艺术上的探索者,说穿了都只能是历史长河里过渡性的‘中间物’,它在承受上流之水冲击抚摸的过程中,也会改变下流之水的方向和走势。”[2]这对于我来说,远非单纯的艺术上的探索,而是一种学术上的接力。

感恩老师,感恩命运让我遇见老师。

作者单位:南京晓庄学院文学院

---

① 罗振亚:《21世纪诗歌:“及物”路上的行进与摇摆》,《天津师范大学学报(社会科学版)》2015年第2期。

② 罗振亚:《日本启蒙文学视域下的“诗界革命”》,《南开学报(哲学社会科学版)》2022年第5期。

《一株麦子的幸福》:
日常诗情与哲思的发掘

崔　筱

在很多人眼中,诗人是一个“遥远”的存在。他们用异于常人的敏锐感知,捕捉偶尔闪现的永恒瞬间,再用繁复的语词搭建起一个个语言迷宫,将自身颇为私人化的思索和情怀,幻化成一道道抽象的文字符咒,静待有缘人的探寻与破解。作为一位具有远见卓识的诗语“翻译家”,罗振亚老师在诠品文字的巧思精美之余,往往能够熟稔地掀起层层伪装的面纱,直达言说者内心深处的隐秘情思,并在奔涌的诗歌长河之中,将其归置于最为恰当的位置。即便是面对现代诗派、朦胧诗、朦胧诗后先锋诗歌这些以晦涩难懂而著称的诗歌潮流,仍能犀利而精准地把握诗作的艺术内核,予以颇具革新性和超前性的精准评判。而当罗老师从评论家跳转回诗人身份时,却有意回避那些高深的语词和晦涩的理论,让人间烟火本身的温情脉脉和低声轻言中的点滴哲思智慧,直接与读者坦诚相见,使得高雅的诗意言说亦能触手可及,却又完全不落俗套。这样贴近日常生活、充满自然气息、情感真诚炽热、语言质朴酣畅的书写,无疑再次证明了,动人的诗歌从不倚赖花哨的技巧,唯有细腻真挚的诗情最抚人心。

优秀的诗人往往能够找到生活与诗歌的平衡点。人们在面对日常最为熟悉的事物时,总会浮光掠影般扫过其平实的表面,从未详细咀嚼孕育其中的盎然诗意。殊不知哪些深刻与丰富的诗情哲思,在稀松平常的生活场景之中,亦能闪烁出耀眼的光芒。罗振亚老师的诗歌宇宙,便生成于真实的生活,似乎每一个细节都有血有肉,甚至是有迹可循的。正是在对生活细致入微的真切观照中,诗人将亲历的细腻情感和深邃哲思细细研磨成诗歌的语言,看似轻松随意,实则匠心独运。那些信手拈来的语词,让人初见时便倍感亲切熟悉,犹如自家人的围炉闲谈般惬意,却在不知不觉中,将读者带入一个关于故乡、亲情的梦境,不舍抽离,也使得那些"接地气"的日常片段,再次焕发出新的色彩。于是在诗人的笔下,妻子的长发,见证着误诊时内心的跌宕起伏;门前的翠竹,讲述着家族一代代的薪火相传;窗前的松树,无声表达着父亲的严厉与鞭策……这些稀松平常的物像,皆取自诗人真实的生活经历,看似是一种颇具个人生活气息的写作,却在诗人不留痕迹的编织下,成为颇具普适性和感染力的情思。在这个巧心搭建的诗歌空间中,读者自然被拉入一个真实可感、处处充满温情的世界。即便是缺乏相似生活经验的读者,亦能从中形成共鸣,并获得情感上的慰藉。

罗振亚老师的诗歌能够轻松地带领读者跟随自己前行的脚步,感受诗人在不同人生阶段的各种思索和体味:冲破寒冬、昭示春日的嫩柳下,留存着对于未来的美好憧憬;都市夜空闪烁的霓虹灯后,远走他乡的落寞缓缓升起;父亲迷路的记忆里,两代人对于离家的怅然若失汇聚在一处;母亲坚韧的身影中,关于生命的顿悟和释怀被一一细数……诗人虽没有讲述什么故作深沉的人生哲理,却在日常生活场景呈现的过程中,处处展现出了一个"过来人"的感知和思考。

就像《母亲简历》中,诗人用凝练的文字记录了母亲艰辛的一生。历尽种种磨炼,母亲不仅用自己勤劳的双手,撑起了一个大家庭的欣欣向荣,亦能在娇美明艳的花苞之中,细数生命的静好。舒缓而温暖的语言,使得沁人心脾的情感细流,如家常闲话般娓娓道来,于细微之处更见生命的韧性。而在《母亲坐在沙发上睡着了》中，诗人透过母亲小憩这一宁静祥和的日常图景，缓缓铺展开母亲独自一人的起居：

为不把自己关在门外
她挂在脖子上的钥匙
每天随孤独一起踱过斑马线
烧菜 做饭 洗衣
生活之书的哪章哪节
诠释地上烂熟的果子
没有一颗再可以尝鲜

历经无数艰辛和操劳的岁月，母亲独自一人重复着简单的生活。而看似平淡的日常，却在亲人虽相隔千里却从不曾疏远的声声问候中，愈发地有滋有味，母亲对于“幸福晚年”的满足之感溢于言表。《她瘦弱的手臂仍在风中挥动》则截取了母子告别的一个片段，并将其无限地延展，将亲人之间的温情脉脉描绘得格外动人。在瘦弱却坚强的手臂中，诗人看到了人生在世，虽然告别在所难免，但母亲对儿子奔向锦绣前程的理解和欣慰，儿子对于母亲日常起居的牵挂与惦念，却从未发生过任何改变。世间万物变幻莫测，亲人的相互守望却始终是生命中的恒量，并会一代一代地延续下去。《过了年 您就七十七了》一诗，同样绘声绘色地描绘出母子之间的温情守望：母亲用爽口的馄饨和浅浅的笑容，照亮了儿子充满喜悦和欢愉的童年，也在用自己高大的身影，挡下了多少现实之下无声的苦涩。在每日与母亲“千篇一律”的问答声中，却流淌着亲人之间从不曾被距离所阻隔的陪伴，温润着彼此的心灵。诗人将不同时期对母亲观察与情感巧妙地编织在一起，用口语化的言说和日常生活场景的呈现，更借对母亲一生的注目，诠释对于人生进程的整体性感知与释怀，颇具思辨性的哲思意味。正如罗老师在谈及自己的诗歌创作与研究时所指出的:“赤裸的情感就像赤裸的人一样苍白,无需说也无美可言。”[①]真挚而充沛情感经文字的筛洗,构成成为一幅幅流动的画面,彰显人生本真的诗意与温情,尤为动人。在这一组对母亲日常生活片段的截取中,诗人秉持一颗对待亲人、对待生活,对待诗歌的纯粹之心,细腻入微地展现了日常生活中浓浓的亲情,敏锐地洞察内心最为柔软的情愫,更从个体的真切感受,上升到一节“人生课”的高度,实现了诗情与哲思的双重升华。

由此可见,罗振亚老师的诗作大部分都是饱含深情,与故乡、与亲人、与生活的相拥,如实记录下日常的喜悦和苦涩,表达了诗人内心深处对于生命、对于生活、对于世界的深度体味和思考,更具张力和美感。即便是在面对疾疫、伤痛、别离时,人世间的沉重感与无力感也在不断地击打着内心,但诗人并没有任由这些感性的情绪肆意释放,始终能够将其规制于冷静、清醒、理性的范围之中,从不曾给人以焦虑、彷徨、犹疑之感,更多的是一种豁达的释怀与坦然的接受,足见其对生活的热爱和坚守,以及开阔的胸襟与格局。也正是这份具有温度和气度的日常书写,使得罗老师的诗作能够直击读者的内心,让每一颗曾被温情眷顾的心灵找到共鸣与回音,并从中汲取继续前行的力量。

在罗振亚老师的诗歌中,最常出现的便是植物。从《诗经》始,草木缘情、借物兴情的言说方式,早已深深地根植于中国诗人浪漫的灵魂深处,承载着无限丰富的心意、感触、情感和志趣,也展现出个体与自然之间单纯而紧密的依存关系。在现代都市文明之中,人与乡间田野的距离渐行渐远,偶发的一抹富有生机的绿色,便能够唤醒久远记忆中的故乡美景。同样,在罗老师的诗作之中,频繁出现的植物意象,同样遵循这一抒情的路径,将思绪引向无限怅惘的追忆之中。正如《父亲晚年最怕提起“老家”两字》中的那一句“乡愁早如村头那棵老榆树/根深叶茂铺天盖地”,扎根土地、馥郁葱葱的植物,已然成为了生命的一种图腾和信仰,承载着诗人无限的情感与沉思,守望着内心最为祥

① 罗振亚:《罗振亚谈诗歌创作与研究》,《创作评谭》2017年第4期。

和美好的精神世界。禅家"一花一世界"的境界,在诗中生机勃发,承载着对于亲人、故乡、家园、乡土的深情与感怀,馥郁了诗人芬芳的诗意天地。

植物向阳而生的成长路径,指向父亲心心念念的故乡,"枝干转到哪里/哪里就是思念的方向"(《父亲临终前说出三个字》)。父亲在记忆混沌之时依然对老家村落发出的声声呼唤,同样引起了诗人对于往昔时光的无限追思。正如诗人在《黄昏笛声响起》一诗中所慨叹的那样:"两条腿的人是植物。"对于植物的观照,与其说是抽丝剥茧地发掘其中无限诗意的存在,不如说是赋予植物个人化的感知体验和精神力量,将枝繁叶茂的自然生长规律,同个体不断前行的足迹关联在一起,迈向对于生命意义的深度追思。于是,植物也在长长短短的诗句中,重新焕发出了生命的洪力,一步一步地迈向光的方向。

蓬勃舒展、向阳而生的植物,也将诗人童年关于故乡的记忆同亲人之间相互守望紧密地串联在一起,使得深沉细腻的情感同样落地生根,茁壮繁衍。在《一株麦子的幸福》中,乡间的人事细节,特别是那些与麦子相关的点滴,成为患病的父亲始终念念不忘的幸福:

父亲选择性遗忘的阿兹海默
反复回放着每一个日子
在葱绿的往事田地里
麦子一株一株地复活
阳光一吹都想说话

父亲常记不起自己名字
但能测出麦地的亩产收成
麦芒的纹理与土质的关系
西南地今年的庄稼长势
还不断对着别人喊

儿子吃饭

年复一年的田间劳作,早已成为了父亲最为熟稔的生活方式,即便是进城养病,也从未有一刻真正地忘怀。父亲日复一日对土地、对子女的操劳和付出,也在麦子日渐饱满的过程中,感受着收获的无限喜悦。然而,当阿兹海默犹如吞噬一切的黑洞,往昔的感知和记忆全部坍缩,过去与现在的景象纷纷折叠在一起,彻底扰乱了父亲的感知轨迹。在那个混乱的时空世界之中,一株株在阳光下茁壮成长的麦子,仿佛具有让时光倒流的神奇魔力,竟能够让父亲重拾爽朗与健谈,恢复往日的神采奕奕。此时自然生长的麦子,不仅仅是父亲昔日劳作的对象,已然成为一个固定的矢量,支撑并引导着父亲在混沌的记忆漩涡之中,获得内心片刻的安定,为找不到目的地的岁月车轮,默默指引着行进的方向。同样,在麦子身上,诗人更看到了自己,他在父亲的呵护与守望之下一步步走向成熟。于是,麦子也为面对父亲时复杂而深沉的情感,找到了一个安稳的出口。作为植物的麦子,自有按时成长的规律和阶段,麦穗伸展的方向,正是一份亲人之间难以为病痛所扰乱的情感和羁绊,默默遵循着世间从未被外力撼动的守恒定律。草木滋长的自然规律,亦成为了诗人探查世间种种情深与光景的独特向度,指向更为明媚、宁静而又充满力量的生命哲思。

就像罗振亚老师在《寻找宁静的力量》一文时所指出的那样,诗人往往拥有异于常人的特殊心理结构与气质,聪敏深邃,有着超人的想象天分。读过《一株麦子的幸福》之后更能够真切地体会到,罗振亚老师诗歌批评的敏锐感知和精准论断,以及深厚的语言功力,正是源自他作为诗人的浪漫天性与横溢才华。也正是在罗老师的诗歌作品之中,沉稳浓郁的诗歌情感和平实泰然的语言态度高度契合,实现了诗歌创作实践与批评体系之间相互促进,并不断迈向新的高度,愈发汇聚成深邃而庞大的诗学思想。

作者单位:北京语言大学英语学院

在"照临与回望"中航行

——罗振亚新近诗作的一种读法

许仁浩

一

第一次读罗振亚先生的诗，大概是先生发表在《珞珈诗派》（2017卷）上的组诗：《和家人说话》①。彼时，我虽已从武汉大学考入到南开大学，并即将拜入先生门下做中国新诗的研究，但因为尚未开学，所以还不能算真正进入到"罗诗门"。因此对先生的阅读，也算是一次弟子朝着业师的竭诚"靠近"。

犹记某次茶聚，青年诗人梁上说自己很喜欢罗老师的这组诗，并且用他流利、准确的口音一口气读完《六月的风也不能帮您清清喉咙》。梁上是一个很注重语感和质地的诗人，显然，他在先生的诗中读到了自己所青睐的质素。《和家人说话》是先生写给父亲、母亲、妻子、儿子、弟弟以及故乡的组诗，在这组诗中，先生真正诠释了"言为心声"和"文如其人"。一如老师日常中的干净、简练，这组诗也落得质朴、明晰、绝无丝毫的拖泥带水，因而也就和先生第一

---

① 罗振亚：《和家人说话》，载吴晓、李浩主编：《珞珈诗派2017》，长江文艺出版社2017年版，第55—64页。

本诗集《挥手浪漫》中的灵动、跳跃有了一定界限。质言之,先生的新近诗作逐渐向“浪漫”告别,他转而关注更为瓷实的“此在”诗学,具体到先生的写作之中,“照临与回望”是先生近年来最舒适的书写姿态。

正如批评家木叶所言,“诗歌是一种特异的万有引力,是万物之间的相互辨认与应和,神秘而又具体,诗人就是那个用文字‘重新发明’万有引力的人”①,在“万物赋诗”的途中,事物和事物相互创造,而诗人正是将这“创造”呈现出来并达成“万有引力”的天选之人。借助青年诗人梁上的感受和阅读,我亦切身体会到先生新近诗作中的“引力”以及由此生发的通达与对话。作为弟子,自然也就将“靠近”先生的阅读视为一次朝向“引力”的旅行,而在发现风景的林间甬道上,我亦对先生的新作形成了自己的读法,那就是在“照临与回望”中航行。这里的“照临”主要着眼先生对“此在”的照耀、抚摸和心力灌注,而所谓的“回望”则更多地指向难以“返回”的故乡。现已人到中年的先生,很自然地将“照临与回望”作为写作路径和观物方式,这是他最熟稔也最珍视的对“万物”的介入。

在先生最新出版的诗集《一株麦子的幸福》的序言中,评论家霍俊明以“诗人批评家”的诞生来揭示先生作为诗人的一面,此前,先生在多数人眼里只是新诗研究者和批评者。但是现在,先生“拉开了自己的诗歌抽屉”②,而我将冒险地做一次先生诗稿的阅读者。

二

其实,我也曾在自己的诗《新开湖畔》中使用过“照临”一词:“就要迎来,严酷的冬天。/眼前的褶皱之水开始步入安定,/它们比夜更熟稔:雪的照临。”

---

① 木叶:《万物赋诗》,《上海文化》2018年第11期。

② 霍俊明:《这一次,批评家拉开了自己的诗歌抽屉》,罗振亚:《一株麦子的幸福》,中国青年出版社2018年版,第1页。

在我看来,“照临”一词裹挟着特别的意味,“照”字兼具“凝视”之感,而“临”则有一种亲近、抚摸之意,这两个字组合在一起既有“照射”又能“光临”,因而呈现出一种行进中的诗意。换言之,“照临”属于行动感与绵延性兼备的词汇。

其实,理解罗振亚先生的新近作品,“照临”不应被视为一个简单词汇,更应该将其拉伸至先生的观物方式和赋诗方式上。通常而言,“照临”属于外物施加到人或者其他事物身上,而在先生的近作中,“照临”则成为一种策略和路径。比如对于身边日常的生成、某些重要节点的认定,甚至隐藏着的习焉不察的风景和人事,先生都像一束“光”,去照亮和擦拭它们,然后拂去尘埃、叙写成诗,因而“照临”是作为先生的主动态而存在的。应该注意到,先生的这种“照临”并非特别和缓的类型,因为“光”的速度在大多数时刻也都与“慢”相违拗。在先生笔下,诗歌没有太多铺陈就直达诗意,他不喜欢虚与委蛇的应付也不中意九曲回肠的繁复,也就是说,先生的这种“照临”是“快”与“精确”的集合①。

在诗集《一株麦子的幸福》第一辑中,先生以“感恩书”统领了41首诗歌,其中不乏《老爸临终前说出的三个字》《过了年 您就七十七了》《妻子的头发》《想起弟弟的“五十肩”》等新近佳作,这些诗都以“感恩”拉开序幕,并最终用“亲情”写就结语,而其中的“照临”质感更是无比丰盈。“感恩书”中涉及最多的即是先生的双亲,《孝经》有云:“夫孝,始于事亲,中于事君,终于立身。”虽然这部典籍认为“事亲”是“孝”的起始阶段,但对“孝”最大也最实际的考验往往就在这所谓的第一阶段,即“事亲”。从先生的诗乃至诗的标题,读者都能辨识出“百善孝为先”的拳拳之心。因为先生的母亲还健在,而父亲已经与世长辞,所以先生笔下的父亲形象尤多,笔力也尤重。《和老爸聊天》是这部诗集的

① “快”与“精确”是卡尔维诺在《新千年文学备忘录》提出的两个重要关键词,虽然卡尔维诺主要是在谈论小说,但黄灿然指出不是诗人的卡尔维诺在谈论小说时不时借鉴诗歌的切口,譬如对节奏、押韵的取用与比喻。当然,“快”与“精确”对于一切文类,也都是可供参考的美学度量。

第一首,“爸 起来吃点饭吧/话音未落 发现/他遗像里的嘴角向上翘了翘”,写这首诗的时候,先生的父亲已经溘然长逝,但是阴阳真的分属两界吗?显然不是,因为先生说了:“您走之后的梦里/咱俩常有一搭没一搭地闲聊。”基于此,“和老爸聊天”也就从缅怀和追忆中落到了实处,没有谁能否认这首诗中的思念与沉痛。《父亲的妥协》《回家》《我的父亲啊》都是先生以自己的血肉之躯“照临”到父亲身上,诚然,我们无法更改亲人已然离去的事实,但是诗人能通过手中之笔保住至亲的相貌、话语以及既往的喜怒哀乐,甚至疾病。在诗作《他已经不认识我了》,先生提到自己父亲所患的病是阿茨海默症,“吃过饭就喊饿……/说园子里的果树开满了火苗……”,慢慢父亲就不认识先生自己了,但嘴上却时常念叨着“振亚”的名字。父亲的这种行为在别人眼里也许是荒诞或悖离,但对先生来说,是泪涌的痛。

先生在“中国好诗·第四季”的首发式上朗诵了这首诗,当他用“这时外面下起了大雨/天突然就黑下来了”作结束时,现场的观众无不感动、唏嘘,诗集的责编老彭更是紧握先生的双手,颤抖着说不话来。对孩子来说,父亲和母亲构成了同一条路,而孩子则是在这条路上前进的小石子,渐渐地父母目送孩子远去,再往后,便轮到孩子沿墨线撤回。先生在撤回的过程中送别父亲,所以现在,母亲成为先生特别重要的避风塘。先生写母亲的诗也有很多,《母亲简历》《她瘦弱的手臂仍在风中挥动》《三九天乘着高铁回家看望母亲》都是代表作,这些诗可以和先生写父亲的诗放在一起“互读”,或者说,这些诗唯有在“互读”中才能得到最完整的理解。

作为弟子,待在“罗诗门”的一大感受必然是老师和师母的伉俪情深。先生和师母同是黑龙江人,两人并肩携手走过了几十年的风风雨雨,仍然恩爱不减、情分如初。2017 年上半年,在我已定下跟先生读博之后,先生曾到武汉大学参加方长安老师的重大项目开题,那是我第一次陪老师散步、聊天。在珞珈山的环山路上,我们师徒俩兴致颇高,从诗到生活再到做人做事,几乎都有涉足,当时天朗气清,脚踏声也唤醒了先生当年在武大求学的许多往事。不过聊到师母时，老师的声音突然突然低下来，开始讲述另一个故事，后来这个故事变成《妻子的头发》的创作动机。我进罗门的时候，师母已经是一头短发，但是听比我更早入门的崔筱、国庆说，师母从前是一头乌黑的长发，这其中的谜便在先生的诗作中得以解开，这件事也正是先生在珞珈山上向我讲述的“小波折”。“如今我们住在阳光100/她的手机见山拍山见水拍水/日出的特产常在微信曝光/走在冰雪路上心里也藏着盛夏/不想从不咳嗽的她见肺部阴影/秋天的一场X光误读/引发了一场生死‘对话’”，一次体检，说是在师母肺部照见了阴影，于是另一重“阴影”就真的笼罩在先生和师母的头上，这颗定时炸弹悬在空中，只能借助更先进的CT加以确诊，但这中间的时间差是最折磨人的几十个小时。所幸师母的“阴影”只是“散点钙化”，并不碍于健康，这个令人阵痛的“玩笑”过后，先生提议师母去“理个短发，去去晦气”，这孔武有力的八个字背后，是先生好几个睡不着的夜晚和无法放下的提心吊胆，因此这首诗的尾音显出了先生罕见的激动和颤抖——“之后我猛转身/把背影留给道路/我要看 黄河如何决口/山洪怎样爆发”。这几句诗干脆利落，但可以想见先生当时的那种悲伤、喜悦以及劫后重生的战栗，那种复杂情感一定在那个片刻支配了他，但那种支配是幸福且幸运的。苏珊·桑塔格曾将疾病比喻为“生命的阴面”[①]，但在这首诗中，先生化身为“光”，他不仅“照临”了整件事的始终，也“照临”了师母头发的变迁，还履行了“照临”的具体行动。从文本中也能读出，先生陪师母失眠、陪师母出行、陪师母看剧，最终这束“光”照亮了X光无法照亮的部分、照见了生命的阳面，而师母的头发便是这场“照临”的最好见证。

熟悉先生的人都知道，先生重情重义，所以他的“照临”不仅在亲人身上，其实对于自己的恩师、研究对象（如洛夫、海子、穆旦）、普通工人（如焊接工、水暖工）甚至卖菜姑娘，先生也一视同仁，试图把自己当作测量仪，并用自己

① ［美］苏珊·桑塔格：《疾病的隐喻》，程巍译，上海译文出版社2003年版，第5页。

的目力和体温去打量他们。因此,“照临”是先生看待世界的一种方式,同时也他在近期诗作中呈示出来的写作方法。当然我们这些罗门弟子,也正在享受和感受先生的这种“照临”。

三

“回望”是我特别钟爱的一个写作词汇,它在我的诗歌中也时常显形,比如我曾在一首题为《母亲》的诗中,将母亲等待的东西具象为儿子“一个健康且安稳的回望”。在我看来,某些时候,孩子的“回望”对母亲来说就是心之所系的东西。先生写父亲、母亲的那些作品除了“照临”,有时也夹杂着“回望”姿态,但是明显持有该种姿态的诗,还是先生那些谈论“故乡”的作品。

曾有一句火爆大江南北的流行语,“到不了的是远方,回不去的是故乡”,寥寥数语,其背后隐藏着无数人的迷惘与失落。故乡是每个人的桑梓地,很多人前半生出走,后半生返回,这种精神层面的往返活动在中国人身上尤为突出,“根”的意识是华夏民族的集体性格与文化记忆。但是随着中国现代化程度的向前推进,“进城”几乎成为所有乡下人的冲动和心愿,在时代洪流的裹挟中,先生一家也成为这一历史进程的亲历者。但是“乡愁”悠悠,纵然大都市有千般好,“老家”和“老屋”仍是魂牵梦绕的地方。尤其是“先生”他们这一代进城的人,一个身体上居住着两幅面孔、两种经验,因而也更丰富,但同时也承担着双向的煎熬。诗人李少君曾用“故乡感”三个字来命名自己的诗,其实在先生身上,未尝不也有一种深刻的“故乡感”呢?在先生的新近诗作中,“回望”为他的转身提供了可能,而转身的目之所至便是“故乡”。

先生有一首诗叫《老宅倒了》:“老宅是用来取暖的/昨天一场大风/站了五十年的它倒了”,看似平铺直叙的讲述实则包裹了先生的难舍情结,“没有了房子/孩子记得的那些小事儿住哪/筑巢的燕子回来找不到家”,所以“老宅”的功用不仅仅是取暖那么简单,它安放着先生一家三代人的情感和回忆。但是

“老宅”一倒，恐怕就更加回不去家了。北岛的《黑色地图》中有一句脍炙人口的诗：“黑色地图/我回来了——归程/总是比迷途长/长于一生。”[①]对先生来说也很相似，“老宅”一旦倒下，“归程”也将比“迷途”长。我自己也曾写过一首《老屋的现状》，某种意义上，“老屋”是家族的象征，但是现在的它早已不复当年光景，亲人们先后进城，最后只留下了爷爷辈和父亲在原地坚守，所以“老屋的现状”再过一些年，也极有可能逃不脱“老宅倒了”的悲惨命运。即便如此，“故乡”仍具有某种心理疗救的功能，就算“故乡”幻化为一个符号，它对于人们的意义依然巨大。不过正如梁鸿所言，每个人的故乡都在沦陷，乡村的凋落远非老屋坍塌那么简单，对于现在身居城市却流淌着乡村血液的人来说，“乡愁”俨然更变为一个“现代性”命题。由于经验的断裂，这群人在城市和在乡村的体验经历了跳崖式转接，一旦投身城市，人与自然、节令、物候等原生经验就火速拉开了距离，城市中留给人们的只有车水马龙、霓虹闪烁和钢筋水泥，于是体温被“孤悬”在冰冷的工业世界，泥土、水流、果树、爬虫都成为咫尺天涯的事物，这种“隔绝”会产生焦虑感和漂泊感。而身兼多种身份、多重经验的先生，在“回望”故乡时必然不会放过“乡愁”已经更变的新情境，于是他在《孩子 我们已没有资格谈论故乡》中如是陈述：

都说家就是足下的泥土
乡音将一直朝着家的方向生长
可为什么脚印留在卧室
灵魂却总迷踪在路上
抵达一次次成为奢望
远方越是谁也到不了

---

① 北岛：《黑色地图》，《北岛诗精编》，长江文艺出版社2014年版，第255页。

越是诱惑得无数人醉卧沙场

从你太爷你爷爷　到我和你
蓬莱阁旁的满院桃花
讷莫尔河畔的两垧高粱
被置换为哈尔滨天津卫间的高铁
钢筋水泥中的一团雾霾
和十七楼一百多米变质的阳光
自从跪别你爷爷碑前的大片青草
和地图上从未标记的生我的村庄
那条河流的来路就再也看不清了
混乱中的记忆已经改变方向
孩子　在之乎者也的平仄里练平衡
我们已没有资格谈论故乡

近年来,这种现代性“乡愁”一度被写作者们当成撬动文学的“方法”,但是先生笔下横亘的绝不是开拓文学版图的野心,而是一种作为情感和思考的“乡愁”。“回望”故乡的时候,一方面我们无法改变故乡的沦陷,另一面又必须活在城市中间,这就是先生内心的苦楚,“没有资格谈论故乡”正是一次溃败和退让,但正是这退让将故乡还给了故乡。故乡作为一个精神原点,早已内嵌在先生的身体上,但是先生却一再重复“我们已没有资格谈论故乡”,其背后的潜台词恰恰是试图遏止“乡愁”的隐退。因此,在我的阅读观感中,“我们已没有资格谈论故乡”,既是反思,更是警醒。

无论是单纯对“老宅”的“回望”,还是在“故乡”的“回望”中引入沉思,先生的新近诗作都是以都市作为基点来支撑起整个向后看的视角,这里面不仅包裹着个人层面的情感维度,也隐含了切近先生学者身份的思考和隐忧。总之,先生的“回望”之姿构成另一道风景,它正在召唤我们。

四

作为中国新诗的研究者,先生曾对“及物”概念做过条分缕析的解剖,在为当下诗歌进行“把脉”时,先生指出:“新世纪诗歌整体上延续了‘及物’路线,但是经历过 SARS、海啸、地震、雪灾、奥运、共和国 60 华诞等一系列大悲大喜事件洗礼过的诗人们,知道诗歌非匕首或投枪,没有直接行动的必要,并不意味着要取消其行动的力量,而应以艺术化的方式进行,诗如果不去关涉人间烟火、芸芸众生,前途无从谈起。”①反观先生自己的新近诗作,其“及物”取向也是非常显豁的,也就是说,先生的近作与自己诗学主张达成了一定程度上的“合谋”。

不少人疑虑,先生是研究现代派诗歌和先锋诗歌的专家,但他自己写的诗却朴素、自然、毫无雕饰,所以认为先生的诗和先生的研究具有断裂感,但是若从“及物”的维度考量,先生的诗作和先生的学术又构成了“同路人”关系。卢桢师兄也曾指出,先生的诗和先生所提的“个人化写作”具有统一性②,所以潜入先生的学术思想和诗作中,就能发现它们同样具有相互抬升的协作效果。当然,对于先生的新近诗作,我更愿意从“照临和回望”的角度切入,希望这一读解能为我朝向先生的“迈进”增加几块铺路石。

（原载《文艺评论》2019 年第 1 期）

作者单位:贵州财经大学文学院

---

① 罗振亚:《“及物”与当下诗歌的境遇》,《光明日报》2015 年 4 月 13 日,第 13 版。

② 卢桢:《退回自己的写作——读罗振亚先生的诗》,《创作评谭》2017 年第 4 期。

“隐性诗人”罗振亚

胡清华

如今，文学娱乐化的情况在逐步加深，诗歌也在迅速分化，少数人靠着“励志”“鸡汤”“大胆出位”或“奇淫巧技”博得人们眼球，迅速蹿红，甚至涨破了诗歌圈而抵达社会大众层面，这也引得很多人跃跃欲试，使得诗歌创作陷入了比较尴尬的处境。另一方面，一些严肃的写作者却静水深流，在躁动不安的诗歌氛围中，显得沉静而异类。出于对诗歌的热爱，他们不为浮躁的环境左右，仍旧坚持写作，罗振亚先生就是其中一位。他的诗冷静沉着，质朴厚实，同时又饱含深情，其人其诗，让人感受到人性的温情、生命的脉搏和诗歌的力量，同时在穿透重重岁月。人世沧桑，他却保持信念，时时穿越阻隔。他的诗，既能够直击时代的病灶，又充满少年意气和激越的批判力度。

罗振亚在从事诗歌研究之前就开始写诗了，对诗歌的迷恋和创作的经历铸就了他的诗人气质，也影响了他后来的诗歌研究工作。虽然在业界，罗振亚总是被作为学院派批评家看待，但他也属于艾略特所说的“诗人批评家”，或者说，他身上兼具了二者的气质。罗振亚的大部分作品都是关于诗歌的理论研究，他善于将史与论结合，文字精确，逻辑严谨，格局开阔，记得在《中国新诗的历史与文化透视》中，他有一段评论何其芳的话：“情绪色彩温婉亲切、飘逸缠绵，几近呓语呢喃的细腻；联想波状柔曼舒徐、平和稳实，常穿行于清朗寂寞又幽渺的静态自然物象之间；意象系统谐调斑斓，古典气足，纤细精巧……如镜花水月，如玉碗盛雪，多得晚唐精巧冶金艳诗风的气象……”[①]不仅表达得条理分明，难得的是，这番理论话语还具有很强的抒情性，饱含着无尽的诗意之美。

本文在此无意深究他的诗学研究，而是想溯本求源，探讨一下一个批评家的诗歌创作——或者，他本质上就是一个诗人。同许多坚持写诗的批评家一样，罗振亚长期驻守于学理中，虽然理论研究的文字中充满了诗的气韵，但还是更强调理性。他是慢慢地将理性与感性融合，并灌注到诗行间的，这使他的诗既饱含激情又有冷静的控制。《巴掌·木棍》是对父亲教育“我”成人的追忆，《迟到的星星》抒发了距离阻隔不了的爱，《腊梅》充满了对未来和光明的希冀，《三九天乘着高铁回家看望母亲》中母亲的温暖让人心疼。在这些篇什中，都能看到他的这种诗歌品质，抒情的浪头和暗流总是能得到合理的方向和有效的把握，从而更加感人。罗振亚的诗自然真切，阅读时，总能感觉到他作为一个东北汉子的敦厚和内在的温情，他的诗语气诚恳，字里行间流露出对世界的善意，闪耀着对亲人和众生的关怀。也许这是养育他的那块土地的特殊馈赠，也许这是一个诗人在漫长的人生历练后找到的人性光辉。

情感在诗歌中一直是不可或缺的，抒情主义作为现当代诗学的话语结构亦有其历史渊源。早在屈原时代，诗歌“发愤抒情”的艺术功能就已被提及，“诗缘情”的提出对当时和后世的中国文坛产生了极大的冲击力。西方浪漫主义诗歌也强调主体情感的地位，一直到了现当代文学时期，情感依然是重要的议题，大量关于诗歌的争议都围绕着“理与情”展开，新诗的发展和创新也与之密切相关。所以，虽然情感并非诗歌的唯一归处，但诗歌绝不会离开情感。20世纪的诗学重新迎来了对抒情现代性的讨论和呼吁，情感是一回事，怎样化为诗又是另一回事，罗振亚一直在尝试使抒情摆脱直白猛烈的宣泄，让

---

① 罗振亚：《中国新诗的历史与文化透视》，黑龙江教育出版社2002年版，第150页。

语言“向内转”，以之熔铸诗歌的气质。语言的自觉性，正是他为了平衡对诗歌的情感诉求和现代性诉求所择取的路径。这番努力让情感到诗的符号转变更为顺畅，情感的节制让内涵更加饱满，语言更具有爆发力，使他的诗有情而不滥情。“田边，阵阵鲜脆的蛙鸣旁/蹲着他和月光”（《夏夜》），“怕淋湿的太阳们纷纷挤进粮仓/又开始等待/青草约好的呼唤”（《也是秋天》），“走过去，便是遗忘/两只黑眼睛/横筑起一道墙”（《流程》），“千佛山的牵挂/已长出嫩芽吗/还是鸽子衔来了/葱绿的呼唤”（《恩师来信》），“太阳一天天成熟/他怎么也没走出这草原”（《他真想是山》）……他着意于对语言的捶打，运用虚化、象征、联想等多种手法磨炼艺术技巧。在此过程中，罗振亚是警醒的，他无意于做一个语言的炫耀者，他诗歌的力量不在于语言表面的晦涩、怪癖，而是平易中的难度。在追忆父亲时，他写道：“爸，起来吃点饭吧/话音未落，发现/他遗像里的嘴角向上翘了翘”（《和老爸聊天》）。聊天这种最质朴的语言方式和轻微的幻觉展现，把撕心裂肺之情轻轻带出，使猛烈的阵痛变得连绵不绝；而在《妻子的头发》里，“我说‘理个短发，去去晦气吧’/之后我猛转身/把背影留给道路/我要看，黄河如何决口/山洪怎样爆发”，此中的“猛转身”，恰是从平淡的口语中攫住了情感的洪流，功夫老到，突破强劲；在《在海景房的窗边想起村前那条黄土路》中，“阳光本来是垂直说话的/碰到情侣们的花伞却拐了各种弯”，语言俏皮，感觉敏锐，给人一种悠然会心的微妙感受；在《再与老爸聊天》中，“您说过一辈子短的是人生/长的叫苦难/人要遭的罪有定数/您刚用八十年把它度完/这一走是解脱/妈妈和姐姐也能重新/触摸太阳的温暖”，格言式的句子，赋予了乡村老人一种“先知”气质，同时，对生活的复杂感受也含蕴其中。

罗振亚的诗歌中有大量关于“父亲”的诗，《六月的风也不能帮你清清喉咙》《和老爸聊天》《再与老爸聊天》《父亲临终前说出三个字》《夏夜》《巴掌·木棍》《我的父亲啊》，等等，都是对“父亲”的描写或追忆。“父亲”这一形象既是作为个体的亲人，也是形象的杂糅、一类人的代表，同时还体现了他对故土的依恋、对人性的呼唤、“英雄”在现代文明中被消解的无奈以及对精神净土的渴求。仅看罗振亚的诗,我们也许无法得知“父亲”这一形象是否是现实生活中真实存在的具有最亲血缘的长辈之一,但具体的往事和动作使“父亲”具有真实性。一般来说,“父亲”对于男性的性别角色生成、自我认知、品质塑造等方面具有不可替代的影响,所以“父亲”的存在不仅是情感的自然交付,也是他创作思维的体现。罗振亚将回忆中的亲人世界打破,再重新编码,进行艺术构建,将多重情感绵密地织成暗示和象征,他的诗自有一番踏实和真挚,诗中的情感浓郁并具有张力,经久不化。

梁宗岱曾说:“所谓‘艺术’,并非敷在‘我’面上的脂粉,而是给它以至高的表现,把它扩大,发展到一个普遍的程度。所以一首好诗必定同时具有‘最永久的普遍’和‘最内在的亲切’;一首坏诗——或因艺术底火候未纯青,或因误以脂粉当艺术——却连‘我’也被掩没或丧失了。”[①]是的,一方面,诗歌在叙述时只有具有“小我”,才能够显示出它的独特性。但只有具备了“大我”的特质,才能取得更深刻和更大范围内的真实性。在《六月的风也不能帮你清清喉咙》中,罗振亚这样写道:

短脖子的春天还没打一声呼哨
就让北飞的雁阵叼走了
窗外贫血的丁香
咋一下成了病房的颜色
爸趁着日头还在树梢上没被咳落
我扶你起来坐会儿吧
把郁压住的气吐出去
总比憋着要舒服一些

---

① 梁宗岱:《诗·诗人·批评家》,《诗情画意:梁宗岱散文随笔选集》,中央编译出版社2010年版,第108页。

再说咱也好唠唠嗑
房前丢了又回来的黄狗
屋后已经返青的麦子
爷爷打开的褪色的书
还有村外那条回不去的小河

今儿不说城里的楼了
不就是房子上头还是房子吗
远看就像一堆火柴盒
年轻人还得每天进出哪
也别管小区里的老教授
斯斯文文地绕弯子
老家谷子地里橙黄的年成
市场里挤喳喳的脑袋
精明到灯泡儿也照不真切
更甭怕脚下的布鞋弄脏屋子
小河烂泥里开白花
文化人不抽烟
心肺说不定还是黑色
爸你说八十岁
是不是就像咱屯子里的老牛车
那上面可站过饿得发昏的中午啊
那天你牵着我双手的惊吓
我牵着高粱一样淳朴的姐姐

既然六月的风

也不能帮你清清喉咙
咳嗽还是咳嗽
沙曼街的灰尘
正在把台安县的影子埋没
夜深了爸
你太累了就好好歇歇

在这首诗中，他使用第一人称与父亲唠嗑，勾起对旧日的回忆，一些零碎的特殊意象就组成了生动的生活场景。其中，黄狗、麦子、小河等被选为乡村日常生活的符号，这些事物分开来看都平淡无奇，可一旦组合起来，就明确了这是叙述者的故乡。因为不是别的地方或别人的故乡，所以就形成了对叙述者来说独一无二的场景，情感也不再是空洞的呼喊，而是落到实处，更加实在具体。黄狗丢了又回来的亲切眷恋，麦子返青的明朗透彻，爷爷的书的褪色古旧，村前小河的平静安宁，这些场景亲切日常如在眼前，不含一点渲染的成分，可一想到它们已成永逝，无复再得，就不免让人悲从中来。这种情景再现式的“说话”，平缓而又温暖，是对生命中有价值的东西的反复触摸，真情实意，而总又让人叹惋肉体的脆弱和生死轮回的无奈，从而从亲切中透露出陌生的张力。情感人人都写，唯有写到了深处，才能避免聚类化，变成个体的生命体验。泛化的情感只是旁观远距离的总结，它没有重量，只能飘在空中，但个体的体验则能够深楔进生命，让重复的旧识更加深刻、清晰。

20 世纪 80 年代正是罗振亚诗歌创作的一个高峰，也是诗歌新旧交替的时代，一大批年轻的诗人急于追赶浪潮，碰撞出闪耀的火花，在这样一个时期，罗振亚作为诗坛的重要一员，写下一系列乡村诗歌，努力表现出个人对世界的独特理解。他的诗写对象，不仅具备“小我”的特殊性，还能够体现“大我”的普遍性。“大我”的普遍性加深了“我”与“物”的联系，从个人上升扩大，展现了典型性，赋予了“小我”更强的反映性。虽然写的是东北乡村，却能不困在一隅,从私人化的语言中,将“自我”与环绕着他的各种事物取得沟通,将割裂的世界关系进行诗性修复,这不仅打开了视野广度,同时对诗歌内涵的深刻性做出了有益的探索。

德国哲学家海德格尔在论诗人荷尔德林时,说他“入其诗人生涯以后,他的全部诗作都是还乡……还乡就是返回与本源的亲近……诗人的天职是还乡,还乡使故土成为亲近本源之处”[①]。作为诗人,“还乡”也是罗振亚写作的一大主题。罗振亚的乡土诗既来自于血脉的传承,也受到古典诗的影响。中国经历了漫长的自给自足的自然经济,土地是一个部落、族群甚至国家能够生存延续的主要生产资料,农耕文化将“土地”刻进了血脉,加强了中国人对乡土的依赖,闭塞的交通使群体出现区域性的静态,人们祖祖辈辈几乎生活在同一片土壤,眷恋故土几乎成了中国人的习惯。从古典诗到新诗,在诗歌中表达对乡村和故土的依恋之情像是隐性的链条,即使在某些特殊的时期没有凸显,却还是比较稳定地延续下来。所以,对很多国人特别是从农村走出来的人而言,乡村除了是诗人的出生地和故乡,还带有“原乡”的性质,故乡与原乡往往混为一体。

罗振亚在论述现代乡土诗的写作策略时提到了“现实模态”和“理想图式”的分类,“现实模态”展现了对当下农民大众的关怀和急需改变其落后现状的迫切心态,而“理想图式”则意在与扎根于土地的传统审美旨趣发生联系。当代的乡土诗虽然发生了转变,但罗振亚的乡土诗依旧饱含了“理想图式”的倾向,因为虽然城市文明的迅速扩张、产业结构的调整等等极大地改变了人们的生存方式,但对于在童年和少年时都生活在乡村、一个从小接触传统典籍的人来说,“安土重迁”的想法或许会被冲淡,但血脉里的传承依旧存在。“李向阳是生我养我的村庄/……/您说过乡愁的种子也会遗传/种不种在脚下的土里/都将随自己的足迹生长”(《父亲临终前说出三个字》),“您到哪里都

① [德]海德格尔:《人,诗意地安居:海德格尔语要》,郜元宝译,上海远东出版社2011年版,第86—87页。

不要害怕/该钓鱼时钓鱼/该看山时看山”(《再与老爸聊天》)。这些话语显然已经超出了个人的范畴,这是一方土地送别他的生民的声音。这样的诗从大地中长出来,是大地的语言。

当然,单纯的“故土情结”并不能构成“乡村诗歌”的全部,当代的“乡村诗歌”随着时代的变迁产生了新的结构。当代人流动性大,离群索居已经是常态,很多人不仅进行了地理位置的变动,还经历了精神的迁徙。现代价值与传统经验的错位容易让人陷入矛盾和痛苦,产生流浪感,从而对变化和未知表示拒绝,返乡的念头无比强烈。同时,诗人又是敏感的,他们善于发掘美,也更能深刻地看到弊病,所以,很容易形成回顾的姿态。并且,当代的乡村田园诗与传统相比已经发生了重大的转变。普遍认为,新诗和现代城市文明基本萌生于同一时段,可以说现当代的田园诗从都市文明崛起的那一刻就改变了命运的前路,田园或者说乡村开始和城市捆绑在一起,形成对照。

罗振亚十六岁进入大学,之后一直在校园执教,他开始涉及乡村诗歌是在 80 年代。那个时期,他的表现意气风发,清新灵动,但在逐步走向成熟的过程中,却越来越平实厚重,呈现出一种有别于他人的朴素力量。有人说罗振亚少年老成,他的诗也有这般感觉,青年写乡土之思很容易会变成“为赋新词强说愁”,但是,他下笔却有种故事满满的真挚。他的诗不算特别新潮,但总觉得能让阅读的人感受到一种韧性,一种精神的坚守和不随波逐流的甚至逆时代的勇气。其后,他用大量精力进行诗学研究,但诗歌创作从未停止,随着其评论家名声的彰显,诗歌写作变得像幕后劳动,但“庾信文章老更成”,他的诗也一直在稳步前行,且在沧桑中更加趋于圆熟。

在罗振亚的诗中,城市和乡村大多是对立的。“听不到犬吠鸡鸣/看不见桦林渔舟/也没有农人归去来兮/甚至田边起伏的平原绿/王维和陶渊明的故事/被砌进娱乐城的时髦吟唱/搅拌在钢筋水泥里/白衣老者/独坐黄昏/笛声的利器刺向天空/残阳如滴”(《黄昏,笛声响起》)。这种城市生活的缺失感,既是现实的,也是精神的,并被他赶到了风景之外。他生活在城市,却暗含了拒绝的态度。城市的发展带来了丰富的物质,也极大地催生了孤独和痛苦,道德被颠覆,文化异质化,很多人如同蒲公英,“不知道经历过几世的轮回/根才扎入水泥森林中柔软的缝隙/常借割裂的绿地上开出的天窗/吸几口乡野般脆嫩的鲜气/……/瘦弱得甚至举不动怒放的花期”(《高楼旁,一棵蒲公英的灵魂在倔强地飞翔》)。面对城市的强大,抒情者显得孱弱却又倔强,“乡思”形成了诗人稳定的情感和武装精神的利器。但诗人绝非一个被乡村禁锢了的抱残守缺的人,他的拒绝与批判实际构成了城市进程中的宝贵财富。他是想告诉我们,在环境飞快变化的时候,灵魂却有其稳定的属性——它可能还待在已被你忘掉了的地方,等候你的寻找。

在诗歌中长期保持回顾的姿态,或许很容易由于主体情感的偏向而影响对记忆的筛选。在罗振亚的前期创作中,对乡村的憧憬一直带有对精神和心灵的寄托,后来他意识到了这一点。虽然有人说,城市是人造的,乡村是神造的,但作为与城市对抗的乡村,本来就不是完美的,“那上面可站过饿得发昏的中午啊/那天,你牵着我双手的惊吓”。他在回顾乡村生活的诗中并不回避苦难,但对苦难的叙述并不会损害关于故乡的美。再者,乡村正慢慢向城市靠拢,“翻过大山还是平原/只是夜晚多了霓虹灯闪烁/钢筋水泥撑着恐高的眺望/的哥的轮胎/跑淡了都市的天/梦中蔚蓝的焦渴”(《成长痕迹》)。最重要的是,从乡村迁到城市中的人也在变。在《六月的风也不能帮你清清喉咙》中,故乡终究落在了“故”上,生活在城市中的乡村人几乎不再谈那些旧事了,城市的楼房,斯斯文文绕弯子的老教授,干干净净的私人空间和交际环境等等,这些才是他们生活的日常,琐碎的生活永远蒙着一层灰暗的纱。罗振亚从物质环境、行为习惯、交际方式以及不同生活条件下人们的精神状态等进行多方面挖掘,将来自乡村的人逐步被城市同化描绘得十分真切,并尖锐地指出,在秩序井然、温情脉脉的高度文明下,处处蛰伏着欲望的猛兽,正伺机窜出来咬人一口。

现象是表面的,因为眼中看到的也许并非真相。罗振亚具有一双穿透事物的眼睛,能看到日常背后的东西。“从你太爷你爷爷,到我和你/蓬莱阁旁的满院桃花/讷莫尔河畔的两垧高粱/被置换成哈尔滨天津卫间的高铁/钢筋水泥中的一团雾霾/和十七楼一百多米变质的阳光/自从跪别你爷爷碑前的大片青草/那条河流的来路就再也看不清了/混乱中的记忆已经改变方向/孩子，在之乎者也的平仄里练平衡/我们已没有资格谈论故乡”(《孩子，我们已没有资格谈论故乡》)。生活的重压让人们失去憧憬的能力,未来的美丽只能活在对过去似幻似真的追溯里,游子在外,回忆的很多时候并非真正的故乡,而是经过现实的折磨,以故乡为大致轮廓,经过筛选升华后,加上想象,在心中创造一个理想国。他用鲜艳的记忆承载疲惫的灵魂,用以实现情感满足来转移实际的痛苦,但情感依旧无法实现拯救,故乡的影子逐渐被灰尘埋没,已经无法承载现实对纯洁的想象,而充斥在世界每个角落的矛盾,最终不可避免地得到了无法被解决的回答。这场直截了当的发声,充分表现了罗振亚诗歌批判的深刻性,也流露出其忧时忧事的情怀。

不得不承认,对比20世纪轰轰烈烈的诗歌浪潮来说,现在的诗歌在覆盖范围等方面有明显的不同,但实际上,诗歌本来也并非全民的艺术,它在当下某种程度上受到的“冷遇”,对其来说反而是一个契机,使它可以剔除掉一大批“假诗人”,留下真心热爱诗歌的人,而罗振亚这样的“隐性诗人”告诉我们,诗歌离开了它的写作浪潮,也许是一件好事,它可以变得更纯粹。正如他自己所说:“与诗结缘,是我的痛苦也是我的幸运。她让我不谙世故,难以企及八面玲珑的成熟,更让我的心灵单纯年轻,不被尘俗的喧嚣烦恼所扰;她教我学会了感谢……”①

对一个人来说,诗歌写作必然有得有失,而写作者,也必然因其创作的纯粹而变成一个更加纯粹的人。所以,罗振亚的创作,会一直让人保持期待。

（原载《诗探索》2017年第4辑）

作者单位:南开大学文学院

---

① 罗振亚:《中国现代主义诗歌史论》,社会科学文献出版社2002年版,第441页。

轻与重：引力之涌
——罗振亚先生诗文的一个印象

吴丹凤

罗振亚先生兼具诗人和批评家的双重身份，在阅读先生文字的时候，突然同时想到了两个形象，其一是游荡者，另一个则是炼金术士。本雅明曾对这两者都有过精确的论述。在他看来诗人是“游荡者”的形象，处于对该形象的热爱，本雅明曾频繁地直接援引波德莱尔在论康斯但丁·吉斯的著作《现代生活的画师》中有关于“游荡者”的经典描述。本雅明也曾将批评家比作炼金术士，他认为批评家关注火焰本身的奥秘，活着的奥秘，如同“生动的火焰”在“过去的干柴和逝去生活的灰烬上”持续燃烧。[①]罗振亚先生的书写显然呈现出“游荡”与“提炼”的双重姿势，展示出了“轻”与“重”的双重特质。双重性的两端看似距离甚远，实则互为镜像，“游荡”是以肉体之重，去轻嗅生活之三昧，乃重中之轻；“提炼”则以形而上之虚，去抽取虚空之质量，乃轻中之重。

---

① 汉娜·阿伦特编：《启迪：本雅明文选》，张旭东、王斑译，生活·读书·新知三联书店2014年版，第25页。

一、轻:生活三昧中的烟云奥义

本雅明将诗人形象定义为“游荡者”,“过去的真实图景就是过眼烟云”,汉娜·阿伦特则认为“游荡者”(Flâneur)祖示了隐秘的意义,只有游手闲逛的游荡者才能神会其奥义。[①]

“真实图景”与“烟云”显然是转化关系,而并非西方文学中常言之石像与面纱,或缝纫机与雨伞的并置关系。歌德曾写有《浪游者之夜歌》,似乎“浪游”这一行为对诗意与歌咏的冲动至关重要。或许是因为游荡者的“游”与“闲”具有某种置换功能,可将真实的重量“移置”(transfer)成某种感性的“轻”。先生诗歌就深具这种移置的奥义,呈现出某种动人的水纹波动,譬如《故乡的搬运工》一诗:

站在城市的秋阳下两手空空
可是故乡这个词根实在太重
瘦弱的肩膀根本扛不起来
我只能做它的搬运工人
从远方将零散物件一样样递出

一月里爆竹读着门上的春联
牵动二月手拎肩背走亲戚
老牛车在三月忙于送粪
布谷声声催人四月快下种
锄头和浇水乡亲把五月吵绿

① 汉娜·阿伦特编:《启迪:本雅明文选》,第31页。

一般说来大片麦浪起伏在六月
万物生长时父亲背手巡视七月
稻谷抽穗不问黑白八月暴晒
场院的玉米垛九月瞧新生
天空蓝得十月害怕睁眼
进十一月男女老少学猫冬
十二月村庄渴望被大雪覆盖

故乡这个词根有时又很轻
轻得你浑身上下清爽
轻得你不敢大声念出它的名字

《故乡的搬运工》使用了两个重要的形容词“重”和“轻”。“重”是用艰辛人世的一系列真实图景来展示的。诗还着重使用了一系列动词来展示和突出生存的沉甸甸重量:肩膀“扛”“搬运”“递出”,手“拎”肩“背”,“送”粪与“催”下种,“锄”“浇”“吵”“巡”“暴晒”“睁眼”“覆盖”等等。动词的使用是对“故乡这个词根实在太重”的进一步描绘,可感的视觉图景进一步展示了故乡生活的艰难。但真正点题的却是“轻”。秋阳下站立的诗人,“两手空空”,过去的真实图景轻轻荡过,一月、二月、三月、四月,一直到十二月,随着图景漂移,最终“轻”沾染满了诗人的情思,凝聚诗人对故乡的情感,轻轻地道出了故乡这个词的最终指向——“轻”。“故乡这个词根”很轻,“轻得你浑身上下清爽/轻得你不敢大声念出它的名字”,短短的一段,“轻”侵入“重”中,“轻”以重为基石。故乡一词遂既重且“轻”,袒露了诗人的真实感叹:人世艰辛却值得,最终呈现出一种由“重”转“轻”的波动。这里充分展示了诗人将真实的重量“移置”(transfer)成感觉的“轻”盈的创作意识,多方面展示出了一种举重若轻的移置的思维。

先生的其他诗中也呈现这种真实重量之上的烟云之“轻”。《立夏》中“妈说今天立夏/电话里瞬间开出一枝莲花”，这枝莲花也是妙得“轻”的奥义，无形无质，却亭亭玉立，轻凉解暑。《大雪》中“冻土下麦子的灵魂在发芽”，在这首诗中，故土的麦子已经从实物转化成为乌有之物，但因其在过去岁月中的分量，沾染了一些可贵的图景，比如“和墙上站着的父亲说会话就走吧/虽然六十年没走出严冬的包围/伙伴先后站成墓碑/北风们昼夜封锁道路/却未冻裂远方的风铃声”，麦子已经不再是简单的麦子，而是故土记忆的固有部分，并在六十年的图景中伴随诗人，因而必然会在恰当的时候发出新芽，抽出新穗，具备烟云之质的轻盈灵魂。《他挥鞭赶着夕阳》里同样在生活中体现出了这种轻盈之态，“钻出水面的少年转瞬进入中年/四十年前父亲那声吆喝/仿佛还在黄昏扩散”，这里少年的姿态赋予不可视睹者以随意变化之惊叹，而父亲挥鞭的一声吆喝，从岁月中抽出，并在此时此刻形成一片扩散的氤氲之物。

无疑，先生的“轻”是在深刻地领会人世之重的压力后，反方向去神会的“重”中之“轻”，这种轻是一种庄重之轻。无论是故土之情、亲情、爱情还是师生之情，其重与轻的斡旋必然呈现一种蔓延之态，以麦浪起伏之形覆盖、以烟云蔓延之势夺魄。本雅明将“真实”与“烟云”并置，阿伦特将“闲逛”与“奥义”并列，也是暗示这种“轻”并非纯粹的轻，而是与重息息相关之轻，其奥义必需以某种看似漫不经心之态加以巧妙的置换才得以窥见。先生的诗句之“轻”看似随意，却是阅遍千山“而今重识”的清澈、真挚与深情，不露一丝一毫轻慢之态。

二、重:炼金术士的锋利密匙

假如说先生的诗落脚点是“轻”，那么先生的评论落脚点则是“重”。先生作为诗歌评论家，致力于从语言的无序蔓延中，锻打出具有质感的评论。假如说先生在写诗的时候是在凝视与感受，是一个为往事赋意的轻松闲谈者，担任批评者角色时明显可以感受到先生身份角色的定位转变。此刻他成为试图触摸诗歌语言火焰质地之人。

写诗时凝视人生艰辛之诗意烟云，批评时反其意而用之。此刻批评家站在文学的虚拟宇宙时空位置上，观看如片片白云飘过的诗句，将诗句木柴投入火焰之中。锻打，但不能仅仅重复锻打的姿势，需要一个自身的独有元素作为触媒。从诗歌的反向切入是一种个人深思熟虑的选择，这里体现出了一种圆的思维，写诗从重入轻，批评从轻入重。恰如对轻重的双重把握，对先锋性的注视是先生圆的宽容质地之上的另一面。某种锋利性切入：如一把用于开启的密匙，小巧但具备一定的锋刃与重量，显然也和其他夺目的宝剑有形式和质地上的区别。密匙自身的轻巧，有利于做到轻中有重、重中有轻的那种游刃有余。唯有密匙，可对应诗歌的轻重二律性，并及时找到语言的缝隙；随着密匙旋转，诗歌语言火焰中被观察出新鲜的色泽，即是“具有超前意识和革新精神的实验性、探索性诗歌的统称，它至少具备反叛性、实验性和边缘性三点特征”[①]。

反叛、实验和边缘三点构成具有刺痛感的火苗，诗句精髓被一把攥住，捶打成形，构建出一系列有重量感的书籍——《中国现代主义诗歌史论》《朦胧诗后先锋诗歌研究》《大陆当代先锋诗歌论》《20 世纪中国先锋诗潮》《中国先锋诗人论》等。重量自轻盈中诞生，密匙一一打开时空的文本抽屉，掠过“自沈尹默现代味儿十足的《月夜》问世起，中经部分新月派诗歌，和象征诗派、现代诗派、九叶诗派、中国台湾现代诗、朦胧诗派、第三代诗歌、个人化写作、下半身写作、垃圾派诗歌、低诗歌以及跨越近三十年时空的女性主义诗歌”[②]，形成一种不乏深度的介入，在抽屉底部烙刻“现代主义、后现代主义创作构成的中国先锋诗歌”的印记，捕捉新诗时空的“转折点”。

这“转折点”是火焰燃烧后形成的具有灰烬重量和实感的所在。思维凝固成实质的重量，“把自新诗萌生开始不同代际的、具有现代主义诗艺追求的抒

---

① 罗振亚：《20 世纪中国先锋诗潮》，人民出版社 2008 年版，第 3 页。

② 罗振亚：《中国先锋诗人论》，中国社会科学出版社 2019 年版，第 1 页。

情群落视为新诗艺术魅力的辐射源，并将其置于动态的历史时空中，有序组构衔接这些凝聚抗衡性的文化因子，使其连缀成一道连绵壮观的美学风景线”[①]。当“点”密集起来，便是风景线的绵延，这便是语言之锚，“轻”凝聚成了重。无论跳进那一个“点”，都将进入一个芥子空间，可以在具体的抽样透析中去神会不同诗人的诗意景观，比如李金发、戴望舒、卞之琳、何其芳、废名、林庚、金克木、徐迟、穆旦、纪弦、郑愁予、余光中、洛夫、痖弦、曾卓、舒婷、海子、西川、张曙光、于坚、伊沙、翟永明、王小妮……阅读中，无尽的诗人，无尽的站点。也可以一一通过“重”的密匙解剖反向到达“轻”的另一端：于诗意空间再次感受轻盈，卞之琳“貌似清水实为深潭的冷凝幽秘”、林庚的“清远、雅洁、美丽”、金克木“诗情智化”……

在此，亦可从先生评论之“重”中反身进入先生的诗歌，轻轻拿起诗集《一株麦子的幸福》，感受批判思维之外的烟云。

三、滞留一刻

诗与评的多向转折，形成一片轻重相间、升沉有序的火焰烟霞。需要被敏锐捕捉的还有其中那一炙热的临界点，必须恰当抓住诗歌由轻转重或由重转轻的一刻。一如阿多诺提到的：在“每个句子后面感觉到剧烈的震动转化成一种静止。实际上就是以滞留的观念来思考运动”[②]。这一刻有没有，决定了一个诗人或评论者有没有一颗真正的诗心。

如何像阿多诺所说的“要恰当地理解”呢？在诗歌森林中诗人隐蔽地闪烁、游荡、凝视，评论家仔细地锻打提炼。无论是作为诗人抑或是作为评论家，那颗心显然并不是散落一地，而是完整地停留在一个瞬间。

---

① 卢桢：《“先锋”的祛魅与揭蔽——评罗振亚〈中国先锋诗人论〉》《中国现代文学研究丛刊》2020年第2期。

② 汉娜·阿伦特编：《启迪：本雅明文选》，第32页。

罗振亚先生的诗大多展示了这样一颗可贵的真心，及其澄澈的某一瞬间。《故乡的搬运工》中诗人写故乡“故乡这个词根实在太重/故乡这个词根有时又很轻/……/轻得你不敢大声念出它的名字”。“不敢”的犹豫一刻,在念与不念之间一顿,展现出诗人的滞留一刻。《最后一课》中先生深情回忆自己的老师“那天外面一直雷声滚滚/王老师表情庄重而凄然/三十五年过去了我始终不明白/为什么百人的大教室里/听课的那天只有我们五个/蓄在天边的泪水/至今没有落下来”。这里最重要的一个动词是“蓄”,展示了诗人那一天的特殊感情的质量,恰是这种质量让情绪如云朵一样聚集,诗人的神经绷得紧紧的,诗人的精神在天边停留,而这一刻轻重平衡的成功建构不能脱离后面一句“至今没有落下来”,唯有如此方能展示出它的重量和柔情相互转化的完整性。《一株麦子的幸福》全书包含“感恩书”“故乡大雪”“人生课”“承包七月”四卷,大多涉及亲情、乡情、友情与师生情的某一刻,这一刻也往往是震动与静止相交接的一刻。阅读的时刻就能“恰当地理解”了很多,不仅仅是阿多诺评价本雅明的“剧烈的震动如何转化成一种静止”,还有诗人特质所呈现出的静谧与震动的相互转化。无论是怎样的运动,其必然是在一种运动的安静中感受自身的滞留,感受生活实质和内心感情的轻与重的反向平衡。故而,明白这种微妙才能接近先生所说的“电话里瞬间开出一枝莲花”的这一“瞬间”。

当然,在阅读先生的评论的时候,感受到的一刻就不仅仅是那样简明的一刻了,这个瞬间会更沉重,其滞重感需要将手轻轻托住下颌(如奥古斯特·罗丹创作的思想者雕像)。这不仅仅是席勒所说的一种音乐情绪所带来的意念了[①],而更接近一种转变的瞬间。比如《新约》福音书中,耶稣带着彼得、雅各和约翰暗暗地上了高山,在他们面前突然间变了形象。在评论的一刻,先生犀

① 席勒1796年3月18日致歌德的信中说到“感觉在我这里一开始并无确定而清晰的对象;对象是后来才形成的。先是一种音乐情绪,随后在我这里才有了诗的意念。”转自[德]尼采:《悲剧的诞生》,杨恒达译,译林出版社2007年版,第34页。

利得多,他显得凝重,他关注某些锋利的定论间隙,会对一些批评产生质疑。比如谈论穆旦,“因此,说穆旦是对抗传统的现代性歌者是‘艾略特传统’的中国传人,他的成功乃受惠于西方现代诗风,这一文学史判断在中国学界已成不争的定案亦无需多论。穆旦诗歌的外来资源和本土传统关系果真那么壁垒森严吗?它彻底割断了和古典诗歌之间的精神乃至艺术联系吗?答案是否”①。又如谈论郑敏的先锋性,但不仅仅是停留在反复探讨其现代主义的标签,而是反向去思考“事实究竟如何?如果郑敏真像诸多评论者认定的那样,为什么她近三十年频繁反思新诗和传统的断裂,提出‘我们在创造新诗的同时,切断了古典诗歌的血脉,使得新诗和古典诗歌成了势不两立的仇人’”②。从先生的评论中,可以很明显地看到他的停滞一刻。

对于思考者来说,滞留的一刻是如此重要。它是歌德多次写作《浮士德》都没有完成,在四十八岁下定决心继续写因而创作《献词》那自励和抒怀的一刻;是本雅明于克利(KLee)的《新天使》中看到的这个天使身上,游荡者体验着自己最终的变形的一刻;是卡夫卡小说笔下的K站在法的门前的一刻。只有在滞留的一刻,才可能在严格意义上形成一种转变关系:从重变轻,或者从重转为更重。有没有对瞬间的感受,有没有抓住即将消逝的事物之永恒瞬间的直觉,决定了文字的最终重量。

后记

突然忆起在南开大学穆旦新诗研究中心与先生相见,先生馈赠书籍六册(记得有先生著的《问诗录》《中国先锋诗人论》《阅读故乡》《一株麦子的幸

---

① 罗振亚:《对抗“古典”的背后——论穆旦诗歌的“传统性”》,《南开学报(哲学社会科学版)》2007年第3期。

② 罗振亚:《借镜西方的另一面——论郑敏20世纪40年代诗歌的“传统”倾向》,《文艺争鸣》2022年第3期。

福》,先生与刘波师兄著的《胡适与胡门弟子》,吴井泉师兄著的《现代诗学传统与文化重构》)。彼时,先生却并不问我打算怎么开展研究,而是问了我一个问题:宿舍在南边还是北边?当时随意的一个问题,在冬天就凸显出了它的重要性(对一个南方人而言北方冬天的太阳是多么重要)。在太阳消逝的冬日,北方肃穆的天空和挺拔的乔木也消减了它寂静的魅力。这或许也是先生轻与重敏锐置换的一刻,是先生对门下弟子的一种直觉。每每忆及先生诸多宝贵的馈赠,总有一股暖流涌上心头,这当然也构成我人生中永恒的滞留一刻。

作者单位:南开大学文学院

柔软苔藓中的炽热：

进入罗振亚的“诗心”

李晋白雪

一些诗人在创作中往往无法规避内心本能和直觉在外部环境拉扯下的攻击性——它于作品缺乏过渡的开合中振动着美感的弦，导致诗歌质感的滑落。“在漫游中寻找大地”[①]，五感直觉的加工一旦脱离生命的土壤，那么个性将不再立于大地之上，而是掠夺主观的存在阵地，最终堕成无病呻吟。诗人应驾驭缰绳，凭借自身诗意纯粹坚守“独一的位置”，并借助语言和思维的磨合位于超感性的领域内建构诗核。学者型诗人罗振亚拥有创作批评的二维审美经验，矛盾螺旋中更敏于此类平衡的把控——原乡故土、生活世事被以近乎虔诚的姿态剖半展现在读者眼前，方圆锐钝并不规整，但从任意观察视角写生，都能得到一个“无标准正解”的镜像答案。无论是德国浪漫派诗人诺瓦利斯（Novalis）提及的“哲学是一种乡愁”，或是海德格尔（Martin Heidegger）对诗人所抱持的“天职还乡”的观点，都不约而同地回归“精神流浪”的母题。纯粹抒情的华丽技艺已不足以拓宽诗歌的广度，基于唯物探索的边界，方可窥见

---

① [德]海德格尔：《在通向语言的途中》，孙周兴译，商务印书馆1997年版，第13页。

现代性场域下的文化归属之路。文字虽在诗中担任着外显的媒介形式,诗之本质仍然是传达哲思和生命体验的载体。悬浮的关联无力完成这艰巨的任务,诗人必须以强大的内在张力介入情感表达去发掘世界。

值得注意的一点是,诗的张力并不完全与语言的横向膨胀正面相关——甚至在膨胀值过高的情况下,语言弹性便会面临崩坏的境地(这一情况在现代诗中绝不鲜见)。罗振亚的诗歌中依稀能辨见对形式语言有限度的遏制和克服,从而帮助其摆脱过度发散引起的芜杂,更自由清晰地完成系统的诗性写作。他常采取以局部风景为支点的处理方式,在诗篇开端松动铺叙的机械,以简驭繁通过逻辑化的"景—情—思"消解意象扩充裂变的冲击感。这种柔软坚实的诗歌质地,诚然与罗振亚诗歌批评家抓取书写立场的角色优势相关,但亦不可忽视其凌驾线性解读之上的乡土经验的"内化"(internalization)和借助此熔塑的诗心。

一、动身北方取来诗歌

"场域"(field)作为包含着潜力和力量感的人际网络的概念,它给予了界内成员机动性的选项,使其能够在包含圈内同时做出个性化的选择。[①]文学中的场域赋予了作家群特定的认知态度、审美选择和创作倾向,同时也孕育出相似的精神文化视野和情感态度的自我省察,这是诗人外部认知的起跑线,同时也是社会空间的天然限制。诗歌中生态语境通过语言框架(frame)的还原促成了场、域、人之间彼此补全的文化景观。各地域内所有的诗人和诗歌都被囊括交叉产生链接,真空式的独立并不存在。上层地理意义的空间范畴沉淀至下层文化根基,于是提纯出特定地区的"风格"。诗人的成长生活的环境势

① 参见[法]皮埃尔·布尔迪厄:《艺术的法则:文学场的生成与结构》,刘晖译,中央编译出版社2011年版。

必会以各式各样的描述组成其抒情的帷幕，幕前无论何种方式排布语言，恒定的背景不变。罗振亚大量有关北方的诗歌中，“东北地域”的存在感便极其强烈：

从你太爷你爷爷 到我和你/蓬莱阁旁的满院桃花/……/自从跪别你爷爷碑前的大片青草/和地图上从未标记的生我的村庄/那条河流的来路就再也看不清了/混乱的记忆已经改变方向/孩子 在之乎者也的平仄里练平衡/我们已没有资格谈论故乡

（《孩子 我们已没有资格谈论故乡》）

是蝴蝶投寄的稿件/还是牡丹馈赠的诗篇/黄昏风翻阅着飞翔的消息/迎来几个追逐少年

杨柳挥手致意/窗口睁开朦胧的睡眼/天空纯洁的主题里走出/作者——北方的冬天

（《初雪》）

那年 北方的雪很大很厚/冬天咆哮在迷朦的窗口/她想 这天不该远行/我却说我还是要走

而今 江南的花又浓又稠/十月池塘依旧碧水悠悠/我想 我是否该回去了/她却信告 再过些时候

（《季节·远方·我》）

大雪纷飞的场面，精准契合了观者心中关于东北的公式照，寒冷风光与炽热的情感构成奇妙的温差。四季景色中冬隐隐被打上了北方的辨识标签，与南方气质完美区隔，成为罗振亚极佳的写作选择。他所复刻的“北方的冬”，没有庸俗浪漫的情调，却带着旷野的清新。故乡大雪飘落在游子的心上，“哪怕温暖被阻隔/季节幸福到冷”。北方雪和南方雪的特质截然不同,南方冬季飘雪是安静柔婉的圣洁氛围,在四季分明的景观中短暂驻留一季;北方的雪扑扑簌簌磅礴而下,暴雪汹涌的力度扑面而来。

落雪时刻罗振亚称之为“蹁跹于夏季风中的蝴蝶”,一出现世界便归于沉静。这份难得的静刷新了世界程序,原本的景观被掩在雪花之下,天地在地平线上统一了纯洁的主题。“春在北方是脆弱的/一场不大的风能把它吹个趔趄”,秋天被蝴蝶眨眼翻过,唯有冬是刻在北方诗人内心深处的元意象。罗振亚对冬雪的描摹饱蘸了东北粗犷中的温柔，雪景和东北人民的拍档宛若天生,像是独属于北方庆典的报幕。儿童在大雪中撒欢,成年人戴上绒帽享受慢节奏里的炊烟时光,目光所及只剩来时去路的脚印。

“北地”在罗振亚语言容器里的使用痕迹显而易见:雪堆、柴垛、爬犁,几乎没有与江南婉约风味混淆的可能性。人文历史、山川风貌的基础条件叠加历史语境中的审美理解,“我在北方的冬天等你”，地域性成为他最容易被读者获取的抒情线索。苍凉恢弘的北和草长莺飞的南在偶尔在诗歌史上会呈现一种“微妙的对峙”,即“繁荣他乡”和“温情故乡”的对峙,在意识的层面反映为对人生哲理的分歧体认。综合古代“北人南行”的现象,“北方”具体的地理坐标已被大大削弱了,取而代之泛化为所有离乡人的“故土”被追寻。

二、以胭红抹上残梗散碎的田野①

美与真在新诗内部存在着某种品级的高下,共识乃通过领悟前者逐渐认识后者②。在个体局限的现实中,为之赋予形式和精神,最终塑造自我丰盈的

① 出自英国浪漫主义诗人约翰·济慈(John Keats)作品《秋颂》。

② 摘引自陈律:《市场经济时代的汉语诗人》，原文刊于聂广友主编:《新诗3》，上海文艺出版社2014年版。

灵魂,恰是一个诗人难得的真诚。对乡土气息的原始并不加以“遮遮掩掩”,以温柔的笔触勾勒田野,罗振亚诗中的北方乡村是一块零粉饰的思想栖息地,它在记忆的入口随时向诗人开放,也同时在记忆中完美定格。其语言框架没有停留在物象的追逐阶段,进而压缩为乡土中国原生的坚韧。与热衷使用西方元素增加先锋感的诗人不同,罗振亚始终坚守中式美学的审美尺度。《China土豆》和《风中的扫帚梅》直观透露了其对“洋气的光”的不屑——

旁人喊我波斯菊/我可不想沾一点儿洋气的光/遍布东南西北的姐妹/在哪儿生长向谁眨眼随意得很/从根到茎打开的/都是自在的风的形状

平原上没有石头可以学习/心自然贴近河流和泥土的模样/听说杂花朵不愿意绽放的西部/我就是最美的格桑

(《《风中的扫帚梅》》)

不屑的底气来自于他对于乡野本土的角色从不是守旧落后的设定,“味道很淡的土豆花瓣”,“自在生长的扫帚梅”都是以不迎合时髦的形象入诗。此外李花、杏花、桃花等以文化轨迹的切入点完成审美体验,共通点在通过意象的生命力来表达情感感受、缩影及内在节奏。中式的审美一向强调对物趣、情趣的营造。在罗振亚的诗歌中,经常能感到他为将传统意象与现代化诗意相结合所做的努力。干净利落的色调,流畅的诗境,造就其中和舒适的诗歌质地。

中式文化执着于现世理想的实现,非西方对宗教的青睐。与“郁金香”“樱花”等“国外意象”不同,本国美学中乡村分支的纯粹所赋予罗振亚的亲近感令“名贵的花儿们都黯然失色”。亲近感由他对地缘文化的接受塑成,更大一部分来自父母所在之处,那是令人安定的舒适区:

车轮不都是向前用力的/有时它离目的地越来越远/父亲选择性遗忘的阿兹海默/反复回放着每一个日子/在葱绿的往事田地里/麦子一株一

株地复活/阳光一吹都想说话

父亲常记不起自己名字/但能测出麦地的亩产收成/麦芒的纹理与土质的关系/西南地今年的庄稼长势/还不断对着别人喊/儿子吃饭

在父亲呵护的那块麦田里/我已长成饱满的麦子/虽然八月暴晒/泪水浸泡/却是幸福的一株

(《一株麦子的幸福》)

诗歌成品的成色当是世界对诗人感触的回应。诗人从生活体验里挑选材料,选定搭配方式,体验直接控制着抒情主体的立足点和出发线。麦地,是罗振亚的选择。麦芒和诗人在时空中是同生的关系,它闪回的画面真切地展示着罗振亚内心世界的波动。无论是“农村的过去”还是“都市的现在”,罗振亚都没有抗拒两者融合时的尴尬,反而令诗歌浮现出更加丰富复杂的多层次风貌。因阿尔茨海默走向遗忘之路的父亲“选择性”保留了最熟稔最珍贵的记忆存储——土地和儿子。麦浪在厚重的爱意和泪水里涌动,立成父子故事一路的沉默的见证者。最幸福的那一株麦子,正是父亲脊梁上托起的“我”。那么,关于葱绿田地的永久记忆何尝不是“我”的永久记忆?罗振亚通过连续的田野审视,重返童年体验现场,把质朴的父爱收藏进麦地里,为情感土壤永远输送感恩的养分。

此外,罗振亚借乡野观照的视域同期完成了对经典“乡愁”的解读和限定“乡愁”的重构。在“乡土文学”写作中,乡土意识和现代工业常缠绕在一起——乡土意识从以往的单一走向如今的多元,时间维度上出现了断裂,但是又保持着稳定,并由此形成了整体不断向前滚动的状态。“现代化”和“非现代化”的优劣划分,相悖的价值取向,两者的冲突在所有异乡人的血液里均能找到线索。现代社会的焦虑与孤独是突破诗人精神层面差异的同质性特征,然而现代都市人对都市文明本体的疏离致使“乡愁”坠向了反抗工业世界的迷失。罗振亚的经典“乡愁”围绕着“旧事旧景”展开建构,“火车从哈尔滨一路向北/见到的事物越来越低/往前倾斜的天空/挨近天空的庄稼/……/三百岁的故乡/你不是总这样低矮地/躺着吧”。他关注着乡村现实的长久停滞，思考着与都市文明之间关系的落差。都市里被驱逐的“散”“慢”“躺”的状态，在乡村还可窥见。当异乡人在都市人文中渐趋失语淡化记忆，罗振亚开始写故土旧人的生死课题，把厌倦了的乡土故事扩容了新的命运内涵。玉米姑娘、二丫、范六爷、阴阳先生……旧人的离去把叙述重新拉回“那片土地”，那些与诗人发生过交集的乡人，存在于世的联结。地图上甚至无法标记的小小村落承载了“那些人们”跌宕起伏的戏剧一生，在诗人心中的雪地留下叹息的脚印。这是“限定”的乡愁。罗振亚把土地、家人、旧识、童趣深度绑定，制作乡村历史记忆的个人影像版本，家庭的“根”和大地的“根”紧密联系，使乡土意识黏合成了“家”，“家”形成故乡的气质轮廓，将“乡愁”真正浇灌成诗思的参天大树。

三、敏锐是诗人的瞳孔

“人同时生活在外部世界和内心世界中。内心世界也是一个真实的世界。或者，反过来说也一样：外部世界也是一个虚幻的世界。”[①]先知和诗人的共通大抵是敏锐性和传达力。诗人的敏锐往往取决于对自然的体察中瞬间诗感的捕捉方式，诗歌的解读机制也必须回答诗人直觉的复现。“敏锐”是诗人面临非技巧的觉察天赋，仰赖于心眼统一，调动自己所有的感官来接纳世界。[②]瞬时灵感是思维的触控开关，按下即完成诗歌内外空间的接线。

一只吱喳的喜鹊刚从树上飞走/又有一群乌鸦鸣叫着飞来
草地上几片蒲公英花随风飘零/近旁的几株芍药含苞待放

---

① 周国平：《心灵也是一种现实》，《周国平自选集》，海南出版社2004年版，第541页。

② 袁可嘉：《批评漫步》，《论新诗的现代化》，生活·读书·新知三联书店1988年版，第157页。

河水里那个神秘的漩涡才消失/身后便涌起一排更大的波浪

上午还是太阳照着我和我的影子/现在风就在吹着我的影子和我

(《瞬间》)

从幼儿园到博士毕业/它一直被视为体内的毒素/并佐以普通话驱赶治疗/就像东北的黏玉米/朴实大个儿吃起来解劲/可粗粗壮壮的样子总有点土气

五十多年对症下药/以为它早该消失殆尽/想不到在说梦话和亲人聊天时/它还是常常固执地溢出/那股闻到淘米时新米香的感觉/谁都难以拒绝

既然地方话的种子/已长成一株苍翠的神经树/那索性就让思想的小鸟筑巢吧/围绕它飞翔/再多的高楼大厦也不会迷失

(《东北地方话》)

罗振亚对诗意瞬时的把握是一个复杂的操作。他既调动了对万象万物特质精准的理解能力,也强调对技法自然顺滑的运用。从哲学层面来说,由外及内,由内向外,都是一个相对的、渐进的过程。外部世界的“景”是一个杂糅的整体,存在规律、条件、物质、环境等各种要素。罗振亚通过外部世界的意象捕捉呈现内心世界,在彼此观照的过程中谨慎地深入,快速将客体精神化、人格化,传达主体的思维形式和内容,即“诗可以言之也”。

先以外部世界为例,《瞬间》一诗沿着“上—下—远—上”的视角转换,用全画幅的取景方式以诗人主体为轴心将周围的景致缓慢收缩进画中。最先注意到的是时间,在此基础上又进一步拓展到空间。即“时间—地点”的关系。喜鹊、乌鸦、花朵、波浪,每一个动态意象急速变动,最后猛地拉近镜头,主体轴心也在动态变化中发生不明显的位移。一致的“动”成就了相对的“静”,《瞬间》的画面定格由此完成。罗振亚所传递的“动感”,在切换中隐藏了微型的内循环,来去,开落,后浪叠起前波,引领读者通过诗人"主体的眼"调动官能思维感受场景的深化,体悟物态之外诗人对心境的处理。

再以内心世界继续讨论。《东北家乡话》一诗写到方言强悍的生命力。方言区人民调整为普通话语言系统时的困窘不适,被罗振亚形容为"体内的毒素",极犀利辛辣。他敏感地警觉自己使用家乡话时的"拧巴","驱赶治疗"着家乡话(土气),可不受控制"暗觉解劲"(习惯)。五十年的对症始终未治愈的顽疾其实也许本不是病,而是潜意识珍贵的初心。那么干脆就让苍翠的神经树自由生长吧。中断扭转语言惯性的尝试,和自我和解,联手升华出"超我"视角,跳离身体,目睹思想的小鸟围绕着神经树筑巢飞翔。此诗来自诗人的生活实践,凝结了他的直接感受,经过诗人的整理加工,文本被赋予一种超越性的视角,而罗振亚对绝对主体的定位也实现了"瞬时—接收—思考—表达"的有效转化。

四、于水泥森林柔软的缝隙吐绿

"作为诗人,就是对某种不安产生食欲,在现存与预期的全部事物的旋风中,他对这种不安加以使用,并在终点处,引发至福。"[①]矛盾在诗人的世界里是一根燃烧的引线,一不留神就引爆悖论异化的火药。在对重构现代性历史的过程中,大大小小各种平行对应关系,例如新之于旧,更新还是革新,模仿又或创造,进化或是革命一直在被不断地相互推崇、推翻、再推崇、再推翻。它们相互对立的趋势是不变的,但主导型一直在相互交替。罗振亚绕过了以彻底断裂的方式重新确立乡土诗歌的价值尺度,反向以对现实都市的观测推进抒情的深度,这也许是传统知识分子对情感最切实的安置方法。看他对都市的印象:

① [法]勒内·夏尔:《愤怒与神秘:勒内·夏尔诗选》,张博译,译林出版社 2018 年版,第 85 页。

……一幢摩天大楼迎面而来/开阔的天空侧了侧身

狂欢的嘈杂惊跑了星光/公共汽车坐不稳唐诗宋词/流水和耕牛退居到现实外/红绿灯在十字路口发懵

在诗人笔下啊,有限的陆地已经无法满足人类的欲望,摩天大楼不断向天空延伸索取,天地人的天平悄然倾斜。“人类活动的嘈杂音”(近感)和“静谧遥远的繁星”(远观),“街头汽车”(真实)和“遥远古代的唐诗宋词”(幻境),“儿时的流水耕牛”(过去)和“闪烁的红绿灯”(当下),三组并行画卷涵盖古今城乡,徐徐铺开,虚实交错。“惊跑”“坐不稳”“发懵”三个核心词围绕着迷茫——生存环境的骤变坍塌作个体命运的枢纽,增加了生命的困惑。幸运的是,罗振亚并没有把困惑与阵痛弥漫为回望的梦魇,对其反复不断控诉,“蒲公英的灵魂”是其坚守精神归乡的答案:

不知道经历过几世的轮回/根才扎入水泥森林中柔软的缝隙/常借割据的绿地上开出的天窗/吸几口乡野般脆嫩的空气/渴了?只能饮自己的泪珠/……没有高贵点赞的生命/照样吐绿/开花/结子/……如果成熟穿越了春天/种子们化作舞蹈的白色绒毛/乘着风的“高铁”飘向未知之城/那绝对不能叫流浪/说不准还会奏出一阙幻乡曲/只要灵魂能够飞翔/安定与漂泊/生和死/在辞海里原本是一个意思

(《高楼旁,一颗蒲公英的灵魂在倔强的飞翔》)

水泥钢筋的缝隙既可以理解为现代生活看似铁板一块的软肋,也可以理解为通向田野生活的“任意门”。在看上去极端逼仄的空间内,罗振亚将其与情感需求的摇篮对等,孕育“回家”的种子。吐绿开花结子,植物和人类都遵循着自然规律绽放;安定漂泊,生与死都以灵魂飞翔而终。看似迥异的两个场所拼合了"城市移民"和自然原乡的思维对弈场,藏匿诗人安宁的魂。文化保守的诗人们惯于控诉现代科技对古典文明象征的剥离,残酷的外部世界被罩上荒诞的面貌推至台前,错落排列的意象,时常流露的嘲讽都反映了内心逃离现代秩序的尝试。罗振亚对于当代处境的处理是温和迂回的,这也是其诗歌的耐读之处。解读罗振亚的诗需要采取耐心的鉴赏态度,"不经意的身边一角"是欣赏的门票。窗口玫瑰花、海景房的窗、漫步的河边,深邃情思穿线在细节的编辑,诗人将个体深层的秘密掩埋在诗的内部,厘清了灵魂的运转原则,一路向着太阳花前行。

美国诗人约翰·阿胥伯莱(John Ashbery)曾说:"我的诗多数是关于经验的经验……那具体的经验对我的兴趣吸引远不如它如何渗入我的身心来得大。"[①]罗振亚对现代经验渗透的感知与阿胥伯莱异曲同工,这得益于他自治的内核,"随着诗歌之光的延伸,自然本真中强力撷取着石缝或指缝间那些溜走的光束"。[②]他站在诗歌前的姿态永远主动,但偶尔也"退回自己",调整内心对整个外部世界的书写节奏。这般清醒的走向,可以帮助罗振亚轻巧走出自我的忧郁,他以绝对的自由和相对的独立观念,调动着诗歌张弛有度的节奏感,提升了对诗歌的收束能力。

结语

"艺术家禀赋的诗心,映射着天地的诗心。"[③]所谓诗人之心,除却在"他者"(the other)之外独立的心灵归宿外,也包含了他向社会时代投射出的生命意识。从罗振亚先生朴素但赤诚的语言路径进入其至简至纯的"诗心",可以

---

① 罗钢选编:《后现代主义文学作品选》,高等教育出版社 2002 年版,第 314 页。

② 陈朴:《朴素的力量和气度》,《诗林》2019 年第 3 期。

③ 宗白华:《中国艺术意境之诞生》,《美学散步》,上海人民出版社 1981 年版,第 73 页。

感受到缓慢有力的回应着时代起伏的搏动。从某种意义上说,“我们”并非叙事之外的聆听者,而是在阅读中无意识被共邀重返“灵魂起点”的人,和诗人一道完成了对当下生活领域的观照。村庄、山川、平原、湖泊在都市视域中逐渐氤氲着现代人眸中混沌的雾,成长的痕迹伴随现代化的车轮凝聚成“麦地里的一盏灯”(《成长痕迹》),照亮余生归途。“二十岁的铃声”(《绿色思绪》)落在中年人肩膀的重量,轻飘飘似一束阳光,那些难圆的明月沉入黑龙江的浪花里,萌发了诗的嫩芽。挥手浪漫行至颔首沉思的稻束旁,罗振亚附着土壤、岩石、稻谷之上的思绪原料,攀绕着大地之根延伸到脚下,被他捡拾夹进诗行内筛繁去玄,依托稳健的诗架楔住诗形。“从纤细柴堆的轮廓里认出诗人,他是燃烧的成堆芦苇并由出乎意料的事物所簇拥。”[①]身处线性秩序的文明里回望远方,城乡清晰的界在罗振亚先生体内逐渐模糊了边线,矗立成岁月的界碑。

作者单位:南开大学文学院

① 出自[法]勒内·夏尔:《愤怒与神秘:勒内·夏尔诗选》,第77页。

皈依于"一"的歌

——读罗振亚诗集《一株麦子的幸福》

李文钢

写下这个题目,并非因为翻遍罗振亚先生诗集《一株麦子的幸福》的 130 首诗,几乎每首诗至少有一个"一"字,仅有 9 首例外。而是因为在他的诗中,我读到了抱朴守一的真诚。《庄子·在宥》篇有言曰:"我守其一,以处其和。"罗振亚先生这本诗集中的抒情者形象与庄子此言极为相似,他固守着言与心的同一性,几乎弃绝了所有多余的过渡和装饰,反而呈现出了与他的形象极为相称的和谐,为当代诗歌尝试了由简朴而厚重的可能。

这里的"一",是相对于"多"的返璞归真。皈依最原始的姿势与意象,皈依最原始的思绪、遐想乃至于意识流,罗振亚的诗句几近于不加修饰的心语,回避了玄奥复杂的表达方式,背后却有着颇为耐人寻思的景深。如这一首《他已经不认识我了》:

父亲一生朴素
进城后遇到一个
听起来很美的名字
阿茨海默症

吃过饭就喊饿
不给就追着母亲咬
说园子里的果树开满了火苗
让弟弟赶紧用水去浇
不知从哪天开始
他已经不认识我
每次回家看他
他总朝我要西瓜
边吃边端详着我
你看见振亚了吗
西瓜他小时候最爱吃
你让他回来看看我
说完就躺在床上等
屋子一下子就安静得瘆人
猫慌忙躲到墙角
马蹄表仿佛也不再敢走动
这时外面下起了大雨
天突然就黑下来了

这本是一首极为朴素的口语诗,却有着直击人心的力量,大有李白"明月直入,无心可猜"(《独漉篇》)的澄澈感。然而,回避了复杂的技巧,却并不表示诗中没有技巧,它们谦逊地躲在暗处,实乃不愿夺人眼球的沉默化修辞,标记着作者朴素的美德。贯穿首尾的悖论式情境,即是其一。诗中首句点明了父亲"一生朴素"的特点,似乎注定是与所谓的"美"无缘的,不料却与"阿茨海默症"这个"很美的名字"相遇了,而这个"听起来很美的名字",却是一个令人不胜其扰的病症,"吃过饭就喊饿"的荒诞,不过是其最表层的现实。后文中"园子里的果树开满了火苗”一句，单看是一行美丽的诗，紧接着“让弟弟赶紧用水去浇”的可笑，却将人心拽入了冰冷的地窖。表面是顺流而下的口语，却有悖论的微澜一个接一个暗中涌起，似环环紧扣的锁链不断牵系着读者的心。而全诗最大的一个悖论式情境——他已经不认识我了，却仍旧时刻惦记着我——更是能激起读者心底的酸楚。随之而来的是几乎令人窒息的肝肠欲断，作者则连用猫、马蹄表、大雨、天黑四个日常意象来呈现，毫不刻意却言尽了心中的复杂难言。

这里的“一”，还是相对于繁复修辞的极简抽象。罗振亚诗歌中的意象，貌似信手拈来，实则每一个都经过了精心选择，高强度压缩了丰富的人生体验，绝不追求兑了水的花样翻新。如这一首《他再不恳先伸出自己的手》：

他曾经放言
劳动的手
应该触摸世界

春天
他和当干部的女同学握手
对方笑容可掬
声音温柔婉转
指头轻轻一搭迅速回撤

夏天
他和学界的同行握手
对方口若悬河地说着自己
笑声要把墙壁穿破
动作随意而洒脱

秋天
他和尊敬的长者握手
对方话少得像金子
表情更加不可捉摸
手掌肉块一样软软摊着

冬天
他再也不肯先伸出自己的手
常十指相扣放在腹部
一切自然得无可挑剔
又好像在守护着什么

一双本来“放言”要去“触摸世界”的手,最后竟会变得“再也不肯先伸出”, 一个可以写成长篇小说的心情故事被凝缩在春夏秋冬这人生四季的不同遭遇里,既有人生哲学的高度,又令人感慨万千,与穆旦作于1976年的《智慧之歌》十分相似。当代诗歌中,书写个人情绪的多,能给人以智慧的启迪的少,而罗振亚先生的很多诗作都带有哲学思辨的气质,实乃一种难得的品质。在短短的诗行里,通过几个貌似极为普通的意象,却能引发读者深刻的思索和感悟,实际上对写作者提出了极高的要求。

同样具有典型性的,是这首《古诗印象》:

五十年
在古诗词体内游走
每次摸到的总是
一

根
细
细
软
软
的
愁
肠
现代人
把故乡弄丢后
四海为家
愁肠被当作阑尾
切了

学界反复讨论的旧体诗词与新诗的复杂关系问题，作者近五十年的诗学思考，在这里被浓缩为了“愁肠”与“阑尾”的意象。不难想象，有些诗人完全可以以此为原料，植入各种时髦的理念，把每一行都抻拉变形，加工出更像“诗”的长诗乃至于组诗来，而罗振亚则让他的文字回归到了最原始的“比兴”和“象形”，既有论文般指陈关键问题的锐利，又有“立象以尽言”的丰赡。

这里的“一”，也是相对于零的存在，是对“零”的反抗，是展示真实世界实存的“有”。语言世界作为一个独立的符号世界，完全可以在“零”驱动状态下自娱自乐花样翻新，这一现象在当代诗坛屡见不鲜。罗振亚的诗则牢牢地控制着语言狂欢的冲动，始终将其约束于现实的地面上。这是对绝对化了的“语言中心论”的反抗，让语言在与生命现场的互动中重新获得了活力。如这一首《最后一课》：

1983年初夏
王老师教师生涯的最后一课
讲授选修课宋词研究
中山装同心一样干净
说话不紧不慢充满磁性
黑板上苍劲入骨的粉笔字
令那些轻飘的书法家不敢睁眼
它们更好像被施了魔咒
辛弃疾苏轼李清照们
纷纷借力走出宋代书本
和当下的崇拜者亲切交谈
那天外面一直雷声滚滚
王老师表情庄重而凄然
三十五年过去了我始终不明白
为什么百人的大教室里
听课的那天只有我们五个
蓄在天边的泪水
至今没有落下来

这首诗，为我们忠实记录了“王老师”不一样的“最后一课”，其基础当然是一次非同一般的人生体验，但当它藉由感情神经最为紧绷的戏剧化时刻予以展示，就无数倍放大了“王老师”那一刻的“凄然”。诗人的诗心，在这里突出呈现为了对于那些特殊的生命时刻的瞩目，并吸引着读者对事件本身的同情，而不是对特殊语言手段的关注。他绝不追求文字的戏法，而是以散文化的文字，真正在发现并书写着诗的内容，与废名所倡导的“如果要做新诗，一定要这个诗是诗的内容，而写这个诗的文字要用散文的文字”[①]恰好相通。特别值得注意的是此诗结尾的“泪水”二字，此类情感外露的词汇本已被强调“逃避情感”、追求客观冷静的现代诗视为大忌，但罗振亚的诗恰恰是不回避泪水的歌，因为它们本是人间真实的存在，他的诗歌艺术的关键正在于如何将个人的真实经验和感受本身提炼呈现为诗意。写作这样的诗歌，要求着写作者绝不能封闭在狭小的内心，而是要怀着大爱走向世界、走向他人，如此才能发现并书写生活中的动人时刻。写作这样的诗，更要求着写作者要善于营建坚实具体的戏剧情境，如此才能避免书写的浮泛，在短短的几行间集中刻画出人性的光辉。诗集中的《和一位水暖工交谈》、《卖菜姑娘》、《拧紧这一枚螺丝你就休息啦》、《二十岁的焊接工睡着了》、《范六爷之死》、《二丫在春天》等诗作，便都是这样的微型戏剧。

这里的“一”，还是对日常口语节奏的皈依。罗振亚的诗并不追求诗歌节奏的陌生感，或以此去刺激读者的惊奇，而是在人们习以为常的口语节奏里，凭借所书写的情感本身的强度和微妙自然的音节调度去拨动读者的心弦。沉浸在这样的语言节奏里，如同听一位知心朋友话家常，能不断把你带回五味杂陈的生活现场，让一个普通人在其中找到自己，而不是飘在高高的云端。如这一首：《故乡大雪》：

只是天地在地平线上一合眼
秋天就被飘飘欲仙的蝴蝶们翻过去了
村里的三十几户人家
纷纷戴上白绒帽

托风的福祉

① 废名：《论新诗及其他》，辽宁教育出版社 1998 年版，第 22 页。

住在坡上的开门满怀清凉
先用铁锹帮坡下的将雪封的门打开
再回家把炊烟和下酒菜慢慢炖起来

雪堆 柴垛 爬犁
天然的儿童乐园眨眼竣工
孩子们撒欢儿的喧闹声撞醒阳光
野小子自己藏在雪中让别人去找
女孩儿堆着穿夹袄的小雪人
红菇娘儿按红了冬天的鼻头

在一阙悠悠起伏的乡村慢里
心事开始干净苍茫
从村里走出的和村外回来的
都把清晰的脚印留在路中间

这里有东北雪乡的风景美,有“坡上的”帮“坡下的”铲雪的人情美,有“孩子们撒欢儿”的童心美,有“大道中行”的品格美,更有暗中流动着的音乐美。尾韵中 an、a、ao、ang、ai 的错落安排自不必说,每一行更是有与“an”相谐的行间韵反复出现,为全诗奠定了安宁静谧的抒情氛围。这些音节在上下文的语境中显得毫不刻意,却有着不可替代的功效,正是它们在这如同娓娓道来又和谐顺耳的日常口语节奏里,把读者带到了“一阙悠悠起伏的乡村慢”的意境中去。我们都知道,这里的口语节奏绝不可能是顺口溜出来的,而同样是需要“锤打”出来的。它们既有家常的亲切又能避免流于俗气,靠的是作者毫不张扬地营建词语音乐的功力。艾略特在《诗的音乐性》一文中说:“诗的语言从来不可能和诗人所说、所听到的语言完全相同,但是它必须同他那个时代的语言密切相关……因此,诗的音乐性必须是一种隐含在它那个时代的普通用语中的音乐性。”[①]罗振亚先生在与日常语言的感性联系中来发展诗歌音乐的努力十分低调,却颇值得我们予以注意。这首诗里的那些自然简朴的音节流动,恰恰谱写出了一个思乡者复杂伤感的内心世界。

胡适在1919年发表的《谈新诗》一文中曾指出:“中国今年的新诗运动可算得是一种‘诗体的大解放’。因为有了这一层诗体的解放,所以丰富的材料,精密的观察,高深的理想,复杂的感情,方才能跑到诗里去。”[②]新诗的确比旧体诗词更适合表现“高深的理想”与“复杂的感情”,只是这“高深的理想”“复杂的感情”是否必然要通过高深、复杂的手段才能表现得出,却是令人存疑的。有些现代诗人颇为得意于营建词语的迷宫,并将词语和技艺的复杂等同于了情感的深挚和浓烈,把言词中的艰涩技巧当作了感情的耐人咀嚼。这种“虚张声势写诗压根儿没想让人读懂”(《酒吧意识流》)的写作倾向,恰恰是罗振亚要抵制的。罗振亚的诗,让我们直面一颗坦诚的心灵,让我们把层层剥茧般破译诗歌密码节省下来的心力,去全身心地拥抱一个想象中的灵魂,更加贴近了“诗”字“从言从寺”的初心。

没错,“技巧是对真诚的考验”,但这技巧,既可以是“乱花渐欲迷人眼”,用复杂的方式去表现简单,把炫人耳目当作了感情的强度,也可以只是一个“澄澈的眼神”,用简单的方式去表现复杂,质朴纯洁却令人久久难忘。相对于很多故弄玄虚的现代诗层层剥茧后才能得到的一点印象,罗振亚的诗是把装饰降到最低,而将余响的效果调到了最大。如他在创作谈中所说:“我始终以为最优秀的诗歌都是直指人心,以朴素晴朗的姿态示人的,古今中外的名篇早已证明这一点。那种在诗歌里面故作高深、装神弄鬼、诘屈聱牙者,虽然不

---

① [英]T.S.艾略特:《艾略特诗学文集》,王恩衷编译,国际文化出版公司1989年版,第180页。

② 胡适:《谈新诗》,《星期评论》1919年10月1日“双十纪念专号”。

能说不是一种探索，但恐怕永远也不会打动人。”[1]他的诗中处处彰显的朴素诗风，绝不是心拙口夯、不善言辞，而是作者自发的追求。罗先生本是当代诗学大家，在诗歌评论方面的成就世所共睹，诗坛的繁华胜景他更是早已了然于胸。而他的这本诗集则是绚烂之后的平淡，是他的一种自觉选择，也是对故弄玄虚者的反拨，非常人所能模拟，却能给我们以很多启发。

《一株麦子的幸福》全书共分“感恩书”“故乡大雪”“人生课”“承包七月”四卷，亲情、乡情、友情、师生情是书中的重头戏，它们所书写的大多是人的一生中最为动容的时刻，但它们又如同书名中的“麦子”一词那样，是每一个人在人世间必不可少的精神粮食，是维护人之为人的高贵与尊严的必需品。它们经罗振亚皈依于“一”的诗笔再次被命名和发现，既带有他个人史的特色，又能拨动每一个普通人的心弦。在当代诗坛的喧哗语境中，它是一处纯朴得近乎天然却又能让人眼前一亮的独特风景。他所皈依的“一”，是重剑藏锋，是大巧若无。

（原载《文艺评论》2019年第1期）

作者单位：河北科技师范学院文法学院

---

① 罗振亚：《创作谈：说说自己的诗》，《写作》2018年第4期。

穿过遗忘之海的奥德修斯

——罗振亚诗歌近作读札

张静轩

古希腊神话记到，每当水手们行船经过安特默埃撒的一座景象奇特的孤岛时，便可能遭到海妖"塞壬"的致命诱惑。这些面容姣好却长着鸟的身体的怪物，善用优美婉转的歌声诱惑人心，听见塞壬歌声的水手们，往往难以抵抗其摄人心魄的魅力，不由自主地先后追溯其妙音而跃入大海，直至溺死。《奥德修纪》的主人公，机智的奥德修斯用蜡丸封闭水手们的耳朵，并用绳索将自已紧紧捆住，以避免失神落水，这才带领他的属下们幸运逃过了塞壬的劫难，保住了平安。像行船路上不期而遇的塞壬一般，看似诱人实则充满风险的事物总潜伏于我们生活的某处，且每每引发个人史的危机。罗振亚近年的诗歌作品亦常以危机性的事件为核心："父亲一生朴素/进城后遇到一个/听起来很美的名字/阿茨海默症"。罗振亚近年诗作反复出现的"阿尔茨海默症"，作为重大的生活事件和诗歌文本的关键词隐隐地统摄着诗人的追忆线索，读者总能跟随文本的情境刻画，闪回到岁月的阴翳中。同时，罗振亚诗歌世界里的"阿尔茨海默症"又具备着深刻的文化含义，尚待我们通过文本重读渐次打开。

作为科学术语的"阿尔茨海默症"，是老年群体的高发疾病，人们亦时常并不准确地将一切类似的症状称为"老年痴呆症"。这种不幸的所谓"不死的癌症”,会使患病者的记忆和人格日渐丢失,随之而来的是社交和生活能力的逐渐减弱,最后近于痴呆。如此恶疾,虽然不常显示为身体的直接症状,却会给患者及其亲友带来精神肉体的多重苦役。在罗振亚的诗歌写作中,父亲的“阿尔茨海默症”既是难以忘怀的生活往事,也是极为重要的精神事件,它是罗振亚诗歌文本一片挥之不去的阴翳,常常在写作时被重点呈现:

自从撞上老年痴呆这个赤发鬼
活蹦乱跳的阳光和人事
便在父亲的脑海中沉沉睡去
(《父亲晚年最怕提“老家”两字》)

还有您自己累得满头大汗
会同折磨三年的“老年痴呆”
萎缩成记忆中那个普通的名词”

(《感恩书》)

父亲逝世后,曾缠绕在父亲身上的“阿尔茨海默症”病魔成了诗人回忆里的痛点。病症带来的父亲的记忆丢失,则是诗人回忆亲情乃至感怀亲恩的支点。如马塞尔·普鲁斯特笔下唤起回忆的“玛德莱娜”点心一般,诗人只要想起父亲和困扰父亲的“阿尔茨海默症”,就能进而回忆起一系列事件。即便诗人只是平直地将这些生活的晦暗片段一一铺叙,也有于无声处听惊雷般震人心魄的力量,如《他已经不认识我了》:

不知从哪天开始
他已经不认识我

每次回家看他
他总朝我要西瓜
边吃边端详着我
你看见振亚了吗
西瓜他小时候最爱吃
你让他回来看看我
……

看似朴素至极的叙事,暗藏着令人心碎的错位关系。父亲仍清晰记得诗人的饮食喜好，但他已经无法将现实的诗人与有关诗人的认知联系起来,于是才发生了当面而不能相认的情感错位,文本中的父子关系像一根将断未断的牵引绳,读之酸楚难禁。这个出自诗人亲身经历的戏剧化瞬间,揭露出了父子之间亲缘情感、心灵默契的错位和危机。诗人有意选择了平直的写作语调,文本之下的情感却如奔涌的暗流般有力。以父亲的病为中心,诗人的追忆自然而然地辐散到了母亲身上。

每当诗人怀想起父亲及那磨蚀记忆的阿尔茨海默症病魔,母亲温和而坚强的身影也随之浮现。父亲的病,加重了母亲肩上的负担,变成了“妈妈身上的斑斑掐痕”(《感恩书》)。父亲从患病到逝世的历程,也让诗人更清晰地体察到了母亲逆来顺受、不辞辛劳的美好品质:“五年 她以瘦弱的肩膀/扛起了一千八百多个多变的夜”,“她得叫身体的柔软处变得坚硬/人到老年必须学会告别”(《她瘦弱的手臂仍在风中挥动》)。诗人感叹时间和病痛对亲情的耗损,进而倍加牵挂母亲:

于是每晚端坐电视机前看天气预报
成了我坚持最久的一个习惯
地图上一些密密麻麻的小点儿

开始有了呼吸的表情和体温
看完后再打个电话提醒她加减衣服
才能在灯下读书著文

由生活细节书写折射出的诗人对母亲的温情凝视,代表了诗人经历家庭变故后的情感态度,他因父亲的病故而倍加珍惜母子情感,倍加关注母亲的日常生活,与母亲通电话的伦理责任,也自然地排到了诗人读书著文的本职工作之前。罗振亚诗歌的情感世界里,不期而至的阿尔茨海默症病魔带来了一系列紧迫渐进的“存在主义式”生命诘问——人注定的孤独与渺小、记忆的脆弱、死亡的无可逃避,都在父亲和亲属们身上残酷地展现着。诗人通过生活和写作的双重实践,对阿尔茨海默症造成的精神危机,进行了多维度的回应。于生活层面,诗人坚守着自己的家庭责任,以饱满的生活激情拂拭着自己作为儿子、作为丈夫、作为父亲的每一个身份侧面;从写作层面来看,诗歌文本创作是诗人对抗阿尔茨海默症的符号武器,阿尔茨海默症销蚀人的记忆,诗人则通过写作,借助文本符号来记录和再造记忆,勉力以写作的方式一一取回被时间和病痛所夺走的生活片段,故乡风物和人情旧事也因此得到了重温和审视。

阿尔茨海默症的阴云,不仅笼罩着诗人对父亲的追忆,也还在对另一些故人的回忆里若隐若现,如回忆师长的《刘教授的悖论》隐隐提及“他是三十多本专著的唯一作者/上了七十再记不起自己的名字”,刘教授同样在去世前经历了阿尔茨海默症带来的记忆危机,这样的细节被诗人安置于对刘教授一生的速记之内,与刘教授丰富的学术成果形成了鲜明比照,更显世事之无常。不仅是阿尔茨海默症,其他的诸多疾病也常成为罗振亚启动诗学装置的按钮。罗振亚诗歌往往以疾病书写为切入点,表达对亲人或师长的关切,如《看望恩师》对旅居恩师病情的牵挂:“四月的济南万物复苏/先生肺炎的细胞也在生长。”诗人的一些悼亡之作,也常悲切于逝者曾罹患的重疾,如《您在那个世界不发烧了吧》对早逝业师的感怀："多少不舍是多少肝区的疼/爱人难于统计的寂寞长度。"疾病的消息有时贸然来犯，即便是虚惊一场，也能掀起情绪的海啸，如此经历使诗人经历了戏剧性的悲喜交替，也催生出了佳作《妻子的头发》：

不想从不咳嗽的她见肺部阴影
秋天的一次 X 光误读
引发了一场生死"对话"
漫长的黑里她夜夜不眠
白天头发总是一丝不苟
……
终于　CT 打败 X 光
阴影原来是散点钙化
看着她头上飞雪的瞬间
我说"理个短发，去去晦气吧"
之后我猛转身
把背影留给道路
我要看　黄河如何决口
山洪怎样爆发

诗人重新触摸因妻子检查结果异常而引发的危机记忆时，并未一开始就将心中块垒诉诸于悲苦情感的宣泄，而是先以日常生活瞬间如外出旅游和鼓劲闲谈等细节，刻画出夫妻之间的相互体谅，话语间也饱含对妻子病情未卜的严肃忧虑，直到情况明朗心中释然之时，诗人才以妻子因忧虑生出的白发为引，用畅快的泪涌为这次虚惊画上感人的句点。诗人采写易于理解的视像即"妻子的头发"为核心，而不做多余的晦涩暗示，更使全诗朴素感人，读来不生隔膜。作为生命危机的疾病经验，是诗人重新审视亲情生活的痛感触发机制，也促使诗人去省视和记录在疾病面前极为脆弱的日常生活瞬间。

罗振亚的诗歌写作谱系里，疾病不仅是值得记录的生活阴影，还是意涵深刻的文化符号。不同于苏珊·桑塔格在其研究中对疾病进行的相对宽泛文化的生活史考察，罗振亚笔下的疾病，往往指向个人化的生活经验与情感体悟。不过，如果以隐喻的眼光来探寻罗振亚疾病书写的深层喻旨，则会发现其诗歌文本与桑塔格看待疾病的文化眼光有着不谋而合之处。通过语文学和历史学等多方面综合考察，桑塔格得出一个有趣的结论："流行病通常被用来作为描绘社会混乱的一种修辞手法"[①]，在桑塔格看来，人们对结核病的奇异欣赏、对癌症的灾难想象，都与特定时期的社会背景、文化观念息息相关。与之相似的是，罗振亚诗歌的疾病书写尽管在形式和内容上高度节制，少见语言的枝蔓和思想的飘洒，其文化象征意义却不容忽视。事件性的疾病书写之间，穿插着诗人对个人史的吐露，和诗人作为个体对一代人整体的精神危机的反思。诗人罹患阿尔茨海默症的父亲所回忆起的故人故事，成了是诗人笔下难以忘怀的原乡图景：

只要一提老家或李向阳屯
过去多年的人事细节就会复活
从他的嘴唇上纷纷站起
想按都按不下去
什么院子里犬吠鸡鸣
还有庄稼地豆绿麦黄
屯中间老张家的瘸姑娘对不住马大平

① ［美］苏珊·桑塔格：《疾病的隐喻》，程巍译，上海：上海译文出版社2014年版，第68页。

西头有钱的王小国娶了东头的李三妮
欺负人的程水宝镰刀绝对饶不了他

（《父亲晚年最怕提“老家”两字》）

尽管父亲因病开始出现失忆症状，却仍清晰牢记故乡的人与事种种，乡村的熟人社会因其有限而紧密的社交，成了父亲难以忘却的记忆烙印，乡村世界的人物、地点、事件皆像图钉一样牢牢钉在父亲的记忆版图上。相比之下，簇拥着陌生人且远离土地的城市生活，则使诗人的父母感到强烈的不安：

今儿不说城里的楼了
不就是房子上头还是房子吗
远看就像一堆火柴盒

（《六月的风》）

五十七岁她进城像进了陌生的荆棘地
除儿子媳妇孙子连楼房也不认识她

（《母亲简历》）

诗人还借乡亲“玉米姑娘”的视角，反思了城市生活对原乡经验的威胁：

她清楚黑土地长出的庄稼苗儿
移入钢筋水泥周边的花圃
不但要遭遇撕裂的痛
更有随时枯萎和死亡的可能

（《玉米姑娘》）

从社会学的视角来看,融入城市社群“等同于将他人变为‘同类’的过程”[①]。习惯了乡村生活的人一旦进入城市,便被置入了一种需要被“同化”和“社会化”的城市经验改造环节,面临着生产方式的改变、社会交际的中断、生活空间的压缩等诸多变化,进而带来强烈的不适感,唤起不可抑制的怀乡情绪。但事实却是人一单离开故土,再谈返回就成了奢望。诗人在父母和乡亲的进城经验上看到了这些阵痛,并时而将城乡对照的忧思贯穿进对城市工人的关照视野:

轧钢厂二十岁的焊接工睡着了
稚嫩的胡茬已有点男人模样
断续的梦话伴着开怀的笑声
是见到了二蛋媳妇
还是娘挂的几串红辣椒在窗前轻轻飘动

(《二十岁的焊接工睡着了》)

可是老家恐怕很难再回去了
父母永远走了责任田亲戚承包
出来太久连庄稼都不认识自己了
握着锄把的手有说不出的别扭和忧伤

(《和一位水暖工交谈》)

诗人也常将自己的心绪投射在进城谋生的青年农民工身上,但相比于这些还未完全告别原乡想象的青年工人,诗人与其同代由乡镇走向城市并经历

① [法]格拉夫梅耶尔:《城市社会学》,徐伟民译,天津人民出版社2005年版,第75页。

了个人身份转变和城乡剧变的知识分子，显然与乡村背景之间更为割裂，且时而因此感到阵痛。诗人将这种阵痛埋藏进了给儿子的诗歌寄语：

自从跪别你爷爷碑前的大片青草
和地图上从未标记的生我的村庄
那条河流的来路就再也看不清了
混乱中的记忆已经改变方面
孩子 在之乎者也的平仄里练平衡
我们已没有资格谈论故乡

（《孩子 我们已没有资格谈论故乡》）

父子倾谈之际，诗人的忧悒也得以倾吐。显然，诗人与原乡的联系已极为脆弱，原本就未经现代文化定名的地理和亲缘伦理意义上的故乡，已经因诗人父亲的去世而更显模糊疏远；同时，已被适应的城市生活节奏和诗人身为学术工作者的生活模式，也很难允许诗人再返回到乡土的思维模式和生产生活中去。但诗人对身处的物质精神氛围显然抱着反思态度，他不仅从各种角度反思城市空间的流弊，比如借父母的角度批判城市的人情淡漠，借对儿子的寄语反思城市的道德滑坡；而且经常批判知识分子和作家群体的不纯粹，不无辛辣地写下"文化人不抽烟/心肺说不定还是黑色"的警句(《六月的风也不能帮你清清喉咙》)，又借悼念海子之机痛陈诗坛乱象"有人流了许多眼泪/也有人出了不少俸禄/还有人捞足了晋级资本"(《海子忌日》)。综合来看，罗振亚近年作品所折射出的诗人心境，不仅有沐浴于亲恩之下的"麦子的幸福"，还含有连绵而焦虑的情绪暗涌，由这些文本不难看到诗人的身份焦虑——他既无法回到淳朴的乡土社会，又很难完全浸没式地融入进身处的城市空间和文化社群。

如此精神困境之于诗人，正如阿尔茨海默症之于父亲。诗人自己的代际焦虑、身份焦虑之间也浸透了遗忘的危机感。阿尔茨海默对父亲记忆的磨蚀,正像诗人自身精神史危机的缩影——乡土世界及其所关系的亲缘伦理的消散、淳朴天然的乡村道德的式微,都让诗人感喟不已。进入城市,远离乡村的个人史转折,为诗人提供了真实动人的情感经验,他重新发现了乡村世界的质朴可爱。

但如阿尔茨海默症病程般难以逆转的是,诗人获得如是观察和书写的视角,正是多年在外的求学与工作的结果,乡村的狭窄天地自然无法兑现诗人的上进心和天赋,而乡村的物质条件则远无法与城市相比,进入城市是摆在一代乡村青年面前的唯一一条上坡道路。无怪乎诗人虽然对海德格尔式的语言家园心向往之,歌颂道“既然地方话的种子/已长成一株苍翠的神经树/那就索性让思想的小鸟筑巢吧/围绕它飞翔/再多的高楼大厦也不会迷失”,却又颇感无力地坦言“都说家就是足下的泥土/乡音将一直朝着家的方向生长/可为什么脚印留在卧室/灵魂却总迷途在路上/抵达一次次成为奢望/远方越是谁也到不了/越是诱惑得无数人醉卧沙场”。人与物质上精神上的原乡的撕裂感,就像诗人大脑里不可忽略的噪音,始终在诗人笔下渗出丝丝焦虑之意,但那“远方的诱惑”却酷肖海妖塞壬摄人心魄的歌声,听者无不陷入危险的心驰神往难以自拔。

换言之,进入城市乃一代人之不懈追求,却又成了被城市空间围困、被现代生活异化的一条歧路,这与《奥德修纪》的文化隐喻不无契合之处。近代以来,奥德修斯的故事之下潜伏的文化意义被思想家们挖掘出土,如霍克海默等法兰克福学派学者即将《奥德修纪》的漂流传奇视作“异化的形式”,称“无论是周游世界的奥德修斯,还是独立制造商鲁滨逊,他们的叙事都勾画出了一种普遍的社会化过程,从其发端之日,绝对孤独就已经明确地在资产阶级时代的终结中产生出来了。彻底的社会化意味着彻底的异化”[①]。由此而言,奥

---

① [德]霍克海默、阿道尔诺:《启蒙辩证法》,渠敬东、曹卫东译,上海人民出版社2006年版,第51页。

德修斯因思乡症而踏上的危险旅程，正如一场浪漫化的资本冒险——风险与收益兼具，又暗含着因求生之不得已而巧取豪夺的“工具理性”逻辑，成了人被异化的隐喻样本。以此视角观之，塞壬的歌声亦如人所追求的现代生活，诱人深入却又充满精神危机。罗振亚诗歌的生活本事中，父亲进入城市本是诗人生活空间转变后引发的必然事件，却也使得“阿尔茨海默”的降临具备了苦涩的现代隐喻意味。就此而言，罗振亚诗歌也因其对个人史的深刻表现，超越了那些用词造作思维扁平的怀乡滥调。

从阿尔茨海默症的精神隐喻意义出发，我们也就可以进而理解诗人写作这些文本的深层动因。他在诗作中描画故乡的山水风物，缅怀亲人间的纯朴情感，是为了对抗阿尔茨海默症对父亲记忆的掠夺，由此辐散出的写作系谱，则带有对抗城乡身份转化等变动带来的个人精神危机乃至代际危机的意味。平直朴素的诗歌语言摄录下了诗人在城市与乡村间徘徊的身影，也道出了诗人迂回于农民之子、现代作家、文学学者等多重伦理、文化身份间的复杂心情。诗人不仅反映出了时代发展背景下城乡之间相互依存却又相看两厌的复杂心态，也刻画出了中国乡村世界特有的丰富的伦理人情。其诗语之平实，有效地避免了因文风矫饰造成意义和情绪的失真，诗人的所见所思因而才以质朴可感的方式呈露于读者面前。罗振亚早期浪漫情绪洋溢的文本以及他的一些带有先锋主义色彩的作品（如采取“具象诗”形式写作的《古诗印象》等），都能证明他并非不具备多元的诗歌写作能力，但诗人却往往选取亲切平直的诗歌语言，来对个人精神史和故乡图景进行聚焦，这也显示出了诗人在艺术上的取舍，有学者称其诗风“缘情而不绮靡”，是较为恰切的。

由诗人对父亲阿尔茨海默症的追忆出发来重读罗振亚近年的作品，将会帮助我们打开其诗歌文本的深层世界。一旦诗人无法不面对父亲的失忆症，以及随之而来的自身乡土经验的消散，写作也就成了纾解忧患的自我抗辩之举，于是我们看到诗人在近作里时而怀想乡土，时而反思城市，通过对个人心灵历程的正反向演绎，以私人化的经验回溯创造了颇具时代共性的文化表达,其文本世界重新思考并呈现了人类所面对的遗忘的危机,这种危机可能呈现为直接的身体病征,也可能是一代人从乡村进入城市所面临的文化困境,还有可能是心中块垒得不到抒写的符号困境等等。这些文本具备不小的个人史和代际史的文化价值,其“历史中间物”的矛盾心态是诚挚且引人共鸣的。诗人务实而坦诚的诗思与其朴素的笔意相得益彰,其直面记忆瘢痕的勇气亦足称道。

经由数百年近现代化祛魅后的现代个体,固然无法像史诗家书写奥德修斯那样,用浪漫化的智慧和武力粉饰这些困境,却能以直面的勇气和质朴的诗语思考之记录之,呈现乡土世界的逐渐淡去以及城市生活的异化阴影。对于一个现代诗人来说,乡村的质朴美感已经成为渐逝的淡影,现代城市生活的复杂面目则如塞壬般诱人而危险,奥德修斯浪漫恢弘的旅程已经无法再现,但其紧紧自缚于桅杆上,经历诱惑与生命危机的瞬间,却成为无处逃遁的文化症候被现代人亲身领受,在诗人的故土追忆中不断回响。

(原载《扬子江诗刊》2022 年第 5 期)

作者单位:清华大学文学院

编后记

这本《桃李话春风——走近罗振亚的人与诗》汇集了罗振亚老师在哈尔滨师范大学、东北师范大学、南开大学指导的博士生和部分硕士生的文字，是学生们为振亚师六十岁生日奉献的一份礼物，也是对他从教四十周年的一次纪念。

回望振亚师的诗学批评谱系，从1987年在《当代作家评论》上发表论文《北大荒诗与西部诗的美学差异》至今，他的学术跋涉已近四十年，先后出版了《中国现代主义诗歌流派史》、《中国现代主义诗歌史论》、《朦胧诗后先锋诗歌研究》、《20世纪中国先锋诗潮》、《1990年代新潮诗研究》、《中国先锋诗人论》等十五部著作，在《中国社会科学》、《文学评论》、《文艺研究》、《中国现代文学研究丛刊》等刊物发表文章三百余篇。通过笔耕不辍的努力，他已经为中国先锋诗歌研究建立起相应的理论体系，并随时关注新诗发展动态，在中外文学的关系网络中，全力揭示中国新诗的独特个性与特点，为研究界贡献了充沛的学术养分，提升了新诗研究的学术水准。正如吴思敬先生在评价振亚师的研究时所说，他是与先锋诗歌一起成长的批评家，能够始终站在诗歌批评的现场，以一颗敏锐的诗心关注当代，用自己的研究为中国当代诗坛增添了新绿。

在职业批评和作家批评之间,振亚师也建构起了属于自己的一条有效的言说通道。大学教授的精英身份使他的研究彰显"职业风范"——资料的翔实,论证的严密,语言的精准,这是他虔诚恪守的学术精神;同时,诗歌和散文创作的经历,又使他能够以内蕴饱满的笔致和轻逸洒脱的文辞从容"破译"文本,不加矫饰地串联起创作与批评的血缘联系。很多人说,今天的世界空有化人之诗,难觅诗化之人,实则不然。从振亚师的文字中,我们便能清晰地体验到其诗格与人格的统一。他从不耽于技巧的圆熟,而专心磨砺、锤炼文章的整体性语感,寻求诗意的提纯与升华,因此文字毫无伪饰做作的成分;在思想上,他视文学为活命的家园与生命之根,把仰望天空收获的浪漫想象与俯瞰大地寻到的沉实体验理性融合。这种对文学的虔敬与赤诚令人企慕,也值得我们在诗学研修的道路上终身学习。

振亚师的研究类文章多以诗意灵动的修辞融化艰深的学理,使批评文字也打上了专属其身的防伪密码,而他的诗歌和散文作品则大都以质朴抵达厚重,不断向世间释放着澄明的语词,照亮人性的幽秘空间。他的诗论与创作,引领学生步入对文学的敬畏与忠诚,他们愿意一生沉浸在罗老师的课堂里,享受与师相伴、与诗相遇的幸福。《桃李话春风》的"'先锋'回响""诗润心田"二章,便表达了学生对于导师诗学理论和文学创作的理解与判断。这些文字围绕振亚师先锋诗学的理论建构脉络、现代诗歌研究的学术体系、新诗批评的话语特质、研究主体的知识分子精神、诗歌创作的艺术风格等内容展开,仿若一堂生长在文字中的"诗歌讨论课"。诸多师门亲友一起讨论与导师研究、写作相关的论题,形成话语的交流与碰撞,其间文字也许有欠严谨,但那也大都是出自学生对导师的文字注情太多,想在老师生日之际尽情抒发吧。

在老师身边求学,于学生而言,是艰辛的学术爬升之路,但每个人都是幸运的,老师以自己的人品、学品影响着我们,让我们明晰了先学人、再学诗、方能成师的道理。他以为人之真,为学之真,为诗之真,启发了学生的思想,点化了学生的心灵，润泽了学生的生命。振亚师常说，他一直以为自古以来老师和学生的关系大体可以分为两种，一种是纯粹的师生关系，其结构完全靠知识和学术来维系，一旦学生毕业便走向淡然乃至疏离；一种则是亲人型的师生关系，在学问之外还渗透着许多情感的因子，其联系可以保持一生，感情会越来越密切与醇厚。诚如其言，对所有学生尤其是新进"入门"的青年人来说，导师既是授业恩师，也如父亲，有时他又像是一位充满幽默感的大朋友，既时刻关心学生的学业成长，也时常挂念着大家的生活际遇。《桃李话春风》的"春风化人"篇，正充盈了学生们对罗振亚老师和杨丽霞师母的感恩文字。或许是受到导师真诚、朴素的生命态度影响，学生们在书写身为"桃李"的自己感念"春风"的吹拂与哺育时，普遍没有把"感恩"作为单纯的口号，感恩二字，在多篇文章中被寄托在一个个鲜活的"语象"上，语象之间持续对话、交流、联动，又形成了老师在理论文章中经常提及的"主题语象"。

比如，学生们都写到了老师为自己改写第一篇论文时，额头流下的汗水；学生们都保留了被老师改"花"了的那份论文初稿；学生们都能想起中秋节在老师家品尝师母烹制的美味菜肴（当然或许老师也参与了烹饪过程）；学生们都不会忘记与老师、师母一起散步时那伴随些许紧张、又充满幸福感的温馨一瞬；学生们读老师的诗的时候，都瞩目于老师对土地的眷恋、对双亲的孝心、对妻儿的关怀、对底层的观照，这是源自生命本真的阳光和火焰，它照亮了我们这些"麦子"，让我们真切体悟到生命的热度。

2019 年初，在天津举行的《一株麦子的幸福》新书分享会上，主持人特意展示了一张振亚师初到黑河的照片。彼时他大学毕业，毅然选择远离故乡，投身教育支边。他对母亲说：我要用青春燃起微弱的磷火，为了所有的人都有道路，我要去开辟那片荒野，为了每个早晨都布满生机。照片中的那位青年人双手叉腰，两腿笔直，眼神炯炯，目视前方。那"前方"来自充满"真"与"诚"的黑土地，对接着诗与远方的麦田。四十年后，那位年轻人始终与诗相伴，依然年轻，而经他点燃的磷火，早已伴随着一万四千六百天中的分分秒秒，经由他的学生们传递播撒,将光与热输送至更远的远方。走近罗振亚,就是走近诗与思的统一之境,就是走近人与诗的谐和之境,就是接续磷火、走向对学者品格与诗歌精神的传承之境。

最后需要说明的是,本书的编选源于吴井泉、刘波、卢桢的先期筹划,在成书过程中,陈爱中、崔修建、叶红、范丽娟、柴华、董秀丽、宋宝伟、邵波、杨亮、常金秋、柴高洁、薛媛元、周军、侯平、邱志武、李洁、白杰、白晨阳、刘慧等振亚老师的博士纷纷予以支持。百花文艺出版社的诸多编辑老师为本书付出了很多辛劳,在此深表感谢。

编者

2023 年 3 月